Marcus Imbsweiler

SCHLUSSAKT

Marcus Imbsweiler

SCHLUSSAKT

Max Kollers zweiter Fall

KRIMI IM GMEINER-VERLAG

Wir machen's spannend

Bibliografische Information
der Deutschen Bibliothek
Die Deutsche Bibliothek verzeichnet diese
Publikation in der Deutschen Nationalbibliografie;
detaillierte bibliografische Daten sind im Internet
über http://dnb.ddb.de abrufbar.

Besuchen Sie uns im Internet:
www.gmeiner-verlag.de

Im Ehnried 5, 88605 Meßkirch
Telefon 07575/2095-0
info@gmeiner-verlag.de

1. Auflage 2008

Lektorat: Claudia Senghaas, Kirchardt
Umschlaggestaltung: U.O.R.G. Lutz Eberle, Stuttgart
unter Verwendung eines Fotos von Melancholie, Photocase.de
Gesetzt aus der 10,2/13 Punkt GV Garamond
Druck: Fuldaer Verlagsanstalt, Fulda
Printed in Germany
ISBN 978-3-89977-781-9

*Personen und Handlung sind frei erfunden.
Ähnlichkeiten mit lebenden oder toten Personen
sind rein zufällig und nicht beabsichtigt.*

Prolog

In der Wüste läutete ein Telefon.

Das ist kein schlechter Anfang für einen Roman, außerdem stimmte es. Flimmernde Hitze über rostroten Sanddünen, hoch oben das glühende Sonnenauge, von links drängte eine berittene Gestalt ins Bild. Und das Telefon läutete. Mir egal, ich achtete nur auf den Reiter. Als er näherkam, sah ich, dass es sich um eine Reiterin handelte. Sie war barhäuptig, und nicht nur das. Sie war bar jeglicher Kleidung. Im Prinzip trug sie nichts als ein Lächeln auf den Lippen. Der Rappe, den sie zwischen ihre Schenkel nahm, hatte wenigstens sein Geschirr an. Ich war wie geblendet vom Glanz ihrer spiegelglatten Haut. Nur das Telefon störte.

»Gleich«, dachte ich. »Einen Moment noch.«

Dunkel gelocktes Haar wehte im Wüstenwind. Sie ritten in Zeitlupe: Langsam zog der Rappe seinen Vorderfuß an den Körper, setzte ihn langsam wieder auf. Und im gleichen sanften Rhythmus hob sich die Hüfte der Frau vom Pferderücken, glitt behutsam zurück. Hob sich, glitt zurück. Das Funkeln ihrer Brustwarzen hinterließ zwei parallele Sinuskurven in der Luft. Ich streckte meine Hand aus, in das Wüstenpanorama hinein, um dem Rappen in die Zügel zu greifen. Endlich gelang es, ich zog das Tier zu mir heran, kletterte mühsam auf seinen Rücken, hinter die kleiderlose Dame. Ihre Locken kitzelten mich in der Nase.

»Ist das Ihr Telefon, Herr Koller?«, fragte sie. Ihre Haut glühte.

»Ich habe kein Telefon«, sagte ich müde und schlang meine Arme um ihre Taille.

»Das ist Ihr Telefon, das da läutet.«

Ich schloss die Augen, lehnte meinen Kopf an ihren warmen Nacken. Er war so schwer, dieser Kopf, ich fühlte, wie er langsam zur Seite rutschte, ich konnte ihn nicht halten, hörte die Dame lachen, den Rappen wiehern, mein Kopf rutschte, die Schultern hinterher ... das verdammte Telefon hörte nicht auf zu läuten, und dann plumpste der Kopf mit allem, was daran hing, auf den Boden.

Mühsam rappelte ich mich auf. Der Stuhl, auf dem ich gesessen hatte, war umgekippt, ich mit ihm, meine gute alte Kamelhaardecke noch über den Beinen. Der Fernseher lief. Eine leere Flasche Bier rollte langsam über den Boden und kam mit leisem ›Klack‹ an der Küchentür zum Stillstand.

Das Telefon läutete.

Ich schüttelte die Decke von den Beinen und stand auf. In der Glotze brachten sie einen haarsträubenden Bericht über einen Gorilla aus dem Heidelberger Zoo, der auf der Flucht erschossen worden war. Dazu eine orientalisch anmutende Musik. Gorillas leben nicht in der Wüste. Nackte Reiterinnen auch nicht. Ich ging zum Schreibtisch und griff nach dem Telefonhörer. Das Freizeichen. Gleichzeitig läutete es immer noch, irgendwo in meiner Bude. Ich legte den Hörer wieder auf, sah mich suchend um und fand mein Handy schließlich im Bücherregal. Letzten Sommer, nach meinem ersten größeren Fall, hatte ich es mir zugelegt.

»Koller.« Mir fiel ein, dass ich noch nie geritten war.

»Endlich!«, brüllte jemand, heiser vor Erleichterung. »Ich dachte schon, du wärst nicht da.«

»Ich bin da«, sagte ich.

»Kannst du kommen, Max? Sofort?«

»Wie, sofort?«

»Es hat eine Tote gegeben. Hier liegt eine Leiche, verstehst du? Wir brauchen dich dringend. Es geht um jede Minute.«

Ich nahm das Handy vom Ohr, blickte es prüfend an, hielt es wieder ans Ohr. Am Gerät lag es nicht.

»Hallo?«, sagte ich. »Das bist schon du, Marc, stimmts?«

»Natürlich bin ich das«, schrie der Anrufer. »Hast du nicht kapiert? Es muss schnell gehen. Gleich wird die Polizei im Haus sein.«

Marc Covet. Mein alter Freund, Journalist und Snob in einer Person, an normalen Tagen die Ruhe selbst, ein Mann, dem es gelingt, jeglichen Stress in den Tiefen schottischer Whisky-Seen zu versenken. Heute schien kein normaler Tag zu sein.

»Um was für eine Tote geht es?«

»Um Bernds Freundin. Bernd Nagel, du kennst ihn. Verdammt, Max, wir können nicht ewig quatschen. Tu mir den Gefallen, ich flehe dich an. Komm, so schnell du kannst. Bevor die Bullen anrücken. Nimm den Haupteingang, wir warten vor Bernds Zimmer.«

Mein Blick fiel auf den Fernsehapparat. Die Nachrichtensprecherin zwinkerte mir zu. Wahrscheinlich amüsierte sie sich prächtig über das Telefonat eines schlaftrunkenen Privatermittlers, gespielt von Max Koller, mit einem nicht im Bild befindlichen hysterischen Kumpeldarsteller.

»Ich könnte schon kommen«, sagte ich. »Wenn du mir noch ...«

»Danke, Max«, rief Covet. »Vielen Dank! Und beeil dich.«

Gespräch beendet.

Kopfschüttelnd steckte ich das Handy ein. Zog mich an, schaltete den Fernseher aus, versuchte der leeren Bierflasche einen letzten Tropfen zu entlocken. Mein Freund Covet hätte sich wahrscheinlich ein stringenteres Vorgehen gewünscht, doch mich hielt das Gespinst aus Traum, Fernsehprogramm und Telefonat noch gefangen. Erst mal wach werden. Die Kälte draußen würde es schon richten. Außerdem musste ich nachdenken. Hatte Marc mit einem Sterbenswörtchen erwähnt, wo er sich gerade befand? Hatte er nicht.

Ich holte mein Rennrad aus dem Keller – es sollte ja schnell gehen, nicht wahr? –, schwang mich auf den Sattel und fuhr stadteinwärts. Es war lausig kalt. Nach 50 Metern sah ich eine gefrorene Pfütze im Licht der Straßenlampen glänzen. Keine Zeit mehr zu bremsen. Ich rutschte und flog hin, Gesicht voraus. Etwas knackte in meiner Brusttasche: das Handy.

Verwünschungen gegen Covet ausstoßend, sprang ich auf. Immerhin, nun war ich endgültig wach.

1

Auf der Theodor-Heuss-Brücke wurde ich von einer Straßenbahn überholt. Vereinzelte müde Gesichter darin, eingehüllt in Schals und Mützen. Blaue Funken sprühten in den Nachthimmel. Die Oberleitungen vibrierten. Ich kreuzte die Schienen und schlug den Weg in die Altstadt ein.

Dieser Bernd Nagel gehörte nicht zu meinen Bekannten, da hatte Marc unrecht. Er gehörte zu *seinen* Bekannten, zu den vielen Heidelberger Wichtigtuern, mit denen ich nichts anfangen konnte. Von Nagel wusste ich bloß, dass er etwas mit dem Städtischen Orchester zu tun hatte. Kein Musiker, sondern eine Art Manager. Und sein Zimmer, von dem Marc gesprochen hatte, musste sich im Verwaltungstrakt des Stadttheaters befinden. Wo genau, würde ich schon herausfinden.

Mein linker Ellenbogen schmerzte von dem Sturz. Hoffentlich hatte das Handy nichts abgekriegt. Es wäre ein herber Rückschlag für mein aufrichtiges Bemühen, mich den Erfordernissen der Zeit anzupassen. Covet würde eine sehr gute Begründung brauchen, warum er mich um diese Uhrzeit durch die Kälte jagte.

Nun ja, eine Leiche ist ein guter Grund.

Ich passierte die Stadthalle und bog vor dem Marstall rechts ab, Richtung Theaterplatz. Menschen in Abendgarderobe unter ihren Wintermänteln huschten vorbei, ein Taxi rollte an, vor dem Theatergebäude hing ein langes Banner bewegungslos herab. *Die*

Hochzeit des Figaro, las ich. Unter dem Banner parkte ein Streifenwagen. Sie waren also schneller gewesen.

Ich schloss mein Rad an einen Laternenmast und öffnete eine der beiden gläsernen Flügeltüren, um ins Foyer zu gelangen. Das Foyer, ein kreisrunder Lichthof, bildet die Schnittstelle zwischen Bühnenhaus und Verwaltungstrakt; außerdem führen von hier aus Türen in die Unterwelt des Theaters, zu den Werkstätten, den Schminkzimmern, den Umkleideräumen und zum rückwärtigen Künstlereingang, der sich zur Friedrichstraße hin öffnet. Krakenartig ist alles durch Gänge und Treppen miteinander verbunden, ein Miniaturmodell der durchlöcherten, unterkellerten Heidelberger Altstadt.

Von einer Garderobendame ließ ich mir den Weg zu Bernd Nagels Zimmer beschreiben. Über eine Wendeltreppe ins Nebengebäude, durch einen Flur am Orchestersekretariat vorbei und noch ein Stockwerk höher. So menschenleer Treppen und Flure waren, so bevölkert war diese zweite Etage. Ich wurde angestarrt und starrte zurück. Ein Mann trug eine altertümliche Perücke, ein anderer war grellweiß geschminkt. Eine hoffnungslos magere Frau weinte an der Schulter ihrer Freundin. Das Entsetzen stand diesen Leuten ins Gesicht geschrieben, da konnten sie noch so viel Schminke auftragen. In der Enge des Flurs herrschte Sauerstoffmangel.

»Max!«, hörte ich Marc Covet rufen. Er stieß ein paar Leute beiseite, kam auf mich zu und packte mich an beiden Armen.

»Vorsicht«, sagte ich und entzog ihm meinen Ellenbogen. »Eben habe ich mich auf die Fresse gelegt, nur um dir …«

»Hier rein«, zischte er und drängte mich zu einer Tür mit der Aufschrift ›Tonstudio‹. Sie war verschlossen. Ebenso die nächste Tür. Erst am entfernten Ende des Flurs ließ sich eine öffnen. Wir betraten einen mittelgroßen Raum, in dem sich ein Klavier, eine Stehlampe, ein mannshoher Spiegel und zwei Stühle langweilten. Covet schloss die Tür und lehnte sich mit dem Rücken dagegen. Das Stimmengewirr draußen war nur noch gedämpft zu vernehmen.

»Danke«, sagte Marc und atmete tief durch. »Danke, dass du gekommen bist.«

Noch nie hatte ich ihn so abgekämpft gesehen. Seine Stirn glänzte von Schweiß, sein Gesicht war bleich und fleckig, das Haar zerzaust. Mit einer Hand fuhr er sich über die Augen, seine Zunge befeuchtete die spröden Lippen. Um den Mann musste man sich Sorgen machen.

»Kein Problem«, sagte ich. »Man hilft doch gerne.«

Ausdruckslos sah er mich an. »Sie liegt in Bernds Zimmer.«

»Wer? Die Tote?«

Er begann, in dem kleinen Raum hin- und herzulaufen. »Annette Nierzwa heißt sie. Seine Ex-Freundin. Sie … Wir waren in der *Figaro*-Premiere, Bernd und ich. Annette arbeitet an der Garderobe. Nicht regelmäßig, aber heute war sie da. Und er hat sie gefunden, in seinem Zimmer, gleich nach Vorstellungsende. Ihre Stirn … die ist voll Blut.« Er sah auf. »Verstehst du?«

Ich setzte mich auf einen der Stühle und dachte nach. »Nein«, sagte ich schließlich. »Verstehe ich nicht.«

»Spreche ich undeutlich?«, rief er erregt. »Soll ich es noch mal erzählen?«

»Ich verstehe nicht, was ich hier soll. Warum du mich herzitiert hast.«

»Hergebeten«, verbesserte er. »Es war bloß eine Bitte. Verdammt, Max, soll vielleicht die Polizei …?«

»Dazu ist sie da. Bei Mord kommt die Polizei. Wenn es Mord war.«

»Kapierst du nicht? Hier geht es um einen Freund, um einen guten Bekannten.«

»Schon, aber was könnte ich tun, was die Polizei nicht viel besser …?«

»Pass auf«, unterbrach er mich hastig. »Es war so: Gleich nach der Vorstellung ging Bernd hoch in sein Zimmer. Ich kam erst einige Minuten später nach. Und sehe ihn neben Annette knien, leichenblass, wie weggetreten. Ich spreche ihn an; nichts. Plötzlich steht der Hausmeister in der Tür und zetert rum, der Idiot.«

»Und dann?«

»Ich habe ihn zur Pforte geschickt, um Zeit zu gewinnen; sagte ihm, wir sollten das Telefon im Zimmer besser nicht benutzen. Sobald er fort war, rief ich dich vom Handy aus an.«

»Ach so.« Allmählich verstand ich.

Covet hob verzweifelt die Schultern. »Was werden die Bullen wohl denken? Eine Frau, mit der Bernd einmal zusammen war, liegt tot in seinem Zimmer. Und wer findet sie? Er selbst.«

»Beziehungsweise du ihn, wie er fassungslos neben der Leiche kniet.« Ich nickte. »Nun fragst du dich, ob er es war, der sie …«

»Nein!«, rief Covet. »Auf keinen Fall. Bernd nicht, niemals. Trotzdem, jeder wird ihn verdächtigen, ist doch klar.«

»Wenn er es nicht war, wird man das herausfinden. Da brauchst du dir keine Sorgen zu machen.«

»Es geht auch nicht um die paar Minuten, die er vor mir hier oben war. Darum nicht.«

»Sondern?«

»Es gibt noch ein anderes Problem. Die Premiere.«

Ich schwieg.

»Wie gesagt, wir saßen beide in der Vorstellung. Nur dass Bernd seinen Platz zwischendrin verlassen hat. Für längere Zeit.«

»Wie lange?«

»Eine Dreiviertelstunde mindestens.«

Ich pfiff leise vor mich hin. »So lange? Was hat er in dieser Zeit gemacht?«

Covet zuckte die Achseln. »Ich habe ihn nicht gefragt.«

Wir schwiegen einen Moment, dann sprach er weiter. »Bernd kam ein wenig zu spät zur Aufführung und setzte sich auf einen dieser Klappsitze nahe der Tür. Eigentlich hatten wir Plätze nebeneinander. Es ist also möglich, dass kaum einer sein Wegbleiben bemerkt hat. Außer mir. Jedenfalls … Wenn ich tatsächlich der Einzige wäre …« Er sah mich erwartungsvoll an.

»Träum weiter«, sagte ich. »So etwas fällt auf. Du glaubst doch nicht, dass in der Oper ständig auf die Bühne gestarrt wird. Bloß keine falsche Zeugenaussage, sonst kommst du in Teufels Küche.«

»Wusste gar nicht, dass du so gesetzestreu bist«, brummte er.

»Bin ich nicht. Nur ein bisschen ängstlich. Und deshalb verrate mir, welche Rolle ich in diesem Stück übernehmen soll. Hier ist die Polizei zuständig, das weißt du.«

»Du könntest zusätzlich ermitteln. In andere Richtungen, andere Spuren verfolgen. Die Polizei wird Bernd verdächtigen, das war mein erster Gedanke, als ich Annette da liegen sah. Aber Bernd war es nicht, damit brauchst du dich nicht aufzuhalten.«

»Ach so. Ermitteln mit Vorgabe. Scheuklappen auf und durch.«

»Mir egal, wie du es nennst, aber tu was«, beschwor er mich. »Wir haben nur die eine Chance, Max. Die Kripo ist noch nicht im Haus, du hast alle Informationen, die du brauchst ... Schau dich wenigstens ein bisschen um, ja?«

»Wie viele Polizisten sind schon hier?«

»Zwei. Die Verstärkung ist angefordert. Spurensicherung, Mordkommission, das ganze Programm.«

Seufzend kratzte ich mich am Kopf. Dass ein Abend, der zwischen Sanddünen begonnen hatte, so enden musste! »Versuchen kann ich es«, sagte ich. »Nicht mehr und nicht weniger, kapiert?«

Er nickte erleichtert.

Wir traten hinaus in den Flur. Gerade wurde der letzte Rest Sauerstoff von Zigarettenrauch verdrängt. Rauchverbot in öffentlichen Gebäuden? Heute scherte sich keiner darum. Gedämpfte Gespräche, hin und wieder erregtes Zischeln, einzelne Schluchzer. Ich stellte mich auf die Zehenspitzen, um den Flur in seiner ganzen Länge zu überblicken.

»Wer sind diese Typen?«, fragte ich Covet.

»Leute vom Theater und vom Orchester, soweit ich sehe. Der Inspizient, zwei Geiger, ein Verwaltungsfritze. Besucher eher nicht. Aber der Graf ist da.«

»Welcher Graf?«

»Der aus der Oper.« Er zeigte auf den Burschen mit der Perücke, auf dessen Wange ein dicker Schönheitsfleck prangte.

»Und Nagels Zimmer?«

»Liegt am anderen Ende. Bernd ist mit den beiden Polizisten drin.«

»Wie war noch mal der Name seiner Freundin?«

»Nierzwa. Annette Nierzwa.«

»Dann mal los.« Marc im Schlepptau, bahnte ich mir einen Weg durch die Gaffer. Der Zigarettenrauch vermischte sich mit dem Duft dick aufgetragenen Parfüms und Rasierwassers; Alkoholschwaden vervollständigten die ungesunde Mixtur. Premierenaura eben. Ein kräftiger Mann im Arbeitskittel stank nach Schweiß.

»Es ist traurig«, hörte ich eine Frau in der Tracht fröhlicher Landleute sagen. Sie hatte rote Bäckchen und einen Kussmund. »Heulen könnte ich, nur noch heulen.«

»Vielleicht war es ein Unfall«, sagte eine andere.

»Es war kein Unfall. Unfälle sehen anders aus.«

»Zum Heulen ist es trotzdem.«

»Entschuldigung, Herr Graf«, sagte ich und tippte dem vor mir stehenden Perückenmann auf die Schulter. »Dürfte ich vorbei?«

Der Graf drehte sich um, sah mir ernst ins Gesicht und räusperte sich. »Und so vor dem Leben verblasst die Fiktion«, sagte er. »Altes Theatergesetz.« Er hatte die angenehme Stimme erfahrener Sänger.

Ich nickte und schob mich vorbei.

Die Tür zu Nagels Zimmer stand sperrangelweit offen. Um die Schaulustigen auf Distanz zu halten, hatten die eingetroffenen Polizisten zwei Stühle auf die Schwelle gestellt. Rechts an der Wand ein kleines Plastikschild: ›B. Nagel, Geschäftsführer‹. Ich stützte mich auf die Lehne des einen Stuhls und spähte ins Zimmer hinein. Einer der beiden Polizisten bemerkte mich.

»Draußenbleiben!«, schnauzte er mich an. Mir blieb die Luft weg.

Allerdings nicht wegen ihm. Ich hatte die Leiche gesehen, ich hatte ihr Gesicht gesehen, und ich hatte es wiedererkannt.

»Das ist Annette?«, flüsterte ich. »Das da?«

Covet nickte. Er stand einen Schritt hinter mir, die Lippen zusammengekniffen.

Annette Nierzwa war die Frau von vorhin. Die Reiterin, die mit den hüpfenden Brüsten. Jedenfalls glich sie ihr verblüffend. Sie hatte halblange, dunkle Locken, sie war attraktiv und fast ein wenig üppig. Vor allem die Hüften waren es. Das sah man, weil sie ihren nackten Hintern dem Betrachter entgegenstreckte.

»Was soll das?«, zischte ich. »Habt ihr sie so gefunden?«

Covet nickte erneut und wandte sich ab.

Ich brauchte einige Augenblicke, um mich von meinem Schrecken zu erholen. Natürlich war Annette

Nierzwa nicht die Amazone auf dem Pferd gewesen. Ich hatte Bernd Nagels Freundin nie zuvor gesehen, sie war auch nicht nackt, sondern lag angezogen auf dem Boden, in dieselbe hellgraue Kluft wie ihre Kolleginnen von der Garderobe gekleidet. Nur ihr Rock war hochgerutscht, und sie trug keine Unterwäsche. Kein Wunder, dass ich sofort an meinen blöden Traum erinnert wurde. Es war aber auch eine Schande, wie sie da lag: halb auf der Seite, Gesicht nach links, das linke Bein angewinkelt, die Hinterbacken schräg in die Höhe gereckt. Was für eine makabre Peepshow! Da wurde jeder zum Voyeur.

Die Fiktion verblasst vor der Realität, hatte der Perückenheini orakelt. Es stimmte; meines Wissens gab es keine Oper mit derart arrangierter Leiche. Aber wie viele Opern kannte ich überhaupt?

Neben der Toten kniete der Polizist, der mich angeschnauzt hatte, und beschäftigte sich mit irgendetwas. Es kam mir vor, als schnüffelte er sie ab. Er schaute ihr ins Gesicht, in die offen stehenden Augen, begutachtete ihre Ohren, ihre Finger, sogar die Beine. In die Nähe der Pobacken traute er sich nicht. Unwillkürlich folgte ich seinen Blicken. Sie war eine hübsche Frau gewesen, diese Annette Nierzwa. Blut klebte an ihrer Stirn, war aus einem kleinen Riss über der linken Augenbraue auf die Dielen getropft. Ihre Bluse stand einen Knopf weiter auf als diejenigen ihrer Kolleginnen unten im Lichthof.

Der Polizist stand auf und wischte sich den Schweiß von der Stirn. Ratlos sah er auf die Leiche hinab. Im Hintergrund des Raumes befragte sein Partner einen bleichen jungen Mann: Bernd Nagel, Geschäftsführer des Philharmonischen Orchesters der Stadt Heidelberg. Mittelgroß und schlank, mit zarten, fast weiblichen Gesichtszügen, das glatte schwarze Haar durch einen Seitenscheitel veredelt, um die braunen Augen ein Hauch von Melancholie. Eines dieser Glückskinder, die gut aussehen, ohne viel dafür zu tun, denen der Erfolg zufliegt wie anderen ansteckende Krankheiten und die dennoch von der Schlechtigkeit der Welt überzeugt sind. Keine Ahnung, was Marc Covet an solchen Typen findet.

Dem Polizisten an seiner Seite jedenfalls war schnuppe, wie gutaussehend oder erfolgreich der Mann war; er runzelte die Stirn, verzog die Lippen und vertraute alles, was Nagel ihm mit leiser Stimme diktierte, einem dicken Notizblock an. Beide standen hinter einem Schreibtisch, der Geschäftsführer stützte sich mit einer Hand auf die Lehne eines Drehstuhls. Der Tisch selbst war tipptopp aufgeräumt, da gab es nur ein Telefon, einen Flachbild-Monitor mit Tastatur, Schreibutensilien und einen Taschenrechner. Auch in den Regalen ringsum herrschte Ordnung, das musste man Nagel lassen. Bücher, Zeitschriften, Ordner wie in jedem Büro, dazu CDs und ein Notebook. An der Wand Konzertplakate, Dienst- und Besetzungspläne, eine Magnettafel mit aktuellen Aushängen des Opernbetriebs, dazwischen eine Geige ohne Decke. Außerdem eine kleine Sitzecke mit drei Sesseln. Über einem der Sessel hing Nagels Mantel.

Bevor ich mir mein weiteres Vorgehen zurechtlegen konnte, bekam ich einen Rippenstoß. Er ging auf das Konto eines feisten Kerls mit einem Knebelbart, wie sie seit der Weimarer Republik außer Mode waren.

Die Rempelei geschah unabsichtlich, denn sein Blick galt nur der halbnackten Annette Nierzwa.

»Widerwärtig«, keuchte er, während er einen Stuhl zur Seite schob. »Ekelhaft ist das.« Mit einem Finger lockerte er seinen Hemdkragen, dann begann er zu rufen: »Hallo! Hallo, Sie da!« Er hatte eine gepresste Fistelstimme, ein Witz für einen Mann seiner Statur, wie überhaupt sein ganzes Gerufe albern war, schließlich stand der Schnüffelpolizist bloß einen Meter vor ihm.

Einen Augenblick später hatte sich die Entfernung zwischen den beiden um die Hälfte verringert. »Stellen Sie den Stuhl wieder an seinen Platz«, herrschte der Beamte den Feisten an. »Was fällt Ihnen ein?«

»Ich bin«, sagte der und pumpte seinen mächtigen Brustkorb voll Luft, »ich bin hier der Generalmusikdirektor. Mit anderen Worten: der Hausherr, solange der Intendant nicht anwesend ist. Ich habe ein Recht darauf zu erfahren, was hier passiert ist.«

Der Geschäftsführer und der zweite Polizist unterbrachen ihr Gespräch und schauten zu uns herüber, Bernd Nagel mit der ausdruckslosen Miene eines Dulders. Dem Schnüffelpolizisten stand frischer Schweiß auf der Stirn. Wo blieb nur die Verstärkung? Er war an einem ereignislosen Samstagabend Streife gefahren, ohne zu ahnen, was hier auf ihn einprasseln würde: eine Leiche mit blankem Po, singende Grafen, ein musikalischer Generaldirektor. Und ein vorwitziger Privatdetektiv. Aber von dem wusste er noch nichts.

»Mir ist egal, wer Sie sind«, sagte der Beamte erregt. »Ich mache bloß meine Arbeit und habe dafür zu sorgen, dass niemand den Raum betritt. Was hier passiert ist, sehen Sie selbst. Dürfte ich Sie jetzt bitten?«

»Ihr Name?«, entgegnete der Dicke. Seine Fistelstimme hatte einen harten Klang bekommen.

Der Polizist schluckte. »Lassen Sie mich bitte meine Arbeit machen«, sagte er.

»Mein Name ist Barth-Hufelang, ich bin Städtischer Generalmusikdirektor, wie bereits erwähnt. Wären Sie nun so freundlich, mir den Ihren zu nennen?«

Der Typ mit dem Knebelbart war wirklich Gold wert. Ich zwinkerte Marc Covet zu, schob auch den zweiten Stuhl beiseite und setzte mich Zentimeter um Zentimeter von dem Grüppchen ab. Streckte erst meine Nase in das Zimmer des Geschäftsführers, dann den Kopf, den Oberkörper, bis zuletzt beide Füße auf der Schwelle standen.

»He!«, raunzte mich der überforderte Polizist an, um sich gleich wieder seinem Gesprächspartner zuzuwenden: wenn der Herr tatsächlich der Chef hier sei, möge er so kooperativ sein und die versammelten Herrschaften bitten, sich für die Fragen der Mordkommission zur Verfügung zu halten.

»Ach«, lachte der Feiste schrill. »Sie wollen den Gaffern diesen Anblick also weiterhin bieten?«

Das müsse man verstehen, mischte sich Covet ein. Es gehe um Zeugenbefragung. Und dann die Spuren. Die Beamten trügen schließlich die Verantwortung.

Ich stand nun direkt vor der Leiche. Annette Nierzwas Pobacken glänzten matt im Licht der Deckenlampen. An ihrem Hals zeichneten sich dunkle Flecken ab, die ich zuvor nicht bemerkt hatte. Die hätte ich mir gerne einmal näher angesehen.

»Das gilt auch für Sie, mein Herr!«, schrie der Schnüffelbeamte und machte einen Schritt in den Flur hinaus. Vielleicht meinte er Covet. »Finger weg von der Tür! Niemand betritt diesen Raum, verstanden? Niemand.« Murren antwortete ihm.

Meine Chance. Ich huschte in Nagels Zimmer und kniete mich neben die Leiche auf die hellen Dielen. Annettes hübscher Hals war von rot-violett schimmernden Würgemalen entstellt. Einzelne Blutergüsse ohne Abschürfungen. Da hatte jemand mit bloßen Händen zugelangt.

»He, Sie da!«, brüllte es aus zwei verschiedenen Richtungen gleichzeitig. Nagels Interviewer rührte sich nicht von der Stelle, fuchtelte bloß mit den Händen, als könne er mich wie eine Schmeißfliege vertreiben. Sein Kollege kam mit großen Schritten herbeigeeilt und packte mich beim Arm.

»Sind Sie taub?«, herrschte er mich an. »Raus hier!«

Annette Nierzwa war erwürgt worden. Die Wunde an der Stirn war nie und nimmer tödlich gewesen, und sonst entdeckte ich keine Verletzungen. Ihr Mund stand leicht offen, ein wenig Speichel war auf die Dielen geflossen. Aus den weit aufgesperrten Augen sprachen Entsetzen und Todesangst. An der Innenseite ihres linken Unterarms trug sie eine kleine Tätowierung in Form eines Schmetterlings.

All das registrierte ich, während ich mich langsam aufrichtete und versuchte, meinen schmerzenden Ellenbogen dem Griff des Beamten zu entziehen. Räuspernd wandte ich mich ihm zu.

»Ich habe eine Aussage zu machen«, sagte ich voll Würde.

»Wie bitte?« Er war so verblüfft, dass er mich losließ.

»Ich habe eine Aussage zu machen. Diese Frau ist mir persönlich bekannt. Ich kann Ihnen ihren Namen sagen.«

»Den kennen wir!«, brüllte der Polizist. »Den kennen wir längst. Raus mit Ihnen, Sie vernichten hier Spuren!«

»Annette Nierzwa«, sagte ich unbeeindruckt. »Eine junge Frau, die unten an der Theatergarderobe …«

»Raus!« Er packte wieder zu und zog mich zur Tür.

»Sie hat meinen Mantel entgegengenommen. Persönlich, vor der Vorstellung, verstehen Sie? Da hat sie noch gelebt.«

»Die sind balla balla hier«, stöhnte der Polizist, nachdem er mich endlich aus dem Zimmer bugsiert hatte. »Alle!«

»Das wird ein Nachspiel haben«, sagte der beleibte Musikdirektor finster. »So etwas lasse ich über mein Haus nicht sagen. Das nicht, mein Herr!«

Einige Minuten später wurden die Rufe des Beamten nach Verstärkung erhört. Eine ganze Mannschaft rückte an: Kriminaltechniker, Kripo, Zivile und Uniformierte. Der Ärger war vorprogrammiert. Die Spurensicherer beschwerten sich über die vielen Gaffer, die Gaffer meckerten über die Polizei, die beiden aus dem Streifenwagen klagten über die Verspätung und wurden umgehend aufgeklärt, was sie hätten tun und lassen sollen. Das Stockwerk räumen zum Beispiel, den Tatort großräumig sichern, sämtliche Zeugen möglichst weit weg vom Fundort der Leiche zusammenpferchen; das wäre ihre Aufgabe gewesen.

»Zu zweit?«, blaffte der eine Polizist zurück, und er hatte recht. Mitten in dem ganzen Trubel stand der dicke Generalmusikdirektor, plusterte sich auf und verlangte den Verantwortlichen zu sprechen. Auf der Stelle.

»Ich höre«, sagte ein etwas ungepflegt wirkender Mann mit gelblichem Teint und schütterem Haar. Von allen schlecht gelaunten Menschen vor Ort war er der am schlechtesten Gelaunte.

»Sie sind hier zuständig?«, fragte Barth-Hufelang ungläubig.

»Ich leite die Ermittlungen, wenn Sie nichts dagegen haben.«

»Dann möchte ich Sie inständig bitten …« Der Musikdirektor holte tief Luft. Die Beamten, sagte er, sollten die Untersuchungen diskret führen, auf die Seelenlage der Anwesenden Rücksicht nehmen, die Würde der Toten wahren, den Ruf seines Hauses nicht gefährden. Er hätte diese Bitten leise vorbringen können, doch er sprach mit schriller Fistelstimme, damit alle hören konnten, was für ein eloquenter, verantwortungsbewusster Chef er war.

»Ja«, beendete der Beamte den Redeschwall und wandte sich ab.

Seine Mitstreiter leisteten währenddessen ganze Arbeit, an vorderster Stelle zwei Jungspunde in Zivil. Sie ließen sich vom Hausmeister Schlüssel geben, um sämtliche Räume öffnen zu können, sondierten die Lage, trieben zusammen, kommandierten. Schauspieler und Sänger hatten sich im Tonstudio einzufinden, Orchestermitglieder eine Tür weiter, gegenüber die sonstigen Angestellten des Theaters und ganz hinten die Opernbesucher. Wer jetzt noch vor Ort war, hatte den Zeitpunkt zum Rückzug verpasst. Er wurde angeknurrt und in seine Koppel gescheucht. Es dauerte keine drei Minuten, bis die beiden Hitzköpfe den Flur freigeräumt hatten. Die reinsten Kettenhunde.

Marc und ich traten folgsam in den Überaum von vorhin. In unserem Schlepptau eine einzige Person, ein aufgeregtes Männlein im Lodenmantel, das sich jammernd auf einen Stuhl fallen ließ, nur um sofort wieder aufzuspringen und sich zu rechtfertigen.

»Ich bin rein zufällig hier«, erklärte uns das Männlein. »Wenn man es Zufall nennen will. Sehen Sie, mich ziehen tragische Ereignisse an. Magisch ziehen die mich an, und dass das hier ein tragisches ... ich meine, das kann man doch so sagen, oder? Wenn ein Todesfall kein tragisches ...« Der Kleine brach ab und schüttelte trübsinnig den Kopf. »Dann weiß ich auch nicht«, sagte er leise.

Marc nickte und setzte sich auf den anderen Stuhl. Ich nahm auf dem Klavierhocker Platz.

»Mein Bus«, fuhr das Männchen nach einem Blick zur Armbanduhr fort, »geht in einer halben Stunde. Nach Waldwimmersbach. Vielleicht lassen sie mich gleich gehen, wenn sie hören, dass ich nichts ... Tragik hat etwas Faszinierendes für mich, verstehen Sie? Tragische Opern, Wagner, Puccini. Das zieht mich an. Wobei Mozart ja nun weniger ...« Er unterbrach sich, um erneut zur Uhr zu schauen. »Hoffentlich, hoffentlich«, murmelte er.

Wir schwiegen. Durch die offene Tür drangen die Stimmen der beiden Wadenbeißer zu uns. Wir hörten, wie sie die Personalien der Anwesenden aufnahmen und Kurzverhöre durchführten. Besonders freundlich klangen sie nicht. Vielleicht hassten sie Musik und Musiker.

»Und jetzt?«, fragte Covet leise.

Ich zuckte die Achseln. Für mich gab es nichts mehr zu tun. Nur noch raus hier, ohne viel Staub aufzuwirbeln.

»Verstehen Sie das?«, sagte das Männchen, das wieder Platz genommen hatte. Seine Beine waren so kurz, dass die Füße den Boden nicht berührten.

»Was?«, brummte ich.

»Dass man von Tragik so fasziniert sein kann. Dass sie einen so packt. Bis man zuletzt einer echten Leiche …« Betreten sah der Kleine auf seine Füße. Schuhgröße 37, schätzte ich.

Meine Blicke wanderten über die Klaviertasten. Als ich neun war, hatte ich ein Jahr lang Unterricht gehabt. Das Einzige, an was ich mich noch erinnerte, war die Lage des mittleren C auf der Tastatur. Nicht einmal ›Alle meine Entchen‹ würde ich noch hinbekommen.

Bewegung an der Tür: Bernd Nagel, der bleiche Schönling. Jeglichen Blickkontakt meidend, trat er ein und zog ein Taschentuch, um sich den Mund abzutupfen. Mit ihm war einer der beiden scharfen Hunde gekommen. Er blieb auf der Schwelle stehen und stützte sich mit den Händen am Türrahmen ab.

»So«, knurrte er zufrieden. »Wen nehmen wir denn jetzt?«

Der kleine Lodenfreund sprang auf die Füße und bettelte darum, drangenommen zu werden. Bus nach

Waldwimmersbach. Tragischer Blick. Bitte, bitte, Herr Kommissar.

Der Polizist sah dem Gezappel eine Weile zu, dann nickte er. Er war muskulös und braungebrannt und hatte tatsächlich etwas von einem Hund: dichtes, tiefschwarzes Haar, markante Augenbrauen, darüber eine Stirnpartie aus gemeißeltem Stein. Ein Rottweiler. Er legte seine dunkel behaarte Hand auf die Schulter des Kleinen und drängte ihn zur Tür hinaus.

Eine Weile herrschte Stille im Überaum. Nagel starrte regungslos in eine Ecke, von seinem Freund besorgt beobachtet. Irgendwann gab sich Covet einen Ruck, stand auf und tätschelte ihm aufmunternd den Rücken.

»Und?«, fragte er.

Nagel wandte ihm langsam das Gesicht zu. Er litt, aber selbst dieses Leiden war schön anzusehen.

»Scheiße«, sagte er.

Marc presste die Lippen zusammen.

»Das ist …«, begann Nagel, verstummte und drehte sich weg.

Marc senkte den Kopf. Seine rechte Hand blieb auf Nagels Schulterblatt liegen.

Gähnend drückte ich ein paar Klaviertasten. Man merkte, dass man sich in einem Theater befand. Jeder schauspielerte, was das Zeug hielt. Faust und Hamlet. Große Gefühle, hehre Gesten, edle Menschen. Meine Finger machten sich selbstständig und purzelten auf die Tasten nieder. Von den Tönen aufgeschreckt, schauten Nagel und Covet zu mir herüber.

»Das ist Max«, sagte Marc. »Max Koller. Ein alter Freund. Außerdem Privatdetektiv.«

Nagel nickte mir kurz zu.

»Sie war Ihre Freundin?«, fragte ich. »Mein Beileid.«

»Ex-Freundin«, sagte Nagel. Dann hob er plötzlich den Kopf. »Was sind Sie? Privatdetektiv?«

»Bin ich.«

Er starrte Marc an. »Ist das jetzt ein Zufall oder was?«

»Ich habe ihn angerufen«, erklärte Covet. »Damit er sich hier ein wenig umschaut. Vielleicht entdeckt er Dinge, die der Polizei entgehen.«

Nagel warf mir einen ungläubigen Blick zu. Verdenken konnte ich es ihm nicht. Ich wirkte nicht gerade wie ein Mann, der eine komplette Sonderkommission in den Schatten stellt.

»Ist das … ich meine, ist das legal?«, wollte der Geschäftsführer wissen. »Dazu ist doch die Polizei da, und ich weiß nicht recht, was ein …«

»Die Polizei«, sagte Marc, »wird sich nur auf das Nächstliegende stürzen. Da könnte es Sinn machen, noch jemanden einzubeziehen, der auch andere Wege verfolgt.«

»Das Nächstliegende? Was soll denn das heißen?«

Entweder war Bernd Nagel schwer von Begriff, oder es stank ihm, dass sein Kumpel so um den heißen Brei herumredete.

»Das Naheliegende«, sagte ich ruhig, »ist eine schlichte Frage: Wo haben Sie sich heute Abend zwischen acht und elf herumgetrieben?«

Da sperrte er Mund und Augen auf, der Gute. »Bitte?«, stotterte er. »Heute Abend? Ich war in der Premiere.«

»Haben Sie das zu Protokoll gegeben?«

»Natürlich.«

»Bernd«, beschwor ihn Covet leise. »Ich habe es ihm erzählt, verstehst du?«

Nagel schluckte. Er ging zum Fenster und schaute hinaus in die Dunkelheit. Eine Ader an seinem Hals trat hervor. »Musste das sein?«, fragte er schließlich.

»Es kommt doch sowieso raus«, antwortete ich an Covets statt. Für wie blöde hielt dieser Mensch eigentlich Kriminalbeamte? »Besser, Sie sagen von Anfang an die Wahrheit. Das macht Sie weniger verdächtig.«

»Danke für den Tipp«, fauchte er und funkelte mich böse über die Schulter an.

»Gern geschehen. Ist sogar honorarfrei. Und? Wo waren Sie nun?«

Nagel drehte sich um und warf seinem Freund Covet einen wütenden Blick zu. Marc machte eine entschuldigende Geste, die mich ärgerte. Seit wann genossen Musikmenschen das Privileg, mit Samthandschuhen angefasst zu werden?

Bevor Nagel antworten konnte, füllte sich der Türrahmen wieder mit den Umrissen des Rottweilers. Seine dunklen Äuglein fixierten mich. Wir saßen mucksmäuschenstill da, Schlachtvieh auf dem Weg in die Pelle. Dann hob er langsam eine Hand, fuhr ebenso langsam seinen Zeigefinger aus und stieß plötzlich zu.

»Sie«, sagte er. »Sie sind dran.«

Folgsam erhob ich mich. »Wie schade«, sagte ich im Hinausgehen, »dass unser gemeinsamer Opernbesuch so enden musste. Nicht wahr, Marc?«

Covet sah mich groß an, dann nickte er hastig.

Die Befragung fand auf dem Flur statt, im Stehen. Ich sah den Kollegen des Rottweilers auf den Grafen einreden, während der Typ im Arbeitskittel von einem Uniformierten interviewt wurde. Durch das Treppenhaus hallte der Jubel des Gartenzwergs auf dem Weg nach Waldwimmersbach.

Mein schwarzhaariger Begleiter blätterte in seinem Notizbuch. Dann zog er eine Lesebrille aus der Manteltasche und setzte sie auf. Ein Rottweiler mit Lesebrille, man lernt nie aus.

»Name?«

»Max Koller.«

Er schrieb.

»Mit Doppel-L«, sagte ich. »Und zwar der Koller. Nicht der Max.«

Er hielt inne und schenkte mir einen langen, stummen Blick über den Brillenrand. Ich lächelte ihn an. Der Typ war jünger als ich, aber weitsichtig.

»Adresse? Telefonnummer?«

Ich nannte sie ihm. Anschließend wollte er meine Staatsangehörigkeit wissen, mein Alter und zuletzt meinen Beruf. Der Notizblock füllte sich.

»Ich bin Sammler«, sagte ich.

»Sammler?«

»Exakt.«

»Sammler ist kein Beruf. Sammler von was?«

»Leichen. Ich sammle Verbrechensopfer, genau wie Sie. Allerdings nicht im Staatsdienst, sondern als freier Unternehmer.«

Der Typ verzog keine Miene. Wahrscheinlich hatte er heute Abend die unmöglichsten Berufe kennen gelernt: Chorsänger, Ersatzchorsänger, Premierengrafen, Generalmusikdirektoren, Inspizienten. Und wo es Leichen gab, konnte es auch Leichensammler geben. Vielleicht sogar freiberufliche.

»Ich bin Privatdetektiv«, erlöste ich ihn schließlich. »Schon mal gehört?«

Da fielen die Groschen. Wie im Spielautomaten. Der Rottweiler fing an zu grinsen, breit und immer breiter, setzte die Brille ab, setzte sie wieder auf und musterte mich von oben bis unten. Sollte er nur mustern! So einen wie mich bekam er auf keiner Bühne zu sehen.

»Chris«, rief er hohnlachend durch den Flur, »schau dir das an! Du glaubst nicht, wen ich da aufgegabelt habe.«

Der Angesprochene unterbrach die Befragung und sah zu uns herüber. Er war kleiner, gedrungener als sein Kollege, hatte ein flaches Gesicht mit winziger Nase, kurzgeschorenes weißblondes Haar und kleine, gerötete Augen. Ich kann mir nicht helfen, er erinnerte mich an einen Kampfhund, der mich bei einer meiner Radtouren mal gejagt hatte.

»Er sagt, er ist Privatdetektiv«, brüllte der Dunkelhaarige so laut, dass die Zeugen aus den Zimmern lugten. »Privatdetektiv, ich lach mich schlapp!«

Chris lachte nicht, er knurrte nur: »Schmeiß ihn raus.« Dann wandte er sich wieder dem Perückengrafen zu.

»Privatdetektiv«, wiederholte der Rottweiler, als könne er sich an diesem schönen Wort gar nicht satt hören. »Wusste gar nicht, dass Heidelberg einen hat. Geschweige denn braucht.«

»Dem Tourismus tut es gut, heißt es.«

»Und?«

»Was und?«

»Was wollen Sie hier? Rumschnüffeln?«

»Gott bewahre«, rief ich und hob abwehrend alle Hände, die mir zur Verfügung standen. »Da liegt ein Missverständnis vor. Ich bin ganz privat hier. Als Privatmann, nicht als Privatdetektiv. *Figaros Hochzeit* ist meine Lieblingsoper.«

Und dann begann ich zu erklären, so wortreich, dass er mit dem Schreiben kaum hinterherkam. Herr Covet sei ein alter Freund von mir und Herr Nagel ein alter Freund von Herrn Covet, wir wollten nach der Aufführung gemeinsam einen trinken, weshalb wir uns vor Herrn Nagels Zimmer eingefunden hätten, hier aber sei es zu der schrecklichen Entdeckung gekommen, die uns natürlich den Durst komplett verhagelt habe, und dann sei Annette auch noch die Freundin Herrn Nagels beziehungsweise die Ex-Freundin, manches geht eben auseinander, furchtbar sei es trotzdem, nicht einmal ich als Privatermittler hätte mich an den Anblick von toten Menschen gewöhnt, schon gar nicht nach so vielen Stunden herrlicher Musik.

»Der Graf hatte allerdings keinen guten Tag«, raunte ich ihm zu. »Keine Höhe, kein gar nix. Aber sagen Sie es ihm nicht.«

Schweigend klopfte der Rottweiler auf seinem Notizblock herum. Er nahm seine Brille ab, klappte sie zusammen und steckte sie in die Brusttasche zurück. Privatdetektiv und Opernbesucher gleichzeitig, das überstieg seine Toleranzschwelle.

»In diesem Aufzug waren Sie in der Premiere?«, fragte er schließlich.

Ich trug, was ich immer trage. Jeans, Hemd und Pulli, darüber meine dicke Winterjacke und einen rostroten Schal.

»Kunst kommt von innen«, lächelte ich.

»Sauber«, sagte er nur. »Sauber.« Dann klemmte er seinen Kugelschreiber hinters Ohr, um eine seiner großen Hände für mich frei zu haben. Die legte er mir auf die Schulter. So wie vorhin dem Tragiker aus Waldwimmersbach, nur hatte er da vermutlich weniger fest zugedrückt.

»Nun sage ich Ihnen mal was«, fing er an, freundlich wie eine Vogelspinne. »Ich sage Ihnen was, Herr Koller. Ob Sie nur zufällig hier sind oder herumschnüffeln wollen, ist mir egal. Das gilt auch für meine Kollegen. Scheißegal ist uns das. Und wissen Sie, warum? Weil Typen wie Sie uns scheißegal sind. Wir machen einfach unsere Arbeit. Tun Sie, was Sie nicht lassen können, aber passen Sie gut auf. Wenn Sie uns in die Quere kommen, bekommen Sie Ärger. Ärger, der sich gewaschen hat. Ist das klar?«

Das war eine lange Rede für einen Mann seiner bescheidenen Eloquenz, und ich honorierte sie mit andächtigem Lauschen.

»Sie sollten öfter in die Oper gehen«, sagte ich.

»Hauen Sie ab«, entgegnete er. »Hauen Sie einfach ab.«

»Sehr gerne. Aber erst, wenn Sie mit meinem Freund Marc Covet durch sind. Machen Sie nicht zu lange, wir wollen alle ins Bett.«

Ich ging in den Überaum zurück. Hinter mir fletschte der Beamte die Zähne.

2

Ohne den Anruf am nächsten Morgen wäre es wohl bei dieser Stippvisite im Reich der Musik geblieben. Gegen zwei Uhr nachts verabschiedete ich mich von Marc und bestieg mein Rad. Den Schal fest um den Hals geschlungen, fuhr ich durch die Hauptstraße, ebenso müde wie entschlossen, mich aus dieser Geschichte herauszuhalten. Auch wenn mich interessierte, wer Nagels Freundin auf dem Gewissen hatte. Es gab zwei gute Gründe, vorsichtig zu sein. Da waren auf der einen Seite diese Leute, die so taten, als hätten sie etwas mit Kunst zu tun. Ein fetter Dirigent, Damen mit Kussmund, verschwitzte Bühnentechniker. Die konnten mir gestohlen bleiben. Von ihren Gepflogenheiten, Lebensverhältnissen, Redeweisen hatte ich keine Ahnung; ich misstraute ihnen. Sie trugen Perücken oder Frack, aber vor einem kleinen Polizeibeamten ließen sie den Direktor heraushängen. Wenn ich hier ermittelte, würde ich dauernd mit ihnen zusammenrasseln.

Erschwerend kam hinzu, dass ich nichts von Musik verstehe. Ich glaube, ich war mein Lebtag ein einziges Mal in der Oper und bin eingeschlafen. Aber bitte, man lernt ja gerne dazu.

Der zweite und entscheidende Grund für meine Zurückhaltung trug einen Namen: Marc Covet. Beruf und Privatangelegenheiten zu vermischen, ist immer riskant. Man stelle sich nur unsere Honorarverhandlungen vor! Schreib mir eine Rechnung; kann ich mit Karte zahlen? Absurder Gedanke, einem Freund Geld für einen Helferdienst abzuknöpfen. Und selbst wenn wir auf irgendeine utopische Weise zu einer Einigung kämen, würde es böses Blut geben. Schließlich war Covet persönlich in die Sache involviert, da konnte er mir erzählen, was er wollte. Es war sein Kumpel, der verdächtigt wurde, der vielleicht einen Totschlag im Affekt begangen hatte, der ihn möglicherweise belog – und damit war es die Freundschaft zu Bernd Nagel, die auf dem Spiel stand.

Und da sollte ich ermitteln? Mitten in einem Interessenkonflikt? Sollte meine Nase in Dinge stecken, die Marc am Ende peinlich waren, sollte den Geschäftsführer durchleuchten und abklopfen, bis sich herausstellte, dass er bloß ein larmoyanter Schönling war, der an seine Karriere dachte? Vielleicht war er das ausschließlich in meinen Augen, in den Augen eines neidischen Privatflics, der lieber vor der Glotze ein Bier köpfte, als bei einer Premierenvorstellung durch das Heidelberger Stadttheater zu flanieren. Mag sein; aber gerade dann sollte ich die Finger von dem Fall lassen. Bevor ich mit Marc aneinandergeriet, weil ich Erkenntnisse lieferte, die ihm nicht gefielen.

Und so stand mein Entschluss bereits fest, als ich durch die menschenleere Hauptstraße fuhr und die eiskalte Luft mir Tränen aus den Augen trieb: Den Mord an Annette Nierzwa würden der Rottweiler und seine Kollegen aufklären. Ohne meine Mithilfe. Diese Kröte würde Covet schlucken müssen.

Aber dann kam der Anruf.

Streng genommen waren es sogar zwei. Zunächst jaulte mein Handy. Ich ließ es jaulen und vergrub mich tief in den Kissen. Wer am Sonntagmorgen um acht Wünsche hatte, sollte sie meiner Mailbox diktieren. Eine Minute lang herrschte Stille, dann klingelte mein Telefon. Da meinte es jemand aber ernst! Nach viermaligem Klingeln übernahm der Anrufbeantworter die Regie, ich richtete mich langsam im Bett auf und lauschte.

Es war die Stimme einer Frau. Keine junge Stimme, auch gefiel mir ihr Tonfall nicht, aber was sie sagte, ließ mich aufhorchen. Sehr geehrter Herr Koller … muss Sie in einer dringenden Angelegenheit … der gestrige Todesfall im Theater … ob Sie wohl die Freundlichkeit besäßen, sich umgehend zurückzumelden?

Nun, der sehr geehrte Herr Koller besaß sogar die Freundlichkeit, sich umgehend aus den Federn zu schälen und nach dem Hörer zu greifen, bevor die Dame aufgelegt hatte. Die Nachricht vom Mord an Annette Nierzwa schien schnell die Runde gemacht zu haben.

»Guten Morgen«, brummte ich. »Wer spricht?«

»Herr Koller persönlich?«

»Um diese Uhrzeit bin ich der Einzige im Büro.«

»Oh, tut mir leid, Sie so früh stören zu müssen«, sagte die Frau mit der Andeutung eines Kicherns, das vermutlich so falsch war wie ihre Haarfarbe und ihre Entschuldigung. Ich stellte mir eine aufgetakelte 70-Jährige vor, die vom morgendlichen Fünf-Uhr-Geläute aus dem Bett getrieben wird und ihre übermüdete Umwelt mit Anrufen terrorisiert: ›Sei mir nicht böse, aber ich *musste* mit dir sprechen, Gertrud!‹

»Mein Name ist Elke von Wonnegut«, fuhr sie fort. »Herr Koller, ich möchte gleich zur Sache kommen.

Es geht um den Vorfall gestern Abend im Theater. Während der *Figaro*-Aufführung.«

»Um welchen Vorfall?«

»Den Tod dieser Garderobiere. Dieses schreckliche Ereignis.«

»Ja?«

»Weiß man schon, wer dafür verantwortlich ist? Ich habe gehört, dass Sie mit der Polizei zusammenarbeiten.«

»Das haben Sie gehört?«

»Ja«, sagte sie und kicherte wieder.

Ich rieb mir den Schlaf aus den Augen. Abgesehen davon, dass mich ihre tüdelige Umschreibung des Mords ärgerte – ein Vorfall, für den jemand verantwortlich zeichnete –, fragte ich mich, woher die Alte ihre Informationen hatte.

»Ich arbeite nicht mit der Polizei zusammen«, sagte ich. »Die würde sich für meine Hilfe bedanken.«

»Also ermitteln Sie auf eigene Faust?«

»Nein.«

»Ach so? Ich dachte …«

»Wer hat denn behauptet, dass ich in diesem Fall ermittle?«

»Freunde von mir. Sehen Sie, mein Bekanntenkreis ist groß, und ich habe mit zahlreichen Menschen gesprochen, die Sie gestern vor Ort gesehen haben. Bei der Arbeit sozusagen. Wobei das natürlich ein falscher Eindruck gewesen sein kann.«

Ich sah zur Sicherheit noch einmal auf meine Armbanduhr. Fünf nach acht, und sie hatte bereits mit zahlreichen Menschen gesprochen. Mochte der von Wonnegut'sche Bekanntenkreis auch groß und illuster sein, ich wollte nicht dazugehören. Wahrscheinlich hatten einige ihrer Busenfreunde meine nächtliche Unterhaltung mit dem Rottweiler inklusive Erwähnung meines Berufs aufgeschnappt und ihren Erlebnisbericht damit gespickt.

»Sagen wir mal so«, meinte ich. »Gestern stand ich noch vor der Wahl, eigene Ermittlungen anzustellen, habe mich inzwischen aber dagegen entschieden.«

»Und warum, wenn man fragen darf?«

»Private Gründe.«

»Interessant«, sagte sie, und man merkte, wie in ihrem alten Kopf die Gedanken hin- und herschossen. »Das ist wirklich interessant, was Sie da erzählen, Herr Koller. Zumal ich gestern Abend selbst in der Premiere war, sofort nach Vorstellungsende allerdings gehen musste. Wissen Sie, die Oper ist meine zweite Heimat. Ich bin Vorsitzende des Fördervereins.«

Ich schwieg.

»Nun, mein lieber Herr Koller ... Würde es Ihnen etwas ausmachen, zu mir zu kommen und mir Ihren Eindruck von der ganzen Angelegenheit zu schildern?«

»Jetzt?«

»Ich lasse Ihnen ein zweites Frühstück servieren. Kaffee oder Tee?«

»Moment, Frau von Wonnegut«, lachte ich überrumpelt und kratzte mich am Kopf. »Verstehen Sie mich nicht falsch, aber ich wüsste nicht, wieso ich das tun sollte.«

»Ach so, ach so«, gurrte sie ins Telefon und überschlug sich fast vor Freundlichkeit. »Natürlich, Sie leben schließlich davon, dass man Ihre Informationen käuflich erwirbt. Bitte, Herr Koller, darüber lässt sich reden. Ich bin noch niemandem etwas schuldig geblieben, das ist mein Lebensmotto. Kommen Sie erst einmal vorbei, damit wir uns unterhalten können, anschließend klären wir das Finanzielle. Wie erwachsene Leute. Derweil erfahren Sie von mir, warum wir vom Förderverein wegen dieser Geschichte so besorgt sind.«

»Ich fürchte, ich kann Ihnen da nicht viel erzählen. Nicht mehr als Ihre Bekannten, die gestern vor Ort waren.«

»Aber Sie haben mit Herrn Nagel gesprochen, nicht wahr? Welchen Eindruck hat er auf Sie gemacht? Glauben Sie, er hat irgendetwas mit dem Mord zu tun?«

»Keine Ahnung.«

»Nun stellen Sie Ihr berufliches Licht nicht unter den Scheffel, Herr Koller. Sprechen wir einfach in Ruhe bei mir zu Hause darüber. Frau Stein wird Ihnen ein ausgezeichnetes Frühstück zusammenstellen.«

Mein Magen knurrte. Immer noch war mir ein Rätsel, warum mich die Alte sprechen wollte. Was erhoffte sie sich von einem netten Plausch bei frischen Brötchen und Orangensaft? Exklusivinformationen für den nächsten Kaffeeklatsch? Oder mehr?

»Um zehn muss ich in der Stadt sein«, sagte ich mit einem weiteren Blick zur Uhr. »Ein Termin, den ich unmöglich verschieben kann.«

»Ich wohne in der Altstadt, und es wird höchstens ein Stündchen dauern.«

»Na, dann ...«

»Kaffee oder Tee, Herr Koller?«

»Kaffee. Und er darf ruhig stark sein.«

30 Minuten später stand ich vor einem blassgelb gestrichenen Altbau in der Neuen Schlossstraße und schwitzte. Ein pakistanischer Zeitungsausträger tappte pfeifend das steile Kopfsteinpflaster hinunter, ansonsten lag die Straße wie ausgestorben da. Ich schloss mein Rennrad ab und betätigte die obere von sechs Klingeln. Nach einer Weile summte der Türöffner. Mit dem Aufzug fuhr ich in den dritten Stock.

Oben gab es nur eine einzige Tür, geschlossen, ohne Namensschild. Ich klingelte wieder, wartete, hörte ferne Stimmen, dann ein Brummen und Schlurfen. Ein Mann öffnete, genauer gesagt ein Männchen, deutlich über das Pensionsalter hinaus und leicht bucklig. Seine gebeugte Haltung ließ mich rosige Kopfhaut sehen, um die ein wirrer Haarkranz lief. Er schaute mich aus großen Kinderaugen an und summte leise vor sich hin.

»Guten Morgen«, sagte ich. »Max Koller.«

Keine Reaktion, wenn man von dem unverdrossenen Summen einmal absah.

»Ihre Frau erwartet mich.«

Da strahlte der Kleine über sein ganzes faltiges Gesicht. Es war die reine, innige Freude, die mir entgegenlachte, so herzensinnig, dass ich sie ihm nicht abnahm. Wahrscheinlich strahlte er jeden Besucher so an, ob Trickbetrüger oder Krankenpfleger.

»Sie ist im Wintergarten«, flüsterte er und ließ mich eintreten. »Einmal ganz durch. Sehen Sie? Ganz durch, bis da hinten.«

»Danke«, sagte ich. Vielleicht hatte ich unrecht, und er war einfach ein netter, alter Mann mit krummen Knochen und fröhlichem Herzen.

Während er sich durch eine Seitentür verkrümelte, schritt ich den breiten, geräumigen Flur entlang. Er wurde von altertümlichem Holzmobiliar flankiert, darunter ein Klavier mit gedrechselten Beinen und Kerzenhaltern, und endete vor einer Doppelflügeltür, an die sich ein Wintergarten anschloss. Klassische Musik umfing mich, als ich eintrat.

»Guten Mo-horgen«, schallte es mir entgegen.

Die Dame des Hauses saß lächelnd in einem Korbstuhl, hatte die Last ihrer warm eingepackten Beine einem Fußbänkchen anvertraut und ließ sich die spärliche Wintersonne ins Gesicht scheinen. In Griffweite stand ein Telefon auf einem Schemel. Seitlich ein kleiner Tisch und ein Stuhl, ringsum Kübelpflanzen auf Marmorplatten, ein gluckernder Zimmerspringbrunnen, viel Nippes. Von der Decke glotzten mich zwei Lautsprecherboxen an, in einem Käfig schaukelte ein Papagei traurig vor sich hin. Das Beeindruckendste jedoch war die Glasfront des Wintergartens, die freie Sicht in drei Himmelsrichtungen bot. Die gesamte Altstadt lag einem zu Füßen, ein Spielzeugland aus Lebkuchenhäuschen, man musste nur noch zugreifen. Mit diesem Anblick vor Augen verstand sogar ich, warum die Touristen aus aller Welt nach Heidelberg kamen und Film um Film verknipsten. Die von Wonneguts bewohnten einen exklusiven Hochsitz, der sie beim Frühstück auf den Fluss sehen ließ, auf die Alte Brücke, auf den Philosophenweg und auf die Dachterrassen all der anderen Altstadtbewohner. Es war zum Heulen schön.

»Nehmen Sie doch Platz, Herr Koller«, sagte Frau von Wonnegut. »Und bitte entschuldigen Sie, wenn ich sitzen bleibe. Meine Beine können nicht mehr so, wie ich will.«

Ich reichte ihr meine Hand. »Eine schöne Aussicht haben Sie.«

»Wir wohnen seit 40 Jahren hier und genießen sie jeden Tag. Ich würde Sie gerne meinem Mann vorstellen, aber er sitzt bestimmt wieder an seinen Käfern.«

»Er hat mir geöffnet.«

»Paul?« Ihr Dauerlächeln verschwand. »Nicht Frau Stein?«

»Wie eine Frau sah er nicht aus«, sagte ich und setzte mich an den kleinen Tisch. Der Papagei gab ein hustendes Geräusch von sich, schüttelte sein Gefieder und drehte mir den Rücken zu.

»Frau Stein!«, rief meine Gastgeberin mit schriller Stimme. »Wo stecken Sie denn? Unser Gast ist da!«

Einen Servierwagen hinter sich herziehend, betrat eine magere, frostig dreinblickende Frau den Wintergarten. So karg sie in ihrem dunklen Kleid wirkte, so üppig präsentierte sich ihr Frühstück. Eine große Kanne Kaffee, Milch, Sahne, zwei Sorten Saft, Schinken, Käse, Marmelade, Honig, ein wachsweiches Ei und verschiedene Früchte, alle mundgerecht zugeschnitten. Und alle für mich, es gab nämlich nur einen Teller. Respekt, Frau Stein! Das sah nach harter, ehrlicher Sonntagmorgenarbeit aus.

»Haben Sie die Türklingel nicht gehört?«, fragte Frau von Wonnegut unerwartet scharf.

»Nein«, sagte Frau Stein und reichte mir mein Besteck.

»Sogar mein Mann hat sie gehört.«

Ohne auch nur mit einem Gesichtsmuskel zu zucken, schenkte Frau Stein mir Kaffee ein.

»Vielen Dank, ich glaube, unser Gast kommt alleine zurecht. Und stellen Sie bitte die Musik etwas leiser.«

Frau Stein tupfte einen Tropfen vom Ausguss der Kaffeekanne, dann schritt sie wortlos hinaus. Gleich darauf verstummte die Hintergrundsmusik bis fast zur Unhörbarkeit.

Meine Gastgeberin seufzte theatralisch auf, und es hätte mich nicht gewundert, wenn sie ein Lamento über das heutige Küchenpersonal angestimmt hätte. Stattdessen erblühte das zuvorkommende Begrüßungslächeln wieder auf ihren Lippen. Sie legte den Kopf ein wenig zur Seite und bedeutete mir mit einer Handbewegung zuzugreifen – so, wie früher die eigene Großtante einen aufforderte, wenn sie aufgetischt hatte. Lang zu, mein Junge, und nichts übriglassen!

Aber Elke von Wonnegut war keine hemdsärmelige Großtante, sondern ein kleines, selbstbewusstes Persönchen, das für klassische Musik schwärmte und durch Damen gleichen Alters ein Frühstück auftragen ließ, um einen Privatflic zu bezirzen. Sie trug eine Bluse mit Spitzenkragen und einen dunkelblauen Rock, um ihren schmalen, geröteten Hals wand sich eine rosa Perlenkette. Unter blondierten, leicht gewellten Haaren lugte das Gesicht eines klugen Nagetiers hervor, zu dem die makellose Reihe ebenmäßiger Zähne nicht recht passen wollte. Mein Blick blieb an ihren Ohrperlen hängen, die von gleicher Farbe wie die der Kette waren.

»Tja, Herr Koller«, begann sie heiter. »Wie schön, dass Sie gekommen sind.«

Ich probierte den Kaffee. Er hätte etwas stärker sein dürfen, aber er war in Ordnung. Wenn ich den Tisch komplett abräumte, brauchte ich vor heute Abend nichts mehr zu essen.

»Sie sind also Privatdetektiv. Man nennt es doch Privatdetektiv, oder?«

Ich nickte, zog meine Armbanduhr aus und legte sie neben meinen Teller.

»Und Sie haben um zehn Uhr einen wichtigen Termin, nicht wahr?«

»Genau«, sagte ich.

»Aber nicht mit einem Klienten, nehme ich an. Sie sagten doch am Telefon, dass Sie sich gestern gegen einen Auftrag entschieden hätten, richtig? Ich frage das nicht aus Neugier, Herr Koller, sondern weil es von entscheidender Bedeutung für unser Gespräch ist.«

»Ich bin derzeit ohne Auftrag, das ist korrekt.«

»Hervorragend«, rief sie aus und klatschte in die Hände. »Dann möchte ich Sie hiermit engagieren.«

»Sie?«, entfuhr es mir. »Mich engagieren?«

»Im Auftrag unseres Fördervereins. Der *Freunde des Musiktheaters*. Natürlich zu Ihren Bedingungen. In solchen Dingen pflegen wir nicht zu feilschen.«

Schweigend köpfte ich das Ei. Dass mich diese Frau engagieren könnte, wäre mir im Traum nicht eingefallen. Was interessierte sie so sehr am Tod einer Theaterangestellten, dass sie bereit war, sich dafür in Unkosten zu stürzen? In vermeidbare Unkosten zudem, denn es wurde ja ermittelt, die Polizei würde längst eine Sonderkommission zusammengestellt haben und den Mord, davon konnte man ausgehen, innerhalb weniger Tage aufgeklärt haben.

»Sie wollen mich engagieren«, sagte ich. »Gut. Wofür und warum ausgerechnet mich? Trauen Sie mir mehr zu als der Kripo? Oder soll ich etwas über die Ermordete herausfinden?«

»Über diese Frau?« Sie winkte ab. »Um Gottes willen. Verschonen Sie mich mit der. Mir geht es nur um eine Person, und das ist Herr Nagel.«

»Weil er mit ihr befreundet war?«

»Richtig. Und weil er sie gefunden hat, wie man mir sagte. Ist das Frühstück recht, Herr Koller? Fehlt noch etwas?«

»Alles bestens, Frau von Wonnegut. Erzählen Sie, was Sie von mir wollen, dann sage ich Ihnen, ob ich den Auftrag annehmen kann.«

»Sehr gut«, nickte sie und strich die Decke über ihren Beinen glatt. »Dazu muss ich ein wenig ausholen.«

Und das tat sie. Während sie mir eine Nachhilfestunde in Sachen klassische Musik gab, arbeitete ich mich durch die Köstlichkeiten, die mir Frau Stein aufgetischt hatte. Zum Ei trank ich den Grapefruitsaft, schmierte mir ein Marmeladebrötchen, spülte das Croissant mit viel Kaffee hinunter, probierte die Ananas und eine Kiwi, legte drei Lagen Schinken zwischen zwei Toastscheiben und schaffte sogar den Orangensaft. Als ich am Ende mit einem Eckchen Bergkäse in der Hand dasaß und mir behaglich über den Bauch strich, wusste ich mehr über die musikalischen Zustände in der Stadt, als mich jemals interessiert hatte.

Die Heidelberger Oper, so erfuhr ich, war klein, aber fein, das Theatergebäude schön, aber marode. Leute wie Frau von Wonnegut besuchten natürlich auch das Mannheimer Nationaltheater, fuhren nach Frankfurt, zu den Schwetzinger Festspielen oder gleich nach Salzburg, wenn ihre Knochen mitspielten, ihr Herz jedoch – bei diesen Worten legte sie beide Hände fest auf ihren Busen –, ihr Herz schlug ausschließlich für das altersschwache Haus in Heidelbergs Zentrum.

»Sie können es übrigens von hier aus sehen«, sagte sie. »Zumindest das Dach. Die Dächer, wenn man es genau nimmt.«

Ich nickte kauend. Dächer interessierten mich nicht.

Um dem finanzschwachen Opernbetrieb auf die Beine zu helfen, hatte man schon vor Ewigkeiten einen Förderverein gegründet und ihm den schönen Namen *Freunde des Musiktheaters Heidelberg* gegeben. Vorsitzende seit anderthalb Jahrzehnten: Elke von Wonnegut. Die Vereinsmitglieder waren sowohl Musikliebhaber als auch Lokalpatrioten, und zugunsten der Oper rissen sie sich sämtliche Beine aus. Verpflichteten Sponsoren, vermittelten Gastspiele, nutzten ihre weitverzweigten Kontakte zu Wirtschaft und Politik. Dass der Startenor X hier zuletzt seinen Schubert-Abend gegeben habe, sei nur dem rührigen Vereinsmitglied Y zu verdanken gewesen.

Wieder nickte ich. Der Name des Vereinsheinis sagte mir etwas, er stand alle naslang in den Klatschspalten der Regenbogenpresse. Von dem Sänger hatte ich noch nie etwas gehört.

Ohne die *Freunde des Musiktheaters* hätte die Stadt den Opernbetrieb längst eingestellt, behauptete Frau von Wonnegut. Dann wäre Heidelberg endgültig musikalische Provinz.

»Und wie wird man Mitglied in Ihrem Verein?«, wollte ich wissen. »Darf da jeder mitmachen?«

»Aber natürlich«, rief die Alte empört. »Jeder, dem das Wohl der Musik am Herzen liegt. Sicher achten wir darauf, dass man sich entsprechend einbringen kann. Man muss schon aktiv fördern können, wenn Sie verstehen, was ich meine. Karteileichen, die sich nur mit der Mitgliedschaft schmücken wollen, brauchen wir nicht.«

»Aktiv fördern heißt ...«

»Aktiv heißt aktiv, Herr Koller«, entgegnete sie ungeduldig. »Vermitteln, unterstützen, ein Netzwerk bilden. Ohne das geht heutzutage nichts mehr im Kulturbereich. Die Erfolgsformel besteht in einer gelungenen Mischung: auf der einen Seite die künstlerisch Verantwortlichen, auf der anderen die Entscheidungsträger aus Politik und Wirtschaft. Dass uns die ehemalige Oberbürgermeisterin die kalte Schulter gezeigt hat, war eine Ausnahme. So etwas wird nie wieder vorkommen.«

»Und Bernd Nagel?«

»Als Geschäftsführer des Philharmonischen Orchesters ist er selbstverständlich eines der wichtigsten Mitglieder. Ich habe vergangenes Jahr persönlich dafür gesorgt, dass er in den Vorstand gewählt wird.«

»War Annette Nierzwa auch dabei?«

»Ich bitte Sie.« Indigniert wandte sie sich ab.

Eine Garderobiere war also offensichtlich nicht in

der Lage, die Musik in Heidelberg aktiv zu fördern. Ihre Aufgabe bestand darin, den Vereinsmitgliedern nach einer Premiere in den Mantel zu helfen oder ein Stäubchen vom Jackett zu pusten. Und wenn ich Frau von Wonneguts pikierten Gesichtsausdruck richtig interpretierte, war die Tote dieser Pflicht nur ungenügend nachgekommen.

»Wie auch immer«, sagte meine Gastgeberin, nachdem sie sich ausgiebig geräuspert hatte. »Die *Freunde des Musiktheaters* haben sich in den letzten Monaten neue, ehrgeizige Ziele gesteckt. Den Anstoß gaben die Schreckensmeldungen über den Zustand der städtischen Bühnen. Dass hier investiert werden muss, ist offensichtlich, und dass unser Gemeinderat dafür kein Geld ausgeben möchte, noch viel offensichtlicher. Sie haben die Diskussionen sicher in der Presse verfolgt.«

»Sicher.«

»Vereinsintern sind wir uns einig, dass Heidelberg ein neues Opernhaus braucht. Das jetzige ist, wie erwähnt, ein Juwel, aber ein zu kleines, enges und nun auch noch sanierungsbedürftiges Juwel. Es gibt zwei Planungen: entweder ein Erweiterungsbau auf dem bestehenden Theatergelände oder ein Neubau an anderer Stelle.«

»Wo denn?«

Sie zuckte die Achseln. »Am Bahnhof, integriert in den geplanten neuen Stadtteil. Oder am Neckar, als repräsentatives Gebäude. Da ist vieles möglich. Wenn ich daran denke, dass sie in Hamburg die Elbphilharmonie genehmigt bekommen haben ... Ausgerechnet Hamburg!«

Mir fiel nicht ein, was an Hamburg so außergewöhnlich sein sollte, dass es gegen einen Konzertneubau spräche. Also schwieg ich.

»Wissen Sie«, sagte Frau von Wonnegut, und ihre Stimme bekam eine melancholische Note. »Ich habe eine Vision. Und viele meiner Freunde teilen sie. Die Vision, dass hier in Heidelberg eines Tages der komplette *Ring* aufgeführt wird.«

Dabei blickte sie mich so zustimmungsheischend an, dass ich reagieren musste. »Welcher *Ring*?«, fragte ich.

»*Der Ring des Nibelungen*«, sagte sie kalt. Selbst von einem Privatflic hatte sie sich eine andere Reaktion erhofft. »Vier Abende Wagner im neuen Opernhaus am Neckar. Oder im Herzen der Altstadt, auf historischem Grund. Vielleicht halten Sie mich für sentimental, aber wenn ich nur einmal die *Götterdämmerung* in meiner Heimatstadt hören dürfte, dirigiert von Enoch Barth-Hufelang, dann könnte ich beruhigt sterben.«

Mir blieb der Käse im Hals stecken. Klein und zäh, wie die Alte wirkte, lag jeder Gedanke an ihren bevorstehenden Tod verdammt fern. »Verstehe«, log ich schließlich.

»Unser Projekt hat bereits einen Namen: der *Heidelberger Ring 2012*. Behandeln Sie das bitte als vertrauliche Information. Überhaupt habe ich Ihnen all dies nur erzählt, damit Sie sich ein Bild von unserem Förderverein machen können. Wir haben große Pläne, Herr Koller, und um sie zu verwirklichen, brauchen wir fähige Menschen. Die richtigen Personen am richtigen Platz, verstehen Sie?«

»Sie meinen mich«, grinste ich.

»Nein«, erwiderte sie, um sich sofort zu verbessern. »Doch, Sie brauchen wir auch. Entschuldigen Sie bitte. Ich dachte in diesem Fall an Menschen wie Herrn Barth-Hufelang, der ein ausgezeichneter Dirigent ist, der beste, den diese Stadt je hatte, und der deshalb über kurz oder lang attraktivere Angebote bekommen wird. Es sei denn, wir können ihm eine lohnende Perspektive in Heidelberg bieten.«

»Den *Ring 2012*.«

»Richtig. Und wir brauchen jemanden wie Bernd Nagel, der als Geschäftsführer ein Glücksfall ist, weil er eine außergewöhnliche Ausstrahlung hat und bei den Sponsoren hervorragend ankommt.«

Erst recht bei den Sponsorinnen, dachte ich.

Ein graues Etwas schob sich in den Raum. Frau Stein stand auf der Schwelle, die Hände gefaltet, die Lippen zu einem schmalen Strich zusammengepresst.

»Fehlt noch etwas, Herr Koller?«, säuselte die Hausherrin. »Kaffee, Brötchen, etwas anderes?«

»Danke, ich bin zufrieden. Es schmeckt hervorragend, wirklich. Vielen Dank, Frau Stein.«

Wortlos verließ die Frau den Wintergarten.

»Trotzdem dürfte die Musik etwas lauter sein«, rief ihr Frau von Wonnegut hinterher. »Ich hatte Sie nicht angewiesen, sie komplett auszustellen.«

Ich schüttelte einige Krümel von meinem Pullover. »Wenn ich Sie richtig verstanden habe«, sagte ich, »ist Herr Nagel ein wichtiger Bestandteil Ihrer Pläne. Beziehungsweise der Pläne Ihres Vereins.«

»Sehr richtig. Und deshalb möchten wir Sie engagieren. Der gestrige Vorfall hat uns alarmiert, nicht nur weil das Theater nun mit Mord und Totschlag in Verbindung gebracht wird, sondern wegen Herrn Nagel.«

»Sie fürchten, dass er mit dem Mord etwas zu tun hat.«

»Wir fürchten«, sagte sie zögernd, »dass unsere Pläne durch einen solchen ...«

»Vorfall?«

»Ja, dass sie durch diesen Vorfall gefährdet sein könnten.«

»Abhängig davon, inwieweit der Geschäftsführer in den Mord verstrickt ist.«

»Wir haben nächste Woche einen wichtigen Termin bei den *Heidelberger Druckmaschinen*«, sagte sie und zupfte an ihrer wärmenden Decke. »Ich weiß nicht, ob Sie ahnen, wie viel Geld diese und andere Firmen in Kultur stecken. Dort kann ich nicht mit einer Person auftauchen, über die unschöne Dinge gemunkelt werden.«

Nun, das waren eindeutige Aussagen. Und sie passten hervorragend zu der Weltuntergangsmiene Nagels in der vergangenen Nacht. Er wusste, dass er mehr als seine Ex-Freundin verloren hatte: Sein guter Ruf stand auf dem Spiel, seine ganze wohlbestallte Reputation. Und für seine Reputation, dieses Goldene Kalb der braven Heidelberger Bürger, würde ein Mann wie Bernd Nagel alles tun.

»Herr Nagel«, sagte ich, »hat die tote Frau Nierzwa entdeckt, das ist alles. Gemunkel hin oder her.«

»Sehen Sie«, rief Frau von Wonnegut glücklich, und das charmante Lächeln von vorhin kehrte schlagartig zurück. »Darum möchte ich Sie engagieren. Um von Ihnen zu erfahren, was Fakt ist und was Gerücht. Ob Herr Nagel etwas mit dieser abscheulichen Angelegenheit zu tun hat oder nicht. Was wir brauchen, ist Gewissheit. Nicht mehr und nicht weniger. Wir können nicht auf polizeiliche Ermittlungsergebnisse warten oder gar auf Gerichtsurteile. Sie wissen doch, die Mühlen der Justiz ...«

»Schon gut«, winkte ich ab. Bernd Nagel begann mir leid zu tun. So schnell mutierte man vom Wonnegut'schen Liebling zum Objekt privater Ermittlungen. Falls ich den Auftrag der Alten tatsächlich übernahm. Es gab genug Gründe, die dagegen sprachen, aber exakt einen, der dazu riet. (Oder zwei, wenn man Frau Steins Frühstück hinzuzählte.) Und dieser eine war nicht zu verachten: Ich konnte Marc aus der Sache raushalten und trotzdem in seinem Sinne tätig sein.

»Was wollen Sie genau von mir?«, fragte ich und griff nach dem letzten Stück Käse. »Informationen über den aktuellen Ermittlungsstand? Wer verdächtig ist, welche Spuren es gibt?«

»Oh, ich interessiere mich ausschließlich für Herrn Nagel«, wehrte sie fröhlich ab. »Beziehungsweise der Förderverein. Wir müssen wissen, ob unser Team tatsächlich so blitzsauber ist, wie es zu sein hat. Solange wir das nicht wissen, sind uns in Sachen *Ring 2012* die Hände gebunden.«

»Aber ich bin Einzelkämpfer.«

»Das kann durchaus ein Vorteil sein. Verstehen Sie, Ihre Aufgabe wäre es, uns nach Möglichkeit auf dem Laufenden zu halten. Um im Fall der Fälle rasch reagieren zu können. Ich persönlich bin mir sicher, dass Bernd Nagel nichts Unrechtes getan hat. Ganz sicher. Trotzdem kann etwas an ihm hängen bleiben. Denn diese Nierzwa, die war weiß Gott kein Unschuldslamm. Ich habe nie verstanden, was er an der fand.«

»Kein Unschuldslamm? Wie meinen Sie das?«

»Ein Flittchen«, sagte sie missgelaunt und winkte ab. »Bloß ein kleines Flittchen.«

3

Ein Flittchen?

Da waren einige Heidelberger aber ganz anderer Meinung, und zu ihnen gehörte Bernd Nagel. Mich hätte interessiert, seine Gedanken zu erfahren, als ich nach dem Gespräch mit dem Rottweiler in den Überaum zurückkehrte. Stumm saß der Geschäftsführer auf der Vorderkante seines Stuhls, die Unterarme auf die Oberschenkel gestützt, den Oberkörper nach vorne gebeugt. Langsam schloss ich die Tür hinter Marc, der dem Beamten gottergeben auf den Flur gefolgt war. Nagel schaute nicht einmal auf. Ich musterte mich in dem großen Wandspiegel. Es stimmte; wie ein Premierenbesucher sah ich nicht gerade aus.

»Erzählen Sie mir, wie Sie sie gefunden haben«, sagte ich in die Stille hinein.

Ärgerlich hob Nagel den Kopf. »Wie bitte?«, entgegnete er. Es gefiel ihm nicht, so direkt gefragt zu werden. Vielleicht gefiel ihm auch meine Nase nicht, mein Schal, mein ganzes Auftreten.

»Erzählen Sie mir, wie Sie Annette Nierzwa gefunden haben«, wiederholte ich.

»Warum sollte ich?«

»Weil Ihr Freund Covet darum gebeten hat.«

»Das hat er nicht«, sagte er trotzig und wandte sich ab. »Ich kenne Sie doch gar nicht, da wäre es …«

»Okay«, unterbrach ich ihn schroff, zog mir den zweiten Stuhl heran und setzte mich. »Jetzt hören Sie mal zu, Herr Nagel. Glauben Sie, mir macht das Spaß? Glauben Sie, ich bin aus Jux und Tollerei durch die Nacht geradelt, um mich hier mit den Bullen anzulegen? Ob Sie mich kennen oder nicht, spielt keine Rolle. Ich weiß nur eins: Sie sind in eine Situation geraten, die unangenehme Folgen für Sie haben könnte. Vorsichtig formuliert. Es tut mir leid, was mit Ihrer Freundin passiert ist, aber versuchen Sie im eigenen Interesse, klaren Kopf zu bewahren. Sie haben die Tote in Ihrem Zimmer gefunden; was meinen Sie, wen die Polizei als Erstes verdächtigen wird? Von der Presse ganz zu schweigen.«

Er versuchte einzuhaken, doch ich fuhr fort.

»Hinzu kommt, dass Sie die Aufführung für längere Zeit verlassen haben. Ich hoffe, dafür haben Sie einen guten Grund und ein Alibi. Sonst können Sie sich schon einmal auf ein anstrengendes Kreuzverhör gefasst machen. Ich bin mir sicher, dass sich die Kommissare drüben in Ihrem Zimmer bereits eine Strategie zurechtlegen, wie man Sie mürbe kriegt. Sie können von Glück sagen, dass Sie Freunde wie Marc Covet haben, dem Ihre Situation sofort klar war. Natürlich kann er auch nicht viel ausrichten, und ob es sinnvoll war, mich hinzuzuziehen, weiß ich nicht. Einen Versuch mag es wert sein. Also erzählen Sie mir alles, was heute Abend passiert ist, damit ich mir ein Bild machen kann. Oder lassen Sie es bleiben, aber das müssen Sie dann Marc persönlich erklären.«

Ich lehnte mich zurück und verschränkte die Arme vor der Brust. Unter Nagels linkem Auge zuckte ein Muskel. Er schwieg eine Zeit lang, in das Spiel seiner Finger versunken.

»Gut«, sagte er schließlich. »Fragen Sie.«

»Also, zum dritten Mal: Wie war das, als Sie Ihre Freundin fanden?«

Er holte tief Luft, atmete aus, senkte den Kopf. Dann hob er ihn wieder. »Ich bin während des Schlussapplauses raus. Machte Marc ein Zeichen, dass wir uns oben in meinem Zimmer treffen sollten. Ich saß ja die ganze Zeit auf einem der Sperrsitze, gleich beim Ausgang. Dann lief ich hoch, schloss die Tür auf und sah sie da liegen.«

»Und weiter?«

»Keine Ahnung. Ich stand nur rum, ohne einen klaren Gedanken. Bis Marc kam.«

»Er sagte, Sie hätten bei der Toten gekniet.«

»Ja, richtig. Ich habe ihr Gesicht … Ich habe sie gestreichelt, glaube ich.«

»Sonst etwas angefasst? Die Kleider, Gegenstände?«

»Nein. Nicht dass ich wüsste.«

»Haben Sie nicht nachgeprüft, ob sie tot ist oder vielleicht nur ohnmächtig?«

Nagel überlegte. Eine dunkle Strähne fiel in seine Stirn, er schob sie zurück. »Wie prüft man das?«, fragte er, mir sein blasses Gesicht zuwendend. »Ob Menschen tot sind, meine ich.«

Depp, dachte ich. Und dieses Bübchen wollte ein komplettes Orchester managen? Laut sagte ich: »Haben Sie sie exakt so gefunden, wie sie jetzt in Ihrem Zimmer liegt? Also mit verrutschtem Rock und ohne Slip?«

Er nickte.

»Können Sie sich denken, warum sie so daliegt?«

Seine Gesichtsfarbe wechselte, die Backen wurden kurzzeitig feuerrot. »Warum wohl?«, blaffte er mich an. »Weil sich irgendein Arschloch über sie hergemacht hat, darum natürlich. Was soll diese bescheuerte Frage?«

»Aber Ihr Zimmer war abgesperrt, sagten Sie.«

»Annette hatte einen Schlüssel. Den wird der Mörder benutzt haben.«

»Wie bitte? Sie besaß den Schlüssel zu Ihrem Dienstzimmer?«

»Ja, verdammt.« Nun lief die Röte über sein ganzes Gesicht. »Noch aus der Zeit, als wir zusammen waren. Ich habe vergessen, ihn zurückzuverlangen.«

Ich überlegte. Wenn es stimmte, was er sagte, konnte der Mörder Annette Nierzwa in Nagels Dienstzimmer überrascht und es später mit ihrem Schlüssel abgeschlossen haben. Oder der Mord war außerhalb geschehen und der Schlüssel der Toten entwendet worden, damit sie in Nagels Zimmer versteckt werden konnte.

»Wie war das nun mit Ihrem *Figaro*-Besuch?«, fuhr ich fort. »Weil Sie zu spät kamen, setzten Sie sich nicht neben Marc, sondern in die Nähe der Tür, und irgendwann gingen Sie raus. Wann war das?«

»Ich weiß es nicht«, sagte er finster.

»Sie wissen es nicht?«

»Nein!«

»Sie werden sich doch erinnern, ob es vor der Pause oder danach war! In welchem Akt, bei welcher Szene. Was Sie von der Oper noch gesehen und was Sie verpasst haben.«

»Es war vor der Pause«, sagte er leise. »Aber wann genau – keine Ahnung. Wirklich nicht. Ich habe von der Oper nichts mitbekommen, nicht einen Ton. Ich hätte genauso gut vor einer schwarzen Wand sitzen können.«

Ärgerlich schüttelte ich den Kopf. Ich war es, der vor einer schwarzen Wand hockte, vor einer Wand namens Bernd Nagel.

»Wissen Sie«, druckste er herum, »ich habe momentan ein paar Probleme. Privater Art.«

»Beziehungsstress?«

Er nickte.

»Mit Annette?«

»Unter anderem.« Er zögerte. »Es gibt da … verschiedene Dinge. Manchmal hat man solche Phasen. Die Beziehung zu Annette spielt auch eine Rolle. Wir haben uns zwar vor längerer Zeit getrennt, aber Sie wissen ja, wie das ist.«

Sollte ich ihm auf die Schulter klopfen und ein Krokodilstränchen vergießen? Unter Männern, die von der Liebe gebeutelt sind? Vielleicht ein anderes Mal.

»Sind Sie deshalb raus?«

»Aus der Premiere? Ja. Ich hielt es nicht mehr aus,

wollte den Kopf frei bekommen, etwas frische Luft schnappen … Einfach nur weg von den Leuten.«

»Und wohin sind Sie gegangen? In eine Kneipe?«

»Wenn ich das wüsste«, stöhnte er. »Glauben Sie mir, ich habe nicht auf den Weg geachtet. Aber ich bin nirgendwo eingekehrt, habe mit niemandem gesprochen.«

»Sie wollen mir erzählen, dass Sie keinen blassen Schimmer haben, wo Sie …«

»Moment, warten Sie!«, unterbrach er mich. »Ich lief zuerst runter zur Hauptstraße, habe es mir dann anders überlegt und bin umgedreht, zur Plöck. Dort bin ich auf und ab spaziert, aber fragen Sie mich nicht, wie oft und bis wohin.«

»Wie oft und bis wohin?«

Er warf mir einen verächtlichen Blick zu und schwieg.

»Betrachten Sie es als Testlauf«, sagte ich. »Spätestens morgen wird man Ihnen dieselben Fragen stellen. Sie sollten sich wappnen, meiner Meinung nach.«

Seufzend vergrub er das Gesicht in den Händen. Aus dem Flur drangen erregte Stimmen zu uns. »Wenn man den Kopf voll Gedanken hat«, sagte er, ohne seine Haltung zu verändern, »achtet man nicht auf den Weg. Man läuft einfach. Bis man genug hat.«

»Hat Sie jemand gesehen? Beim Verlassen des Hauses zum Beispiel?«

Keine Antwort.

»Niemand?«

Ruckartig sah er auf. »Der Koch! Der Koch der *Ölmühle*! Der hat mich gesehen.«

»Also sind Sie doch eingekehrt.«

»Nein. Der Mann stand vor der Tür und rauchte, als ich durch die Plöck lief. Gesehen hat er mich auf jeden Fall.«

»Und Sie meinen, er kann sich an Sie erinnern?«

»Wie soll ich das wissen?«

Ja, wie sollte er das wissen? Ich konnte seine Angabe überprüfen, aber würde es ihm helfen? Die *Ölmühle* liegt bloß einen Steinwurf vom Theater entfernt. »Sonst noch jemand? Vielleicht etwas weiter weg?«

Er überlegte und schüttelte den Kopf.

»Bis wohin führte Sie Ihr Spaziergang?«

»Die Plöck hoch zur Unibibliothek, wieder hinunter, einmal bog ich ab.« Er sah mich fast ärgerlich an. »Wenn ich gewusst hätte, wie wichtig das werden würde, hätte ich mir jeden Schritt gemerkt.«

»Und dann kehrten Sie zum Theater zurück? Wann war das? Welche Szene lief?«

»Nach der Pause. Wann genau, weiß ich nicht.«

»Hat Sie da jemand gesehen?«

Er zuckte die Achseln.

»Aber hier oben im Verwaltungstrakt waren Sie nicht?«

»Nein«, sagte er heftig.

»Eine andere Frage, Herr Nagel. Wo hielt sich Ihre Freundin während der Vorstellung auf?«

»Normalerweise an der Garderobe. Oder sie setzte sich auf einen freien Platz und hörte zu. Aber das kam selten vor. Fragen Sie ihre Kolleginnen.«

»Gab es einen Grund für sie, hierher zu kommen? In Ihr Zimmer?«

»Ein Grund, was für ein Grund? Vielleicht wollte

sie mir eine Nachricht hinterlassen. Sie hatte ja noch einen Schlüssel.«

»Wann haben Sie sie zum letzten Mal gesehen?«

»Kurz vor Beginn der Vorstellung. Um acht, als ich kam. Da stand sie an der Garderobe, wie immer.«

Bevor ich etwas erwidern konnte, sprang Nagel auf, wie von der Tarantel gestochen, und stürzte mit einem Fluch aus dem Raum. Überrascht folgte ich ihm. Die Rufe der Polizeibeamten missachtend, durchquerte er den Flur, riss die mittlerweile geschlossene Tür zu seinem Dienstzimmer auf und trat über die Schwelle.

»Dreht der jetzt völlig durch?«, rief der Rottweiler. An seiner Seite sah ich Marc schwitzen.

»Er braucht seine Herztropfen«, sagte ich. »Ich werde es Ihrem Chef erklären.«

Nagel stand vor der Leiche seiner Ex-Freundin, brüllte die Beamten an und fuchtelte mit den Händen.

»Sie können sich an allem hier vergreifen«, rief er, »aber von meinem Notebook lassen Sie die Finger, verstanden?«

»Hauen Sie ab«, wurde zurückgebrüllt. »Raus hier, und zwar dalli!«

»Ich warne Sie! Das ist ungesetzlich. Ich kriege Sie dran dafür.«

Aus dem Flur rückte der blonde Kampfhund an. »Soll ich ihn übernehmen?«, fragte er.

»Keine Hektik«, sagte der Kommissar mit der ungesunden Gesichtsfarbe. Er stand mitten im Zimmer, die Hände in den Hosentaschen, und sah aus, als hätte er sich mit dem Weltuntergang und all dem anderen Gerümpel um ihn herum längst abgefunden.

»Ich brauche mein Notebook«, rief Nagel. Er war nicht zu bremsen. »Das ist mein Arbeitsgerät, und Sie haben kein Recht, es einzubehalten.«

»Schon gut«, erwiderte der Kommissar und schickte den Kampfhund per Handbewegung fort. »Ihr Notebook interessiert uns nicht, Herr Nagel. Bloß die Fingerabdrücke, die darauf sein könnten.«

»Welche Fingerabdrücke? Ich habe es vor der Vorstellung hier abgelegt, und seither …«

»Eben. Deshalb wird es untersucht. Sein Inhalt ist uns egal.«

Nagel schluckte nervös. »Dafür haften Sie mir persönlich«, sagte er und befeuchtete seine Lippen mit der Zungenspitze. »Persönlich, verstehen Sie? Mein Notebook geht keinen etwas an.«

»Natürlich nicht«, sagte der Beamte müde und schob ihn sanft aus dem Raum.

»Da sind private Sachen drauf.«

»Ihr Notebook bleibt hier, bis meine Leute mit der Arbeit fertig sind. Danach bekommen Sie es zurück. Wenn Sie wollen, bringen wir es Ihnen persönlich vorbei.«

»Und wann wird das sein?«

»Morgen früh. Um acht Uhr.«

Nagel zeterte noch ein wenig und gab schließlich klein bei. Gemeinsam kehrten wir in den Überaum zurück. Ich musste grinsen über so viel Naivität. Wenn Nagel wirklich beabsichtigt hatte, die Polizei von seinem Notebook fernzuhalten, so hatte er exakt das Gegenteil erreicht. Jetzt würde sie sich erst recht über seine Daten hermachen und sich einen Dreck um irgendwelche Paragraphen scheren. Er hätte genauso gut ein Schild an dem Gerät anbringen können: Hier suchen.

»Haben Sie Zigaretten?«, fragte er mich. Ich verneinte. Nagel trat auf den Flur und kam kurz darauf mit einer brennenden Kippe im Mund zurück.

»Irgendwas von Bedeutung auf Ihrem Notebook?«, fragte ich.

»Nein«, sagte er kalt. »Bloß Nacktfotos von mir.«

Achselzuckend setzte ich mich ans Klavier und klimperte wieder auf den Tasten herum. Zigarettenrauch füllte den kleinen Raum. Nagel hustete ein paarmal; er schien kein geübter Raucher zu sein.

»Wie lange waren Sie mit Annette Nierzwa zusammen?«, fragte ich ihn.

Seine Antwort ließ auf sich warten. Er versuchte sich auf die Zigarette zu konzentrieren, inhalierte, blies Rauch gen Zimmerdecke, bevor er sich schließlich mir zuwandte.

»Hören Sie, Herr Koller«, sagte er. »Ich werde jetzt keine weiteren Fragen beantworten. Unser Gespräch ist zu Ende, ich will nicht mehr. Punkt, aus. Lassen Sie uns meinetwegen morgen drüber reden, aber jetzt brauche ich etwas Zeit für mich. Klar?«

Natürlich war das klar. Klarer ging es nicht. Der Herr wollte seine Ruhe haben, um mich morgen auf übermorgen zu vertrösten und übermorgen auf nächstes Jahr. Falls ich dann noch Privatflic war und er noch ein freier Mann. Vielleicht sollte er besser mit einem Anwalt sprechen anstatt mit mir. Der würde ihm schon begreiflich machen, in was für einer beschissenen Situation er sich befand, der schöne Herr Geschäftsführer.

Ich sah auf die Uhr. Es war weit nach Mitternacht. Hoffentlich ließen sie uns bald gehen. Wenn ich schnell nach Hause radelte, würde mir warm werden und ich würde Durst bekommen, und vielleicht ließ mich ein Bierchen vorm Einschlafen diesen ganzen Opernmist vergessen. Vorsichtig legte ich Zeige- und Mittelfinger auf eine Klaviertaste und versuchte sie tonlos hinunterzudrücken. In meinem Rücken schlich Bernd Nagel zum Fenster, öffnete es und sah hinaus in die Nacht.

Auf der Bühne verwenden sie Theaterblut, so viel wusste ich. Ob heute Abend spezielles Premierenblut zum Einsatz gekommen war, wagte ich nicht zu beurteilen. Überhaupt sah das rote Zeug, das zwischen den Tasten klebte, echtem Blut sehr ähnlich. Meine Finger hielten das Elfenbein niedergedrückt. Ein einzelner großer Tropfen hatte sich seinen Weg durch zwei Tasten hindurch gesucht, hatte beide seitlich gefärbt, um dann in den Tiefen des Klaviers zu verschwinden. Die obere Hälfte der Blutspur war allerdings stark verwischt. Und warum gab es auf der Tastatur selbst kein Blut?

Ich beugte mich vor und untersuchte die Spur. Anschließend drückte ich die benachbarten Tasten. Nirgendwo Blut, nur in dem einen Zwischenraum, an dem ich meine kleine Klavierübung veranstaltet hatte. Und warum nur hier?

Diese Frage war leicht zu beantworten. Weil das restliche Blut abgewischt worden war: auf der Tastatur, in den übrigen Zwischenräumen, auf dem Klavierdeckel und wo es sonst noch hingeflossen oder hingespritzt war. Bloß diese eine Stelle war übersehen worden.

»Was machen Sie denn da?«, fragte Nagel hinter mir. Seine Zigarette hatte er aus dem Fenster geschnipst.

Ich hob theatralisch beide Hände und ließ sie mit Schwung auf die Tastatur niedersausen. Es gab einen schön hässlichen Akkord.

»Ach, wissen Sie«, seufzte ich, stand auf und tätschelte ihm gönnerhaft die Schulter. »Lassen Sie uns morgen drüber reden. Ich brauche erst ein wenig Zeit für mich. Das verstehen Sie doch, oder?«

»Arschloch«, zischte er und stieß meine Hand beiseite.

4

Beschwert von Frau Steins wunderbarem Frühstück rollte ich den Schlosshang hinunter. Die Unterredung mit Frau von Wonnegut hatte mich unerwartet zuversichtlich gestimmt, obwohl mir das gehfaule, intrigante Persönchen zuwider war. Grundsätzlich bedeutete es eine Erleichterung für mich, in ihrem Auftrag ermitteln zu können und nicht in Marcs. Schließlich schlägt man einem Freund ungern eine Bitte ab. Außerdem gefiel mir der Gedanke, dass sie für meine Arbeit zahlen würde.

Ich war mit Covet um zehn verabredet. Er wohnt in der Kettengasse, Schlafzimmer zum Hof, sonst wäre es dort im Sommer nicht auszuhalten. Marc ist der

Letzte, der etwas gegen Trinker und Nachtschwärmer vor seinem Fenster hätte, bloß auf gepflegte Umgangsformen legt er Wert. Und nach Umgangsformen braucht man bei den alkoholisierten Massen, die allnächtlich durch Heidelbergs Altstadtgassen torkeln, nicht zu fragen.

Zweiter Stock, hohe Räume, hie und da Stuck an der Decke. Marc empfing mich im blau-silbernen Pyjama, deodoriert und gekämmt wie ein junges Mädchen. Nur seine verquollenen Augen ließen auf eine unruhige Nacht schließen. Vermutlich trug er deshalb seine runde Schubert-Brille statt der sonst üblichen Kontaktlinsen.

»Morgen«, sagte ich. »Schon wach?«

»Hellwach. Und du? Hast du gefrühstückt?«

»Mehr als genug.«

Er schlurfte voraus Richtung Wohnzimmer. »Wir haben uns auch etwas Kräftiges kommen lassen. Wenn du magst, kannst du dir von dem pochierten Lachs nehmen.«

»Wir?«

»Cordula und ich.« Wir passierten eben das Badezimmer, dessen Tür offen stand. Vor dem Spiegel zog sich eine junge Frau die Lippen nach.

»Guten Morgen«, sagte sie, ohne den Blick von ihrem Spiegelbild zu wenden.

»Guten Morgen«, murmelte ich und blieb stehen. Gerne hätte ich etwas Gescheiteres erwidert, aber mir fiel nichts ein. Die Frau hatte ihre halblangen, dunkelblonden Haare zu einem Pferdeschwanz zusammengebunden, sie trug schwarze Wildlederhosen und ein weißes, ärmelloses Top. Die Lampe über dem

Badezimmerspiegel ließ ihr Gesicht leuchten. Sie hatte markante dunkle Augenbrauen und eine schöne gerade Nase, deren Spitze sich im Rhythmus ihres Schminkrituals bewegte. Eine sagenhaft gut aussehende Frau, die mich nicht eines Blickes würdigte.

»Wir haben zusammen gefrühstückt«, sagte Covet fast entschuldigend.

Ich sah ihn an, wie er da stand, in seinem albernen Pyjama, während sich die Unbekannte in seinem Bad herrichtete. Marc hatte nie viel Aufhebens um seine Affären gemacht, und ich hatte mich nie sonderlich für sie interessiert, weil die wenigsten von Dauer waren. Natürlich brauchte er mir auch jetzt nicht zu erzählen, was es mit dieser Cordula auf sich hatte, bloß vorwarnen hätte er mich können: dass seine neueste Eroberung gerade vor dem Spiegel herumturnte und dass sie ein bauchfreies Top trug, obwohl wir Winter hatten.

Endlich steckte die Frau ihren Lippenstift ein und wandte sich mir zu. Sie lächelte mich sogar an.

»Max Koller«, stellte ich mich vor. »Ich bin ein alter Freund von Marc.«

»Ich weiß«, entgegnete sie.

»Vielleicht setzen wir uns noch mal rein«, schlug Covet vor, »und sprechen gemeinsam über die Sache.«

»Nein«, sagte Cordula. »Ich muss los. Du hältst mich auf dem Laufenden, einverstanden?«

Covet nickte. Während die Frau ein leichtes Jäckchen überzog und darüber einen Wintermantel, verdrückte ich mich Richtung Wohnzimmer. Um nicht hineingehen zu müssen, studierte ich die Plakate, die in Marcs Flur hingen: Ankündigungen von Konzerten, Vernissagen, Lesungen. Für was sich mein Freund eben so interessiert und ich nicht.

»Fahr vorsichtig«, hörte ich Marc sagen.

»Nö«, lachte die Frau.

»Okay, bis dann.«

»Bis dann.« Küsschen links, Küsschen rechts. Für einen langen Moment lag ihre Hand auf Covets Oberarm.

»Tschüs«, rief ich von hinten.

Sie schenkte mir ein belustigtes Lächeln und ging.

Kurz danach saß ich in Marcs Wohnzimmer und sah ihm zu, wie er seinen und Cordulas Frühstücksteller abräumte. Der Kaffee war noch heiß, auch von dem Lachs hatten die beiden kaum etwas genommen. Ohne Frau Steins Vorarbeiten hätte ich mich sofort auf die frischen Brötchen gestürzt.

»Und?«, fragte er. »Wie sieht es aus? Was hältst du von der Sache, nachdem du drüber geschlafen hast? Ermittelst du weiter?«

»Ich denke, ja.«

»Gott sei Dank.« Er ließ sich erleichtert in einen Sessel fallen. »Ich habe die ganze Nacht kein Auge zugemacht. Hoffentlich klärt sich bald, wer die Nierzwa auf dem Gewissen hat.«

Ich schwieg. Natürlich hatte er die ganze Nacht kein Auge zugemacht, das war mir schon klar. Deshalb vertrug er auch die Kontaktlinsen noch nicht, die er sonst trug. Meinetwegen konnte sich Marc Covet mit so vielen Freundinnen trösten, wie er wollte; trotzdem wünschte ich mir, er hätte mich vorgewarnt.

»Über eines lasse ich allerdings nicht mit mir diskutieren, Max. Es geht mir nicht um einen Freundschaftsdienst, sondern ich engagiere dich offiziell. Zu deinem üblichen Satz und all dem. Verstanden?«

Ich schwieg weiter.

»Keine Verrenkungen, klar? Ich habe dich gestern Nacht um deine Unterstützung gebeten, ab jetzt bin ich ein ganz normaler Kunde und will als solcher behandelt werden.«

Keine Antwort.

»Hallo, Max! Jemand zu Hause?«

»Nein!«

»Was heißt hier ›nein‹, Teufel noch mal?«

»Nein heißt dreimal ›nein‹: Du bist kein normaler Kunde, ich ermittle nicht in deinem Auftrag und schon gar nicht zu meinem üblichen Satz.« Ich grinste. »Wo ich doch viel zu teuer für dich bin.«

»Was soll das? Eben sagst du noch, du wirst für mich ermitteln, und jetzt wieder nicht? Nur weil ich die Honorarfrage angeschnitten habe?«

Ich setzte mich aufrecht hin und überschaute den Frühstückstisch. »Was für eine Art Lachs hast du da? Marinierten?«

»Pochierten. Lenk nicht ab, Max.«

»Vielleicht probiere ich doch mal ein Stückchen.«

»Ja, verdammt.«

»Danke. Deine Freundin Cordula hatte wohl nicht so viel Appetit, was? Okay, ich komme zur Sache. Ich werde im Mordfall Annette Nierzwa ermitteln, das habe ich auf dem Weg zu dir entschieden.«

»Na also.«

»Aber nicht in deinem Auftrag.«

»Sondern? Nur so zum Spaß? Vergiss es.«

»Von wegen Spaß.« Ich schenkte mir ein wenig Kaffee in eine unbenutzte Tasse. Kaffee geht immer, vor allem, wenn Marc ihn gemacht hat. »Sagt dir der Name Elke von Wonnegut etwas?«

»Allerdings.«

»Eine reizende alte Dame mit einer tüchtigen Haushälterin.«

»Eine verschrumpelte Kulturschnepfe, meinst du wohl«, knurrte er. »Dünkelhaft und halbgebildet.«

»Na, na, na! Wie redest du über meine Auftraggeberin?«

Sprachlos starrte er mich an. Ich griff mit zwei Fingern nach einem Lachshäppchen, legte den Kopf in den Nacken und ließ es in meinen aufgesperrten Mund fallen. Marc hat Geschmack, in jeder Hinsicht, da kommt keine zweitklassige Ware auf den Frühstückstisch. Und an den Tisch schon mal gar nicht. Bloß sein Pyjama war eine Lachnummer.

»Die von Wonnegut hat dich beauftragt?«, fragte er ungläubig. »Womit? Und wozu?«

»Sie fürchtet um die musikalische Zukunft Heidelbergs, falls einer ihrer wichtigsten Mitstreiter in den Mord verwickelt oder sogar der Täter selbst ist. Wie es darum steht, soll ich herausfinden.«

»Du? Du sollst für sie in Erfahrung bringen, ob Bernd Annette umgebracht hat?«

»Sagen wir, sie wünscht sich Informationen über den aktuellen Stand der Ermittlungen. Sollte sich abzeichnen, dass an Nagel etwas hängen bleibt – er muss ja nicht gleich der Mörder sein –, möchte sie sich rechtzeitig von ihrem Sunnyboy absetzen.«

»Diese dreckige alte …« Covet sprang auf. »Ich fasse es nicht. Dieses Scheusal!«

»Ach, komm, übertreib mal nicht. Frau von Wonnegut ist bloß zynisch. Kalt, berechnend und zynisch. Hast du etwas anderes erwartet?«

Er knirschte mit den Zähnen und schüttelte den Kopf. »Nein, du hast recht. Sie verhält sich ganz normal. Nur weil sie den lieben langen Tag von holder Musik säuselt, vergisst man, dass sie einem verdammt einflussreichen Club vorsteht.«

»Bist du da auch Mitglied?«

»Mich hat man nie gefragt. Was mich ehrlich gesagt eine Zeit lang geärgert hat. Jetzt bin ich froh drum.«

»Du warst ihnen nicht wichtig genug, nehme ich an.«

»Wahrscheinlich. Außerdem schaden bekennende Trinker dem Vereinsimage.«

»Adlige Damen tun sich da schon besser.«

Er winkte ab. »Die von Wonneguts sind auch nur irgendwelche Schlotbarone, die von echten Blaublütlern geschnitten werden. Deshalb hat die Frau Minderwertigkeitskomplexe, und deshalb versucht sie, es mit ihrem Wagner-Projekt allen zu beweisen.«

»Der *Heidelberger Ring 2012*. Und ich hielt das zuerst für eine Boxveranstaltung.«

»Damit liegst du nicht ganz falsch«, knurrte Covet und nahm wieder Platz. »Der krampfhafte Versuch, zur kulturellen Elite zu gehören. Und nur weil Frau von Wonnegut zufälligerweise den Unterschied zwischen Johann Strauß und Richard Strauss kennt …«

»Den kennen viele nicht, mich eingeschlossen.

Aber das ist egal. Wichtig ist nur eines: Ich ermittle, und Frau von Wonnegut zahlt dafür.«

Unschlüssig kratzte sich Marc am Kinn. »Also, ehrlich gesagt ... das ist keine saubere Lösung. Ich will nicht, dass ein anderer meine Interessen finanziert. Auch nicht die alte Wonnegut.«

»Das tut sie nicht. Sie finanziert ihre eigenen Interessen. Dass die in Teilen mit deinen übereinstimmen, ist Zufall. Und dein Glück. Denn für dich hätte ich nicht ermittelt.«

»Warum nicht?«

»Zu riskant. Du bist voreingenommen. Die alte Wonnegut will bloß Informationen. Je nachdem, wie sie ausfallen, wird sie darauf reagieren. Du willst etwas anderes. Nämlich den Beweis, dass dein Freund Nagel unschuldig ist.«

»Ich will auch bloß Informationen.«

»Und wenn diese Informationen besagen, dass Bernd Nagel der Täter ist? Nachdem ich mich durch sein Privatleben geschnüffelt und womöglich Dinge herausgefunden habe, die du niemals erfahren wolltest?«

»Das tust du jetzt auch. Möglicherweise zumindest.«

»Aber nicht mit deinem Geld. Das ist der Unterschied.«

Er schüttelte den Kopf. »Bernd ist kein Mörder, unmöglich. Der tut keiner Fliege etwas zuleide, das garantiere ich dir.«

»Allein wegen dieses Satzes«, grinste ich, »könnte ich deinen Auftrag nicht akzeptieren. Ich will nicht derjenige sein, der dir den Glauben an das Gute im Menschen nimmt.«

Covet stand wortlos auf, ging in die Küche und kehrte kurz darauf mit zwei Gläsern Gin Tonic zurück. Schweigend reichte er mir eines, wir stießen an und hingen eine Weile unseren Gedanken nach. Das heißt, ich hing weniger, sondern fand immer mehr Gefallen an dem pochierten Lachs. Sollte ich noch einmal die Ehre haben, Frau Steins Frühstück zu genießen, würde ich ihr einen Tipp geben, wie sie ihr kulinarisches Gesamtkunstwerk krönen konnte.

»Okay, kommen wir zur Sache«, sagte ich schließlich. »Ich weiß noch zu wenig über Bernd Nagel und seine Freundin. Erzählst du mir ein bisschen was?«

»Sicher«, murmelte er.

»Seit wann kennst du Nagel?«

Er sah mich von der Seite an, als hätte ich gleich zu Beginn die falsche Frage gestellt. Ich konnte nicht erkennen, was an ihr falsch sein sollte. Brummig nestelte Marc an den Aufschlägen seines Pyjamas herum, bevor er antwortete.

»Ich kenne Bernd, seit er die Geschäftsführerstelle übernommen hat. Er kam aus Karlsruhe und wurde uns im Rahmen einer Pressekonferenz vorgestellt. Danach traf ich ihn immer wieder, bei Aufführungen, Sinfoniekonzerten und anderen Anlässen. Einmal habe ich ihn interviewt, für die *Neckar-Nachrichten*. Wir haben uns angefreundet, weil wir kulturpolitisch auf derselben Linie liegen. Oder warum auch immer.« Er zuckte die Achseln.

»Du kanntest auch Annette Nierzwa. Über ihn?«

»Nein. Sie ist die Ex-Frau eines Orchestermitglieds. Nach der Scheidung arbeitete sie stundenweise als Garderobiere. Sie wird das Geld gebraucht haben.«

»Warum ging die Beziehung mit Nagel auseinander?«

»Das musst du ihn selbst fragen. Mir hat er es nicht erzählt. Wobei mir ein Rätsel war, was er überhaupt an ihr fand.«

»Du sprichst fast so herablassend von ihr wie Frau von Wonnegut.«

»Mag sein.«

»Sie nannte sie ein Flittchen.«

»Das verrät mehr über sie selbst als über die Nierzwa.« Bedächtig nahm er einen Schluck Gin Tonic. »Annette war nicht mein Fall, sie hat mich einfach nicht interessiert. Nichts Schlechtes über Verstorbene, aber die Frau war mir zu billig, verstehst du? Sie ging auf die 40 zu und tat, als sei sie ein Teenager. Okay, sie sah nicht schlecht aus. Die Arschbacken in enge Jeans gezwängt, kurze Röcke, schwarze Strümpfe, tiefer Ausschnitt. Es gab jede Menge Typen, denen die Hose platzte, wenn Annette Nierzwa vorbeistolzierte.«

»Dir aber nicht.«

»Nö.«

»Bernd Nagel schon.«

»Nicht nur dem. Die Nierzwa war berüchtigt für ihre Affären. Das halbe Theater hat sich auf sie eingelassen, allen voran Barth-Hufelang, der Dirigent.«

»Der Dicke? Na, das wird Frau von Wonnegut aber gar nicht gefallen haben.«

»Ganz bestimmt nicht.«

»Seit wann waren Bernd und Annette nicht mehr zusammen?«

»Ich weiß nicht genau, wann sie sich getrennt haben. Irgendwann in den letzten Monaten. Bernd redet nicht gerne darüber.«

»Das habe ich gemerkt. Und dann liegt diese Frau eines Abends im Dienstzimmer ihres Ex-Freundes, halbnackt, in irgendwie eindeutiger Haltung. Spricht alles für ein Sexualverbrechen, nicht wahr?«

Statt einer Antwort verzog Covet sein Gesicht zu einer Hab-ich-doch-gleich-gesagt-Miene. Dabei hatte er überhaupt nichts gesagt.

»Was dachtest du, als du deinen Freund Nagel neben ihr knien sahst? Ganz ehrlich.«

»Nichts dachte ich«, fuhr er auf, um sich gleich wieder zu beruhigen. »Na ja, was werde ich wohl gedacht haben? Ich sagte mir, um Gottes willen, hoffentlich hat Bernd keinen Mist gebaut.«

»Er war immerhin eine Dreiviertelstunde nicht im Zuschauerraum.« Ich drehte mein Glas hin und her. Erstaunlich, welchen Appetit der Mensch am frühen Morgen entwickeln kann. Bloß beim Gin musste ich mich zurückhalten, meine Gedanken wurden schon träge. »45 Minuten unterwegs, während drinnen Mozart läuft. Warum kam er eigentlich zu spät zur Premiere?«

»Das passiert schon mal. Bernd ist ein wenig Mädchen für alles, da quatscht er bis zum letzten Moment mit jedem.«

»Hast du nicht auf ihn gewartet?«

»Doch, bis zum zweiten Gong. Dann bin ich hoch in den ersten Rang, setzte mich und hoffte, dass er noch käme. Aber erst, als alle Türen geschlossen waren und die Musik gerade anfing, schlich er herein.«

»Und dann setzte er sich auf einen dieser Klappsitze. Wieso war der noch frei?«

»Der muss frei bleiben, soviel ich weiß. Für das Personal: Platzanweiserinnen, Feuerwehrleute oder Sanitäter.«

»Ideal für Leute, die mal kurz verschwinden wollen.«

»Spinnst du? Bernd plante doch nicht, mitten in der Vorstellung rauszugehen! Das hieße ja, dass er …«

»Wann war das genau?«

»Was?«

»Wann verließ Nagel die Vorstellung? Um wie viel Uhr? Bei welcher Szene?«

»Keine Ahnung. Man schaut doch nicht auf die Uhr, wenn man in einer Oper sitzt.«

»Aber man verfolgt die Handlung. Es gibt Akte, einzelne Szenen.«

»Er kam nach der Pause wieder, da bin ich sicher. Der dritte Akt lief vielleicht zehn Minuten.«

»Na, siehst du. Und wann ging er?«

Covet zog die Brille ab und schloss die Augen. Mit zwei Fingern knetete er seine Nasenwurzel. »Ja«, sagte er schließlich. »Gegen Ende des zweiten Akts gibt es eine Szene, in der einer aus dem Fenster springt, weil die Zimmertür verschlossen ist. Und als da an der Tür gerüttelt wurde, fragte ich mich, wo Bernd wohl hinwollte. Das muss direkt nach seinem Verschwinden gewesen sein.«

»Wie lange ist es von dieser Szene bis zur Pause?«

»Eine Viertelstunde vielleicht. Eher mehr.«

»Wenn du dazu die Pause von mindestens 20 Minuten und die ersten zehn Minuten des dritten Akts zählst, kommst du locker auf eine Dreiviertelstunde.

Und die will Bernd Nagel bei schnuckeligen null Grad in Heidelbergs Gassen verbracht haben.«

Covet schwieg.

»Hast du ihn in der Pause nicht gesucht?«, wollte ich wissen.

»Doch, natürlich. Aber bei diesen Premieren hast du keine ruhige Minute. Dauernd quatscht dich einer an, man hält Smalltalk, muss diesen und jenen begrüßen. Und es war brechend voll im Foyer.«

»Hast du Annette Nierzwa gesehen?«

»Nein. Auf sie habe ich auch nicht geachtet.«

»Gut, dann werde ich ihre Kolleginnen von der Garderobe fragen. Wenn Annette nach der Pause oder wenigstens gegen Ende der Pause noch lebend gesehen wurde, ist Bernd Nagel aus dem Schneider. Falls nicht, sollte er sich unbedingt daran erinnern, was er in diesen 45 Minuten getrieben hat. Ich würde Nagel gerne heute Nachmittag sprechen. Kannst du das arrangieren?«

Natürlich konnte er. Er würde alles Menschenmögliche tun, um meine Ermittlungen zu unterstützen, schließlich war er mein Auftraggeber. Nein, widersprach ich, genau das war er nicht, ich ermittelte im Auftrag von Frau von Wonnegut und sonst niemandem. Ihn missbrauchte ich bloß als Mittel zum Zweck.

»Sehr schön«, grinste das Mittel zum Zweck. »Noch einen Gin Tonic?«

Ich lehnte dankend ab. Vom Turm der nahen Jesuitenkirche hatte es gerade elf Uhr geschlagen.

5

Anstatt von der Kettengasse aus nach Hause zu fahren, entschied ich mich für eine spontane sonntägliche Radtour. Nicht nur Frau Steins Frühstück wollte verarbeitet sein, sondern auch Covets Gin Tonic und seine Informationen zum Verlauf des gestrigen Abends. Die Gedanken ordnen. Körper und Geist ins Gleichgewicht bringen. Mit diesen lobenswerten Absichten machte ich mich auf zum Königstuhl. Am tiefsten Punkt der Klingenteichstraße nahm ich wie üblich die Zeit, dann gab es kein Halten mehr. Flinker Wiegetritt, den Blick nach vorne gerichtet, den Mund aufgerissen. Heute brannten die Oberschenkel schon vor der ersten Linkskurve. Auf Höhe der Molkenkur spuckte mir ein alter Mercedes sein Gift in die Lunge, als er aufheulend vorbeischoss. Ich merkte mir sein Kennzeichen, er kam aus Niedersachsen, aber einen Kilometer weiter hatte ich es vergessen. Die Zwischenzeiten waren niederschmetternd. Es musste am Essen liegen oder an zu viel Kaffee, an den äußeren Bedingungen lag es nicht, die waren perfekt. Über den Wald spannte sich ein hellblaues Segel aus Kälte. Die Luft roch frisch und würzig, dem Mercedesfahrer war längst verziehen.

Nach der Abzweigung am Arboretum kam das härteste Stück. Der Kohlhöferweg, ein schnurgerader Weg, der den Himmel anpeilt. Weil er so gerade ist, unterschätzt man ihn. Aber nur am Anfang. Man geht aus dem Sattel, erarbeitet sich jeden Tritt, fährt Schlangenlinien. Sieht im Geiste die Profis vorbeiziehen. Leichtfüßig, ein Lächeln auf den Lippen, Chemie im Blut. Überholt mich nur, ich schalte trotzdem nicht in den kleinsten Gang! Erst die letzten 500 Meter auf dem Chaisenweg brachten Erleichterung – zu spät für eine gute Endzeit. 24 Minuten stoppte ich auf der Kuppe; damit lag ich zweieinhalb Minuten über meiner Bestleistung, auch wenn die aus Jahren stammte, als ich noch mehr Zeit zum Trainieren hatte. 150 Sekunden, das war eine Menge. Der Tribut an Alter und ungünstige Voraussetzungen.

Aber ich fühlte mich wieder besser. Ich hatte schließlich noch einiges vor an diesem Sonntag, Zeugenbefragungen standen an, Nachforschungen in der *Ölmühle* und das Gespräch mit Bernd Nagel. Langsam fuhr ich zur Endstation der Bergbahn, stellte mein Rad am Aussichtspunkt hinter dem Königstuhlhotel ab und ließ den Blick schweifen. Im Winter hat man öfter Glück mit der Fernsicht. Die Rheinebene lag vor mir wie ein aufgeschlagenes Buch, da konnten auch die aufziehenden Wolken über dem Pfälzer Wald nichts ändern. Im Nordwesten wucherte die bizarr verschlungene Anlage der BASF übers Land, davor versuchte der Mannheimer Fernmeldeturm den Himmel anzupieksen. Weiter südlich drohten die Meiler von Philippsburg, sogar der Speyerer Dom war zu sehen. Überall glitzerte und funkelte es: das Spiel der Wintersonnenstrahlen auf den beiden Flüssen, die sich in Mannheim trafen, auf den Glas- und Gewächshäusern ringsum, auf Fahrzeugen, Dächern, Fenstern. Zu meinen Füßen leuchtete der Wald in dunklen Farben, in Grün, Violett und Braun, nur die gerodete Fläche am Hang unterhalb des Hotels wirkte abgestorben.

Hier starteten im Sommer Paraglider zu ihren Rundflügen über die Region.

Ich zog mir Jacke, Mütze und Schal, die ich zuvor in meinen Rucksack gestopft hatte, wieder an und setzte mich auf einen Felsbrocken. Schade, dass ich keinen warmen Tee mitgenommen hatte. Den hätte ich gut gebrauchen können.

Als eine junge Frau mit ihrem Freund die Aussichtsplattform betrat, musste ich lachen. Mir war eingefallen, dass ich während der gesamten Fahrt keinen Gedanken an Annette Nierzwa verschwendet hatte. Dafür hatte mir Covets Frühstücksbekanntschaft mehrfach vom Wegesrand aus zugelächelt. Verdammt, ich hätte gerne gewusst, wer diese Cordula war. Auch wenn sie nichts mit dem aktuellen Fall zu tun hatte. Oder gerade deswegen.

Plötzlich klingelte mein Handy. Sollte ich noch Zweifel an seiner Funktionstüchtigkeit nach meinem gestrigen Sturz gehegt haben, so waren sie nun beseitigt. Ich warf dem Pärchen einen entschuldigenden Blick zu und meldete mich.

Ein lautes Dröhnen antwortete. Schon komisch, so ein plärrendes Motorengeräusch, wenn man gerade in die Stille des Königstuhls versunken ist. Weit unter mir, Kilometer entfernt, durchschnitt die A 5 die Ebene. Die passende akustische Kulisse dazu lieferte der Anruf.

»Hallo!«, schrie mir jemand ins Ohr.

»Hallo!«, schrie ich zurück, sprang auf und eilte die Himmelsleiter hinunter, weil mir diese Schreierei unter Zeugen peinlich war.

»Hallo, Max!«

»Hallo, Fatty!«

»Alles klar, alter Junge?«

»Seit wann stellst du dich zum Telefonieren auf den Mittelstreifen der Autobahn?«

»Was?«

»Seit wann stellst du dich zum Telefonieren auf den Mittelstreifen der Autobahn?«, brüllte ich.

»Verstehe ich nicht.«

»Ich verstehe dich auch nicht. Der Verkehr ist brutal laut hier oben.« Ich hatte etwa 50 Stufen der bis zum Schloss führenden Himmelsleiter zurückgelegt, um guten Gewissens schreien zu können. Das permanente Heulen aus dem Handy machte einen ganz kirre.

»Du, ich stehe gerade an der Autobahn«, rief Fatty.

»Ach nee.«

»Doch, ehrlich. Raststätte Weil am Rhein, oder wie das heißt. Es gibt hier noch einen gemeinsamen Abschiedsumtrunk, dann gehts nach Hause. Sehen wir uns heute Abend? Im *Englischen Jäger*?«

»Wo?« Nun war ich wirklich unsicher, ob ich ihn richtig verstanden hatte. Fatty ist alles andere als ein Freund meiner Lieblingskneipe. Das Bier ist ihm zu warm, die Leute sind ihm suspekt, die Stühle zu wacklig, und all das stimmt ja auch. Außerdem lästern sie dort gerne über Dicke. Wenn er also von sich aus diesen Treffpunkt vorschlug, dann sprach das entweder für außergewöhnlich gute Laune, oder irgendetwas Besonderes musste vorgefallen sein.

»Im *Englischen Jäger*«, wiederholte er bereitwillig. »Bei deinen Komatrinkern. So gegen neun, was meinst du?«

»Ja, gerne. Nein, Moment, mir fällt etwas ein. Lass uns in die *Ölmühle* gehen, einverstanden?«

»Meinetwegen«, schallte mir seine fröhliche Stimme aus Weil am Rhein entgegen. »Heute passt alles. Dann um neun in den einstürzenden Altbauten. Bleib sauber.«

Die Stille des Berghangs hatte mich wieder. Ärgerlich steckte ich das Handy ein. Warum hatte ich das blöde Ding überhaupt mit in die Natur geschleppt? Sofort wird man abhängig von dem Zeug.

Zwei Stufen der Himmelsleiter auf einmal nehmend, kehrte ich zu meinem Rad zurück. Fatty hatte sich vor einer Woche einer Volkshochschulgruppe angeschlossen, um in der Schweiz Ski zu fahren. Wenn sie nun in einer Autobahnraststätte feucht-fröhlichen Abschied voneinander nahmen, schien es ja ein erfüllter Urlaub gewesen zu sein.

Die Plattform war menschenleer, als ich oben ankam. Ich schnäuzte mir kräftig die Nase, bestieg mein Rad und fuhr los. Über den Königstuhlweg zum Kohlhof und weiter nach Waldhilsbach, dem Wohnort meiner Ex-Frau. Ich besuche sie dort in unregelmäßigen Abständen, aber niemals vorangemeldet. Das würde sie nämlich von einer Verlegenheit in die nächste stürzen. Sie würde sich schick machen, ihre Wohnung herrichten, Leckereien vorbereiten, Kerzen anzünden – und sie würde kein vernünftiges Wort herausbringen. Kam ich unangekündigt, war sie überrascht und verlegen, hatte die falschen Kleider an, nichts zu essen im Haus und wenig Zeit. Aber dann benahm sie sich wenigstens normal. Anfangs versuchte sie noch, dem entgegenzusteuern, indem sie mich für einen bestimmten Tag einlud; ich kam dann entweder am Tag vorher oder eine Woche später. Oder gleich gar nicht. Einmal, es muss vorletzten Sommer gewesen sein, öffnete sie mir mit einem dümmlichen Lächeln, abgeschaut aus einer Vorabendserie. Als sie sah, wer vor ihrer Tür stand, entglitt ihr das Lächeln wie ein falscher Bart, der einem aus dem Gesicht fällt, man hörte es regelrecht zu Boden plumpsen vor lauter Schreck. Nicht einmal in diesem Moment schaffte sie es, mich fortzuschicken, sondern bat mich herein, kochte mir Kaffee, fragte mich, wie es mir ginge und all das. Während ich mich in ihren abgewetzten Fernsehsessel lümmelte, schlich sie zum Telefon und bat ihren damaligen Liebhaber wispernd, ein Stündchen später zu kommen, sie entschuldigte sich, bat um Verständnis, sie könne ihren Ex-Mann doch nicht einfach … aber auch der Typ am anderen Ende der Leitung konnte nicht einfach, er hatte schließlich eine Frau oder Freundin, die belogen werden musste, da bereitete ein Stündchen Verzug schon Probleme. Als Christine schließlich bleich und abgekämpft in ihr Wohnzimmer zurückkehrte, war der Fernsehsessel leer und ihr Ex-Mann längst wieder auf dem Weg Richtung Heidelberg.

Hoffentlich hatte sie wenigstens die Kanne Kaffee für ihren Harald warm halten können.

Harald war nämlich ihr erster Liebhaber nach unserer Trennung, nach einem langen Jahr voller Enthaltsamkeit und vergeblicher Hoffnung, dass es mit uns vielleicht doch noch klappen könnte. Ihr Liebhaber und ihr Chef, da erübrigt sich jeder Kommentar. Dass es mit den beiden nicht lange gut ging, wunderte nicht einmal Christine. Harald ließ sich versetzen, zuerst von ihr, dann von seinem Arbeitgeber, der Stadt Heidelberg. Er wurde Leiter des Bürgeramtes in Kirchheim oder Pfaffengrund, während sich Christine einem SAP-Programmierer, den sie in einem Fitnessstudio kennen gelernt hatte, an die starke Brust warf. Und so weiter, die Geschichten ähnelten sich. Inzwischen hatte sich der Kreis auf seine Weise geschlossen, denn Christines aktueller Gefährte hieß ebenfalls Harald. Als Sozialdemokrat war er in der richtigen Partei, er trieb regelmäßig Sport, machte also moralisch wie körperlich einiges her, und doch hoffte meine Ex-Frau mehr denn je, dass ich in einem Anfall von Eifersucht zu ihr zurückkehren würde, bevor sie sich für immer an diesen tollen Hecht band. Gut, dass Harald verheiratet war, denn so würde er die absehbare Trennung von Christine leichter verkraften.

Leider bin ich nicht eifersüchtig. Dieses Gefühl ist mir absolut fremd, im Gegenteil, ich gönne meiner Ehemaligen ihre Affären, auch wenn sie mir das nicht glaubt. Soll sie sich amüsieren, soll sie ihren Spaß haben, von mir aus können wir bis an unser Lebensende Freunde bleiben. Gute Freunde, nicht mehr und nicht weniger.

Christine war nicht zu Hause. Nach dreimaligem Läuten schauten oben ihre Vermieter aus dem Fenster, winkten mir zu und berichteten, dass die liebe Frau Markwart gestern in aller Frühe gefahren sei; wohin und bis wann, wüssten sie nicht. Anders als sonst habe sie keinen Zettel hinterlassen. Seltsam eigentlich. Da war doch hoffentlich nichts vorgefallen? Besorgt schaute der Mann seine Frau an, die ratlos den Kopf schüttelte. Beide trugen Sonntagskleidung: gebügeltes weißes Hemd, geblümte Rüschenbluse. Die Krawatte, die der Alte liebevoll streichelte, war ein Geschenk der Metzgerinnung zum 50-jährigen Berufsjubiläum gewesen.

»Wollen Sie nicht auf ein Tässchen Kaffee hereinkommen?«, rief er mir zu.

»Von der Schwarzwälder Kirschtorte ist auch noch was da«, lockte seine Frau.

Ich lehnte bedauernd ab. Auf ihre Schwarzwälder Kirschtorte bin ich nur einmal hereingefallen. Nie wieder.

»Ich darf keinen Kaffee mehr trinken«, sagte ich. »Hat mir mein Hausarzt verboten.«

»Das Herz?«, fragte der Mann mitfühlend.

»Das Herz.«

»Na, hören Sie mal, in Ihrem Alter«, rief die Frau empört. »In dem Alter und schon Herzbeschwerden?«

»Ja, eben«, sagte ich und radelte davon.

»Wir haben auch koffeinfreien im Haus«, riefen sie mir hinterher, aber ich tat, als hätte ich nichts gehört. Wer es am Herzen hat, kann es auch an den Ohren haben. Insgeheim waren sie wahrscheinlich erleichtert, die schöne Torte nicht mit dem Ex ihrer Mieterin teilen zu müssen.

Für den Rückweg wählte ich eine alternative Route. Über einen Waldweg erreichte ich das Kümmelbachtal, das in nördlicher Richtung nach Schlierbach führt. Wieder wurde mir schnell warm. Ich überholte Sonntagsspaziergänger mit Hunden und Kindern, der Wald roch nach frischen Sägespänen. Am höchsten

Punkt der Strecke, einer Wegspinne namens Hohler Kästenbaum, legte ich eine Pause ein. Ich lehnte mein Rad an eine Bank und wusch mein Gesicht in eiskaltem Brunnenwasser. Gerne hätte ich es von der winterlichen Sonne trocknen lassen, aber die versteckte sich hinter dem mächtigen Buckel des Königstuhls im Westen. Ein Fahrweg führte hinunter nach Schlierbach und zum Neckar, ein weiterer in östlicher Richtung hinauf zum Auerhahnenkopf. Hohler Kästenbaum, Linsenteicheck, Wildschützenschlag, das sind alles schön klingende Namen, aber am besten gefiel mir immer noch die alte Bezeichnung für den Auerhahnenkopf, wie sie auf dem Merian-Stich von 1620 überliefert ist: der Läuterungsberg. Ganz oben auf dem Läuterungsberg stand früher der höchste Galgen Heidelbergs, und wer hier gehängt wurde, hatte sich aufgrund der Nähe zum lieben Gott das Vorzimmer zum Paradies verdient.

Die beiden alten Knacker, die eben von der Höhe herabkamen, sahen so aus, als wollten sie sich lieber die goldene Wandernadel verdienen als Logenplätze im Nirwana. Kniebundhosen, Schnürstiefel, in der Hand einen knorrigen Stecken, über der Schulter einen altmodischen Umhang. Der eine von ihnen, der mich an meinen Lateinlehrer erinnerte, zeigte die Richtung an, der andere kritzelte im Gehen einen Notizblock voll.

Als sie außer Sicht waren, hüllte ich mich wieder in sämtliche Kleidungsstücke, derer ich mich zwischenzeitlich entledigt hatte, schwang mich auf mein Rad und fuhr in Serpentinen bergab. Nach fünf Minuten erreichte ich Schlierbach. Es ist der schmalste und steilste Ort weit und breit, ein Terrassendorf am Nordhang des Kleinen Odenwalds, ohne Zentrum, ohne Marktplatz, ohne Geschäfte. Unten lässt der Neckar gerade mal Platz für Landstraße und Bahnlinie, dann geht es schnurstracks in die Höhe: Wohnhäuser und Sträßchen, übereinandergeschachtelt wie beim Weinbau an der Mosel. Nur die Sonne ist seltener Gast in Schlierbach. Man mag diese Lage malerisch nennen oder pittoresk, vielleicht auch beängstigend; wer hier ganz oben wohnt, kann immer noch problemlos in den Fluss spucken, und wenn der Steilhang bei einem Unwetter ins Rutschen kommt, muss es ja nicht das eigene Haus treffen.

So viel zu Schlierbach.

In Schlierbach wohnte außerdem Bernd Nagel. Und wenn ich ihm und seinem Allerheiligsten schon einmal so nahe war, wollte ich diese Gelegenheit nutzen. Wollte sehen, wie er lebte, wie er sich eingerichtet hatte in seinen zwei Heidelberger Jahren, welche Bilder an seiner Wand hingen, welche Zeitschriften auf seinem Schreibtisch herumflogen. Was waren seine Interessen jenseits der Musik? Welchen Dingen schenkte er sonst seine Aufmerksamkeit? Davon abgesehen gab es eine Menge Fragen, die ich ihm stellen wollte, selbst wenn dafür später noch Zeit war.

Aber ich hatte erneut Pech. Nagel war nicht zu Hause. Von Marc wusste ich, dass er sich ganz oben im Klingelhüttenweg eine Haushälfte gemietet hatte. Auch für Schlierbach gilt das alte Heidelberger Gesetz: Mit jedem Meter über dem Neckar steigen die Mietkosten. Dabei war das Haus nicht einmal ansehnlich, ein schlichter 60er-Jahre-Bau mit gepflegtem Vorgarten, und nur die Fahrzeuge an der Straße und in den Carports verrieten etwas über die Einkommensverhältnisse der Anwohner. Die Klingelhüttenstraße war nett anzuschauen, stand aber eindeutig im Schatten des parallel verlaufenden Schlosswolfsbrunnenwegs.

Ich läutete dreimal, versuchte durch ein Fenster zu linsen und gab es schließlich auf. Im Nachbarhaus, das sich hinter dichtem Baumbewuchs verbarg, schlug ein Hund an. Sein hartnäckiges Bellen verfolgte mich noch lange.

Über den Schlosswolfsbrunnenweg fuhr ich zurück in die Stadt. Ja, das war tatsächlich eine andere Liga. Hier standen nicht einfach Villen an der Straße, diese Villen hatten Vorbauten, Treppenaufgänge, Mauerwerk, das sie schützte, sie ließen die Muskeln spielen, fletschten die Zähne, verschanzten sich. Der Schlosswolfsbrunnenweg war kein Ort, an dem man verweilte, um bauliche Eleganz zu bewundern oder ein interessantes architektonisches Detail. Hier wurde man fortgeknurrt, abgewiesen: Was geht uns der Rest der Welt an? Was haben wir mit den Altstädtern, Wieblingern, Afrikanern zu schaffen? Haut ab und lasst uns in Ruhe!

Das tat ich. Sollten sie ihre Ruhe haben. Irgendwo fiel ein Rollladen krachend nieder. Ich gab meinem Rad die Sporen und fuhr in die Stadt zurück.

Zu Hause angekommen, erwartete mich ein blinkender Anrufbeantworter. Eine Nachricht von Christine, meiner Ex-Frau: Aus irgendeinem wichtigen Grund, den ich auf der Stelle wieder vergaß, hatte sie ihre Mutter besuchen müssen. Sie grüßte mich ganz, ganz lieb und erinnerte mich an mein Versprechen, demnächst etwas mit ihr zu unternehmen. Kino wäre prima, schick essen gehen noch besser. Ich löschte die Aufnahme.

Der zweite Anruf kam von Marc Covet: Er wollte sich um 18 Uhr mit Bernd Nagel in der *Hinterbühne* treffen. ›Hinterbühne‹ war ein gutes Stichwort; ich rief ihn zurück, sagte, dass ich käme, und ließ mir beschreiben, wie man den Theaterkomplex durch den Hintereingang betrat.

»Dann bis nachher«, sagte ich und legte auf.

Anschließend war Frau von Wonnegut dran. Als ich ihr meine Bereitschaft erklärte, den Auftrag zu übernehmen, fiel sie mir telefonisch um den Hals, nannte mich einen Schatz, einen Pfundskerl und noch weitere altmodische Dinge, was sie aber nicht davon abhielt, mit demselben Schatz knallhart um das Honorar zu feilschen. Das zähe Luder kämpfte um jeden Cent! Aber alles im Ton reinster Menschenliebe. Es fehlte nicht viel, und ich hätte ihr die Brocken hingeschmissen.

»Ich freue mich auf unsere Zusammenarbeit, Herr Koller«, säuselte sie am Ende.

»Sie mich auch«, murmelte ich in mich hinein.

6

Wer vom Heidelberger Stadttheater spricht, meint damit einen Komplex ineinander verschachtelter Gebäude, die von einer Altstadtstraße bis zur nächsten reichen. Der Haupteingang befindet sich in der Theaterstraße, der Hintereingang in der weiter westlich gelegenen Friedrichstraße. Diesmal wählte ich letzteren. In einem gläsernen Kasten saß ein schnauzbärtiger Pförtner, der meinen Gruß wortlos erwiderte. Der Weg ins Vorderhaus führte mich über einen kleinen, zugeparkten Innenhof, dann hinunter ins Kellergeschoss und in ein unterirdisches Labyrinth. Ich folgte einem niedrigen, geweißelten Gang, an dessen Decke dicke Heizungsrohre entlangliefen. Es war warm und stickig hier unten, Neonröhren flackerten. In der Ferne hustete jemand so erbärmlich laut, dass es von den Wänden widerhallte. Immer wieder zweigten rechts und links neue Gänge ab, ebenso niedrig wie meiner, ebenso abweisend. Ausrangierte Möbel standen im Weg, zum Teil mit einer Inventarnummer versehen. Ich las die Aufschriften auf den vielen Türen, die ich passierte: Heizungskeller, Requisite, Dusche Damen. Gut, dass mich rote und blaue Pfeile sicher zum Ziel lotsten.

Im Lichthof zwischen Verwaltung und Bühnenhaus tauchte ich aus den Katakomben auf. Leise schloss ich die schwere Stahltür hinter mir. Niemand war zu sehen, die Garderoben lagen verlassen da. Keine Vorstellung an diesem Nachmittag. Ich durchquerte den Raum und erklomm leise die Wendeltreppe, die in den Verwaltungstrakt führte. Vor einer Tür im ersten Stock hielt ich inne. Aus dem Zimmer des Generalmusikdirektors drangen erregte Stimmen. Ich erkannte die des Rottweilers. Der Krisenstab tagte.

Ein Stockwerk darüber herrschte Totenstille. Nur die Dielen knarrten hin und wieder unter meinen Schritten. Nagels Dienstzimmer war verschlossen und polizeilich versiegelt, dafür standen die Türen zu den Überäumen sperrangelweit offen. Auch die Tür zu dem Raum, in dem wir mit dem Gnom aus Waldwimmersbach gewartet hatten. Zwischen den Türpfosten war rot-weißes Flatterband angebracht, weitere Maßnahmen hatte man nicht für nötig erachtet. Einladend stand das Klavier da und wartete, dass auf ihm gespielt wurde.

Ich duckte mich unter dem Band durch, stellte mich vor das Instrument und drückte wie am Abend zuvor vorsichtig eine Taste nieder. War wohl die falsche Taste. Ich nahm die daneben, dann eine andere und noch viele weitere. Aber da war kein Blut mehr, nirgendwo. Es war fort, verschwunden, weggewischt.

Erst überlegte ich eine Weile. Dann nahm ich das Klavier genau unter die Lupe, nicht nur die Tastatur, sondern auch den hochgeklappten Deckel, den eigentlichen Korpus, alles. Ich schaute sogar in das Innere des Instruments. Fand nicht einen Blutspritzer.

Interessant.

Als ich den Überaum zehn Minuten später verließ, war ich so in Gedanken versunken, dass ich nicht auf meine Schritte achtete. Dieselben Dielen wie zuvor gaben dieselben hässlichen, knarrenden Geräusche von sich. Die Klinke der Tür zum Treppenhaus schon in der Hand, schaute ich zu Nagels Zimmer hinüber. Schade, dass es verschlossen war. Einen Blick hätte ich gerne hineingeworfen.

Stattdessen warf ich einen Blick durch das Sichtfenster der Treppenhaustür und sah jemanden nach oben kommen. Den weißblonden Kampfhund, angelockt durch meine Dielenkatzenmusik. Rasch verdrückte ich mich in die benachbarte Toilette und wartete.

Ich hörte, wie der Polizist das Stockwerk betrat, wie er stehen blieb, um sich umzusehen und zu lauschen. Langsam ging er von Raum zu Raum, schaute hinein, summte leise vor sich hin. Einmal räusperte er sich. An der Toilette ging er vorbei. Er überprüfte, ob Nagels Zimmer noch verschlossen war, kehrte summend zur Treppenhaustür zurück.

Und dann betrat er die Toilette doch. Ich stand in der einzigen Kabine und hielt den Atem an, während der Kampfhund seinen Hosenstall öffnete und sich vor das Pissoir stellte.

»Mann, Mann, Mann«, sagte er seufzend.

Ich hätte natürlich in meinem Versteck warten können, bis er sich verzog. Aber was, wenn ihm plötzlich einfiel, die Kabine zu kontrollieren? Er wäre nicht der Erste, dem beim Pinkeln die besten Gedanken kommen. Außerdem konnte ich den Atem nicht ewig anhalten. Also verließ ich mein stilles Örtchen, gab dem Kerl einen jovialen Klaps auf die Schulter und machte mich davon. Mehr als ein hilfloses Röcheln brachte er in seiner Überraschung nicht zustande.

15 Sekunden später stand ich heftig atmend vor dem Verwaltungsgebäude auf der Straße, während der wackere Kriminalkommissar zwei Etagen über mir einen echten Interessenkonflikt austrug: Wasser lassen oder Koller fassen? Man sollte den Bullen das dauernde Kaffeetrinken verbieten.

Kurz darauf schlugen die Vorhänge eines Windfangs hinter mir zusammen. Die 50 Meter zwischen Theater und *Hinterbühne* hatte ich im Laufschritt zurückgelegt; von meinem beißwütigen Verfolger keine Spur. Die *Hinterbühne*, das inoffizielle Theatercafé und Marc Covets Zweitwohnsitz, verströmt den Charme einer Baustelle, auf der Fliesenleger und Stuckateure mal eben ein Päuschen eingelegt haben. Unlackierte Stühle, die Wände ohne Putz, von der kahlen Decke hängen nackte Glühbirnen, außerdem sitzt man nicht gerade bequem. Marc ist das egal, er schwärmt für das Whiskysortiment der Kneipe, und wer wollte ihm da widersprechen.

Ich traf die beiden im Nebenraum. Schweigend saßen sie da, vor halb leeren Gläsern, wie Männer, die kurz vor dem Aufbrechen sind. Ich hängte meine Jacke an einen Kleiderhaken und ließ mich in einen Stuhl fallen.

»Tach zusammen«, sagte ich und grinste.

Bernd Nagel nickte. Seine linke Hand hielt eine brennende Zigarette, die rechte suchte Halt an einem Martiniglas. Vor Covet stand der obligatorische Whisky. Von einem hoffnungslos ausgedünnten Mädchen mit traurigen blauen Augen ließ ich mir ein Pils bringen. Den ersten Schluck widmete ich meinem neuen Freund, dem blonden Kampfhund. Immer wieder erstaunlich, wie gut so ein erster Schluck schmecken kann.

»Nun, Herr Privatdetektiv«, sagte Nagel, »wie stehen meine Aktien?«

»Ihre Aktien?«, gab ich zurück, den forcierten Spott seiner Frage missachtend. »Das hängt von Frau von Wonnegut ab. Sind Sie im Bilde?«

»Marc hat es mir erzählt. Was für eine scheinheilige Alte!«

»Es wäre mir lieb, wenn Sie sich ihr gegenüber nicht anders als sonst verhalten würden. Tun Sie so, als wüssten Sie nichts von dem Auftrag.«

Er winkte ab. »Für mich ist die Frau gestorben.«

»Die auch?«, lag mir auf der Zunge. Stattdessen fragte ich ihn, ob er sich in der Zwischenzeit an weitere Zeugen seines nächtlichen Spaziergangs erinnert hatte.

»Bloß an den Koch der *Ölmühle*«, sagte er.

»An sonst niemanden?«

»Nein.«

»Gut. Ich werde das überprüfen. Natürlich wäre es besser …«

»Hören Sie, ich weiß selbst, was besser wäre«, fiel er mir ins Wort. »Dass ich alle paar Meter wildfremde Passanten angehalten hätte, um sie nach der Uhrzeit zu fragen und mir ihre Karte geben zu lassen. Habe ich aber nicht. Und warum nicht? Weil ich unschuldig bin, darum.« Wütend stopfte er seine Zigarette in einen Aschenbecher.

»Kommen wir zu Ihrer Ex-Freundin«, sagte ich ungerührt. »Erzählen Sie mir, was für eine Frau sie war.«

»Fragen Sie doch den da«, entgegnete er.

Ich drehte mich um. Rudernd bahnte sich der übergewichtige Dirigent mit dem Knebelbart seinen Weg durch die Kneipe. Als er schließlich an unserem Tisch stand, schnaufte er schwer. Auf seiner Stirn glänzten Schweißperlen. Bevor einer von uns ihn begrüßen konnte, schnellte seine Hand über den Tisch.

»Herzliches Beileid, Bernd«, sagte Barth-Hufelang feierlich. »Sie wissen, es kommt von Herzen.«

»Danke«, murmelte Nagel. Er hatte sich erhoben und – widerstrebend, wie mir schien – die Hand des Dicken ergriffen. »Wobei Sie doch genauso … ich meine, Sie waren auch mit ihr …«

»Wenn jemand Annette nahestand, dann Sie. Sie kannten sie am besten.« Der Dirigent ließ Nagels Hand nicht los, begann sie sogar mit der freien Linken zu tätscheln, wobei er seinem Gegenüber fest in die Augen schaute. Erst als sämtliche Kneipenbesucher Zeuge dieser heroischen Geste geworden waren, gab er Nagel frei und nickte uns zu. »Guten Tag, die Herren.«

Covet bot ihm einen Platz an und stellte uns einander vor. Meinen Beruf ließ er unerwähnt. Nun kam auch meine Hand in den Genuss, von warmen, feuchten Fleischpolstern umschlossen zu werden. Barth-Hufelang musterte mich eingehend, um zuletzt zu fragen: »Haben wir uns nicht …?«

»Wir haben«, nickte ich. »Gestern Abend, vor dem Zimmer von Herrn Nagel.«

Er nickte nachdenklich. Legte ab, nahm Platz, strich sich über das dunkle Bärtchen und schnaufte. Es war kein Schnaufen aus Anstrengung mehr – wobei für einen Koloss von zwei Zentnern womöglich schon das Dasitzen eine Anstrengung bedeutete –, sondern das dauerhafte Arbeitsgeräusch eines Körpers, der ein lahmes Gaumensegel und eine überkippende Tenorstimme sein eigen nannte. Keine guten physischen Voraussetzungen für einen Dirigenten klassischer Musik.

»Die nächste Aufführung sollte mit einer Schweigeminute beginnen«, sagte Barth-Hufelang. »Meiner

Meinung nach. Einen Médoc. Aber nicht zu kalt, bitte.« Letzteres galt der melancholischen Bedienung, die an unseren Tisch getreten war.

»Ich hörte, Sie haben sie auch gut gekannt«, sagte ich.

Er wandte mir sein Gesicht zu. »Wen bitte?«

»Annette Nierzwa.«

»So, haben Sie das?«

»Können Sie sich vorstellen, wer sie erwürgt hat?«

»Ist das denn sicher, dass sie erwürgt wurde?«

Ich nickte der Einfachheit halber. Ein übergewichtiger, schnaufender Mensch, der einem prinzipiell mit einer Gegenfrage antwortete. Sehr sympathisch.

»Erwürgt«, sinnierte er kopfschüttelnd. »Ist das nicht schrecklich?«

»Können Sie sich vorstellen, wer sie erwürgt hat?«, wiederholte ich.

Barth-Hufelang blickte zu mir herüber, zu Covet, zu Nagel, wieder zu mir, schüttelte den Kopf, sagte: »Nein. Warum? Warum fragen Sie mich das? Haben Sie vielleicht eine Vorstellung?«

»Ich frage, weil das zu meinem Beruf gehört. Ich bin Privatdetektiv.«

Der Dirigent schwieg. Ich wartete auf einen Kommentar, eine Frage, doch er musterte mich wortlos. Ich war mit Sicherheit der erste Privatflic, mit dem er zu tun hatte. Nicht einmal in Opern kamen wir vor. Sein Médoc wurde gebracht, er griff mechanisch nach ihm.

»Noch ein Pils«, rief ich der Bedienung hinterher. »Und nicht zu warm, bitte.« Kurz flackerten ihre blauen Augen auf, aber ihre Miene blieb todtraurig.

»Privatdetektiv«, murmelte Barth-Hufelang und nippte an seinem Wein. »Privatdetektiv, interessant. Heißt das, dass Sie in diesem Fall ermitteln?«

»Ich war gestern zufällig vor Ort. Auch als Ermittler geht man hin und wieder in die Oper, nicht wahr? Aber ich höre mich ein wenig um.«

»Der Herr ermittelt«, sagte Bernd Nagel, »weil die Polizei mich als dringend Tatverdächtigen behandelt.«

»Sie?«, rief Barth-Hufelang, schrill und gekünstelt auflachend. »Sie, Bernd? Das ist doch lächerlich! Nur weil Sie ... Da könnte man genauso gut mich verdächtigen.«

»Sie haben ein perfektes Alibi«, sagte ich. »Drei Stunden *Figaro*. Jede einzelne Note ist Ihr Zeuge.«

Von einem Moment auf den anderen schaute er ziemlich verkniffen. »Ich habe gestern nicht dirigiert«, sagte er.

»Nicht?«, entgegnete ich überrascht.

»Nein.«

»Unterbrechen Sie mich, wenn ich was Falsches sage, aber ich dachte, der Generalmusikdirektor ...«

»... dirigiert sämtliche Premieren«, beendete er den Satz. »Das denken viele da draußen. Dabei ist es gängige Praxis, den Ersten Kapellmeister hin und wieder ranzulassen. Schon um die jungen Leute zu fördern. Dem Orchester tut es ebenfalls gut. Außerdem habe ich den *Figaro* in meiner Laufbahn schon dreimal auf die Bühne gebracht.« Er schüttete seinen Médoc mit einer Miene hinunter, als sei es Lebertran.

Sieh an, der Dicke war ja die Menschlichkeit in Person. Pfiff auf Hierarchien, ließ seinen Assi die Lorbeeren einheimsen. »Das heißt, Sie waren gestern nur als Zuhörer da?«

»Warum nicht?« Bevor ich antworten konnte, sprach er weiter. »Hören Sie mal, Sie Privatdetektiv, warum fragen Sie das alles? Soll das ein Verhör sein?«

»Verhöre führt nur die Polizei.«

»Und weshalb wollen Sie …?«

»Einen Moment«, mischte sich Covet ein. »Bevor es hier zu weiteren Missverständnissen kommt: Unser Freund Max Koller ist keineswegs in seiner Eigenschaft als Ermittler hier. Bernd und ich haben ihn aufgrund seiner beruflichen Erfahrung zu einem Gespräch gebeten, zu einer Art Meinungsaustausch. Ein reiner Freundschaftsdienst, verstehen Sie? Man braucht nicht viel Fantasie, um sich vorzustellen, dass die Nachforschungen der Polizei sich um Bernd und sein Verhältnis zu Annette Nierzwa drehen werden.«

Schweigend nahm ich mein Bier entgegen. Eine Art Meinungsaustausch, dass ich nicht lachte!

»Aber das ist doch Unsinn!«, rief Barth-Hufelang. »Ausgerechnet Sie, Bernd! Wo Sie keiner Fliege etwas zuleide tun können. Die sollen sich lieber den Woll vornehmen. Dem traue ich alles zu. Alles.« Er griff zu seinem Glas, setzte es wieder ab und fügte leiser hinzu: »Bitte, das bleibt unter uns.«

»Wer ist Woll?«, fragte ich.

»Ihr Ehemann. Soloklarinette.«

»Und ihm trauen Sie einen Mord zu?«

Barth-Hufelang wandte sich mir ruckartig zu und legte das ganze Gewicht seines Generalmusikdirektorenamtes in seinen Blick. »Merken Sie eigentlich«, rief er, »dass Sie mir eine Frage nach der anderen stellen? Dass Sie mich mit Ihren Fragen löchern? Sitze ich hier auf der Anklagebank? Ist das ein Kreuzverhör?«

»Tut mir leid«, lächelte ich. »Kann wohl nicht so ganz aus meiner Haut. Ständig bricht der Ermittler durch. Trotzdem würde mich interessieren, was gestern Abend passiert ist. Annette Nierzwa wurde während der Vorstellung ermordet, und Sie sind wie so viele andere ein potenzieller Zeuge.«

»So? Bin ich das?«

»Vielleicht haben Sie die Vorstellung einmal verlassen und etwas ...«

»Nein«, unterbrach er mich scharf. »Habe ich nicht.«

Das war wenigstens eine klare Antwort. Allerdings war es auch die letzte, denn kaum hatte er sie gegeben, erhob sich der Dirigent schnaufend, griff nach seinem Mantel und nickte Covet und Nagel zu.

»Sie entschuldigen mich«, sagte er knapp. Mich würdigte er keines Blickes.

Auf Barth-Hufelangs Abgang folgte eine längere Gesprächspause. Ich beschäftigte mich mit meinem Bier, Nagel schaute dem Zigarettenrauch nach, den er gen Decke blies, bis er einen Hustenanfall bekam.

»Ich habe ein Jahr lang nicht mehr geraucht«, sagte er entschuldigend.

»Hör mal, Max«, begann Covet, ohne mich anzusehen.

»Wetten«, sagte ich, »dass er der Bedienung keinen Cent Trinkgeld gegeben hat? Weil er dünne Menschen hasst, deshalb. Wir können sie fragen, wenn ihr wollt.

Ich bin sicher, dass sie ihm bis auf die letzte Kommastelle herausgeben musste.«

»Hör mal zu«, wiederholte Covet. »Du musst Barth-Hufelang weder mögen noch ihm in den Arsch kriechen. Aber er und Bernd arbeiten zusammen. Deshalb wäre es angesichts der derzeitigen schwierigen Situation nett von dir, wenn du dich wenigstens neutral verhalten würdest.«

»Tue ich doch. Ich stelle ihm eine neutrale Frage nach der anderen, und er beantwortet sie nicht. Oder ist sein Geschnaufe die Antwort? So eine Art Geheimsprache, die nur Musiker verstehen?«

»Du brauchst uns keine Nachhilfestunde zu geben«, sagte Covet, während Nagel schmunzelte. »Zu der Erkenntnis, dass Barth-Hufelang ein Kotzbrocken ist, sind wir ganz alleine gekommen.«

»Prima. Wer ist Woll?«

»Annettes Ex-Mann«, antwortete Nagel. »Gregor Woll. Ein gutes Stück älter als sie. Spielt seit Ewigkeiten im Orchester.«

»Wie lange waren die beiden verheiratet?«

Nagel überlegte. »Fünf Jahre, glaube ich. Bis vor drei Jahren.«

»Was geschah, nachdem die Ehe auseinander ging? Mit wem war Annette Nierzwa zusammen?«

»So genau weiß ich das nicht. Unter anderem mit einem Schauspieler. Den hat es mittlerweile nach München verschlagen. Dann längere Zeit niemand Festes. Vor einem Jahr oder so lief die Geschichte mit Barth-Hufelang.«

»Und dann kamen Sie?«

Er nickte.

»Wie würden Sie das Verhältnis zwischen Ihnen und Barth-Hufelang bezeichnen?«

»Unser Verhältnis?« Er lachte. »Wie meinen Sie das? Privat oder beruflich?«

»Beides.«

Nagel zuckte die Achseln und klopfte etwas Asche von seiner Zigarette. »Privat gibt es kein Verhältnis zwischen mir und ihm. Wir machen beide unseren Job, wir machen ihn ordentlich, das wars. Es gibt keine gemeinsamen Skatabende nach Feierabend, wenn Sie das meinen.«

»Nein, das meine ich absolut nicht.« Fleckige Skatkarten in den Händen dieses Schönlings, das war unvorstellbar. »Ist Barth-Hufelang als Generalmusikdirektor eigentlich Ihr Chef?«

»Manchmal tut er so. Aber wir sind gleichberechtigt. Wissen Sie, ich trenne Beruf und Privatsphäre, und damit bin ich immer gut gefahren, auch mit ihm.«

»Wobei er schon unangenehm sein kann«, warf Marc ein. »Er hat seine Hausmacht und seine Anhänger, siehe Frau von Wonnegut.«

»Die hat jeder Dirigent.«

»Und die Tatsache, dass Sie ihm die Freundin weggeschnappt haben?«, fragte ich.

»Ich habe sie ihm nicht weggeschnappt«, entgegnete Nagel kühl. »Die beiden waren nicht mehr zusammen, als Annette und ich ein Paar wurden. Außer Bettgeschichten lief da ohnehin nichts. Barth-Hufelang wollte sich ja nicht von seiner Frau trennen.«

»Seiner Frau? Er war verheiratet?«

»Ist er immer noch. Und hat zwei Kinder. Kein Grund für ihn, auf eine Geliebte zu verzichten.«

»Die Familie lebt in Berlin«, sagte Covet. »Er auch, wenn er nicht gerade in Heidelberg dirigieren muss. Hier hat er bloß eine Wohnung, und es ist ein offenes Geheimnis, dass er wieder zurück möchte.«

»Weg aus Heidelberg? Aus einer Stadt, die fast Weltkulturerbe geworden ist?«

»Er träumt von einem der Berliner Opernhäuser«, sagte Nagel. »Deshalb dirigiert er dort, sooft es geht, und rührt die Werbetrommel. Die *Figaro*-Proben konnte er gar nicht leiten, weil er mal wieder unterwegs war.«

»Er hat also nicht aus purer Menschenfreundlichkeit gegenüber seinen Untergebenen auf die Premiere verzichtet?«

»Bewahre.« Bernd Nagel winkte ab.

Interessante Informationen. Wie hatte Frau von Wonnegut heute Morgen geunkt? Man müsse Barth-Hufelang eine Perspektive bieten, sonst stehe Heidelberg über kurz oder lang ohne Generalmusikdirektor da. Diese Befürchtung war also keineswegs aus der Luft gegriffen. Ohne Barth-Hufelang kein *Ring 2012*, ohne *Ring* kein erfüllter Lebensabend für Frau von Wonnegut.

»Hat er denn Chancen?«, wollte ich wissen. »Ich meine, ist er gut genug als Dirigent?«

Die beiden sahen sich an. »Schlecht ist er nicht«, sagte Marc.

»Er hat einen passablen Ruf«, ergänzte der Geschäftsführer. »Und Ellbogen. So dick er ist, der Mann versteht es, sich durchzusetzen.«

»Dann erklären Sie mir eine Sache: Wenn Sie nicht gerade ein Freund von Barth-Hufelang sind, der Förderverein mit Frau von Wonnegut an der Spitze ihn aber unbedingt halten möchte, warum mischen Sie in diesem Verein überhaupt mit? Arbeiten Sie nicht gegen Ihre eigenen Interessen?«

Bernd Nagel sah mich einen Moment verblüfft an. Dann lachte er. »Nichts für ungut, aber das sehen Sie ein wenig naiv. Was heißt hier meine eigenen Interessen? Beruflich komme ich mit dem Mann ganz gut aus, und dass er ab und zu den Diktator heraushängen lässt, juckt mich nicht. Ich arbeite schließlich schon länger mit Musikern zusammen, da muss man realistisch sein. Mit einem anderen wäre es auch nicht besser. Jeder Dirigent in dieser Position hat seine Macken. Der eine ist unzuverlässig, der andere ein Ekelpaket, dem dritten geht es nur um die Sopranistinnen. Ob Barth-Hufelang in Heidelberg bleibt oder nicht, spielt für mich keine Rolle. Für die Zukunft unseres Opernhauses wäre es jedenfalls besser, ihn zu halten. Denken Sie an die Diskussionen um die Theaterrenovierung. An einem wie ihm kommt kein Stadtrat so leicht vorbei. Und dass er die Hälfte der Zeit in Berlin lebt, ist für mich ein eher angenehmer Nebeneffekt.«

Ich leerte mein Glas, drehte mich um und schnippte mit den Fingern Richtung Theke. Nach dieser Antwort, der längsten, die mir Bernd Nagel während unserer kurzen Bekanntschaft gegeben hatte, brauchte ich dringend ein frisches Bier. Er hielt mich also für naiv. So ein Zufall, dasselbe hätte ich über ihn sagen können.

»Außerdem«, ergänzte Covet, »heißt das noch lange nicht, dass du das Wagner-Projekt der alten Wonnegut unterstützt. Ich meine, der komplette *Ring* in

Heidelberg oder ein neues Opernhaus, das sind doch überzogene Pläne.«

»Ja und nein. Natürlich braucht die Region keine weitere große Spielstätte, solange es bessere in Mannheim und Karlsruhe gibt. Oder in Frankfurt. Davon abgesehen erfordert der *Ring* ein größeres Orchester, als Heidelberg derzeit hat. Andererseits: Wenn Frau von Wonnegut mit ihren Beziehungen Millionen locker macht, werde ich mich nicht sträuben, sie in Musik zu investieren.«

»Haben Sie sich mal mit Barth-Hufelang gestritten?«, fragte ich. »Wegen was auch immer?«

»Nein, habe ich nicht«, entgegnete Nagel finster. »Streiten gehört nicht zu meinen Lieblingsbeschäftigungen.«

Ich schaute nach der Bedienung, um den Blicken der beiden auszuweichen. Natürlich gehörte Streiten nicht zu Nagels Lieblingsbeschäftigungen. Es schadete seinem Teint, sein Hausarzt hatte es ihm untersagt. Lieber Händchenhalten und Mozart hören.

»Also haben Sie sich auch nie mit Annette Nierzwa gestritten«, sagte ich. »Wie schön. Warum ging die Beziehung dann auseinander?«

Nagel sah mich an, als warte er auf eine Pointe, die dem Gesagten einen Sinn verleihen könnte. Dann tippte er sich an die Stirn und wandte sich Covet zu. »Warum soll ich auf so etwas antworten?«, beschwerte er sich. »Warum? Was erlaubt der sich eigentlich?«

»Warum Sie mir antworten sollen?«, fuhr ich ihn an. »Weil Ihnen noch heute oder spätestens morgen dieselben Fragen gestellt werden, Herr Nagel: Wie lange ging das mit der Nierzwa? Warum waren Sie zusammen? Warum haben Sie sich getrennt? Gab es Streit? Ging es um Geld? Waren Sie sauer auf sie, waren Sie eifersüchtig, gab es dafür einen Grund? Und das wird dann alles schriftlich niedergelegt, da können Sie sich nicht bei Marc beschweren, dass Ihre Intimsphäre bedroht ist und Ihr guter Ruf auf dem Spiel steht. Die Polizei wird Sie auseinandernehmen, weil alles nach einer Beziehungstat aussieht, und da ist jede Frage erlaubt, verstehen Sie? Jede.«

Mein Bier kam, Gott sei Dank.

»Gut«, sagte Nagel patzig wie ein Schulbub. »Soll mich die Polizei befragen. Sie hat das Recht dazu.«

Ich zuckte die Achseln, nahm einen extragroßen Schluck Bier und stellte das Glas geräuschvoll auf den Tisch zurück. Auch so eine Schulbubenreaktion.

»Ihr seid vielleicht Sturköpfe«, sagte Marc. »Kommt mal runter von eurem hohen Ross und erinnert euch daran, worum es hier geht. Bernd, du warst damit einverstanden, dass Max ermittelt. Also reiß dich zusammen und erzähle ihm von Annette. Er hat recht, du wirst in den nächsten Tagen dazu noch oft Stellung nehmen müssen. Und du, Max, hältst dich mit deinen Kommentaren zurück und fragst nur Dinge, die du unbedingt wissen musst. Einverstanden?«

»Wie soll ich im Vorhinein wissen, was ich wissen muss? So etwas weiß man immer erst hinterher.«

»Einverstanden, ja oder nein?«, rief Covet und schlug mit der flachen Hand auf den Tisch. Nebenan schauten sie irritiert zu uns herüber. »Sonst beenden wir das Gespräch auf der Stelle.«

»Hängt von ihm ab«, entgegnete ich trotzig.

Schweigend sog Nagel an seiner Zigarette. Sein Blick wanderte durch die Gaststube, leicht zitterten die Nasenflügel. Noch einmal füllte er seine Lunge mit Rauch, dann stopfte er die Kippe mit drei Fingern in den Aschenbecher.

»Tut mir leid«, sagte er ausatmend. »Du hast natürlich recht, Marc. Jeder darf alles von mir erfragen. Was er nur möchte. Auch dein Freund Max. Ich stehe zur Verfügung.«

»Dann schlage ich vor«, sagte ich, »dass Sie mir von Ihrer Beziehung erzählen, und ich hake nur ein, wenn es absolut notwendig ist. Zufrieden?«

»Kindergarten«, knurrte Marc, lehnte sich zurück und bestellte einen Whisky.

Während Covet und ich an unseren Getränken nuckelten, ließ Bernd Nagel sein Verhältnis zu Annette Nierzwa Revue passieren. Er erzählte mit Sicherheit nicht einmal die Hälfte von dem, was wichtig gewesen wäre, und er garnierte seinen Bericht mit einer Menge überflüssiger Plattitüden, trotzdem kam ein einigermaßen zusammenhängendes Bild zustande. Annette hatte er vor gut zwei Jahren, bald nach Antritt seiner Stelle in Heidelberg, kennen gelernt. Eine Person, die sich nicht viel aus klassischer Musik machte, dank ihres Aussehens aber – so verstand ich seine Andeutungen – auch dem Liebhaber klassischer Formen zusagte. Mit anderen Worten: Er war gerne mit ihr ins Bett gehüpft. Allerdings nicht gleich, die Sache ging ihm zu schnell. Annette war beleidigt, machte vor seinen Augen mit anderen Männern rum, warf sich schließlich dem dicken Barth-Hufelang an den Hals, um sich von diesem bald wieder zu trennen. Erneute Annäherung an den attraktiven Geschäftsführer, der nun dem Ruf der Lenden nicht länger widerstand. Was Nagel natürlich ein wenig anders formulierte. Vor einigen Wochen, Monaten die Trennung, die keine Trennung war, sondern ein Auseinanderleben, Erkalten, Langweilen. Wie das so ist und wie das so geht. Divergierende Interessen erwachsener Leute.

»Es hat halt nicht sein sollen«, sagte Nagel.

»Klingt ziemlich souverän.«

»Wenn Sie meinen. Trotzdem ging es an mir nicht spurlos vorüber. Ich habe mir meine Gedanken gemacht.«

»Gestern Abend zum Beispiel.«

»Exakt.« Nach einer Pause fügte er hinzu: »Annette wollte es noch einmal probieren. Letzte Woche kam sie damit an. Das hat mich aus dem Konzept gebracht, fragen Sie mich nicht, warum. Eigentlich hatte ich mit ihr abgeschlossen.«

Ich warf Marc, der einigermaßen perplex dasaß, einen Blick zu. Seine Version der Geschichte hatte anders geklungen. Offensichtlich erfuhr auch er in diesem Moment Neues.

»Und nun waren Sie wieder unsicher?«

»Nein«, wand sich Nagel. »Es war vorbei, ich wollte nichts mehr von ihr. Aber wie das so ist, man hatte eine gemeinsame Zeit, man erinnert sich daran, denkt über sich und die Welt nach, wo man gerade steht, wohin man will … Kennen Sie das nicht? Dass es Tage gibt, an denen man sich die wirklich wichtigen, die grundlegenden Fragen stellt?«

»Doch«, sagte ich. »Immer an meinem Geburtstag. Und dann trinke ich mir die Antworten herbei.«

»Auch eine Möglichkeit«, brummte Nagel.

»Sie dagegen sind durch die Altstadt spaziert, um nachdenken zu können. Richtig?«

Er nickte.

»Nun gut. Ich werde versuchen, Zeugen für Ihre einsame Wanderung aufzutreiben. Einfach wird das nicht. Eine andere Frage: Wie standen Sie zu Annettes Ex-Mann?«

»Zu Woll? Überhaupt nicht. Der Kerl ist ein Kotzbrocken, dem gehe ich aus dem Weg. Was ich von Annette weiß, genügt mir.«

»Und das wäre?«

»Er hat Alkoholprobleme. Das weiß jeder im Orchester. Barth-Hufelang wollte ihn rausschmeißen, mit gutem Grund. Nur dass das bei einem städtischen Musiker verdammt schwer ist. Der sitzt auf seiner Orchesterstelle und wird da sitzen, bis er in Rente geht.«

»Hat er gestern Abend gespielt?«

»Sicher.«

»Und dieser Schauspieler? Wie hieß der?«

Nagel zuckte die Achseln. »Keine Ahnung. Vergessen.«

»Das kriege ich raus«, sagte Covet. »Auch wenn es zwei Jahre her ist.«

Ich nickte. Eine Zeit lang herrschte wohltuende Stille. Barth-Hufelangs Weinglas stand noch immer auf dem Tisch, eine Erinnerung an den Auftritt des schnaufenden Dirigenten.

»Was ist mit dir?«, wandte sich Covet schließlich an mich. »Hast du schon etwas herausgefunden?«

»Aber sicher«, grinste ich. »Ich muss meiner Auftraggeberin doch Ergebnisse liefern. Frau von Wonnegut wird sehr gefallen, wenn sie erfährt, dass der Geschäftsführer des Orchesters den Mord an Annette Nierzwa nicht begangen hat. Das ist doch so, Herr Nagel, oder?«

Nagel schwieg.

»Es ist so, und die Polizei wird es bald herausfinden, sobald sie den Tatort untersucht. Jeder Mörder hinterlässt Spuren, die man heutzutage problemlos nachweisen kann. Fingerabdrücke, Hautfetzen, DNA-Spuren, was weiß ich. Die Polizei wird Ihr Zimmer, Herr Nagel, auf den Kopf stellen – aber sie wird nichts finden. Nichts, was Ihre Unschuld belegt. Und das wird Frau von Wonnegut gar nicht gefallen.«

»Wieso sollte die Polizei nichts finden?«, fragte Covet.

»Weil der Fundort der Leiche nicht der Tatort ist. Hast du die kleine Platzwunde über Annettes Augenbraue gesehen? Über der linken Braue, um genau zu sein. Aber sie lag auf der rechten Gesichtshälfte. Wenn sie erwürgt wurde, wenn sie am Ende den Händen ihres Mörders entglitt und auf den Boden knallte, dann kaum dort, wo ihr sie gefunden habt.«

Covet überlegte. »Vielleicht ist sie im Fallen gegen etwas gestoßen.«

»Da käme höchstens der Schreibtisch in Betracht, und der stand ein Stück entfernt. Natürlich kann ihr Kopf auf die andere Seite gelegt worden sein, oder die Wunde rührt von einem Schlag, von einem Kampf her. Alles denkbar, aber nicht sehr wahrscheinlich. Ich vermute, dass Annette Nierzwa in einem anderen Raum getötet und dann fortgeschafft wurde, um den Verdacht auf Sie zu lenken, Herr Nagel. Und das wiederum wird Frau von Wonnegut sehr gefallen. Denn es spricht für Ihre Unschuld.«

»Na also!«, rief Marc. »Ich habe es dir doch gesagt, Bernd. Max kriegt was raus.«

»Hoffentlich«, murmelte Nagel und warf mir einen kurzen Blick zu. »Es ist nur eine Theorie. Ich meine, wer sollte mich zum Mörder machen wollen? Oder haben Sie Beweise?«

»Nein«, erwiderte ich. Es ist immer wichtig, einen Trumpf in der Hinterhand zu behalten. »Auch die Tatsache, dass Annette Nierzwa vermutlich nicht in Ihrem Zimmer getötet wurde, entlastet Sie in objektiver Hinsicht nicht. Aber die Polizei wird Beweise finden, davon können Sie ausgehen. Nur wird es wohl noch etwas dauern, schließlich sind gestern Abend jede Menge Leute durch den zweiten Stock getrampelt.«

»Allzu lange darf es aber nicht dauern«, sagte Nagel. »Das halte ich nicht aus.«

»Alles wird gut, Bernd.« Covet legte seine Hand beruhigend auf Nagels Arm. »Mach dir keine Sorgen. Wir kriegen das hin, Max und ich. Nicht wahr?«

»Ich tue, was ich kann«, grinste ich. Das Grinsen war unecht. Irgendetwas an dem Verhältnis der beiden gefiel mir nicht.

7

»Cordon bleu haben wir nicht mehr«, sagte die Bedienung in der *Ölmühle*.

»Dann ein Jägerschnitzel.«

»Muss ich fragen. Moment.« Sie drehte sich um und rief durch den Gastraum: »Gibts noch Jäger?«

In der Durchreiche zur Küche erschien ein Kopf, der kurz geschüttelt wurde. Dann verschwand der Kopf wieder.

»Jägerschnitzel ist auch aus«, sagte die Bedienung ausdruckslos. Sie war eine kantige Frau, früh verblüht und hatte das Lachen vermutlich mit 25 eingestellt. Vor mindestens 20 Jahren also.

»Was gibt es denn noch?«

»Alles, was auf der Tageskarte steht. Außerdem Kässpätzle, Toast Hawaii und Thüringer. Vielleicht noch ein Wiener Schnitzel.«

»Dann nehme ich ein Schnitzel.«

»Falls es aus ist: Kässpätzle?«

»Meinetwegen. Bier haben Sie aber?«

»Klar. Bier geht immer.«

Ich bestellte ein Weizen, weil mir das Pils in der *Ölmühle* nicht schmeckt. Bier geht immer. Mir wäre es lieber gewesen, sie hätten kein Pils mehr gehabt, anstatt auf mein Schnitzel zu verzichten. Aber die *Ölmühle* ist eine sterbende Kneipe, die keine Rücksicht auf die Sonderwünsche eines Privatermittlers nehmen kann. Das Gebäude ist marode, die Sanierung unausweichlich, und weil der Investor, der das nötige Kleingeld zur Instandsetzung aufbringt, kein Interesse an einer

Kneipe mit billigem Essen und schlechtem Bier hat, wird draußen das verbeulte Schild ›*Ölmühle*‹ demnächst durch die Leuchtschrift eines Gourmetpalasts oder Edelhotels ersetzt. Die gesamte Inneneinrichtung der Kneipe wird auf dem Müll landen: die dicken, handgewebten Tischdecken mit Brandlöchern von Zigaretten, wie sie die Generation unser Väter geraucht hat, die Alulöffel, mit der die Tagessuppe ausgeschenkt wird, und natürlich auch der schwere Ventilator an der Decke, der sich mit jeder Drehbewegung ein winziges Stückchen aus der Einfassung kämpft.

»Glück gehabt«, sagte die Bedienung und servierte mir ein paniertes Schnitzel von Handtaschenformat. »Sie haben das letzte bekommen.«

»Und das da?« Ich zeigte auf den Schlag Kässpätzle, der sich neben dem Fleisch auftürmte.

»Pommes frites sind aus. Guten Appetit.«

»Danke.«

Ein paar Anwohner hatten protestiert, als die Sanierungspläne öffentlich geworden waren, doch Presse und Politik gingen schnell zur Tagesordnung über. Unter touristischen Gesichtspunkten machte die *Ölmühle* nichts her, denn hier speisten keine Touristen. Höchstens aus Versehen. Dabei gehört die Kneipe zu den urigsten der Stadt, wenn man unter ›urig‹ etwas anderes versteht als eine begehbare Kuckucksuhr mit Kellnerin im Dirndl. Die Mehrzahl der auswärtigen Besucher scheint aber genau das darunter zu verstehen: Butzenscheibendämmrigkeit, Klimaanlage, eine viersprachige Speisekarte und in der Ecke ein schollerndes Klavier, aus dem ein blonder Corpsstudent alte Weisen stemmt.

Die *Ölmühle* hat solche Mätzchen nicht nötig. Oder sagen wir: hatte sie nicht nötig. Denn ihre Tage waren gezählt. Das wurde jedem Eintretenden sofort klar, wenn er den antiquarischen Haufen sah, der auf einem Tisch beim Eingang zum Verkauf auslag. Der Pächter der Kneipe hatte sich entschlossen, sämtliches Inventar, das er entbehren konnte, an die treue Kundschaft zu verscherbeln: alte Speisekarten, Gläser, Geschirr, verpackte Servietten, Kerzenständer, Handtücher, alles zum Preis von wenigen Cent. Für fünf Euro bekam man einen Zimmerspringbrunnen, die Keramikvenus fürs Badezimmer war noch billiger. An der Wand hing ein mottenzerfressenes Banner mit der Aufschrift ›Die *Ölmühle* – gegründet 1912‹. Es war unverkäuflich.

Ich nahm einen großen Schluck Weizenbier. Der Untergang der Kneipe war durch diesen Devotionalienhandel nicht aufzuhalten. Aber so lebte sie weiter, in kleinen und kleinsten Stücken über die ganze Stadt verteilt. Oft war ich nicht in der *Ölmühle* gewesen. Aber ich würde sie vermissen, einschließlich ihrer unfreundlichen Bedienung. Nur das Bier nicht.

Plötzlich verstummten die Gespräche ringsum. Ich sah zur Tür. Alle taten das.

Fünf Typen betraten die *Ölmühle*. Fünf gut gekleidete Typen, einer jünger als der andere, und man wartete darauf, dass sie sich verlegen an den Kopf greifen, dass sie ihren Irrtum erkennen würden: Mist, falscher Eingang, hier geht es gar nicht zum Trendschuppen, zur Designerbar, wie konnte uns das passieren. Ja, wie konnte den fünfen das passieren? Sie trugen Hemden und Barbourjacken, zwei von ihnen

Krawatte, ihre Frisuren waren katalogtauglich und ihre Wangen glatt wie eine Bobbahn. Provozierend genießerisch blickten sie sich um, hoben eine Braue, zwinkerten einander zu, verdrückten ein Grinsen im Mundwinkel. Einer von ihnen entdeckte das alte *Ölmühlen*-Banner, machte die anderen darauf aufmerksam, die beifällig nickten.

»Schick«, sagte der Vorderste mit dunkler Bruststimme. »Heidelberger Vormärz.«

Ich kratzte mich hinter einem Ohr. Diese Jungs passten in die *Ölmühle* wie ein philosophisches Argument in eine Hochsprung-Qualifikation.

Als klar war, dass das Grüppchen nicht wieder gehen würde, machte sich Unruhe breit. Fünf Gäste und kein freier Tisch. Dafür zwei Tische, an denen nur eine Person saß. Die eine Person war ich, die andere ein älterer Mann mit Hosenträgern. Der Mann sah zu mir hinüber, und als ich mich nicht rührte, begann er zu schwitzen, stand hastig auf und stellte sich an die Theke.

»Wollte sowieso zahlen«, murmelte er.

Die fünf Jungs setzten sich. Der eine roch interessiert an dem Teller, der auf dem Tisch zurückgeblieben war, der nächste wischte wie beiläufig mit einem Taschentuch über den verlassenen Stuhl. Sie tippten auf ihren Handys herum, blätterten in einer Illustrierten. Dann verfielen sie in Schweigen. Sie sahen sich in der Kneipe um, ab und zu wies einer seine Kumpel auf ein bizarres Detail hin, aber das geschah ohne Worte, kommentarlos. Man war sich einig, was man von der Welt außerhalb der Gruppe zu halten hatte.

Die Bedienung focht das nicht an. Sie war in ihrem

Berufsleben wahrscheinlich schon mit ganz anderen Kalibern fertig geworden. Außerdem war sie älter als zwei der Jungs zusammen.

»Bitte?«, schnarrte sie.

Man orderte. Möglichst ohne Aufwand. Hier ein Nicken, da zwei erhobene Finger. Dasselbe wie mein Nebenmann. Bringen Sie, was Sie wollen. Aber dann schien einer von ihnen Schnitzel bestellt zu haben.

Ich hörte, wie die Bedienung »das letzte« sagte, und sah, wie sie auf mich zeigte. Fünf Gesichter wandten sich mir zu. Eine prächtige Gelegenheit, sie alle zu mustern. Jeder der fünf Konfektionsschädel hatte etwas, was ihn aus der Clique heraushob. Bei dem mit der tiefen Stimme war es der akkurate Seitenscheitel im Blondhaar, bei seinem Nebenmann eine Hornbrille, die in den 60er Jahren gezimmert worden sein musste. Auch der jüngste der fünf, den man sich eher mit einem Hoffenheim-Schal um die schmächtigen Schultern vorstellen konnte, hatte sich tapfer in einen Markenanzug gequält und den Kopf rasiert, um so auszusehen wie Nummer vier, aber der Bursche hatte ihm den spöttischen Blick und die langen Koteletten des Dandys voraus. Der fünfte widersetzte sich jeder Beschreibung; mit seinem Allerweltsgesicht und seiner Allerweltsmiene war er derart unauffällig, dass die Geheimdienste dieser Welt ihre Freude an ihm gehabt hätten.

Mit vollen Backen kauend grinste ich den Jungs zu. Ich konnte mir nicht helfen, aber irgendwie kamen mir ihre Gesichter bekannt vor.

Was sie statt des Schnitzels bestellten, ging in Fattys Auftritt unter. Freudestrahlend erschien mein dicker

Freund in der Gaststube, winkte mir zu, warf Jacke und Mütze über den Kleiderhaken und stiefelte mir entgegen. Ringsum Heiterkeit. Sein Antlitz glänzte vor lauter Lebensglück und Höhensonne speckschwartenbraun, und bloß in zwei großen Kreisen um seine Augen herum war die Haut weich, rosig und stumpf wie immer. Friedhelm Sawatzki, ein Waschbär nach der Fütterung.

»Na, schon mal angefangen?«, rief er und versetzte mir einen Hieb auf die Schulter. »So ist es recht. Heute wird gefeiert.«

Beeindruckend, diese gute Laune. Wie ein paar Tage auf Schweizer Skipisten einen Menschen doch verändern können! Vor der Fahrt hatte er noch über Gott und die Welt, über seine Arbeitszeiten und den Turbokapitalismus gejammert. Vielleicht sollte ich mir auch einmal so einen Urlaub gönnen. Leider kann ich nicht Skifahren.

»Mensch, wie das hier aussieht«, sagte er. »Das ist ja der reinste Weltuntergang. Die letzten Tage der Menschheit.«

»Wenn du das Bier meinst, gebe ich dir recht. Was da hinten verscherbelt wird, ist allerdings spätestens in zehn Jahren wieder hip.«

»Und die Jungs dort?«

»Zoologen.«

»Zoologen? Ehrlich?«

»Die besichtigen die aussterbende Spezies der Heidelberger Traditionstrinker in ihrer natürlichen Umgebung. Aber sie scheinen es sich spektakulärer vorgestellt zu haben.«

»Und du?«, rief er, seinen Schulterklaps von vorhin

wiederholend. »Alles paletti? Was macht das Leben, die Liebe, die Leidenschaft?«

Gott sei Dank musste ich darauf nicht antworten; die kantige Bedienung stand an unserem Tisch.

»Ein Weizenbier«, sagte Fatty. »Und für die Hungerharke neben mir auch noch eins. Geht alles auf mich.«

»Zu essen?«

»Danke, nichts. Ich bin auf Diät.«

»Gute Wahl«, brummte ich, während die Frau ging. »Nichts haben sie noch.«

»Wie schmeckt dein Schnitzel?«

»Auch irgendwie endzeitmäßig. Die Spätzle sind erstklassig. Wenn du probieren magst ...«

»Nee, lass mal, mein Lieber. Wenn ich Diät sage, dann meine ich Diät. Die Pfunde müssen runter, basta.«

»Basta«, grinste ich. Eine Diät, die mit Weizenbier beginnt, gefiel mir.

»Außerdem«, sagte Fatty und rieb sich die Hände, »mache ich jetzt Sport. Morgen gehts los, und in ein paar Monaten bin ich Mister Universum. Oder wenigstens Mister Metropolregion.«

»Sport?«

»Nordic Walking. Das mit den Mikadostäbchen. Die Volkshochschule bietet jetzt einen ... Aah!«, unterbrach er und bekam glänzende Augen. »Schau dir das an, Max, schau es dir nur an!« Er nahm das Weizenbier, das ihm die Bedienung reichte, wie eine Monstranz in seine tapsigen Hände und betrachtete es ein paar Sekunden inbrünstig, bevor er mit mir anstieß.

»Es ist bloß ein Weizenbier«, sagte ich. »Und kein besonders gutes, wenn du mich fragst.«

»Herrlich«, seufzte er.

Langsam stellte ich das Glas ab. »Nordic Walking, sagst du?«

Er nickte.

»Und abnehmen willst du auch noch?«

Er nickte.

»Du hast eine Frau, Fatty.«

Da begann er zu lächeln, mein Freund Friedhelm. Das Lächeln breitete sich von der Mitte seines Gesichts bis in die hintersten Winkel aus, es schien auf alle Körperteile übergreifen zu wollen, auf die stolzgeschwellte Brust, auf die lässig erhobenen Arme, auf den ganzen wonnigen Leib. Sogar die rosa Haut um die Augen herum glühte plötzlich dunkel auf.

»Treffer«, sagte Fatty und gab sich keine Mühe, seine Genugtuung zu verbergen.

»Eine richtige Frau? Mit allem drum und dran?«

»O ja.«

»Und du hast sie in der Schweiz kennen gelernt?«

»Korrekt.«

»Fatty, das ist keine Frau gewesen, sondern eine Skilehrerin. Und nur, weil sie dir den Schneepflug beigebracht hat ...«

»Von wegen Skilehrerin«, rief er. »Eva war unsere Reiseleiterin, verstehst du? Und sie ist zu 100 Prozent Heidelbergerin. Okay, nicht zu 100 Prozent, ursprünglich kommt sie aus dem Rheinland, soviel ich weiß.«

»Eva«, nickte ich.

»Genau. Und Schneepflug braucht mir keiner mehr beizubringen.«

»Dann herzlichen Glückwunsch, Adam. Habt ihr beiden schon vom Baum der Erkenntnis genascht?«

Fröhlich winkte er mit seinem leeren Glas Richtung Theke. »Also, wir haben nicht bloß Sammelbildchen getauscht, wenn du das meinst. Meinst du das?«

»Keine Ahnung, was ich meine.«

»Zwischen uns hat es sofort gefunkt. Sofort Feuer und Flamme. Da mochte es auf dem Gletscher minus 20 Grad haben, für mich war das wie Karibik. So was gibts. Da steht man vor einem Menschen und denkt, jawoll, das ist es. Dafür hat es sich gelohnt zu leben.«

»Scheint ja eine Traumfrau zu sein, deine Eva.«

»Allerdings.« Und dann beschrieb er sie: ihre tollen langen Haare, ihre tollen braunen Augen, ihre Ausstrahlung, ihren Humor. Er stülpte die Frau einmal von innen nach außen und wieder zurück, und alles, was er sah, war gut. Perfekt war es! Je länger er pries, desto misstrauischer wurde ich.

»Ihre Figur«, unterbrach ich ihn schließlich. »Du hast vergessen, ihre Traumfigur zu erwähnen.«

Er grinste.

»Oder habe ich das überhört?«

»Eva«, sagte Fatty und nahm einen kräftigen Schluck, »hat wirklich eine Traumfigur. Auch wenn das nicht jeder so sehen würde. Objektiv betrachtet, könnte man sie als gelungenen Kompromiss zwischen dir und mir bezeichnen.«

Ich lachte schallend. Das war wirklich nett formuliert: eine vollschlanke Lady als Kompromiss zwischen einem unterernährten Privatflic und einem übergewichtigen Kindergärtner.

»Und deshalb segelst du ab morgen mit der Nordic-Walking-Flotte: um dich schnellstmöglich diesem Kompromiss anzunähern.«

»Warum nicht? Für mich hat das nur Vorteile. Eva leitet den Kurs. Zwei Fliegen, eine Klappe. Mach doch auch mit.«

»Du spinnst wohl?«, knurrte ich. »Bin ja kaum dicker als so ein Stock.«

»Diese Frau«, seufzte er selig. »Max, dir wird sie auch gefallen.«

Ach, würde sie das? Vielleicht. Vielleicht auch nicht. Ich hasse diesen Satz. Ob mir jemand gefällt oder nicht, entscheide immer noch ich, das gilt auch für die Bekanntschaften meiner besten Freunde. Gerade für sie, siehe Marc Covet. Von dessen Freunden konnte ich nicht einmal ein Zehntel ausstehen. Bernd Nagel war der lebende Beweis. Und was ich von seiner neuesten Eroberung, dieser langbeinigen Cordula, halten sollte, stand noch in den Sternen. ›Dir wird sie auch gefallen, Max …‹ Und wenn nicht? Was dann, Herr Sawatzki? Ich spürte schlechte Laune in mir aufziehen.

»Wie Zoologen sehen die nicht aus«, murmelte mein dicker Freund, unverhofft das Thema wechselnd.

Nein, sahen sie nicht, da hatte er ausnahmsweise recht. Wie verzogene Wohlstandsjünglinge sahen die fünf aus, Söhne von Honorarprofessoren und Wirtschaftsgutachtern. Und dass sie dauernd zu uns herüberschielten, machte sie nicht sympathischer. Auch wenn es nachvollziehbar war: Ich hatte ihnen das letzte Wiener Schnitzel weggefuttert, und Fatty ließ die halbe *Ölmühle* an den Neuigkeiten von der Liebesfront teilhaben.

»Kennst du die Typen?«, fragte ich ihn.

»Nie gesehen. Du?«

»Gesehen, ja. Vor Kurzem erst. Aber frag mich nicht, wo.«

»Dann frage ich dich was anderes«, sagte er und leerte sein Glas mit einem langen, innigen Zug. Sollte sich von seinem Durst irgendwie auf seine Leidenschaft für Eva rückschließen lassen, dann konnte sich die Frau warm anziehen. »Was gibt es bei dir Neues? Hast du mal wieder einen Auftrag?«

»Habe ich. Und deshalb musst du mich für ein paar Minuten entbehren.«

Fatty sah mir verblüfft nach, wie ich aufstand und einer Person ins Freie folgte. Diese Person war der Koch der *Ölmühle*. Im Gehen entnahm er seiner Brusttasche eine Zigarette, zündete sie an und inhalierte kräftig. Draußen blies er den Rauch in die kalte Abendluft.

»Warum rauchen Sie nicht drinnen?«, fragte ich ihn, als ich neben ihm auf den Treppenstufen vor dem Eingang stand.

»Hab ich noch nie gemacht«, antwortete er. »Gewohnheit. Brauche den Sauerstoff. Erst ’n Schluck Luft, dann ’n Schluck Rauch, immer abwechselnd. Und am Ende zurück in die Küche.«

Ich grinste. »Hört sich gesund an. Haben Sie gestern Abend auch hier gestanden?«

Er sah mich prüfend an. Seine Haare hingen ihm ein wenig zottelig in die Stirn, er war groß und breitschultrig, aber hager. »Jo«, brummte er. »Warum?«

»Ich bin auf der Suche nach Leuten, die diesen Mann hier gestern Abend durch die Plöck spazieren sahen.« Damit hielt ich ihm ein Passfoto unter die Nase. Bernd Nagel hatte es mir in der *Hinterbühne* gegeben. Er würdigte es bloß eines kurzen Blickes. »Erinnern Sie sich?«

»Klar tu ich das. Sie sind ja nicht der Erste, der mich fragt.«

Das hatte ich mir fast gedacht. »Dann wissen Sie wahrscheinlich, dass es um den Mord im Theater geht. Und um ein Alibi. Können Sie sich noch an Einzelheiten erinnern?«

»Was für Einzelheiten?«

»An die Uhrzeit zum Beispiel.«

»Das hat der Typ mich auch gefragt. Als wenn ich beim Rauchen auf die Uhr schauen würde!« Er sog verächtlich Luft ein. Anschließend war wieder die Zigarette dran.

»Ungefähr vielleicht?«

»Gegen halb zehn. Aber genauer weiß ich es nicht.«

»Woher kam er?«

»Von dort.« Er zeigte in Richtung Unibibliothek.

»Haben Sie ihn auch zurückkommen sehen?«

Er schüttelte den Kopf.

»Ist er vielleicht abgebogen? Hat er sich irgendwie auffällig verhalten?«

Ärgerlich warf der Koch den Zigarettenstummel in die Dunkelheit. »Ihr Jungs stellt vielleicht Fragen!«, rief er. »Wieso auffällig? Was soll der Typ denn angestellt haben? Heute Nachmittag hat er sich auffällig verhalten, als er mir Löcher in den Bauch gefragt hat, aber gestern doch nicht. Das kapiert kein Mensch, was ihr euch da zurechtredet.«

»Moment mal. Wer hat Ihnen heute Löcher in den Bauch gefragt?«

»Na, der Typ da.« Er zeigte auf das Foto.

»Der?«, lachte ich. »Sind Sie sicher?«

»Du hältst mich wohl für bescheuert, was?«, knurrte er und ging zurück ins Haus. »Ist doch erst 'n paar Stunden her.«

»Und die Polizei war nicht hier?«, rief ich ihm nach. Ich sah ihn noch die grauen Locken schütteln, dann schloss sich die Tür hinter ihm.

Eine Weile betrachtete ich draußen in der Kälte das Foto, bevor ich ebenfalls in den Gastraum zurückkehrte. Bernd Nagel hatte also, so blöd der Wortwitz auch ist, Nägel mit Köpfen gemacht und mir meine Arbeit abgenommen. Einfach so, weil er mich für einen Versager hielt. Im Prinzip durfte mich der Schönling halten, für wen er wollte. Trotzdem ärgerte mich sein Verhalten.

Ich war so in Gedanken, dass ich nicht auf meine Schritte achtete. Und hast du nicht gesehen, stolperte ich auf Höhe der fünf Freunde über einen Fuß.

»Sorry«, murmelte ich und ärgerte mich im nächsten Moment über mich selbst. Was hatte der Fuß des Bebrillten hier zu suchen?

»Aber das macht doch nichts«, säuselte der Typ und bückte sich, um etwas vom Boden aufzuheben. »Macht überhaupt nichts.« Sich aufrichtend rückte er seine unsägliche Brille zurecht. Wenn ich ehrlich bin, war die Brille noch das Sympathischste an ihm. Er hatte die wulstigen Lippen eines Fisches, eine

Nase, deren kräftigem Rücken man jedes Brillengestell dieser Welt zumuten konnte, außerdem roch er nach künstlichem Waldaroma. Erst hatte er mir ein Bein gestellt und dann nach Nagels Foto gegrapscht, das mir aus der Hand gefallen war. Er besah es sich grinsend, bevor er es dem Dandy mit den Koteletten reichte.

»Hats geschmeckt, Herr Schnitzelesser?«, vernahm ich eine tiefe Stimme. Es war der Blonde mit dem Seitenscheitel. In seinem Kalle-Blomquist-Gesicht funkelten harte Augen. Cool wie ein Zocker saß er am Ende des Tisches und wartete auf meine Reaktion.

Zu solchen Spielchen gehört es, dass man die Ruhe bewahrt und sich verschiedene Optionen offenhält. Ich konnte dem Lippenfisch sein Bier ins Gesicht schütten oder in den Kragen, was ihn sicher mehr fuchsen würde, ich konnte mich auf einen mündlichen oder handgreiflichen Schlagabtausch einlassen, ich konnte aber auch einfach warten, bis das Foto die Runde gemacht hatte, und mich zurückziehen. Hinter solchen Provokationen steckte nur der Wunsch, für zwei Minuten die Langeweile eines Heidelberger Studienlebens zu vergessen.

Der Bubi mit den Stoppelhaaren lachte, als er Nagels Gesicht sah, und der Blonde fragte freundlich: »Na, wen haben wir denn da?«

Ja, freundlich war er, freundlich wie ein Hai vor der Fütterung. Ich schwieg.

»Ein Geheimnis?«, bohrte er nach.

Ich schwieg.

Und dann befand sich mein Kinn mit einem Mal fünf Zentimeter über einem Bierglas, weil mich der

Lippenfisch am Hemdkragen gepackt und nach unten gerissen hatte. »Na?«, zischte er.

Ich glaube, seine Kollegen im Hintergrund fingen an zu lachen, und der Blonde sprach in seiner freundlichen Art eine kleine Rüge aus, aber das war unerheblich. Denn in dem Moment war es schon passiert. Ich konnte gar nichts dafür. Ein Reflex. Kaum hing meine Fresse über dem halb vollen Glas des Lippenfischs, da schwamm auch schon ein fetter Batzen Spucke drin, der partout nicht untergehen wollte. Meiner Spucke, um genau zu sein. Der Typ ließ mich vor Schreck los und griff zu seinem Glas, als ob da noch was zu retten sei. Nichts war da zu retten. Sobald er das begriffen hatte, und es dauerte überraschend lange, schnellte er von seinem Sitz hoch, dass seine breiten Nasenflügel flatterten. Ich trat einen Schritt zurück.

»Aufhören, verdammt!«, schallte eine scharfe Stimme von der Theke herüber. »Ihr pubertären Hansel!«

Die Bedienung der *Ölmühle* ist nicht nur älter, sondern auch aus härterem Holz geschnitzt als das Mobiliar. Sie brauchte nur in der Nähe des Tisches aufzutauchen, schon brachen die Angriffsstellungen zusammen. Der Lippenfisch setzte sich langsam, und in der plötzlich entstehenden Atempause hörte man deutlich, wie einer seiner Kumpels sagte: »Ach je, jetzt ist mir doch tatsächlich …«

Es war der Geheimdiensttaugliche. Ich hatte ihn natürlich völlig übersehen. Trübsinnig saß er vor seinem Bier, in dem Nagels Foto langsam versank. Der Blonde grinste.

»Los, los, an deinen Platz!«, schnauzte mich die

Bedienung an. »Und kommt mir bloß nicht auf den Gedanken, euch hier zu kloppen. Dass das Haus in seine Einzelteile zerlegt wird, dafür sorgen schon andere.«

»Der Herr möchte noch ein Bier bezahlen«, sagte der Blonde, gönnerhaft über seinen Scheitel streichend.

Ich sah, wie Nagels Foto den Grund des Bierglases erreichte, und trollte mich wortlos.

»Was war denn das?«, fragte Fatty perplex.

»Nichts«, sagte ich. »Nur ein paar Wohlstandsterroristen. Nicht der Rede wert.«

8

Nie wieder Weizenbier!

Besaufen kann man sich an dem Zeug nicht, es hinterlässt Kopfschmerzen und im Mund einen schalen Geschmack, den keine Zahnpasta der Welt wegbürstet. Noch vor dem Frühstück warf ich zwei Aspirin ein und bemitleidete mich ausgiebig. Die fünf Plastiksprengköpfe aus der *Ölmühle* würden keinen Kater haben, weil sie zusammen weniger getrunken hatten als ich. Fatty auch nicht, denn dessen Körperfunktionen waren ganz auf seine neue Liebe ausgerichtet. Ich war allein auf der Welt mit meinem Brummschädel und dem Übermaß an Magensäure.

Wenigstens ging es anderen Leuten auch nicht besonders. Daran erinnerte ich mich, als ich die *Neckar-Nachrichten* aufschlug. Der Mord an Annette Nierzwa füllte ein Drittel der Titelseite. Dem Lokalteil war er eine Extraseite wert. ›Aktuelles Thema‹ stand über dem Artikel, und prompt kam ich ins Philosophieren. Über den Gang alles Irdischen, wo es anfängt, wie es endet … heute noch Garderobiere, morgen schon aktuelles Thema. Weiter philosophierte ich nicht, sondern widmete mich meinem Kaffee. Das Aspirin half, die Kopfschmerzen verabschiedeten sich. Nur der Geschmack an den Zungenrändern blieb.

Frau von Wonnegut rief an, aber ich hob nicht ab. Sie hatte mich bereits gestern in aller Frühe gepiesackt, das musste reichen. Mein Anrufbeantworter übernahm die Konversation. Viel mitzuteilen hatte sie ohnehin nicht, die greise Walküre, wollte bloß plaudern, informiert werden, den Stand der Ermittlungen erfahren. Aktuelles Thema. Ich trank den Kaffee aus, schüttete eine Flasche Mineralwasser hinterher und fühlte mich wieder recht unternehmungslustig. Ein Blick aus dem Fenster: Der Himmel hatte sich grau gefärbt. Ein trüber Tag würde das werden. Die Luft roch nach Schnee.

Gegen halb elf machte ich mich auf zum Theater. Neuer Tag, neuer Eingang. Diesmal läutete ich an der rechtsseitig gelegenen Tür zum Verwaltungstrakt und bat um Einlass. Auf der Treppe begegneten mir zwei Typen mit Instrumentenkoffern, oben in Barth-Hufelangs Sekretariat diskutierte Bernd Nagel mit einer energischen Blondine über Dienstpläne. Montäglicher Routinebetrieb.

»Also, das müssen Sie mit dem GMD ausmachen, nicht mit mir«, hörte ich die Frau sagen. Sie trat so bestimmt auf, als herrsche sie schon seit 30 Jahren über dieses Büro, und das helle Blond ihrer hochgewellten Haare kam aus der Tube. Um ihre Aussage zu unterstreichen, platzierte sie die Goldrandbrille, die an einer langen Kette um ihren Hals hing, sehr weit vorne auf ihrer Nase. Die Nase war eher kurz, aber schön spitz und energisch, so recht eine Sekretärinnennase.

»Guten Morgen«, sagte ich, in den Anblick von Brille und Nase vertieft.

Nagel nickte mir zu, die Sekretärin musterte mich wortlos. Hinter ihr hing das Plakat eines Ballettabends mit lauter Tänzern in Unterhosen. Seitlich ein rotes Schlüsselkästchen.

»Gehen wir hier rein«, schlug der Geschäftsführer vor und zeigte auf eine offene Seitentür. »Mein Zimmer ist noch versiegelt.«

»Gerne.« Ich nickte der Sekretärin zu, die es allem Anschein nach überhaupt nicht in Ordnung fand, dass wir unser Gespräch in die Gemächer ihres Chefs verlegten. Barth-Hufelangs Dienstzimmer war ein großer Raum mit Stuck und Kerzenleuchtern an den Wänden, etwas altbacken eingerichtet, aber hell und gemütlich. An den Wänden ein paar Künstlerfotos, davor ein Stutzflügel, ein Schreibtisch und eine Sitzecke mit Plüschsesseln. In einem dieser Sessel nahm ich Platz, während Bernd Nagel es vorzog, am Fenster zu stehen und seinen Blick schweifen zu lassen.

»Gibt es etwas Neues?«, fragte er, ohne mich anzusehen.

Ich runzelte die Stirn und schwieg. Irgendwo in der Ferne heulte etwas auf, schwoll wieder ab. Feueralarm klang anders. Ein Krankenwagen? Aber die fahren normalerweise nicht durch den zweiten Stock eines Gebäudes.

»Kann es sein, dass wir unter einem Probenraum sitzen?«, fragte ich, mit einem Finger zur Decke zeigend.

»Frau Andrejewna singt sich ein«, sagte Nagel und wandte sich um. »Wenn Sie nichts dagegen haben.«

»Ich bin entzückt«, grinste ich. »Wollte Musikern schon immer mal bei der Arbeit zuhören.«

»Also, was gibt es? Ich muss in einer halben Stunde im Polizeipräsidium antanzen.«

»Und? Was werden Sie der Polizei erzählen, wenn die nach Ihrem Verbleib am Freitagabend fragen?«

»Die Wahrheit. So, wie ich es Ihnen erzählt habe.«

»So, wie es auch der Koch der *Ölmühle* bestätigen kann. Wie er es erst Ihnen und dann mir bestätigt hat.«

Nagel schwieg.

»Was haben Sie sich dabei gedacht, Herr Nagel? Wollten Sie mir die Arbeit abnehmen?«

»Ich wollte Gewissheit«, sagte er erregt. »Gewissheit, dass wenigstens einer meine Angaben bestätigen kann. Soll ich den lieben langen Tag nur rumsitzen und Däumchen drehen oder warten, bis Sie endlich in die Gänge kommen?«

»Oh, ich komme in die Gänge, ich bin längst dabei, nur benutze ich meinen Verstand, bevor ich etwas tue, im Gegensatz zu Ihnen, Herr Nagel. Ihr Alibi können Sie vergessen, das ist keinen Pfifferling wert, wenn die Polizei erfährt, dass Sie mit dem Zeugen Kontakt aufgenommen haben.«

»Aber ich musste wissen …«

»Gar nichts müssen Sie! Wenn Sie unschuldig sind,

brauchen Sie sich keine Sorgen zu machen. Aber der Zeuge ist futsch, verstehen Sie? Man wird Ihnen Beeinflussung unterstellen, vielleicht haben Sie dem Mann was gezahlt, um sein Gedächtnis aufzufrischen.«

»So ein Quatsch«, rief Nagel. »Wofür halten Sie mich? Ich habe ihn bloß gefragt, ob er sich an mich erinnern kann, und das konnte er. Außerdem, Herr Privatdetektiv, mache ich mir eine Menge Sorgen, obwohl ich unschuldig bin. Sie können sich nicht vorstellen, wie das ist, wenn man morgens zur Arbeit geht und jeder wirft einem misstrauische Blicke zu.«

Ein Klopfen an der Tür unterbrach ihn.

»Was gibts?«

Mit einer besorgten Miene, die ihr überhaupt nicht stand, betrat die Sekretärin den Raum. »Alles in Ordnung, Herr Nagel?«

»Alles in bester Ordnung.«

»Ich wollte Sie nur an den Termin im Kommissariat erinnern.«

»Danke, ich habe alles im Griff.«

Die Blondierte verschwand.

»Sehen Sie«, zischte Nagel. »So geht das schon den ganzen Morgen. Die Alte glaubt wohl, ich könnte die Uhrzeit nicht mehr lesen. Und wenn ich draußen bin, zerreißt sie sich das Maul über mich. Da wird es hoch hergehen im Sekretariat.«

Ich schlug die Beine übereinander. »Nur die Ruhe, Herr Nagel. Sie müssen die Leute verstehen. Die sind verunsichert, wissen nicht mehr, was sie über einen Kollegen denken sollen. Das ginge Ihnen genauso, wenn eines Tages die Geliebte des GMD hier unterm Flügel läge.«

Nagel zuckte die Achseln und schaute trotzig zur Seite. In seinen Kreisen war man mit Verständnis und Mitgefühl wohl schneller bei der Hand als in den Kreisen eines Max Koller.

»Wo ist Barth-Hufelang eigentlich?«

»Unten, bei der Probe.«

»Das trifft sich gut. Ich würde gerne mit Annettes Ex-Mann sprechen. Er ist doch dabei, oder?«

»Soviel ich weiß, ja.«

»Und wie lange dauert die Probe noch?«

Nagel sah auf seine Armbanduhr. »In einer Viertelstunde machen sie Pause. Da können Sie ihn abfangen.«

»Gut. Damit Sie sehen, dass ich nicht untätig herumsitze, sondern gewillt bin, Frau von Wonnegut« – den Namen meiner Auftraggeberin betonte ich absichtlich – »Ergebnisse zu liefern, werde ich Ihnen meine weiteren Pläne nennen. Ich werde gleich nachher durch die Plöck streifen und dort, wo es mir angebracht erscheint, Ihr Alibi überprüfen. Verstehen Sie: dort, wo die Erfolgsaussichten größer als null sind. In Kneipen, die am Freitagabend geöffnet hatten. In einer Buchhandlung, in der vielleicht eine Veranstaltung stattfand. Vielleicht auch noch in einem der Studentenwohnheime, aber bestimmt nicht an jeder Tür. Das wird nicht einmal die Polizei leisten können, klar?«

Er nickte.

»Und dann«, fuhr ich fort, »möchte ich mich in der Wohnung von Annette Nierzwa umsehen.«

»Warum denn das?« Schon setzte er wieder diese abweisende Miene auf.

»Warum nicht?«

»Was glauben Sie dort zu finden? In der Wohnung einer Toten?«

»Mensch, Herr Nagel, fragen Sie mich doch nicht dauernd, warum und wieso. Ich tue so etwas nicht zum ersten Mal und habe meine Gründe, auch wenn ich sie Ihnen nicht in allen Einzelheiten auf die Nase binde. Denken Sie halt selbst ein bisschen nach.«

»Ehrlich gesagt, fällt mir da nicht viel ein.«

»Ihr Problem.«

»Die Polizei ist in Annettes Wohnung.«

»Na und? Dann warte ich, bis sie wieder weg ist.«

Ein Schrei aus dem oberen Stock ließ uns beide zusammenfahren. Ein Schrei mit künstlerischem Mehrwert. Die Stimme verharrte kurz auf dem Höchstton, bevor sie Stufe für Stufe abwärts perlte. Meine Nackenhaare sträubten sich.

»Soll das so klingen?«, fragte ich.

Nagel zuckte bloß mit den Schultern.

»Also, ob es Ihnen passt oder nicht: Ich würde mir gerne die Wohnung von Frau Nierzwa anschauen. Darf ich Ihren Schlüssel benutzen?«

»Ich habe keinen mehr.«

»Sie waren doch bis vor Kurzem noch mit ihr zusammen.«

»Ich war bis vor einiger Zeit mit ihr zusammen«, korrigierte er eiskalt, »und habe ihr meinen Schlüssel wieder zurückgegeben.«

»Na gut, dann sagen Sie mir, durch welches Fenster ich am leichtesten einsteigen kann.«

»Was?« Er starrte mich perplex an.

»Ich kann es auch lassen«, sagte ich und stand auf.

Machte so richtig Freude, dieser Fall. »Tun oder lassen, das kommt manchmal auf dasselbe raus. Vielleicht hat Woll noch einen Schlüssel oder Barth-Hufelang. Wären Sie wenigstens so freundlich, mir zu sagen, wo die Orchesterprobe stattfindet?«

»Ich bringe Sie runter.«

Begleitet vom Gezeitenlied der Heulboje über uns, verließen wir das Dirigentenzimmer, durchquerten wortlos das Sekretariat und stiegen durchs Treppenhaus hinab ins Untergeschoss. Hinter einer Brandschutztür erstreckte sich ein schmaler, in schummriges Licht getauchter Gang, es ging eine Treppe abwärts und eine zweite wieder hinauf, bis Bernd Nagel schließlich eine Tür zu einem kleinen, dunklen Zimmer öffnete. Das Kabuff selbst war leer, aber durch eine breite Glasscheibe blickte man in einen Proberaum, in dem Enoch Barth-Hufelang wild gestikulierend vor seinem Orchester stand. Ich zählte knapp 50 Personen in Alltagskleidung. Sie bearbeiteten ihre Instrumente, lauschten dem großen Meister und trugen ab und zu etwas in ihre Noten ein. In unserem abgeschotteten Raum war die Musik von nebenan nur sehr schwach zu hören, wie aus weiter Ferne.

»Ich geh dann mal«, sagte Nagel. »Viel Erfolg.«

»Na, und Ihnen erst. Verraten Sie mir noch, wo dieser Woll sitzt?«

»Erste Klarinette.« Und dann, als er merkte, dass mir das nicht genügte: »Bläser, letzte Reihe, der zweite von links.«

»Danke.« Die Tür schloss sich. Ich war allein.

Allein mit klassischer Musik, von der kaum etwas zu hören, aber viel zu sehen war. Und was sah ich? Einen Dirigenten, Magier des Taktstocks, wie er verzückt den Klängen nachsann? Cellisten, die sich in Ekstase über ihrem Instrument verbogen, Geiger, die vor lauter Leidenschaft ihren Bogen fraßen? Eher nicht. Auf den ersten Blick wirkte das Geschehen hinter der Scheibe verdammt geschäftsmäßig: Musizieren nach Vorschrift, die Gewerkschaft hört mit. Es wurde ohnehin wenig durchgespielt. Barth-Hufelang winkte immer wieder ab, gab Anweisungen, klopfte auf seiner Partitur herum. Die Damen und Herren Orchestermusiker starrten ins Leere, blätterten vor, blätterten zurück, machten sich Notizen. Und wenn sie spielten, taten sie es mit so viel Anteilnahme, als strickten sie unter einer Friseurhaube.

Okay, das ist jetzt nicht gerecht. Wer wie ich seine Klischees vom seelenerwärmenden Musikerlebnis im Hinterkopf hat und insgeheim jeden beneidet, der brauchbare Töne aus einer Tuba quetscht, kann mit so einer Alltagsszene halt wenig anfangen. Wenn man genauer hinsah, machte man auch hübsche Detailbeobachtungen. Der dirigierende Barth-Hufelang zum Beispiel bewegte sich überraschend geschmeidig, trotz seines Übergewichts von 40 Pfund. Außerdem schwitzte er, schwitzte sogar gewaltig, Musizierroutine hin oder her, und die in der ersten Orchesterreihe taten mir leid. Vielleicht wandten sie deshalb beim Spielen den Blick nicht von ihm. Wer weiß, was so ein Dirigentenschweißtropfen auf dem Lack einer Uraltgeige ausrichtete.

Auch dem einen oder anderen Musiker konnte man eine gewisse Hingabe an seine Tätigkeit nicht absprechen. Die Schlagzeuger zum Beispiel, das sah nach echter Knochenarbeit aus. Oder wenn die Bassisten hinlangten. Links neben Woll saß einer, der mit seiner Klarinette die Bewegungen eines Schlangenbeschwörers vollführte. Konnte einfach nicht ruhig sitzen bleiben. Dabei spielte er viel weniger als Woll. Annette Nierzwas Ex-Mann hingegen war die Ruhe selbst. Er hatte die Figur eines zu kurz geratenen Boxers, eine hohe Stirn, gar keinen Hals und tiefliegende Augen. Wenn er an der Reihe war, setzte er sich ruckartig auf, fuhr sein Instrument aus und legte los. Einer dieser kleinen, beweglichen Bagger, wie sie beim Straßenbau eingesetzt werden. In Sinfonien ließ er die Blechbläser die Drecksarbeit übernehmen, und was dann noch an Noten übrig war, schaffte er mit seiner Klarinette weg. Nur einmal, bei einem längeren Solo, geriet er in Fahrt: rückte an die Stuhlkante, legte die Stirn in Falten und zog mit dem Oberkörper langsam, aber stetig nach rechts. Ich konnte mir denken, warum.

Denn neben ihm saß eine Frau, für die es sich gelohnt hätte, ein Instrument zu lernen. Da konnte sogar Marc Covets Cordula einpacken, von Fattys fülliger Gletscherbekanntschaft ganz zu schweigen. Bei ihr war alles so, wie man als Mann hofft, dass es sein könnte, obwohl man genau weiß, dass es nie so sein wird. Die Augen, die Figur, die Ausstrahlung, alles am rechten Platz, alles dran, nicht zu viel und nicht zu wenig. Ich weiß selbst, wie lächerlich das klingt, aber was sollte ich sonst über diese Frau sagen? Sollte ich erwähnen, dass sie dunkle Locken hatte und eine gerade Nase? In diesem Orchester saßen jede Menge Gelockte, und eine gerade Nase hatte sogar Woll, der Boxer, der das genaue Gegenteil eines Traumannes war. Manchmal versagt die Sprache, und zwar meistens dann, wenn es ums Eingemachte geht, um alles oder nichts, um die entscheidenden Dinge im Leben. Ich wusste nicht, wie ich diese Frau beschreiben sollte, ich wusste nur eines: Wenn Woll ihr seine dreckige Hand aufs Knie legte, würde ich durch die Plexiglasscheibe springen und ihn mit seiner Klarinette erschlagen.

Scheiße.

Nie wieder Weizenbier! Das verdammte Zeug machte einen völlig sentimental. Ich war doch nicht hier, um pubertären Träumen nachzuhängen, ich hatte einen Auftrag, eine Aufgabe, außerdem war die schöne Musikerin längst mit dem Konzertmeister verheiratet oder dem muskelbepackten Pauker, sie hatte vier Kinder, ein Eigenheim und engagierte sich dienstags im Naturschutz. Sie würde eher die Fliege an der Wand wahrnehmen als mich, da konnte ich mich auf den Kopf stellen und mit den Beinen wackeln. Also vergiss das Ganze, Max Koller, und reiß dich zusammen.

Schade, dass ihr Spiel den perfekten Gesamteindruck trübte. Sie hatte einen fast mannshohen Holzprügel umhängen, von dem aus ein gebogenes Metallrohr direkt in ihren Mund ragte. Wenn sie an der Reihe war, legte sie die Lippen um das Mundstück und schob den Unterkiefer nach hinten wie eine zahnlose Greisin; gleichzeitig wurde ihr Kehlkopf gequetscht, traten einzelne Muskeln am schlanken Hals hervor. Den Oberkörper bewegte sie kaum, dafür flatterten die beiden Daumen über dem Prügel hin und her. Hoffentlich verschluckte sie sich nicht an dem Ding.

Lieber nicht so genau hinsehen.

Nachdenklich betrachtete ich meine Fingernägel, kratzte ein wenig Dreck unter ihnen hervor, und als ich wieder aufschaute, war das Orchester verschwunden.

Das heißt, verschwunden war es nicht, aber kein Musiker saß mehr an seinem Platz. Man eilte davon, verstaute die Instrumente, schnappte nach Mänteln. Leere Stühle bevölkerten den Raum. Auch Barth-Hufelang, die dicke Partitur unterm Arm, trollte sich watschelnd. Verdattert blickte ich zur Wanduhr über der Glasscheibe. Es war Viertel nach elf. Mit einer solchen Pünktlichkeit hatte ich nicht gerechnet.

Von Woll keine Spur mehr. Doch, dort hinten sah ich ihn. Er hatte Jacke und Schal übergeworfen und strebte zusammen mit den Kollegen dem Ausgang zu. Jetzt aber fix!

Ich sprang auf und stürmte zur Tür hinaus. Das unterirdische Labyrinth des Stadttheaters hat viele Schönheitsfehler, und nun lernte ich einen weiteren kennen: Die Tür ging nämlich nach außen auf. Kaum im Flur, warf ich sie wieder in die Angeln, doch da war es bereits zu spät. Starr vor Schreck, die rechte Hand am schönen Hals, stand eine Person vor mir und sah mich an. Nicht irgendeine Person, sondern meine Traumfrau aus der letzten Reihe. Um ein Haar hätte sie die Tür vor die Stirn bekommen.

Abhauen, fuhr es mir durch den Kopf. Mach dich fort, Max, lös dich in Luft auf. Ein Schritt zur Seite, noch einer.

»Achtung!«, schrie sie.

Ich blieb stehen. Salzsäule. Unter meinen Fußsohlen knirschte etwas.

»Meine Mundstücke!«

Vorsichtig schielte ich nach unten. Sah helle Holzstückchen über den Boden verteilt, fünf, sechs Stück, an einem Ende mit buntem Garn umwickelt. Ein weiteres kam unter meinem rechten Schuh zum Vorschein. Platter als die anderen.

»Sind Sie wahnsinnig?«, fuhr sie mich an. »Was machen Sie hier?«

»Mein Gott«, stieß ich hervor. Ich fühlte mich, als hätte ich ihr Baby überfahren. »Es tut mir so leid, wirklich.«

»Nicht bewegen!« Sie bückte sich und hob das flach getretene Stück Holz auf.

»Ich machs wieder gut«, stotterte ich, neben ihr kniend. »Glauben Sie mir, ich mache alles wieder gut. Sie müssen mir vertrauen.« Mein Unvermögen, die richtigen Worte zu finden, verstärkte die Peinlichkeit der Situation noch. Wahrscheinlich sah ich aus, als würde ich gleich in Tränen ausbrechen. Um uns drängelten sich die Orchestermusiker, glotzten neugierig, gaben belustigte Kommentare ab.

»Seien Sie froh, dass das nicht meine Konzertmundstücke sind«, murmelte sie.

»Ich bezahle Ihnen das«, sagte ich. »Was kosten …? Moment!« Unter denen, die sich an uns vorbeischoben, war auch Woll. Den durfte ich nicht entkommen lassen. »Schreiben Sie mir eine Rechnung«, rief ich der Frau zu, sprang auf und rannte los. »Max Koller. Das bin ich. Schreiben Sie alles drauf. Nicht nur das eine, alle Dinger hier.« Hörte sie mich noch? »Koller wie Keller. Fragen Sie Bernd Nagel! Alles wird gut.«

Unter dem Gelächter ihrer mit mir hinauseilenden Kollegen folgte ich Woll. Sollten sie nur lachen! Was ist schon ein peinlicher Auftritt gegen die Aussicht, die Rechnung für eine Traumfrau begleichen zu dürfen?

»Herr Woll!«, schallte mein Ruf durch die Katakomben. »Warten Sie bitte!«

Keine Reaktion. Schließlich holte ich ihn ein. Seinen Schritt verlangsamte er nicht eine Sekunde.

»Ich hätte ein paar Fragen an Sie«, sprach ich ihn von der Seite an.

Er warf mir einen kurzen Blick zu und lief weiter. In seinem Mundwinkel hing eine kalte Zigarette, er hatte die unreine Gesichtshaut eines Pubertierenden.

»Entschuldigung, könnten wir uns vielleicht im Stehen unterhalten?«

»Nicht hier«, sagte er. »Draußen.«

»Trainieren Sie? Für das Sportabzeichen?«

»Witzbold.«

Linker Hand führte eine Treppe in die Oberwelt. Ein kleiner Innenhof, auf drei Seiten von den Werkstätten des Theaters umschlossen, diente den Rauchern als Rückzugsgebiet. Rasch war der Aschenbecher belagert. Woll stellte sich ein wenig abseits. Er hatte wirklich etwas von einem Schaufelbagger, kurzatmig und gedrungen, wie er war.

»Koller mein Name«, sagte ich. »Ich bin privater Ermittler und würde Ihnen gerne ein paar Fragen stellen.«

»Was sind Sie?«

»Privatdetektiv.«

»Lachhaft.«

»Nur zu, lachen Sie, und wenn Sie damit fertig sind, beantworten Sie bitte meine Fragen.«

»Nennen Sie mir einen Grund, warum ich das tun sollte.«

»War das nun Ihre Ex-Frau, die vorgestern ermordet wurde, oder war sie es nicht?«

»Na und? Mir doch egal. Soll die Polizei kommen. Die kann mich fragen, was sie will.« Heller Dampf schlug aus seinem Mund, wenn er sprach.

Ich blieb ganz ruhig. Es gibt solche Tage: Kein Mensch will mit dir reden, jeder stellt sich bockig, bläst dir Rauch in die Fresse oder macht einen auf verwundete Seele.

»Können Sie sich vorstellen, wer Ihre Ex-Frau umgebracht haben könnte?«

»Nein, kann ich nicht.« Er schnippte ein wenig Asche von seiner Zigarette. »Aber ich würde ihm ein Bier dafür spendieren.«

»Ach? Ein Bier nur? Bisschen wenig für einen Mord, finden Sie nicht?«

Woll zuckte bloß die Achseln.

»Sie scheinen kein gutes Verhältnis gehabt zu haben, Sie und Frau Nierzwa.«

»Kein gutes, Sie Schlauberger? Gar keins. Mit der wollte ich nichts mehr zu tun haben. Und sie mit mir auch nicht. So einfach ist das.«

»Und warum nicht?«

»Warum nicht? Blöde Frage.« Wütend schleuderte er den Zigarettenstummel von sich. »Es gibt Leute, die … Ach, vergessen Sies.«

»Sie hatten also keinen Kontakt mehr miteinander?«

»Nein!«

»Und Sie können sich nicht vorstellen, wer für ihren Tod verantwortlich ist?«

»Sie fragen alles doppelt, merken Sie das nicht?«

Ich schwieg, von der Aggressivität dieses Mannes überrumpelt. Was hatte eine Frau wie Annette Nierzwa nur an ihm gefunden? Für ihren Mörder hatte er ein Bier übrig, für sie nur Verachtung. Immerhin, ehrlich war er.

»Okay, da gibt es eine Frage, die ich noch nicht gestellt habe. Wo waren Sie vorgestern Abend?«

Er sah mich verblüfft an und brach dann in Lachen aus. »Sagt Ihnen der Name Mozart was?«

»Sie haben bei der Premiere mitgewirkt?«

»Der gute alte *Figaro*. Schon zum sechsten Mal in meiner Laufbahn. Noch so ein paar schlaue Fragen?«

»Danke. Schlaue Fragen kann jeder stellen. Ich stelle die dämlichen.« Und im Gehen fügte ich noch hinzu: »Sobald ich mit dem Fall durch bin, gebe ich Ihnen Bescheid, wem Sie das Bier ausgeben dürfen.«

Ich weiß, es ist lächerlich, aber ich wollte unbedingt das letzte Wort in diesem Gespräch haben.

9

Ich war so geladen, dass ich mich in den Termitengängen des Theaters verlief. Der Weg zum Foyer ist beschildert, doch ich übersah die Hinweise. Hinter jeder Ecke lauerte Wolls Fratze, aus jedem meiner

Schritte tönte das verzerrte Echo seiner Worte: Sie fragen alles doppelt. Soll die Polizei doch kommen. Dem gebe ich einen aus.

Heute Abend würde ich keinen Tropfen Bier trinken, das schwor ich mir.

Nachdem ich zum dritten Mal am selben Bühnenrequisit, einem Schwan mit gebrochenem Hals, vorbeigekommen war, kapitulierte ich. Zwei Männer, die eine Harfe durch die niedrigen Gänge rollten, wiesen mir den Weg. Getrieben von dem absurden Wunsch, mich bei Bernd Nagel über Woll zu beschweren, durcheilte ich das Foyer und gelangte über die Wendeltreppe in den benachbarten Verwaltungstrakt.

Doch die einzige Person, die ich traf, war Barth-Hufelangs spitznasige Sekretärin. Vorwurfsvoll sah sie mich über ihre Brille hinweg an. Um was für einen Vorwurf es sich handeln könnte, erriet ich nicht. Vielleicht blickte sie ja immer so.

»Ist Herr Nagel noch im Haus?«, fragte ich.

»Er hat sich schon vor einer Weile verabschiedet.« Sie reichte mir einen verschlossenen Briefumschlag. »Vorher hat er mir das hier gegeben. Für Sie.«

»Danke.«

Im Gehen riss ich den Umschlag auf. Er enthielt einen Schlüssel und einen handgeschriebenen Zettel: »Von mir haben Sie ihn nicht. B.N.«

Sieh an, sieh an, Nagel vertraute mir doch ein wenig. Schlagartig besserte sich meine Laune. Sie besserte sich so sehr, dass ich auf dem Weg nach Bergheim die nasskalte Luft nicht spürte. Es gab wieder etwas zu tun.

Unter grauem Himmel erreichte ich eine der grausten Straßen der Stadt. Wer einen Reiseführer über Heidelberg schreibt, darf die Mittermaierstraße nicht übergehen. Sie ist die Kehrseite der touristischen Medaille, sozusagen die Rückseite des Schlosses: ruinöser als jede Ruine, aber ein Teil der Stadt. Und was für einer! Asphaltpiste à la Hockenheimring, Wanne aus Stein, Teilchenbeschleuniger für den motorisierten Mitbürger auf dem Weg vom Bahnhof zum Neckar. Zweiräder werden hart an die Wand gedrängt, auf einem Witz von Fahrradweg, Fußgänger haben kein Existenzrecht. Die Mittermaierstraße ist eine Bankrotterklärung für jeden Stadtplaner.

Trotzdem wohnen hier Menschen. Formel-1-Fans vielleicht, die ohne den Geruch von verbranntem Gummi nicht leben können. Discjockeys, die auf die tägliche Dosis Straßenlärm angewiesen sind wie Süchtige auf Methadon. Oder Leute, die sich eine andere Wohnlage nicht leisten können: Ausländer, Arbeitslose. Menschen wie Annette Nierzwa.

Den Schlüssel zu ihrer Wohnung in der Tasche, näherte ich mich dem Haus. Bevor sich der Firnis der Abgase darüber gelegt hatte, musste es ein ansehnliches Gebäude gewesen sein. Jetzt wirkte es krank, kariös, heruntergekommen. Direkt davor, auf dem schmalen Gehsteig, parkten zwei Fahrzeuge mit Karlsruher Kennzeichen. Eine behördliche Ausnahmegenehmigung hinter der Frontscheibe hielt Strafzettel wegen Falschparkens fern. Man war also noch zugange in der Wohnung der Verstorbenen.

An der seit Jahren nicht mehr gestrichenen Eingangstür hielt ich an. Zwei Reihen von Namensschildern, teilweise gekritzelt, kaum leserlich, verblasst. Namen, wie sie mir noch nie begegnet waren: Neukum. Sluc. Payataasinghwe. Ko. Aber bis vor zwei Tagen hatte ich auch keinen gekannt, der Nierzwa hieß. Und *A. Nierzwa* stand in geschwungener Schreibschrift zwischen all den anderen rätselhaften Namen.

Unauffällig steckte ich den Schlüssel, den ich von Nagel erhalten hatte, in das Türschloss. Er passte. Ich würde wiederkommen, sobald die Luft rein war. Zufrieden schwang ich mich auf mein Rad und fuhr nach Hause.

Während ich mir einen Rest Nudeln vom Samstag aufwärmte, nahm ich mir noch einmal die *Neckar-Nachrichten* vor. In Ermangelung konkreter Informationen zum Ermittlungsstand hatten sich die Reporter auf die Biographien der Beteiligten konzentriert. Annette Nierzwa, hieß es dort, habe ihre bescheidene Wohnung in Bahnhofsnähe nach der Trennung von Woll bezogen. Dass sie sich keine größere, keine besser gelegene hatte leisten können, verschwieg der Schreiber gnädig, doch es lag auf der Hand. Vorher hatte sie mit ihrem Mann zusammen oben im Emmertsgrund gewohnt.

Ich drehte die Herdplatte ab. Über meinen Freund Woll gab es nur dürre Informationen: welches Instrument er spielte, wie lange er dem Orchester angehörte, wann er Annette geheiratet hatte. Ein rechtschaffenes Mitglied der großen Musikerfamilie, so klang es. Von dem, was er über die Ermordete dachte, kein Wort.

Bevor ich die Zeitung weglegte, schnitt ich Nagels Konterfei aus einem Foto aus, das ihn zusammen mit dem GMD und dem Intendanten zeigte. Er war nur im Profil zu sehen, aber für meine Zwecke würde es reichen.

Kaum hatte ich die erste Gabel Nudeln in den Mund gesteckt, läutete das Telefon. Kauend hob ich ab.

»Herr Koller, wie schön«, gurrte meine Auftraggeberin. »Man erreicht Sie ja überhaupt nicht.«

»Ich war den ganzen Morgen unterwegs. In Ihrem Auftrag, Frau von Wonnegut.«

»Das hatte ich gehofft. Gibt es schon erste Erkenntnisse?«

Aber jede Menge, dachte ich. Woll ist ein Arschloch, Nagel ein Weichei, die Orchestermusiker lassen um Viertel nach elf den Hammer fallen, der dicke Barth-Hufelang legt Garderobendamen flach. Finger weg von klassischer Musik, Frau von Wonnegut. Sie schadet Ihrem ästhetischen Empfinden.

»Erkenntnisse?«, gab ich zurück. »Es wird. Einfach ist es nicht. Ein verzwickter Fall.«

»Wie steht es mit Herrn Nagel, wenn ich einmal so direkt fragen darf?«

Natürlich dürfen Sie, Gnädigste. Schließlich zahlen Sie dafür. Wenn auch weniger, als Sie sollten. Über die Spesen hole ich alles wieder rein.

»Es sieht ganz gut aus«, sagte ich. »Jedenfalls nicht schlecht. Ich habe einen Zeugen aufgetrieben, der Nagel entlasten könnte.«

»Na, da bin ich aber erleichtert. Was heißt, ich? Wir alle sind es, Herr Koller. Machen Sie weiter so.«

»Frau von Wonnegut?«

»Bitte?«

»Ich hätte eine Frage. Wer sitzt eigentlich in einem Sinfonieorchester neben den Klarinetten, und zwar vom Zuschauer aus gesehen rechts? Mir fällt der Name einfach nicht ein.«

»Die Fagotte.«

»Die Fagotte, natürlich. Manchmal steht man neben sich. Nur Käse im Kopf. Kennen Sie das?«

»Ich freue mich auf weitere Ergebnisse, Herr Koller«, sagte sie nach kurzem Zögern. Sie klang ein wenig pikiert. Vermutlich fand sie es unanständig, mit Käse im Kopf neben sich zu stehen.

»Die bekommen Sie«, versprach ich und legte auf. Mein Essen war nur noch lauwarm.

Später machte ich es mir auf dem Sofa bequem und überdachte den Fall Annette Nierzwa. Von Anfang an hatte ich mich gesträubt, in die Geschichte hineingezogen zu werden, und das mit Recht. Als Einzelkämpfer hatte ich keine Chance, einen Mord aufzuklären. Das war Sache der Polizei. Mein Arrangement mit Frau von Wonnegut – ein bisschen herumschnüffeln, eine Tendenz ermitteln, Informationen abgreifen – ging in Ordnung, hatte allerdings seine Tücken. Auch das war mir von Beginn an klar gewesen. Diese Musiker! Nicht meine Wellenlänge. Nach außen machten sie einen auf heile Welt der Töne, intern bekriegten sie sich. Siehe Woll. Oder sie kehrten ihre gegenseitige Abneigung unter den Teppich. Siehe Nagel und Barth-Hufelang. Bei den Opernsängern herrschte ständig Zickenalarm, nur am Abend malten sich alle einen Kussmund ins Gesicht und hatten sich lieb. Und ob die Frau mit dem Holzprügel eine Ausnahme darstellte, würde sich zeigen. Ich hatte vergessen, meine Auftraggeberin zu fragen, wo man Fagottmundstücke kaufen konnte, aber wahrscheinlich kümmerte sie sich nicht um solche handwerklichen Details.

Fattys Anruf riss mich aus einem kurzen Nickerchen. Wortreich lud er mich zum Abendessen ein. Eva würde kommen, da könnten wir uns schön kennen lernen, er würde etwas kochen und ein Weinchen besorgen …

»Stopp«, sagte ich. »Wer bitte will was kochen?«

»Ich natürlich«, erwiderte er, als handle es sich um eine Selbstverständlichkeit. Das Gegenteil ist der Fall: Fatty hat noch nie für mich gekocht, und wenn er es einmal versuchte, musste ich nach spätestens zehn Minuten eingreifen, um das Schlimmste zu verhindern. Außerdem kommt er alle paar Wochen mit einer neuen Diät an, in der das, was ich unter warmer Mahlzeit verstehe, keine Daseinsberechtigung hat.

»Du willst kochen?«, hakte ich nach. »Und was, wenn ich fragen darf?«

»Überraschung!«, rief er. »Nicht einmal Eva weiß es.«

»Heute Abend wird es nichts mit mir. Morgen vielleicht.«

»Auch gut«, freute er sich. »Ich sage Eva Bescheid. Dann lernt ihr euch schön kennen, ich besorge ein Weinchen …«

»Und kochen willst du morgen auch?«

»Was glaubst du denn?«

»Soll ich was mitbringen? Etwas, was in deiner Küche fehlt, Salz zum Beispiel?«

»Depp! Bring anständige Manieren mit und rasier dich. Wir haben Damenbesuch.«

Rasieren war gut. Fatty hasst die tägliche Rasur

noch mehr als ich; nicht nur, weil sie lästig ist, sondern weil dann seine Schweinchenhaut noch rosiger glänzt als sonst. »Ich werde meine beste Fliege umbinden«, sagte ich. »Die vom Abiball.«

»Erwürg dich nicht«, kicherte er und legte auf.

Morgen also würde ich Eva kennen lernen, die tolle Füllige. Irgendwann musste es ja sein. Seufzend – warum eigentlich? – erhob ich mich vom Sofa und verließ das Haus. Draußen pfiff mir der Wind um die Ohren. Fröstelnd fuhr ich los, überholte alte Mütterchen, scheuchte nebeneinander radelnde Studenten zur Seite. Als ich die Plöck erreichte, war mir einigermaßen warm.

Die beiden folgenden Stunden waren komplett für die Katz. Ich klapperte die Läden der Plöck und angrenzender Straßen ab, wechselte zwischen drinnen und draußen, zwischen überhitzten Räumen und zugigen Altstadtgassen, immer auf der Suche nach einer Person, die Bernd Nagel am Samstagabend gesehen haben könnte. Aber da war niemand. Ich versuchte es in Buchhandlungen und Antiquariaten: Vielleicht hatte es eine Lesung gegeben, einen Vortrag, Publikumsverkehr? Nichts hatte es gegeben. Keine Vernissage in der Galerie gegenüber vom Theater, keine Verköstigung beim Weinhändler in der Märzgasse. Fehlanzeige auch bei der Pizzeria an der Ecke: Vier freundliche Tamilen musterten Nagels Zeitungsfoto eingehend, steckten beratend die Köpfe zusammen, um sie am Ende ebenso entschieden wie freundlich zu schütteln. Der Geschäftsführer kam und bestätigte das Votum seiner Landsleute. Über der Tür, die man mir beim Abschied aufhielt, bestätigte eine Urkunde, dass es sich um Heidelbergs beste Pizzeria handelte. Um die freundlichste gewiss auch. Nur weiterhelfen konnten mir die pizzabackenden Asiaten nicht. Die Mütze tief ins Gesicht ziehend, trat ich auf die Straße.

Der einzige zählbare Erfolg dieses Nachmittags war ein Reclam-Bändchen mit dem Text zu *Figaros Hochzeit*. Ich entdeckte es beim Hinausgehen in einem Antiquariat. ›Jedes Opernbuch 1,- Euro‹, stand auf der Kiste, und ich beschloss, auch diesen Betrag auf meine Spesenabrechnung zu setzen. Frau von Wonnegut würde es verkraften.

Zu Hause angekommen, machte ich mir einen Tee, hüllte mich in eine Decke und blätterte in dem Operntext. Kapieren tat ich nichts. Zu viele Personen, die alle gleich hießen und wirres Zeug redeten. Nur dass jeder dem anderen an die Wäsche wollte, das verstand ich. Kommt ja öfter vor in Opern.

Ich griff zum Telefon und rief Marc Covet in der Redaktion an. Auch er wollte natürlich zuerst wissen, ob ich etwas herausgefunden hatte, und wie zuvor bei Frau von Wonnegut blieb ich vage.

»Vielleicht klappt es mit dem Alibi für deinen Freund Nagel. Aber drauf wetten solltest du nicht.«

Covet schwieg.

»Trotzdem würde ich mir an deiner Stelle keine allzu großen Sorgen machen. Wenn er dir sagt, dass er es nicht war, dann war er es auch nicht. Ich meine, unter Freunden … Ihr seid doch gut befreundet, oder?«

»Ja, natürlich«, brummte Covet.

»Glaubst du ihm nicht?«

»Ich glaube ihm, und ich weiß, dass er niemanden umbringen könnte, schon gar keine Frau.«

»Aber?«

»Was aber?«

»Du klingst nach einem Aber.«

Ich hörte ihn schwer atmen. »Wie sieht es mit den Polizisten aus? Werden die ihm glauben? Sie haben ihn heute fast drei Stunden verhört. Bernd war völlig fertig danach, du kannst dir nicht vorstellen, wie ihn das belastet.«

»Klar, wen würde das nicht?«

»Für die ist er der Hauptverdächtige.«

»Wundert dich das? Er war Annettes letzter Liebhaber, er hat sie gefunden, sie lag in seinem Zimmer. Die Polizei muss sich zunächst auf Nagel konzentrieren, alles andere wäre widersinnig. Und auch wenn das aus meinem Mund seltsam klingt: Auf die Behörden kannst du dich verlassen. Die werden schon herausfinden, dass dein Kumpel Bernd unschuldig ist. Selbst wenn es ein paar Tage dauert.«

»Du hättest ihn heute sehen sollen«, sagte Covet missmutig. »Der Mann ist am Ende seiner Kräfte.«

»Ach komm, der soll mal nicht so auf die Tränendrüse drücken, dein Bernd Nagel.«

»Was heißt hier Tränendrüse?«, bellte er in den Hörer. »Er hat schließlich nicht irgendjemanden in seinem Zimmer gefunden, sondern seine Ex-Freundin.«

»Eben. Sie waren seit Wochen oder Monaten nicht mehr zusammen.«

»Und deshalb soll es ihn nicht mehr gejuckt haben? Versetz dich mal in seine Lage, Max! Er hat dir selbst gesagt, dass ihm die Geschichte mit Annette immer noch im Kopf herumging. Ein bisschen mehr Sensibilität von deiner Seite wäre angebracht.«

»Gerne«, sagte ich. Sensibilität, na sicher, die konnte er haben. Früher hatte mir meine Frau damit in den Ohren gelegen. Und war nie zufrieden gewesen. Offenbar handelte es sich bei dem, was ich und der Rest der Welt unter Sensibilität verstanden, um verschiedene Dinge. Meine private Sensibilität ließ mich zum Beispiel fragen, warum Marc Covet so dünnhäutig reagierte, wenn es um seinen Kumpel Bernd ging. Warum fasste er ihn permanent mit Samthandschuhen an, nahm ihn in Schutz, verteidigte ihn? Weiter fragte ich mich, seit wann Nagel und die Nierzwa tatsächlich nicht mehr zusammen waren. Wenn ihre Trennung einige Zeit zurücklag und Nagel an der Garderobiere vor allem ihre körperlichen Vorzüge geschätzt hatte, war es erstaunlich, dass ihn die Erinnerung an die Ex aus einer Premiere hinaus in die Kälte trieb. Und dann schlich sich noch eine Frage in meine Überlegungen: die Frage nach dem Verhältnis von Marc und Annette. Nicht mein Fall, hatte er gesagt. Stimmte das? Mein Freund und die Frauen, das war ein besonderes Kapitel. Die Nierzwa und ihre Männer ein anderes. Hoffentlich standen sie nicht im gleichen Buch.

»Ich werde mich bemühen«, sagte ich. »Vielleicht ist das ein Vorurteil von mir, dass ich glaube, jeder, der in unserer Gesellschaft eine bestimmte Position erreicht hat, müsste ein richtig dickes Fell haben, richtig *tough* sein.«

»Als Geschäftsführer des Städtischen Orchesters stehst du nicht gerade weit oben.«

»Höher als ein Privatflic.«

»Jetzt drückst du aber auf die Tränendrüse, Max.«

»Ich bin ja auch nicht *tough*.«

Covet seufzte. Wir hatten schon erfreulichere Gespräche geführt. »Was anderes«, sagte er. »Der Schauspieler, mit dem die Nierzwa liiert war, heißt Peter Michael Gerber und wohnt in München. Ob er dort ein festes Engagement hat oder aus privaten Gründen hingezogen ist, konnte ich nicht herausfinden.«

»Ein bisschen Arbeit darfst du mir gerne überlassen. Schließlich bezahlt Frau von Wonnegut dafür.«

Er seufzte erneut. »Elke von Wonnegut ... Manchmal könnte man meinen, ganz Heidelberg gehört in die Klapse.«

»Bring diesen Satz in deinem Revolverblatt unter, dann stecken sie dich als Ersten rein. Alter Miesmacher.«

»Ich Miesmacher, du Ermittler. Was wirst du jetzt unternehmen?«

»Oh, was ganz Schickes. Ich gehe einbrechen.«

10

Gegen neun stand ich vor Annette Nierzwas Haus. Dieselwolken hingen schwer in der Luft, die mir aber wenigstens bildlich gesprochen rein zu sein schien. Kein Behördenfahrzeug, das auf dem Radweg parkte, kein Beamtengesicht weit und breit. Trotzdem stellte ich mein Rad 50 Meter entfernt vor dem hell erleuchteten Schaufenster eines Bestattungsunternehmens ab und ging zu Fuß zurück. Der Wind hatte nachgelassen, dafür waren dicke Wolken aufgezogen. Zweimal drückte ich auf den Klingelknopf neben Annettes Namen, und als sich nichts tat, schloss ich die Tür auf und trat ins Haus. Dunkel gähnte ein muffiges Treppenhaus, ein Kinderwagen stand schräg im Weg. Ohne Licht zu machen, erklomm ich die Stufen. In jeder Etage führte linker Hand ein Flur zu mehreren Wohnungstüren. Hinter den meisten hörte man Geräusche: Musik, Unterhaltungen, Kindergeplärre, Fernsehdialoge. Im zweiten Stock roch es nach Essen, und das nicht einmal schlecht. Bei Familie Neukum führte der Vater das Wort, es ging um die Katze und das verdammte Wetter, das musste doch mal gesagt werden.

Hinter Annette Nierzwas Wohnungstür im dritten Stock war es still. Totenstill. Ich lauschte, hielt den Atem an, entledigte mich eines Handschuhs und klopfte vorsichtig gegen die Tür. Keine Reaktion. Ich zog den Handschuh wieder an. Auf Augenhöhe war das Siegel der Landespolizei angebracht.

»Tut mir leid«, murmelte ich und teilte es mit der Spitze des Wohnungsschlüssels in zwei Hälften. Das Schloss war geölt, die Tür öffnete sich geräuschlos, der Teppichboden schluckte das Geräusch meiner Schritte. Ich stand in der Diele der Toten und drückte die Eingangstür sanft mit dem Rücken zu.

Alles blieb ruhig, so ruhig, wie es in einer leeren Wohnung zu sein hatte. Ich wartete. Nahm den schwachen süßlichen Geruch wahr, der in der Luft hing, war ansonsten ganz Ohr. Nach einer Weile tastete ich mich vor, Zentimeter für Zentimeter durch die Finsternis. Ich bekam eine Türklinke zu fassen, öffnete und trat in Annette Nierzwas Wohnzimmer. Durch ein breites Fenster fiel Licht in die Wohnung, das milchig-gelbe Licht von Straßenlaternen, die unten in der Mittermaierstraße ihre nächtliche Arbeit verrichteten.

Vielleicht war meine Vorsicht übertrieben, aber ich ließ zunächst sämtliche Rollläden der Wohnung herunter, bevor ich das Wohnzimmerlicht einschaltete. Ich hatte mich bereits so sehr an die Dunkelheit gewöhnt, dass die Helligkeit in den Augen schmerzte.

Blinzelnd sah ich mich um. Annette Nierzwa hatte Vögel geliebt. Die Wände waren voller Aquarelle, Zeichnungen, Fotos von Federvieh. Schade nur, dass diese Liebe nicht mit gutem Geschmack einherging. Annettes Vogelpark strotzte vor Hässlichkeit. Da gab es kulleräugige Disney-Enten, Schwäne unter Sternen, Eisvögel in Blau metallic. Über dem Sofa hing ein pastellfarbenes Kitschbild von Spatzenkindern mit aufgesperrten Schnäbeln, neben der Tür wachte ein Reiher im Halbrelief. Eine Voliere, stumm und tot wie Annette Nierzwa selbst.

In den übrigen Zimmern hatte sie auf ihre gefiederten Freunde verzichtet, nicht aber auf putzmuntere Aufgeräumtheit. Auf jedem Tisch lagen Deckchen, auf gepolsterten Stühlen kleine Extrakissen. Der Teppichboden strahlte sattgrün, an der Wand klebte eine Tapete mit Blumenmuster, das Wohnzimmersofa nannte einen braunen Cordbezug sein eigen. Alles war plüschig, üppig, flauschig, wirkte übertrieben, die Farben bissen sich. Annette Nierzwa hatte einfach zu viel des Guten getan. Was für eine Mühe, all diesen Nippes abzustauben! Und Staub war in dieser Wohnung verpönt.

Vielleicht hatte Nagel das an seiner Freundin gefallen: Sie hielt auf Ordnung. Ihr Zuhause war sauber, der eigene Körper gepflegt. Da spielte es keine Rolle, dass sie einen schlechten Geschmack besaß. Mit schönen Dingen hatte Nagel ja beruflich genug zu tun.

Genug herumpsychologisiert. An die Arbeit!

Ich begann im Wohnzimmer. Untersuchte die Regale, die Fächer der großen Schrankwand, den Sekretär neben dem Durchgang zur Küche. Fotos fielen mir in die Hände: Urlaub am Meer, in den Bergen, eine Feier mit Bekannten, Tennisfreunde. Nagel blickte mich an, auch der feiste Barth-Hufelang. Von Woll kein einziges Bild. Auch von Marc Covet nicht. Dann wieder der Geschäftsführer, alleine und verloren vor einem ungeheuren Geröllhaufen, unentschlossen in die Kamera grinsend. Nichtssagende Motive; wenn jemals ein interessantes dabei gewesen war, ruhte es jetzt in einer Schreibtischschublade der Polizeidirektion Heidelberg.

In einem offenen Fach der Schrankwand stand der Fernseher, die Fernbedienung lag daneben auf alten Zeitschriften. Ansonsten einige Bücher, Stofftiere und Vasen, etwas Grünzeug. Ich blätterte durch, verschob, hob an. Nichts, was mich weiterbrachte. Der Sekretär quoll über vor Sachen, die nicht in einen Sekretär gehören. Meiner Meinung nach. Ich fand Bilder und Poster, Süßigkeiten, alte Modezeitschriften und jede Menge dieser albernen Sammelfiguren aus Plastik, die in 50 Jahren auf Flohmärkten für teures Geld verscherbelt werden oder auch nicht. Eine große Schublade enthielt eine komplette Hausapotheke: Pflaster, Wundspray, Aspirin, Schmerz- und Beruhigungsmittel, Kondome und Schächtelchen, Tübchen, Döschen, Gläschen. Rätselhafte Medikamente für rätselhafte Krankheiten. War Annette Nierzwa krank gewesen? Oder pflegte sie nur eine Handvoll persönlicher Leiden, um unter Gleichgesinnten davon berichten zu können?

Eine weitere Schublade war leer. Gähnend leer. Das fiel umso mehr auf, als alle anderen schier aus den Nähten platzten. Vermutlich hatten sich hier ihre privaten Unterlagen befunden, die nun behördlich ausgewertet wurden: Kontoauszüge, Briefe, vielleicht ein Tagebuch. Ich sah den Rottweiler vor mir, wie er durch seine Lesebrille glotzte und sich in das Leben der Toten hineinwühlte.

›Na und?‹, hörte ich jemanden sagen. ›Machst du etwas anderes, alter Schnüffler?‹

Es war nicht die Stimme des Rottweilers gewesen, die das fragte, sondern meine eigene. Achselzuckend gab ich mir recht. Ich war keinen Deut besser als der beamtete Kläffer.

Nur dass ich mich mit den Brosamen der Ermittlung im Fall Annette Nierzwa begnügen musste. Sie hatten mir nicht viel übrig gelassen, die Kommissare. Die entscheidenden Ordner waren fort; der Rest summierte sich zwar zu einer Art Bild der toten Frau, trug zur Aufklärung des Mordes jedoch nichts bei.

Zusehends entmutigt blätterte ich einen Stapel Papiere durch, der im offenen Fach des Sekretärs lag. Einige Rechnungen; ein Rundbrief der Hausverwaltung, die Mülltrennung betreffend; Broschüren von zwei Fitnessstudios; ein *Stern*-Artikel über dubiose Kunstgegenstände; Reiseprospekte und jede Menge

Schmierpapier. Daneben einige Stifte und Kulis, säuberlich aufgereiht.

Ich wechselte zur Küche, schaute in Schränke und Schubladen. Der übliche Haushaltskram, alles sauber und geputzt. Selbst das Innere der Spülmaschine glänzte. Nein, hier gab es nichts zu holen. In der Diele fiel mir eine leere Wandfläche auf, ein großes Nichts über der Telefonanlage. Ein verwaister Nagel steckte noch in der Wand. Wäre ich Annette Nierzwa gewesen, so überlegte ich, hätte ich hier eine Magnettafel oder eine Pinnwand angebracht: um meine Garderobendienste einzutragen, für Telefonnummern, Adressen, Notizen. Was es auch immer gewesen war, die Polizisten hatten es eingesackt. Übrig gelassen hatten sie mir bloß einen würfelförmigen Notizblock, dessen oberstes Blatt mit jener Ornamentik bedeckt war, wie sie entsteht, wenn man während des Telefonierens vor sich hinkritzelt. Außerdem hatte die Verstorbene dort den Namen ihres Liebsten bzw. Ex-Liebsten notiert – fürchtete sie, ihn zu vergessen? – und einige der Großbuchstaben mit Punkten markiert. Dahinter zwei Nullen und ein dickes Ausrufezeichen. Ach ja, ein Strichmännchen gab es auch. Nachdenklich drehte ich den Würfel um, blätterte ihn durch, hielt das oberste und das unterste Blatt gegen das Licht – nichts. Ich nahm den Hörer von der Basisstation und tippte mit dem behandschuhten Zeigefinger erst die Verbindungs-, dann die Wiederholtaste. Eine sechsstellige Nummer wurde gewählt, es läutete viermal, bis das Band eines Anrufbeantworters ansprang. Zu meiner Überraschung meldete sich eine bekannte Stimme: der Klarinettist. Mein alter Freund Woll. Der angeblich keinen Kontakt mehr zu seiner Ex hatte. Na, dem würde ich was erzählen.

Die Diele gab ansonsten nicht viel her, ein Schrank hing voller Mäntel und Jacken, auch Schuhe fanden sich reichlich. Weitere Kleiderschränke standen im Schlafzimmer, das sich Annette Nierzwa auf ihre Weise gemütlich eingerichtet hatte. Mit raschelnder Satindecke auf dem breiten Einzelbett und einem kleinen Zoo von Stofftieren. Der süßliche Geruch, dem man überall in der Wohnung begegnete, war hier am stärksten. Neben dem Bett eine kleine Kommode und die oberste Schublade darin: leer. Ärgerlich schob ich sie zu. Das machte alles keinen Sinn. Die Leiche war längst gefleddert, was wollte ich noch? Ein paar Zeitschriften und Bücher hatten sie mir dagelassen, die Herren von der Spurensicherung, damit ich sehen konnte, an was Annette Nierzwa literarisch Gefallen gefunden hatte. Ein Arztroman, eine Taigaschnulze, das passte zu ihrem Vogelbildergeschmack, aber es half mir nicht weiter. Das dritte Buch verschaffte mir wenigstens ein bisschen Erheiterung; es war ein zerlesener Esoterikschinken, der Menschen in Typen einteilte und mit Planeten in Verbindung brachte. Die Nierzwa hatte ihn mit zahlreichen Anmerkungen versehen und ganz hinten die Namen von Bekannten in eine große Typentabelle eingetragen. Bernd Nagel entsprach Typ 8, laut Tabelle war er sensibel, melancholisch, entscheidungsschwach, kreativ und migränegefährdet. Außerdem Vegetarier. Zu den Namen, die ich kannte, gehörten Peter Michael, der ausgewanderte Schauspieler, Gregor, Annettes Ex-Gatte, und Enoch, der dicke Dirigent. Bevor ich in deren planetarisches Wesen Einblick nehmen konnte, geschah etwas völlig Unerwartetes.

Es läutete an der Tür.

Unwillkürlich blickte ich auf meine Armbanduhr. Wer wollte um diese Uhrzeit …? Aber das war nicht die dringendste Frage. Viel dringender waren folgende Fragen: ob der späte Besucher unten vorm Haus oder bereits im Flur stand. Ob man von außen sah, dass Licht in der Wohnung brannte. Und ob einer von Annette Nierzwas Schlafzimmerschränken mir genug Platz zum Verstecken bieten würde, falls es darauf ankam.

Es kam darauf an.

Als ich hörte, wie sich an der Eingangstür ein Schlüssel im Schloss drehte, legte ich das Buch rasch auf den Stapel zurück und hastete zu einem der Schränke. Der Teppichboden schluckte das Geräusch meiner Schritte.

»Annette?«, rief jemand. Die Stimme eines Mannes. Eines jungen Mannes. Wunderte er sich über die hell erleuchtete Wohnung? Wurde er misstrauisch? Er fing an zu pfeifen. Nach Argwohn klang das nicht. Pfeifend öffnete er Türen, pfeifend kam er ins Schlafzimmer. Auch dort raubte ihm niemand seine Unbekümmertheit, denn als er das Zimmer betrat, steckte ich längst zwischen den süßlich parfümierten Kleidern einer toten Frau und übte mich in Bewegungslosigkeit.

Trotz meines überstürzten Rückzugs hatte ich mein Versteck günstig gewählt. An der Vorderseite des Schranks waren schräggestellte Latten angebracht, die nicht nur für Luftaustausch sorgten, sondern mir auch eingeschränkte Sicht auf die Vorgänge draußen gewährten. Was ich sah? Einen Kerl von vielleicht 16, 17 Jahren, der sich in Annette Nierzwas Schlafzimmer bewegte, als sei er hier zu Hause. Glattes Blondhaar, eng stehende Augen, ein armseliges Bärtchen auf der Oberlippe und im Ohr ein goldener Knopf. Wie die Steifftiere auf dem Bett. Im Gehen streifte er seine flachen Schuhe ab und kickte sie in die Ecke. Nahm sich pfeifend eine der Illustrierten von der Kommode, warf sie aufs Bett.

Dann zog er sich aus.

Und zwar komplett: Pullover, Hemd, Unterhemd, Hose. Die Socken? Weg damit. Die Unterhose? Überflüssig. Nicht einmal die Armbanduhr blieb an ihrem Platz. Das gesamte Kleiderbündel landete unter Annettes Bett. Nackt und pfeifend stand der nächtliche Besucher da. Das Einzige, was er noch trug, waren sein Ohrschmuck und zwei dünne Halskettchen; sonst war er nackt, so nackt wie Adam am Tag eins des Paradieses. Genau genommen war er sogar noch ein wenig nackter, denn an den Stellen, an denen auch 17-Jährigen schon Haare wachsen, sah man nichts, nicht den Hauch eines Härchens. Alles wegrasiert, weggeätzt, und nur der lächerliche Flaum auf der Oberlippe hatte dem Schönheitswahn widerstanden. Wobei man über die Schönheit des Resultats geteilter Meinung sein konnte.

Wie um meine Zweifel zu bestätigen, kratzte sich der angehende Jungmann an den enthaarten Stellen, prüfte sie kritisch, um zuletzt ins Bett zu hüpfen und sich der Illustrierten zu widmen. Das nahm ihn derart in Anspruch, dass er irgendwann sogar mit dem Pfeifen aufhörte. Am Ende wollte der Kerl noch die ganze Nacht im Bett der Verstorbenen verbringen!

Vielleicht war es diese erschreckende Vorstellung, die mich zu einer unwillkürlichen Bewegung veranlasste. Wie auch immer, einer meiner Muskeln zuckte, der Schrankboden knarrte, der Jüngling fuhr zusammen. Mit offenem Mund starrte er in meine Richtung. So schnell würde er ihn nicht wieder schließen. Ich stieß die Schranktür auf, kletterte heraus und stellte mich breitbeinig zwischen Bett und Schlafzimmertür. Dabei grinste ich den Knaben an.

Er war schließlich nur eine halbe Portion. Außerdem ebenso Eindringling wie ich, Schlüssel hin oder her. Waffen- und haarlos, wie er dalag, fühlte ich mich ihm turmhoch überlegen.

»Steht was Interessantes drin?«, fragte ich und zeigte auf seine Lektüre.

Er hatte sich im Bett aufgerichtet. Starrte mich heillos entsetzt an. Wie in Zeitlupe fuhr er eine Hand aus, um nach einem Zipfel der Bettdecke zu greifen und sie um seine Hüften zu legen. Sie zitterte, die Hand.

Ich wartete. Endlich schloss er seinen Mund und schluckte kräftig.

»Wer bist du?«, fragte er. Deutsch mit Akzent, irgendwas Slawisches.

»Max«, antwortete ich. »Du brauchst keine Angst zu haben. Unterhalten wir uns ein bisschen?«

Gedankenverloren nickte er. Dann schoss sein Oberkörper nach vorne. Unter Preisgabe seines provisorischen Lendenschurzes langte er unter das Bett und zog seine Hose hervor. Ich packte ihn am Arm und schleuderte ihn zurück. Der Hose des Jungen entnahm ich ein Schweizer Taschenmesser. Das Imitat eines Schweizer Taschenmessers, um exakt zu sein.

»Du brauchst hier nicht den Helden zu spielen«, sagte ich. »Ich tu dir nichts. Hier, nimm und zieh dich an.« Ich schmiss das Messer neben ihn auf die Bettdecke.

Er warf mir einen finsteren Blick zu und schwieg.

»Annette kommt heute nicht mehr.«

»Kommt nicht?«

»Nein. Los, zieh dich an. Ich werde noch ganz kirre, wenn ich mich mit einem Nackten unterhalten muss.«

Langsam löste sich seine Starre. Er stand auf, holte seine Kleider unterm Bett hervor und zog sich langsam an.

»Freund von Annette?«, wollte er wissen.

»Nein, ich habe sie nicht gekannt. Du hast keine Ahnung, was passiert ist, stimmts? Annette Nierzwa wurde vorgestern Nacht ermordet.«

Er hielt im Anziehen inne und blickte mich verständnislos an.

»Sie ist tot. Jemand hat sie umgebracht.«

»Tot?«, flüsterte er, ein Bein in der Hose, das andere noch außerhalb. »Wer war das?«

»Niemand weiß es. Ich bin hier, um den Mörder zu suchen.«

»Polizei?«

»Nicht ganz. Ich bin Privatdetektiv, verstehst du? Privater Ermittler.«

Er verstand nicht.

»So wie Sherlock Holmes und Hercule Poirot. Kennst du nicht? Dann Philip Marlowe. Oder Miss Marple.«

»Miss Marple?« Wie Miss Marple sah ich nicht gerade aus, da hatte er recht.

»Du wirst doch einen von denen kennen, Junge. Detektive halt ... Schimanski und solche Typen.«

Er nickte. »Schimanski. Polizei.«

»Meinetwegen«, sagte ich ärgerlich, weil er so begriffsstutzig war und ich, wie immer vor Ausländern, in einen infantilen Redestil verfiel. »Also, noch mal von vorne. Mein Name ist Max. Max Koller. Und du, wie heißt du?«

»Leo.«

»Wie weiter? Wohnst du hier im Haus?«

»Leo Sluc. Unten, Erdgeschoss.«

Aha. Ein Mitglied der Partei der Unaussprechlichen. Während er sich vollends anzog, blieb ich an der Tür stehen, um jeden Gedanken an Flucht im Keim zu ersticken.

»Aus welchem Land kommst du?«

»Makedonija.«

»Und wie lange bist du schon hier?«

»Zwei Jahre.«

»Gut. Jetzt hör mal zu, Leo. Ich bin nicht von der Polizei, aber ich will herausfinden, wer Annette umgebracht hat. Deshalb werde ich dir einige Fragen stellen. Nur Fragen, sonst nichts. Du wirst keinen Ärger bekommen. Keine Probleme, verstehst du? Du darfst mich auch fragen, wenn du etwas wissen willst, danach verschwinde ich, und du gehst wieder nach unten. Okay?«

Er nickte.

Ich begann meine Fragestunde. Leo, nun vollständig angekleidet, setzte sich an den Bettrand und lauschte gottergeben. Vor zwei Jahren war er mit seiner Mutter aus Mazedonien nach Heidelberg gekommen, und seit einem Jahr wohnten sie in der Mittermaierstraße. Ungefähr genauso lange kannte er Annette Nierzwa.

»Wie oft bist du schon hier gewesen?«

»Nicht oft«, sagte er.

»Wie oft? Dreimal, viermal?«

Er nickte.

»War das deine Idee oder ihre?«

»Ihre.«

»Wie alt bist du?«

»18«, sagte er schnell.

»Dann bist du älter als ich«, grinste ich. »Lassen wir das. Mich interessiert nur, was Annette angeht. Hat sie dich bezahlt, damit du zu ihr kommst?«

»Nein«, sagte er noch schneller. »Kein Geld. Gar nix.«

Kein Geld, so, so. Manchmal überholte sich der Junge beim Antworten selbst. »Als du vorhin kamst«, fuhr ich fort, »glaubtest du, sie sei zu Hause, nicht wahr? Deshalb hast du dich nicht gewundert, dass Licht brannte. Aber dann war keiner in der Wohnung. Was hast du da gedacht?«

Er zuckte die Achseln. »Ich weiß nicht. Vielleicht ist sie nur kurz raus, in den Hof oder in den Keller. Keine Ahnung.«

»Hattet ihr eine Verabredung?«

»Ja. Jeden Montag.«

»Und du wusstest nichts von dem Mord, was? Liest du keine Zeitung?«

»Nein.«

»Und das Siegel an der Tür?«

»Was ist Siegel?«

»Das Polizeisiegel. Hast du das nicht gesehen?«

Er blickte mich fragend an.

»Okay, kein Siegel. Was anderes: Hat Annette jemals erzählt, mit wem sie zusammen war?«

»Ja«, antwortete er. »Mit Bernd.«

»Aha. Kennst du diesen Bernd?«

»Nein.«

»Nie gesehen?«

»Nein.«

»Aber sie sagte dir, sie sei mit ihm zusammen. Wann hat sie das gesagt?«

Er überlegte. »Ich weiß nicht. Oft.« Er zuckte die Achseln.

»Und wusste Bernd von dir? Beziehungsweise weiß er es?«

»Nein.«

Das konnte ich mir denken. Nagels Liberalität ging sicher nicht so weit, dass er seiner Freundin einen kleinen, haarlosen Spielgefährten gegönnt hätte. Oder hatten sie sich getrennt, weil er dahintergekommen war? Annette Nierzwa jedenfalls war eine lebenslustige Frau gewesen, in vielerlei Hinsicht. Montags Mazedonien, den Rest der Woche Heidelberger Stadttheater. Von Nagel ließ sie sich ausführen, in Leos Liebesdienste investierte sie. Auch wenn das der clevere Jungunternehmer bestritt. Wollte seine Nebeneinkünfte wohl nicht versteuern.

Viel mehr bekam ich nicht aus ihm heraus. Am vergangenen Montag hatte er zum letzten Mal mit Annette gesprochen. Er konnte mir daher auch nicht sagen, ob die Frau in den Tagen vor ihrem Tod anders als sonst gewesen war, nervös oder misstrauisch. Leo wusste nicht einmal, dass sie als Garderobiere im Theater arbeitete; er hatte das Stichwort Kleider aufgeschnappt und vermutet, dass ihr ein Geschäft gehörte. Ich nannte ihm die Namen sämtlicher Männer, mit denen Annette Kontakt gehabt hatte, aber er schüttelte nur den Kopf. Nie gehört. Keine Ahnung.

Eine Weile herrschte Stille. Leo saß da wie ein Schuljunge, der einen Eintrag ins Klassenbuch erhielt. Nun, vom Alter her war er ein Schuljunge, nicht zu vergessen.

»Gut«, sagte ich schließlich. »Was ist mit dir? Hast du Fragen an mich?«

Er schüttelte heftig den Kopf. Wollte nur noch weg. Ich zog meinen Geldbeutel und gab ihm 50 Euro als Entschädigung für den Verdienstausfall. Ein Dumpinglohn, ich weiß; aber ob die Nierzwa ihm mehr gezahlt hatte? Ich würde Frau von Wonnegut die Summe als Spesen auf die Rechnung setzen, und zwar mit größtem Vergnügen.

»Hau ab«, sagte ich. »Und wenn du nicht willst, dass dich die Polizei erwischt, komm nie wieder hierher.«

Er nickte und huschte durch die Tür in die Freiheit.

11

In dieser Nacht schlief ich schlecht. Ich träumte von einem Nacktmull im Heidelberger Zoo, dessen Käfig mit Satintüchern ausgekleidet war. »Fütterung immer montags«, stand auf einem Schild, und der Zoodirektor erzählte mir lang und breit, wie er das Vieh eigenhändig in der mazedonischen Taiga gefangen hatte.

»Als ich ihn pfeifen hörte, wusste ich, er ist mein«, sagte der Zoodirektor und warf mir über den Rand seiner Brille vorwurfsvolle Blicke zu. »Am Pfeifen verraten sie sich, die Kleinen.«

Nachdenklich betrachtete ich den Nacktmull. Sein Gesicht kam mir bekannt vor. Leichter Flaum kräuselte sich über seiner Oberlippe.

»Für 50 Euro gehört er Ihnen«, raunte mir der Zoodirektor zu. »Sie können mit ihm machen, was sie wollen. Nacktmulle kennen keinen Schmerz.«

»Nur auf ihnen herumtreten darf man nicht«, hörte ich eine Stimme hinter mir. Ich fuhr herum. Die blonde Schönheit aus dem Orchester! Mit einer dicken Beule an der Stirn, als sei sie gegen eine Tür gerannt.

»Gehören Sie auch zum Zoo?«, stammelte ich. »Kann man Sie besichtigen?«

»Die kriegen Sie aber nicht für 50 Euro«, mischte sich der Zoodirektor ein. »Es sei denn, Sie spielten ein Instrument. Spielen Sie eins?«

»Ich kann nur Türklingel«, antwortete ich.

»Türklingel?«

»Hören Sie das nicht? Es läutet schon die ganze Zeit. Da, jetzt wieder.«

»Zu Figaros Zeiten gab es noch keine Türklingel«, sagte die Schöne.

»Es ist ja auch keine Operntürklingel. Sondern meine, verstehen Sie? Die Klingel an meiner Wohnungstür.«

Und das stimmte. Sie war es wirklich. Ich quälte mich aus meinem Bett, in dem ich mich unruhig hin und her geworfen hatte wie ein Stück Holz in der Brandung. Der Wecker auf dem Nachttisch zeigte 7.20 Uhr an. Ich warf mir einen Bademantel über und schlurfte zur Tür.

»Machen Sie auf, Koller! Ich weiß, dass Sie da sind.« Nanu, diese Stimme kannte ich doch. Wo hatte ich sie zuletzt gehört? Im Zoo? Ich öffnete. Und musste lachen.

»Wer hat denn Sie aus dem Zwinger gelassen?«, rief ich, bevor der Mann draußen etwas sagen konnte.

Es war der Rottweiler, mein alter Freund, redlich um einen finsteren Gesichtsausdruck bemüht. Statt einer Antwort straffte er sich, kniff die Augen zusammen und hob die rechte Hand. Ein Zeigefinger entrollte sich, bedächtig wie eine Sommerblume.

»Sie«, sagte der Rottweiler. »Sie kommen mit mir. Und zwar jetzt.«

»Jetzt?«, gab ich zurück und sah belustigt auf die Zeigefingerspitze, die sich mir entgegenstreckte.

»Jetzt. Mein Chef will Sie sprechen.«

»Nur sprechen? Ich stehe im Telefonbuch.«

Er räusperte sich. »Machen Sie bitte keine Schwierigkeiten, Herr Koller. Es geht nur um eine kleine Unterhaltung.«

»Ich liebe Unterhaltungen. Bloß kriege ich vorm Frühstück den Mund nicht auf.«

»Wir spendieren Ihnen sogar einen Kaffee. Echten Automatenkaffee im Plastikbecher.«

»Na, dann. Mir läuft schon das Wasser im Mund zusammen.«

So oder ähnlich verlief der kleine Schlagabtausch, den ich mir mit dem Jungkommissar leistete; wir führten ihn fort, während ich mich anzog, während wir zu seinem Wagen gingen, um gemeinsam nach Bergheim auf die andere Neckarseite zu fahren. Harmloses Geplänkel unter Halbstarken.

Am Ziel, dem Polizeirevier Mitte, angekommen, wurde ich schlagartig von Trübsinn gepackt. Ich erinnerte mich an die Zeit, als die neuen Gebäude aus dem Brachland an der Römerstraße emporwuchsen, als beim Richtfest große Sprüche gemacht wurden und Lokalpolitiker mit stolzgeschwellter Brust in die Kameras grienten. Da stand das neue Polizeirevier respektheischend, fast unnahbar im Zentrum von Bergheim, jeder merkte, unseren Ordnungshütern gehört die Zukunft, es geht mächtig voran, so leicht kann denen keiner. Aber dann wurde wieder gebaut, Immobilienhaie krallten sich das Gelände rund um das Revier, errichteten schicke Mehrfamilienhäuser und Wohnsilos, legten Rollrasen aus, verpachteten Bistros und Büroräume, strichen das große Geld ein. Bald waren die Polizisten umzingelt von protziger Trendarchitektur, an der sich Heerscharen von Fensterputzern abarbeiteten, während die grüne Farbe vom hauseigenen Zweckbau zu bröckeln begann. In warmen Sommernächten veranstalteten gutsituierte Nachbarn von ihrer Dachterrasse ein Kirschkernweitspucken auf die Dienstfahrzeuge rund um das Polizeirevier Mitte.

»Traurig, nicht wahr?«, murmelte ich beim Aussteigen.

»Was?«

»Ach, nichts.«

Melancholisch gestimmt folgte ich dem Rottweiler. Unser gemeinsamer Gang endete vor einer Tür im Erdgeschoss. Bevor er sie aufstieß, ließ mein Begleiter den Griff einige wohldosierte Sekunden in seiner Hand ruhen.

»Da sind wir«, raunte er. »Und immer auf gute Manieren achten, Freundchen.«

Die zurückschwingende Tür gab den Blick in ein geräumiges Büro frei. Drei Schreibtische, eine Handvoll Stühle, Aktenschränke an der Wand, ein mannshohes Palmengewächs. Außerdem ein muskulöser Rücken. Er gehörte dem blonden Spezi des Rottweilers und machte sich gut in seiner imposanten Eckigkeit vor dem ebenso eckigen Fenster. Das Fenster ging auf den Hof des Polizeireviers, der Kampfhund bewegte sich keinen Zentimeter bei unserem Eintreten, und ich fragte mich, was so interessant am Anblick parkender Autos war. Leise quietschend schloss sich zu meiner Rechten eine Tür. Aus den Augenwinkeln hatte ich den massigen Schatten des leitenden Kommissars erspäht, des missgelaunten Alten mit der ungesunden Gesichtsfarbe.

Der Rottweiler schob mich in die Mitte des Raums, drückte mich in einen Stuhl und grinste. Irgendetwas schien ihm großen Spaß zu bereiten. Schade, dass er das Vergnügen nicht mit mir teilte. Während der Dunkelhaarige seinen Hintern auf einem der Schreibtische platzierte, wandte sich sein Kollege um. Kraftvoll hob sich sein gestärktes Blondhaar von einem weinroten Rollkragenpullover ab. Er musterte mich, ohne das Gesicht zu verziehen. Das heißt, es verzog sich schon, aber das kam vom Mahlen seiner kräftigen Kiefer, die einen Kaugummi malträtierten, als gälte es, die Welt oder wenigstens die Kurpfalz zu retten.

»Guten Morgen«, sagte ich.

Keine Antwort. Der Kerl stand einfach da, fixierte mich, ließ seine Kiefer kreisen. Seine Ohren waren klein und eng anliegend, die Lippen blassrosa, die Augenbrauen kaum vorhanden. Die Bewegung seiner Kaumuskulatur strahlte bis zum Nacken aus.

Hinter mir räusperte sich der Rottweiler. Über die Schulter linsend sah ich, wie er seine Brille absetzte und sie mit einem gelben Tüchlein zu putzen begann. An Sorgfalt war er dabei kaum zu überbieten. Zwei Meter vor mir stand der verwaiste Schreibtisch des Kommissars, der im Nebenraum verschwunden war. Auf dem Tisch ein Namensschild: ›Kriminalhauptkommissar Fischer‹. So hieß der also. Der Vorname des Blonden war Chris, den des Rottweilers kannte ich noch nicht.

Ich gähnte. Schlug die Beine übereinander, versuchte es mir in dem harten Behördenstuhl so bequem wie möglich zu machen. Nach einer Weile schloss ich die Augen und dachte an den Traum, aus dem mich der Rottweiler gerissen hatte. Nacktmulle waren hässliche Tiere, kaum ein Zoo der Welt zeigte sie. Aber sie besaßen eine beneidenswerte Eigenschaft: Sie waren schmerzunempfindlich. Heute Morgen wollte ich ein Nacktmull sein.

Ich gähnte noch einmal. So schnell sollten mich die drei nicht mürbe machen. Weil sie vermuteten, dass ich ein Langschläfer war, holten sie mich vor acht aus dem Bett. Weil sie wussten, wie ich quasseln konnte, bombardierten sie mich mit ihrem gesammelten Schweigen. Dabei rede ich gar nicht gerne. Ist bloß Taktik. Also warteten wir. Hinter mir rieb ein Stofftuch auf Brillenglas, zu meiner Linken wanderte ein Kaugummi schmatzend durch eine Mundhöhle. Die Zeit wand sich wie ein Politiker vorm Untersuchungsausschuss. Ich begann mich zu langweilen. Auch die beiden Wadenbeißer langweilten sich, und Hauptkommissar Fischer ging wahrscheinlich im Nebenzimmer auf und ab und langweilte sich am allermeisten. Irgendwann reichte es ihm, er riss die Tür auf, schlurfte herein und nahm hinter seinem Schreibtisch Platz.

Wir musterten uns. Fischer hatte in der Tat eine ungesunde Gesichtsfarbe, außerdem aufgedunsene Wangen, schwere Tränensäcke und einen trüben Blick. Ausgeschlafen sah er nicht aus. Präsenile Bettflucht, oder wie man das nennt.

»Guten Morgen«, sagte er.

»Morgen.«

Fischer nickte. Er legte beide Hände auf den Schreibtisch und betrachtete sie. Dann juckte seine Nase, er wischte kurz darüber, bevor er ein Stofftaschentuch umständlich aus seiner Hosentasche zog, um sich den Zinken zu putzen. Ebenso umständlich. Als das Schnauben verhallt war, faltete er das Tuch langsam zusammen.

»War denn …« Er räusperte sich. »War denn noch genug Benzin im Tank?«

»Yep«, antwortete der Rottweiler hinter mir.

»Gut.«

Fischer schwieg. Er lehnte sich ein wenig nach vorne und betrachtete mich. Dabei zielte sein Blick an meinem Gesicht vorbei, auf meine Haare, meinen Hals, den Kragen meiner Jacke. Er war trübe und unstet, dieser Blick, vom Zucken der Augenwinkel begleitet. Das Kaugeräusch des Blonden wurde stärker.

»So, so«, murmelte Fischer vor sich hin. Irgendwas war mit seiner Nase. Schon wieder wischte er über sie, kratzte an ihr herum, schnaubte leicht. Gleich würde er sein Taschentuch ziehen.

Tat er aber nicht. Er kratzte sich bloß. Warf mir einen langen, nachdenklichen Blick zu, dann stand er auf und ging hinaus, durch dieselbe Tür wie vorhin.

Stille kehrte ein, nur gestört durch die leisen Putzgeräusche hinter mir und das Schmatzen von links. Draußen im Hof parkten Autos, die Palme war immer noch die Palme von vorhin, auf dem Schreibtisch stand das Namensschild, das auf diesen Schreibtisch gehörte, und der Raum war gut geheizt.

Aber ich, Max Koller, ich hätte all diesen Idioten am liebsten die Fresse poliert.

Gehässig grinste ich den Kampfhund an. Genau das wollten sie: Sie wollten, dass ich explodierte, dass ich die Fassung verlöre, damit sie einen Vorwand hätten, mir was anzuhängen. Sie sollten ihn nicht bekommen. Was für eine Langzeitwirkung so ein kleiner Scherz auf der Theatertoilette doch hatte.

»Ist der Getränkeautomat defekt?«, fragte ich. »Oder warum dauert es mit dem Kaffee so lange?«

Schweigen. Ich hatte keine Antwort erwartet. Aber es tat gut, die eigene Stimme zu hören. Nach einer Minute wechselte ich die Stellung der übereinandergeschlagenen Beine, ich tat es bedächtig und schaute mir dabei zu; nach einer weiteren Minute zog ich meinen Geldbeutel aus der Hosentasche und kontrollierte, ob ich mittlerweile einen slowenischen Euro ergattert hatte.

So hangelte ich mich von Minute zu Minute.

Endlich ging die Nebentür wieder auf. Eine dicke Akte unter dem Arm, trat Fischer ein, nahm Platz, faltete die Hände und blickte mich offen an. Das Spielchen war beendet.

»Mein Name ist Fischer«, begann er. »Die Herren Greiner und Sorgwitz kennen Sie ja bereits.«

»Wer ist wer von beiden?«

»Kommissar Greiner« – er zeigte auf den Rottweiler – »und Kommissar Sorgwitz« – seine Hand wies zum Fenster.

Ich nickte beiden zu. »Angenehm. Schöne Namen.«

»Sie sind Opernfan, Herr Koller?«

»Von Zeit zu Zeit. Kommt drauf an, was läuft.«

»Beziehungsweise was während einer Aufführung geschieht, nicht wahr? Egal. Sehen Sie, Herr Koller, meine beiden Mitarbeiter …« Er brach ab, das Gesicht in schmerzliche Falten gelegt.

»Ja?«

»Die Herren Greiner und Sorgwitz sind der Meinung …« Irgendetwas stimmte mit seiner Nase nicht; warum fingerte er sonst die ganze Zeit an ihr herum? »Die beiden Herren sind der Meinung, dass … kurz und gut, sie sind anderer Meinung als ich.«

Ich grinste. Für diesen Satz hatte der Mann eine geschlagene Viertelstunde, mehrere Anläufe sowie ein Päuschen im Nebenraum benötigt. Von den Hautschichten, die er seiner Nase abgerungen hatte, gar nicht zu reden. Und was wollte er mir mit diesem grandiosen Satz sagen?

»Es geht«, fuhr er fort, »um unsere Einstellung gegenüber der privaten Konkurrenz. Gegenüber Ihnen. Sie können sich vorstellen, dass es in dieser Hinsicht unterschiedliche Lösungsansätze gibt.«

Ich schaute nach links; der Kampfhund verzog keine Miene. Ich warf einen Blick über die Schulter; der Rottweiler lächelte versonnen vor sich hin.

»In diesem Haus kursieren verschiedene Theorien. Vom wohlwollenden Gewährenlassen bis hin zu entschiedener Ablehnung. Ich sage es ungern, aber die Herren Greiner und Sorgwitz tendieren zu letzterer.«

»Kein Problem«, sagte ich. »Es ist ja nicht weit von hier in die Notfallambulanz. Drei Haltestellen mit dem Bus.«

»Aber wie löst man einen Fahrschein mit gebrochenen Handgelenken?«, lachte Herr Greiner.

»Genug gescherzt«, winkte Fischer ab. »Wir sind hier nicht im Kindergarten. Mich würde interessieren, wie Sie unser Verhältnis sehen, Herr Koller. Kooperation oder Konkurrenz, was meinen Sie?«

»Wo ist der Widerspruch, Herr Fischer? Wir können kooperieren, ohne die gegenseitige Konkurrenz aufzugeben.«

»Schwätzer!«, stieß Sorgwitz hervor. Es war das erste Wort, das er in meiner Gegenwart von sich gegeben hatte, und fast wäre ihm der Kaugummi aus dem Mund gefallen.

Der Hauptkommissar nickte. »Verstehe«, murmelte er nachdenklich und widmete sich wie zuvor seiner juckenden Nase. »Verstehe ...« Abrupt wandte er sich an die zwei im Hintergrund. »Wären Sie so freundlich, uns eine Weile alleine zu lassen?«

Greiner und Sorgwitz blickten sich verdattert an. Mit allem hatten sie gerechnet, nur damit nicht. Der Kampfhund hielt im Kauen inne, auf dem Antlitz des Rottweilers las man verzagten Widerspruch.

»Bitte«, sagte Fischer sanft, und es klang nachdrücklicher als jeder Befehl.

Die zwei trollten sich, den Schwanz eingekniffen. Hat euch Herrchen den Beißring weggenommen? Ab ins Körbchen, ihr beiden!

Aus einer Schublade seines Schreibtischs kramte Fischer einen Aschenbecher und eine Packung Zigarillos hervor. »Mich interessiert nicht die Bohne, was Sie über die beiden denken«, sagte er. »Für eines lege ich meine Hand ins Feuer: Die Herren Greiner und Sorgwitz sind ausgezeichnete Beamte. Zuverlässig, eifrig, ehrgeizig. Außerdem ein Vierteljahrhundert jünger als ich und aus diesem Grund manchmal etwas überehrgeizig. Aber ich weiß, was ich an ihnen habe. Damit wir uns ein für allemal verstehen.«

»Ist notiert.« Mir war nicht entgangen, wie sorgfältig er seine Worte gewählt hatte. Hand ins Feuer ... Beamte ... zuverlässig ... Das reinste Festrednervokabular! Übersetzt hieß das wohl: ›Man hat es nicht leicht mit diesen Eisenfressern, Herr Koller. Was würden Sie von Mitarbeitern halten, die bei jeder Gelegenheit auf Ihrem Stuhl Probe sitzen?‹

Fischer erhob sich, um sich mit dem brennenden Zigarillo zwischen den Lippen und einem Aschenbecher in der Hand ans Fenster zu stellen. Dorthin, wo zuvor Kollege Sorgwitz Löcher in die Luft gestarrt hatte. »Wissen Sie«, sagte er und blies den Rauch in die kalte Morgenluft, »Leute wie Sie genießen keinen guten Ruf bei uns. Es gibt Ausbilder, die uns ausdrücklich davor warnen, mit Privaten zusammenzuarbeiten. Mit Kopfgeldjägern. Schlüssellochriesen.« Er schaffte es, seine Aufzählung ganz sachlich klingen zu lassen. »Von daher dürfen Sie es Greiner und Sorgwitz nicht übel nehmen, wenn sie etwas brüsk reagieren und sich jede Einmischung verbieten. Man muss wohl erst so alt werden wie ich, um zu merken, dass man mit Kooperation weiter kommt.«

So wie er das formulierte, stand er mit einem Bein im Grab und hatte mich zu sich gerufen, um mir sein Testament zu diktieren. Gesund sah er in der Tat nicht aus, und die Rente war wohl auch nicht allzu weit.

»Ich habe mir nie Illusionen gemacht, gegen die Polizei arbeiten zu können«, sagte ich.

»Nun lassen Sie mal die Sprüche«, entgegnete er müde. »Ich habe die beiden rausgeschickt, um mit Ihnen in Ruhe reden zu können. Ohne rhetorische Kraftmeierei. Am Samstag wurde eine junge Frau ermordet, und ich möchte herausfinden, wer das zu verantworten hat. Sie offenbar auch. Also lassen Sie uns die albernen Profilierungsspielchen beenden und kooperieren. Das ist mein Vorschlag. Sie sollten ihn annehmen.« Er stellte den Ascher ab, legte seinen Zigarillo hinein und zog sein Stofftaschentuch aus der Tasche, um die Nase freizubekommen.

Ich ließ mir Zeit mit der Antwort. Ein Angebot? Noch nie hatte mir ein Polizist ein Angebot gemacht.

Die Vorstellung schmeichelte mir. Aber war sie ernst zu nehmen? Was hatte Fischer von meiner Kooperation? Inhaltlich kaum etwas. Vielleicht ein paar Zusatzinformationen über Beteiligte, über die Interessen meiner Auftraggeberin und die Verhältnisse am Theater. Eher ging es ihm darum, mich durch Nähe zu kontrollieren. Einen zwielichtigen Privatflic, der vor ihm am Tatort aufgetaucht war und freundschaftliche Verbindungen zum Hauptverdächtigen unterhielt. Wenn es eine Kooperation sein würde, dann eine von Taktik geprägte. Aber besser so, als ständig mit seinen beiden Wadenbeißern zusammenzurasseln, mochte das auch seinen ganz eigenen Reiz haben. Außerdem war mir Fischer nicht unsympathisch. Er war ein konservativer Mensch, der seine Mitarbeiter siezte und Stofftaschentücher benutzte, und er respektierte, dass ich eine andere Interessenlage vertrat. Ich mag konservative Menschen.

»Kooperation also«, sagte ich. »Und wie haben Sie sich das vorgestellt? Ich mache die Drecksarbeit vor Ort, und Sie kopieren mir ab und zu einen nichtssagenden Aktenanhang?«

Achselzuckend schnippte er Asche von seinem Zigarillo. »Wir halten uns gegenseitig auf dem Laufenden. Das ist vage, aber mir reicht das. Sie berichten mir von Ihren Ermittlungserfolgen. Wir treffen uns regelmäßig, teilen unsere Eindrücke, legen uns keine Steine in den Weg.«

»Und die Herren Greiner und Sorgwitz?«

»Solange Sie keine albernen Spielchen auf der Toilette veranstalten, sehe ich da keine Probleme.« Er nahm einen tiefen Zug und fügte hinzu: »Es handelt sich schließlich um meine Untergebenen.«

Fast taten mir die beiden leid. »Und was würde Ihr Chef sagen«, wandte ich ein, »wenn er erführe, dass Sie mir Einblick in ein laufendes Verfahren gewähren?«

»Wer behauptet, dass ich Ihnen das gewähre? Wir werden uns lediglich über unsere Eindrücke austauschen, Herr Koller. Und ein schriftliches Protokoll wird es dabei nicht geben.«

»Na, dann«, grinste ich. »Ich wollte schon immer mal mit der Polizei Baden-Württemberg zusammenarbeiten.«

Er nickte und trat an den Tisch. »Einen Kaffee?«

»Gerne.«

Sein Kaffee schmeckte zwar nicht besonders, aber es war der Rottweiler, der ihn mir bringen musste. Fischer hatte wieder hinter seinem Schreibtisch Platz genommen, und solange sein Mitarbeiter im Raum war, unterhielten wir uns über belanglose Dinge: wo wir wohnten und wann es Schnee geben würde.

»Diese Woche garantiert«, meinte er. »Ich spürs in den Knochen. Milch, Zucker?«

»Nur Milch, danke.«

Greiner schlich wortlos hinaus. Er nahm sogar den vollen Aschenbecher mit.

»Gut«, sagte Fischer und knibbelte wieder an seiner Nase herum. »Nun erzählen Sie mal, für wen Sie arbeiten. Für diesen Journalisten?«

Der Name meiner adligen Auftraggeberin sagte ihm nichts. Ich berichtete ihm nicht alles, aber doch so viel, dass er über meine Arbeit und meine Freundschaft zu Marc Covet im Bilde war. Marcs telefonischen Hilferuf vom Mordabend verschwieg ich ihm;

in meiner Rolle als Opernbesucher fühlte ich mich pudelwohl.

»Frau von Wonnegut«, sagte er kopfschüttelnd. »Heißt die wirklich so?«

»Scheint so.«

»Und warum stürzt sie sich dermaßen in Unkosten?«

»Damit auf ihren Verein nicht die Ahnung eines Schattens fällt. Sollte Nagel unter dringendem Mordverdacht stehen, wird sie sich rechtzeitig von ihm absetzen wollen.«

Fischer nickte nachdenklich.

»Ist er denn verdächtig?«, hakte ich nach.

»Nagel? Natürlich ist er das. Die Tote lag in seinem Zimmer. Und sie war seine Ex-Freundin.«

»Sie war auch Barth-Hufelangs Ex-Freundin. Und Wolls Ex-Frau. Außerdem hatte sie einen Schlüssel zu Nagels Zimmer in der Tasche. Jeder kann sie dorthin geschleppt haben.«

»Nicht jeder. Nur jemand, der von dem Schlüssel wusste. Jemand mit Ortskenntnis. Jemand, der die Beziehung zwischen der Nierzwa und Nagel kannte.«

»Das sehe ich etwas anders.«

»Außerdem hat Nagel den Zuschauerraum des Theaters für längere Zeit verlassen. Wussten Sie das?«

»Das hat er mir gegenüber sofort zugegeben«, lächelte ich. »Eine ehrliche Haut, dieser Bernd Nagel.«

»Vielleicht. Trotzdem sieht es nicht gut für ihn aus. Unter Annette Nierzwas Fingernägeln haben wir Stoffreste gefunden. Von einem schwarzen Anzug, wie ihn Nagel an diesem Abend trug.«

»Wie ihn am Premierenabend praktisch jeder männliche Besucher trägt.«

»Ausgenommen ein gewisser Max Koller.«

»Dann kann ich schon mal nicht der Mörder sein.«

»Als hätten Sies geahnt.«

Ich nahm einen Schluck Kaffee. »Nun überlegen Sie mal, Herr Fischer. Angenommen, Bernd Nagel hätte Annette Nierzwa tatsächlich umgebracht. Würde er sie dann tot in seinem eigenen Zimmer liegen lassen, um sie selbst nach Ende der Vorstellung dort zu finden?«

»Warum nicht? Vielleicht wurde er gestört. In dem verschlossenen Zimmer war sie erst einmal vor Entdeckung geschützt. Nagel ist nicht dumm. Gut möglich, dass er genau auf diese Argumentation setzt: Weil er sich selbst so offensichtlich verdächtig macht, kann er es eigentlich nicht gewesen sein.«

»Enthielt sein Notebook irgendwas Sensationelles?«

»Sein Notebook? Lieber Herr Koller, Sie wollen uns doch nicht unterstellen ...« Er schüttelte tadelnd das Beamtenhaupt.

Ich grinste.

»Selbst wenn wir es untersucht hätten«, sagte Fischer, »hätten wir nichts Interessantes gefunden. Die üblichen peinlichen Fotos, Briefe, die keinen etwas angehen ... Mehr wäre es nicht gewesen. Trotzdem tanzte Nagel Sonntag früh bei uns an und forderte das Ding zurück.«

»Er war es nicht«, sagte ich. »Die Nierzwa wurde auch nicht in seinem Zimmer umgebracht.«

»Ach, das wissen Sie? Richtig, Sie waren ja eine Zeit lang in dem Überaum. Danke für den Hinweis, aber das weggewischte Blut haben wir selbst entdeckt. Wenn auch erst gestern. Ich sage Ihnen eins, Herr Koller: Falls Sie mal einen Mord begehen wollen, dann am Wochenende.«

»Ich werde es mir merken.«

»Es ist wahr! Samstag und Sonntag sind wir dermaßen unterbesetzt, das darf man der Öffentlichkeit gar nicht erzählen.« Zornesfalten kräuselten die Stirn des Kommissars. »Und mit den beiden von der Streife hatte ich auch ein Hühnchen zu rupfen. Anstatt die gesamte Etage freizuräumen, lassen sie Hundertschaften von Gaffern durch die Zimmer trampeln.«

»Sie waren nur zu zweit. Im Übrigen brauchen Sie sich mir gegenüber nicht zu rechtfertigen.«

»Ich rechtfertige mich nicht«, rief Fischer und lief dunkelgelb an. »Will Ihnen bloß erklären, warum es zu dieser Verzögerung kam. Heutzutage darf man sich ja nicht mal mehr beschweren!« Er winkte ab, von wütendem Husten geschüttelt. Seinem Schreibtisch entnahm er eine Schachtel mit Lutschbonbons, von denen er eines in den Mund steckte. »Wie auch immer«, fuhr er lutschend fort, »den Tatort kennen wir jetzt, auch wenn es dort keine relevanten Spuren mehr gibt.«

»Was ist in dem Überaum passiert, Ihrer Meinung nach?«

»Sagen Sie es mir, Herr Koller. Woher wissen Sie eigentlich von dem Blut? Mit bloßem Auge war es nicht zu erkennen.«

»Für ein *private eye* schon«, sagte ich so großspurig wie möglich und schlürfte den Automatenkaffee. »Nein, im Ernst: Als ich am Samstag in dem Überaum wartete, waren noch Blutreste vorhanden. Zwischen den Klaviertasten. Offenbar wurde Annette Nierzwa neben dem Klavier erwürgt und fiel mit der Stirn auf die Tastatur. Der Täter wird in aller Eile das Blut aufgewischt haben, mit einem Taschentuch, mit Klopapier, was weiß ich.«

»Mit ihrem Slip«, sagte Kommissar Fischer. »Der lag im Papierkorb von Nagels Zimmer.«

»Damit also. Er zieht der am Boden liegenden Frau den Slip aus, wischt hektisch das Blut von den Tasten, übersieht dabei ein paar Tropfen. Am nächsten Tag kommt er zurück, entdeckt, dass der Überaum nicht versiegelt ist, und beseitigt die restlichen Spuren. Als ich das Klavier am Sonntagnachmittag untersuchte, war die Tastatur bereits blitzeblank.«

»So, so«, murmelte Fischer.

»Das engt den Täterkreis natürlich ein. Auf Personen, bei denen es nicht auffällt, wenn sie sich im Verwaltungstrakt bewegen.«

»Wie Bernd Nagel zum Beispiel.«

»Nicht nur er.«

Fischers Telefon läutete. Er warf dem Apparat einen missliebigen Blick zu, und siehe da, das Läuten verstummte. »Sie könnten recht haben«, brummte er. »Wahrscheinlich kommt nur ein Mitarbeiter des Theaters in Betracht. Theoretisch aber müssen wir mit allem rechnen. Man kommt ziemlich leicht in den Verwaltungstrakt, wenn man sich ein wenig auskennt. Auch am Wochenende. Der Haupteingang steht offen, man muss nur noch durchs Foyer. Oder man nimmt den Eingang Friedrichstraße und schlägt sich durch die Kellerräume.«

»Aber dazu braucht es wirklich Ortskenntnis. Außerdem sitzt dort ein Pförtner.«

»Dann läuten Sie am Verwaltungseingang, sagen Müller oder Meier, und schon sind Sie drin. Das schafft jeder. Wir müssen sogar damit rechnen, dass jemand in dem Gebäudekomplex übernachtet hat.«

»Mal eine ganz andere Frage: Wurde Annette Nierzwa vergewaltigt?«

»Kein Anzeichen für Geschlechtsverkehr vor ihrem Tod.«

»Und was ist mit dem Zimmerschlüssel, den sie besaß?«

»Verschwunden.«

Das Telefon läutete wieder. Diesmal hob Fischer ungehalten ab. Er hatte wohl so eine Vorahnung. Im Verlauf des Gesprächs wurde seine Gesichtsfarbe noch gelber, als sie ohnehin schon war, er fingerte an seinen Akten herum, bellte kurze Fragen in den Hörer und legte schließlich fluchend auf. Mit der rechten Hand rieb er sich über die Augen.

»Was ist passiert?«, fragte ich unschuldig.

»Es gibt Arbeit«, knurrte er und erhob sich. »Aber nicht für Sie. Ich rufe Ihnen einen Wagen, der Sie nach Hause bringt.«

»Worum geht es? Hat es mit unserem Fall zu tun?«

Er nickte, nahm einen Mantel vom Kleiderständer und öffnete die Tür zum Nebenraum.

»Meine Herren«, blaffte er. »Leichenfund in Handschuhsheim.«

Stühlerücken nebenan.

»Herr Fischer«, sagte ich freundlich. »Sie haben mir Kooperation angeboten, richtig?«

»Und?« Er war schon auf dem Weg zur Tür.

»Dann liegt es in der Natur dieser Abmachung, mich mitzunehmen. Sie wissen schon, Eindrücke teilen, Erfahrungen austauschen.«

»Später. Ich rufe Sie an.« Er fasste sich an den Kopf und eilte zum Kleiderständer zurück, um sich einen altmodischen Hut aufzusetzen.

»Was soll das, Herr Fischer? Sie wissen, dass ich mich nicht abwimmeln lasse. Soll ich mit einem Taxi hinter Ihnen herjagen? Soll ich Ihnen sämtliche Reporter der Rhein-Neckar-Region auf den Hals hetzen? Wo unsere Zusammenarbeit gerade einen so vielversprechenden Anfang ...«

»Halten Sies Maul und kommen Sie mit«, herrschte er mich an. »Wenn Sie unsere Arbeit behindern, kriegen Sie Ärger. Ist das klar?«

»Klar«, sagte ich und hielt ihm die Tür auf. »Wieder eine weibliche Leiche?«

»Ein Mann. Ihre Frau von Wonnegut wird sich einen neuen Liebling suchen müssen.«

12

Während der Fahrt nach Handschuhsheim herrschte Schweigen. Ein massiger Polizist mit Schnauzbart spielte den Chauffeur, Fischer und ich saßen im Fond und hingen unseren eigenen Gedanken nach. Greiner und Sorgwitz folgten in einem zweiten Fahrzeug.

Ein einziges Mal wandte sich der Kommissar mir zu und fragte: »Gehen Sie öfter in die Oper?«

»Nicht oft. Eher selten.«

»Früher ging ich regelmäßig. Als ich noch Zeit hatte. Wissen Sie, was das Verrückte an der ganzen Geschichte ist? Dass jemand eine Frau erwürgt, während ein paar Meter weiter Musik gemacht wird. Ein Mord und Mozart im selben Haus, das übersteigt doch jede Vorstellungskraft. Auch wenn es das Nachbargebäude war.« Gedankenverloren kratzte er sich an der Nase. »Böse Menschen kennen keine Lieder, heißt es nicht so?« Er seufzte, blickte aus dem Fenster, und ich verzichtete auf einen Antwortversuch.

Barth-Hufelangs Wohnung lag im Zentrum von Handschuhsheim, in Sichtweite der Tiefburg. Ein dreistöckiger Altbau, frisch saniert, die Fassade lindgrün. Im Parterre residierte ein Immobilienbüro, das erst um zehn Uhr öffnete. Ein junger Streifenpolizist hielt uns die Tür auf.

»Zweiter Stock«, grinste er. »Immer dem Geflenne nach.«

Das Treppenhaus hell und geräumig, auf den Stufen ein breiter Läufer, der das Geräusch unserer Schritte schluckte. Das ganze Haus war auf Stille, auf Zurückhaltung ausgelegt, nur die Frau in der obersten Etage hielt sich nicht daran. Ihr auf- und abschwellendes Gejammer, ein Klagegesang orientalischer Prägung, begleitete unseren Aufstieg. Wir sahen sie vor Barth-Hufelangs Wohnung stehen, das heißt: sie stand nicht, sondern schwankte hin und her, hielt sich abwechselnd am Türrahmen und an einem weiteren Polizisten fest. Eine 40-jährige Frau in Putzklamotten, mit hellen Strähnen im schwarzen Haar, das Gesicht vom Schluchzen verzerrt.

»Sie ist Türkin«, sagte der Polizist entschuldigend. »Sie hat ihn gefunden, aber man versteht kein Wort. Sie kann nur Türkisch.«

»Wir brauchen einen Dolmetscher«, beschied Fischer. »Und einen Arzt. Der soll ihr was zur Beruhigung geben. Und Sie«, blaffte er den Uniformierten an, »bringen der Frau endlich einen Stuhl. Aber aus einer anderen Wohnung.« Der Polizist nickte betreten.

In der Tür erschien ein Mitarbeiter der Kriminaltechnik. Grußlos verteilte er Plastiküberschuhe und Handschuhe aus dünnem Latex. Als er mich sah, zögerte er.

»Der auch?«

»Der nicht«, sagte Kommissar Greiner.

»Der doch«, sagte ich. »Schuhgröße 44, wenns recht ist.«

Hauptkommissar Fischer zog mich beiseite. »Kleiner Rat, Herr Koller«, belehrte er mich, wie man einen ungehorsamen Schüler belehrt. »Seien Sie nett zu meinen Mitarbeitern. Dann bekommen Sie auch keine Schwierigkeiten. Junge Menschen sind manchmal etwas impulsiv. Und wenn Sie keinen Ärger mit mir haben wollen, bleiben Sie in der Mitte der Räume, am besten immer dicht hinter mir. Sollten Sie irgendetwas ohne Handschuhe anfassen oder die Lage eines Gegenstandes verändern, gibt es ein Gemetzel. Verstanden?«

»Absolut verstanden.«

Während ich mir das Latexzeug überstreifte, zitierte Fischer seine beiden Wadenbeißer zu sich und hielt ihnen einen Vortrag in derselben Tonlage. Am Ende nickten Greiner und Sorgwitz synchron. Aber ich sah, wie ihre Unterkiefer mahlten.

Für das Privileg, zusammen mit den Beamten den Tatort besichtigen zu dürfen, leistete ich gerne einen Beitrag zur Deeskalation. Brav hielt ich mich am Rockzipfel des Kommissars und setzte die Füße nur dorthin, wo auch er sich hinwandte. Dass meine Augen durch die gesamte Wohnung spazierten, konnte niemand verhindern. Die Jungs von der Spurensicherung in ihren weißen Astronautenanzügen schauten zwar argwöhnisch, aber sie fügten sich. Nur als wir uns dem Schreibtisch des Dirigenten näherten, protestierten sie.

»Schon gut«, brummte Fischer. »Wir fassen nichts an. Wir sind überhaupt nicht vorhanden.« Er zog seine Zigarillos und ein Feuerzeug aus der Jackentasche.

»Chef!«, rief der Rottweiler aus dem Hintergrund und schüttelte tadelnd den Kopf. Der Kommissar seufzte, nahm seinen noch nicht glimmenden Glimmstängel aus dem Mund und steckte ihn wieder ein.

Barth-Hufelang war über seiner Arbeit gestorben. Er saß auf einem lederbezogenen Lehnstuhl, Kopf und Schultern waren auf die Tischplatte niedergesunken, die kurzen Arme standen vom Leib ab wie Äste. Auf dem Tisch, vom Schädel des Toten halb verdeckt, lag aufgeschlagen eine großformatige Partitur, die rechte Wange schmiegte sich in die Noten. Schöner hätte man es kaum arrangieren können: ein

Dirigent, der beim Studium der Musik vor lauter Ergriffenheit und Verzückung zusammenbricht, den es vom Reich der Töne schnurstracks in die Sphären ewiger Harmonie verschlägt.

Aber das stimmte nicht. Der tote Barth-Hufelang sah keineswegs verzückt aus. Seine Augen standen offen, der Mund war zu einem Entsetzensschrei verzerrt. Nicht zu vergessen sein verwüsteter Hinterkopf, ein grässlicher Klumpen aus Blut, Knochen, Haut und Haaren. Sollten seine letzten Gedanken tatsächlich um Musik gekreist sein, hatte sie ihm jemand mit roher Gewalt aus dem Schädel geprügelt. Aus der klaffenden Wunde war Blut über Barth-Hufelangs Gesicht geflossen, war auf die Partitur gekleckert, hatte sich um die Notenköpfe gewunden, war zwischen die Linien gekrochen, hatte all die fein geschwungenen musikalischen Hieroglyphen schwärzlich-rot eingefärbt.

»Schöne Sauerei, was?«, sagte einer der Kriminaltechniker.

Kommissar Fischer kramte schweigend ein Schächtelchen mit Kräuterpastillen hervor. Auch eine Antwort. Er ließ seinen Blick durch die Wohnung schweifen. Überflüssig zu erwähnen, dass er sich dabei an der Nase kratzte.

»Tathergang?«, schnarrte er. »Tatwaffe?«

»Moment, Moment«, wehrte der Mann ab. Trotzdem schien er erfreut zu sein, dass sein Rat gesucht wurde. »So schnell schießen die …«

»Ein Schlag oder mehrere?«

»Zwei, würde ich sagen. Der erste zentral von hinten, als er noch aufrecht saß. Sein Kopf fällt auf die

Tischplatte, kippt leicht nach rechts, so dass ihn der zweite Schlag etwas seitlicher trifft. Schauen Sie, hier.« Er hob den Schädel des Toten mit spitzen Fingern an. Barth-Hufelangs rechte Gesichtshälfte, die auf der Partitur gelegen hatte, kam zum Vorschein. Der Wangenbereich war fleckig und eigentümlich verformt. »Der Schlag muss enorme Wucht gehabt haben. Kiefer und Jochbein sind hin.«

»Ein kräftiger Täter also?«

»Zumindest eine schwere Tatwaffe. Gefunden haben wir noch nichts. Ein Gegenstand aus Metall oder Stein, mit Kante. Das wird die Rechtsmedizin klären.«

»Tatzeit?«

»Gestern Nachmittag oder früher Abend. Genaueres später.«

»Was sagen Sie, Herr Koller?«, wandte sich Fischer ebenso abrupt wie schroff zu mir. »Hätten Sie damit gerechnet?«

Ich hielt seinem Blick stand. »Bernd Nagel wäre niemals zu so einer Tat fähig«, sagte ich. Das war zwar keine Antwort auf seine Frage, aber die hatte auch keine verdient.

»Ach nein?«

»Nagel hält sich aus Prinzip von unappetitlichen Dingen fern. Wenn er einen Mord plant, dann höchstens mit einem Hauch Arsen in der Mozartkugel. Aber das hier? Vergessen Sies.«

»Herzlichen Dank für die Belehrung«, fauchte Fischer. »Wie gut, dass ich Sie mitgenommen habe. Und jetzt lassen Sie uns unsere Arbeit machen.«

»Schon gut.« Ich hob beschwichtigend meine latexumhüllten Hände, zog mich ein paar Schritte zurück und rumpelte mit dem Rottweiler zusammen.

»Ach, wie so trügerisch«, summte Greiner und schob mich aus dem Weg.

»Auch ein Opernfreund?«, lächelte ich zurück. Dass ich ihm ausweichen musste, war mir ganz recht, denn so gelangte ich ohne mein Zutun in den hinteren Bereich von Barth-Hufelangs Arbeitszimmer. Vor einer breiten Bücherwand erstreckte sich ein schwarz glänzender Bechstein-Flügel, in den das gestutzte Ding aus dem Stadttheater zweimal hineingepasst hätte. Fast der gesamte Parkettboden war mit dicken Teppichen bedeckt, vor den Fenstern hingen akkurat angeordnete Gardinen. An den Wänden naive Regionalkunst, davor sorgfältig gepflegtes Grünzeug. Eine frei stehende Stereoanlage, schlanke Boxen, Büsten von Komponisten, ein einsamer Korbsessel. Schick, aber steril. Alles war ordentlich, aufgeräumt, nicht einmal eine halb geleerte Flasche Wein stand herum. Von einer angebissenen Pizza oder einem aufgeschlagenen Schmöker ganz zu schweigen. Zu Hause dürfte sich Barth-Hufelang hier kaum gefühlt haben. Ein Musiker auf dem Sprung nach Berlin, abgestellt in einer Handschuhsheimer Dirigentensuite mit anatolischem Zimmerservice. Hier hatte er die Zeit bis zum nächsten Flug nach Berlin mit Klavierspielen totgeschlagen. Und nun jemand ihn.

»Chef«, rief Kommissar Sorgwitz durch die Wohnung. »Der Kollege vom Eingang möchte mit Ihnen sprechen.«

»Später«, winkte Fischer ab. »Ist der Dolmetscher da?«

»Noch nicht.«

Fischer schwieg und beugte sich über den Toten. Barth-Hufelangs feiste Wangen hingen grau und blutleer herunter, aber auch das Gesicht des Kommissars kündete nicht von strotzender Gesundheit. Und von Zufriedenheit mit seiner Arbeit erst recht nicht. Ruckartig richtete er sich auf.

»Kommen Sie mal her«, rief er und nickte in meine Richtung.

»Ich?«, gab ich zurück.

»Steht da vielleicht sonst noch jemand dumm rum und bohrt in der Nase? Schauen Sie sich das an.« Folgsam kehrte ich an den Schreibtisch zurück. Fischer wies auf die blutverschmierte Partitur. »Kennen Sie das Stück?«

»Die Sinfonie des Grauens«, lachte ein Kriminaltechniker aus dem Hintergrund. Fischer warf ihm einen Blick zu, als wolle er ihn in seiner albernen Plastikhülle einschweißen.

»Keine Ahnung«, sagte ich. »Wofür halten Sie mich?«

»Für einen Opernbesucher«, antwortete Fischer missmutig. »Einen Musikkenner.«

»Einen sporadischen Opernbesucher und Musikliebhaber. Nicht Kenner.«

»Und bei einem Ihrer sporadischen Opernbesuche liegt zufälligerweise eine Leiche im Zimmer eines Ihrer Freunde.«

»Nagel ist nicht mein Freund«, sagte ich ruhig. Hoffentlich hatte Fischer in seinem Pastillensortiment auch etwas gegen schlechte Laune.

»Warum verteidigen Sie ihn dann mit Händen und

Füßen? Sie kommen hier rein, und das Erste, was Sie sagen, ist: Bernd Nagel kann es nicht gewesen sein.«

»Weil es das Erste war, was mir durch den Kopf ging. Sie haben Nagel selbst erlebt. Stellen Sie sich vor, er wäre für diesen Gewaltexzess verantwortlich. Noch im Zimmer hätte er sich dreimal übergeben und sich anschließend der Polizei gestellt. Das hier war ein anderer.«

»Dafür, dass Nagel nicht Ihr Freund ist, kennen Sie ihn verdammt gut.«

Ich zuckte die Achseln. »Sie wollten doch, dass wir unsere Eindrücke austauschen. Mehr tue ich nicht.«

»Da bin ich mir inzwischen nicht mehr so sicher. Samstagabend tauchen Sie am Tatort auf, sonntags schnüffeln Sie ebenfalls dort herum. Wo Sie sich gestern herumgetrieben haben, will ich gar nicht wissen, und heute erzählen Sie mir die ganze Zeit ungefragt, was für ein Unschuldslamm Bernd Nagel ist. Ich glaube Ihnen nicht, dass Sie für diese Frau von Wonnegut arbeiten. Ihr Kumpel Covet hat Sie beauftragt, unsere Ermittlungen zu stören. Spuren verwischen, Motive verschleiern: Darum geht es doch, Herr Koller.«

»Haben Sie mich deshalb aus den Federn geholt? Um mir das zu sagen?«

Bevor er mir antworten konnte, stürmte der Rottweiler ins Zimmer.

»Das ist der Abschuss, Chef«, rief Greiner. »Dieses ekelhafte Schwein!« Dann sah er mich neben Fischer stehen und zögerte. Zu spät. Seine Erregung hatte ihn weiter getragen, als seine Vernunft verantworten konnte. In spitzen Fingern hielt er eine kleinformatige Zeitschrift.

»Was ist?«, brummte Fischer.

Räuspernd trat Greiner zu uns. Er versuchte, dem Kommissar das Heftchen zu übergeben, ohne dass ich es zu Gesicht bekäme, was schlechterdings unmöglich war. Der Rottweiler verrenkte sich, ich bekam Stielaugen. Auch im Rest der Wohnung war man aufmerksam geworden.

»Nun sagen Sie schon. Was gibts?«, fragte Fischer müde. Er nahm das Heft entgegen und betrachtete es.

»Schauen Sie sichs an«, murmelte der Rottweiler düster. »So was hat die Welt noch nicht gesehen.«

Sein Auftritt zeigte Wirkung. Alle, die in Hörweite zugange waren, drängten sich um uns. Die Spurensicherung konnte warten, jetzt ging es um Wichtigeres. Um Dinge, die die Welt noch nicht gesehen hatte.

Wobei Greiner übertrieb. Nackte Kinder hat die Welt sehr wohl schon gesehen. Vielleicht selten in dieser Zahl, Seite für Seite, Kind für Kind, vielleicht auch noch nicht in der Wohnung eines Generalmusikdirektors. Trotzdem, das Spektakuläre seiner Entdeckung stand dahin. Nackedeis am Strand, beim Baden, beim Spielen; zwei Jungs pinkelten in die Hecken, ein Mädchen sonnte sich lesend auf dem Bauch. Privater Alltagskram, der nicht in eine Zeitschrift gehörte.

»Pervers ist das«, keuchte jemand hinter mir. Zustimmendes Gemurmel.

Ich sah Kommissar Sorgwitz' Schädel knallrot werden, rot bis unter die weißlichen Haarspitzen, während seine Augen ein wenig hervortraten. Sein Kaugummi ruhte still in einem Mundwinkel, oder er hatte ihn verschluckt.

»Wo haben Sie das gefunden?«, wollte Fischer wissen, ruhig durch das Heftchen blätternd.

»Unter seinem Bett«, antwortete Greiner mit triumphierendem Unterton. »Nicht einmal großartig versteckt. Einfach so, direkt darunter, griffbereit. Unterm Bett.«

»Das ist das Letzte«, sagte der Kriminaltechniker, der uns die Sache mit den beiden Schlägen erläutert hatte. »Das Allerletzte. Ich meine, Kinder, da hört sich doch alles auf.«

»Ich könnte kotzen.« – »Widerlich.« So lauteten die Vokabeln der Abscheu, zu Recht natürlich, es waren Familienväter dabei, die an ihre eigenen Kinder dachten. Wahrscheinlich hätte ich in ihrer Situation genauso geurteilt, aber ich besaß nun einmal keine Kinder, und in meinen Augen waren diese Schnappschüsse harmlos. Urlaubsfotos, Strandbilder, von verrückten Voyeuren an einen dubiosen Verlag geschickt. Natürlich war es pervers, so etwas zu tun, es war pervers, sich eine Sammlung solcher Fotos unters Bett zu legen, trotzdem kam mir die einmütige Empörung von Fischers Mannschaft aufgesetzt und wohlfeil vor. Und so fiel zuletzt auch jener Satz, der einfach fallen musste: »Verdient hat er es, die perverse Sau.«

Es war der massige Streifenpolizist aus Fischers Dienstwagen, der ihn geäußert hatte. Er nickte kurz zu Barth-Hufelangs Leiche hinüber, während er gleichzeitig in die Runde äugte, auf der Suche nach Unterstützung.

Die bekam er. Ein paar nickten, andere murmelten zustimmend.

»Saachemol«, meldete sich plötzlich einer im weißen Schutzanzug zu Wort. »Des is doch ... des Bubsche do, des geheert doch dem ... Ach, ihr wisse schun.«

»Wer?«, fragte Greiner. »Welcher Bub?«

»Na, do der Blonde. Her, is des net der Kleen vun dem Promi, der immer ...«

»Genug«, unterbrach ihn Kommissar Fischer, klappte das Heft zu und gab es dem Rottweiler zurück. »Das Ding wird eingepackt, und ich will kein Wort mehr darüber hören. Vor allem keines an die Öffentlichkeit. Das ist eine Dienstanordnung. Klar?«

Alles nickte, ich eingeschlossen. Dabei schauten einige von Fischers Leuten, als seien sie der Meinung, gerade die Öffentlichkeit habe ein Anrecht auf umfassende Information, wenn es um das Sexualverhalten ihrer berühmtesten Kräfte ging. Achselzuckend zerstreuten sie sich.

»Na, Herr Koller?«, fragte mich der Rottweiler höflich, während er die Zeitschrift in einer Plastikhülle verstaute. »Möchten Sie auch mal einen Blick hineinwerfen? Oder sind Sie bereits Abonnent dieser Blätter?«

»Danke, Herr Greiner«, gab ich ebenso höflich zurück, »mein Spezialgebiet sind Hunde. Köter mit Beißzwang, richtig scharfe Jungtiere, dafür könnte ich sterben.«

»Jeder hat so seine Vorlieben.«

»Richtig. In fremden Wohnungen unters Bett kriechen zum Beispiel.«

»Herr Greiner«, ging Kommissar Fischer rüde dazwischen. »Ich habe einen Auftrag für Sie.« Er zog den Rottweiler aus dem Zimmer, zitierte auch den

Kampfhund zu sich und redete eine ganze Weile auf die beiden ein.

Währenddessen sah ich mich weiter in Barth-Hufelangs Wohnung um. Ich verhielt mich äußerst diskret, fasste kaum etwas an, kam niemandem in die Quere, versuchte bloß die Erkenntnisse der Spurensicherer für mich zu nutzen. Trotzdem warfen sie mir finstere Blicke zu, wenn ich ihnen bei der Arbeit über die Schulter linste. Einer, der sich gerade dem Inhalt eines Zeitschriftenkorbs widmete, wandte sich mir zu, um mir eine unfreundliche Bemerkung an den Kopf zu werfen, verkniff sie sich aber im letzten Moment.

»Entschuldigung«, sagte ich. »Darf ich mal?«

»Nee, dürfen Sie nicht«, erwiderte der Typ und entzog mir die Zeitschrift, nach der ich gegriffen hatte. »Muss erst ausgewertet werden.«

»Klar. Verstehe. Ist bestimmt das Autogramm des Täters drin.« Ich hatte genug gesehen. Bei der Zeitschrift handelte es sich um das monatliche Veranstaltungsmagazin der Region, dessen aktuelle Titelseite fünf markante Köpfe zierten. Die adretten Jungs aus der *Ölmühle*, eine Fratze neben der anderen, eine herausfordernder als die des Nebenmannes. »Frischer Wind aus Heidelberg«, lautete der Titel, und darunter stand: »Frech, intelligent, provokant – die *aktion aesthetik* mischt die Kunstszene auf«. Oder so ähnlich; bei derartigen Werbesätzen kommt es nicht auf die exakte Floskel an. Meine fünf Freunde hatte ich sofort wiedererkannt, und schlagartig war mir bewusst geworden, dass ich sie in derselben Pose schon einmal gesehen hatte: auf einem Plakat in Marc Covets Wohnung. Deshalb waren mir die Typen so bekannt vorgekommen, als sie am Sonntagabend in der *Ölmühle* aufkreuzten. Dass sie angetreten waren, die hiesige Kunstszene aufzumischen, hatte ich da noch nicht gewusst. Wenn sie etwas aufmischten, dann höchstens harmlose Kneipenbesucher, Ästhetik hin oder her.

Kommissar Fischer kam langsam auf mich zu. In seinem Rücken, am Ende des Flurs, sah ich Greiner und Sorgwitz die Wohnung verlassen. Ihr Chef hatte seine nachdenkliche Miene aufgesetzt und schlug seinen Kragen so hoch es ging.

»Hier ziehts«, murmelte er. »Irgendwo in dieser Bude steht ein Fenster offen, und ich hole mir eine Erkältung.«

»Bude ist gut. Ich wäre froh, wenn ich sie mir leisten könnte.«

»Ja, Sie«, entgegnete Fischer, und es klang fast väterlich. Aus dem Knurrhahn von vorhin war wieder der Philanthrop geworden.

»Finden Sie solche Heftchen öfter?«, wagte ich ihn zu fragen. »Und regen sich Ihre Leute immer so auf?«

»Nur bei Personen, die in der Öffentlichkeit einen einwandfreien Ruf genießen.« Er nestelte an seinen Taschen herum und beförderte seine Zigarillos ans Tageslicht.

»Na, na, na, Herr Fischer.«

»Ist ja gut«, brummte er und steckte die kleinen Sünderlein seufzend zurück. »Sie haben recht. Sagen Sies mir nur.«

»Haben Sie Herrn Greiner weggeschickt, um in Ruhe rauchen zu können?«

Er schwieg und beschäftigte sich in Ermangelung

eines Zigarillos mit seiner Nase. »Wenn die Presse von Barth-Hufelangs Neigungen erfährt«, sagte er, »überschlägt sie sich. Und auch so wird es ein Rauschen im Blätterwald geben. Einen Aufschrei der Empörung.«

»Ich kann es mir vorstellen.«

»Nichts können Sie. Ich sage es Ihnen als alter Mann, der die Spielregeln einer Kleinstadt kennt: Sie haben keinen blassen Schimmer von den Schlagzeilen, die heute noch geschmiedet werden.« Melancholisch wiegte er sein Haupt.

13

Kommissar Fischer, der Mann mit dem schütteren Haar und der gelblichen Gesichtsfarbe, sollte recht behalten. Was während der nächsten Tage in aller Öffentlichkeit durchgekaut, will sagen: vorgekostet, eingespeichelt, kleingemahlen, hinuntergeschluckt und endverdaut wurde, ging auf keine Kuhhaut. Zumindest keiner mir bekannten Kuh. Über Wochen wärmte die Presse den ewig selben Brei auf, käute genüsslich wieder, was schon durch sieben andere Mägen gegangen war. Das Betroffenheitsrecycling lief auf Hochtouren.

Als am Donnerstag, zwei Tage nach Entdeckung der Bluttat, alle Zeitungen Barth-Hufelang der Pädophilie bezichtigten, war klar, dass in Fischers Mannschaft eine Loyalitätslücke klaffte. Keine Einzelheiten über den Mord an die Presse, keine Erwähnung des Schmuddelheftchens, so lautete die Anweisung. Irgendeiner pfiff darauf. Höchstwahrscheinlich einer der Beamten, die an der Durchsuchung der Wohnung teilgenommen hatten. Wer es war, ob er aus ehrlicher Entrüstung plauderte, ob er Geld bekam – man erfuhr es nie. Greiner und Sorgwitz schieden meiner Meinung nach aus. Die beiden waren viel zu ehrgeizig, um ihre Karriere wegen solcher Lappalien aufs Spiel zu setzen. Ansonsten kamen alle infrage, nicht nur der Polizist, der den Mord gutgeheißen hatte. Ich selbst wurde seltsamerweise nie behelligt, obwohl ich Privatflic und als solcher von Natur aus verdächtig, geschwätzig und käuflich war. Vielleicht hatte Kommissar Fischer gespürt, dass mich Barth-Hufelangs Bettlektüre kalt ließ.

Andere ließ sie freilich nicht kalt. Und wehe, wenn diese anderen einen Griffel in der Hand hielten oder vor einem flimmernden PC-Monitor saßen! Dann wurde formuliert, was die Muttersprache hergab. Wer schreiben konnte, schrieb, und er tat dies in der wohligen Gewissheit, zur Gemeinschaft der Guten zu gehören. Ein geheimes Band moralischer Überlegenheit umschlang unsere Medienvertreter. Dass die Öffentlichkeit erst 48 Stunden nach Entdeckung des ermordeten Barth-Hufelang von dessen dunklen Seiten erfuhr, setzte dem Ganzen die Krone auf. Denn so erhielten alle Beteiligten die Gelegenheit, ihre Empörung gleich zweimal und von verschiedenen Standpunkten aus zu artikulieren.

Verwerflich war ja schon der Mord an sich. Immerhin handelte es sich bei dem brutal erschlagenen – ein ganz Pfiffiger schrieb: ›hingerichteten‹ – Familienvater um den obersten musikalischen Repräsentanten Heidelbergs. »Ein schwarzer Tag für die Menschen unserer Stadt«, so oder ähnlich ereiferten sich Kommunalpolitiker, die sich Stimmen bei den anstehenden Wahlen erhofften. Marc Covets *Neckar-Nachrichten* zählten sogar zwei Opfer: den Menschen Barth-Hufelang und die Kultur höchstselbst. Der Mord in Handschuhsheim, so las man in einem Kommentar auf Seite zwei, war nicht einfach ein Mord, sondern Symbol für die Verrohung einer Gesellschaft, der die traditionellen Werte abhanden gekommen waren. ›Was ist uns noch heilig‹, donnerte es der verzagten Leserschaft entgegen, ›wenn mit der Musik die unschuldigste aller Künste in den Schmutz gezogen und mit Füßen getreten wird?‹ Ein schönes Bild; nur dass der bedauernswerte Barth-Hufelang keineswegs totgetreten, sondern totgeschlagen worden war. Da die Tatwaffe jedoch bis auf Weiteres verschwunden blieb, musste sich der zornige Kanzelprediger auf metaphorisches Ufer retten.

Dort war er nicht der Einzige. Man warnte vor dem Untergang der urbanen Kultur oder gleich des Abendlandes. Der Koloss Barth-Hufelang war gefällt, sein Sturz ließ die gesamte Metropolregion erzittern. ›Was tut die Polizei?‹, wurde gefragt. ›Wer schützt uns?‹ Hinter solchen Fragen steckte das schlechte Gewissen vieler Redakteure, dass man sich für das Opfer des ersten Mords, einer gewissen Garderobiere namens Annette Nierzwa, nie wirklich interessiert hatte. Umso heftiger wucherten nun die Verschwörungstheorien.

Natürlich gab es auch besonnenere Stimmen, die sich gegen diesen apokalyptischen Tonfall verwahrten, aber zumindest in den ersten Tagen fiel es ihnen schwer, Gehör zu finden. Gewissermaßen zwischen den Extremen bewegte sich eine Reihe von Leserbriefschreibern, die der Diagnose vom Verfall der Sitten zustimmten, sie allerdings auf das Künstlermilieu beschränkt wissen wollten. Durch die schrecklichen Ereignisse rund um das Stadttheater sahen sie ihre Vorurteile gegenüber allem, was unter dem Deckmantel der Kunst ihre Steuergelder fraß, bestätigt. Barth-Hufelang mochte ein exzeptioneller Dirigent gewesen sein, als Ehebrecher habe er ebenfalls seine Meriten gehabt. Es sei eben schwer, zwischen all der Leidenschaft auf der Bühne und dem eigenen Hormonhaushalt einen sauberen Trennstrich zu ziehen.

Nach dem dritten oder vierten Leserbrief reagierten die Theaterleute. Sie beriefen eine gut besuchte Pressekonferenz ein und ließen verlauten, sie wüssten sehr wohl zwischen Realität und Fiktion zu unterscheiden, das lerne man nirgendwo besser als in ihrem Beruf, und überhaupt liege die Kriminalitätsrate von Schauspielern, Musikern und Tänzern deutlich unter dem Bundesdurchschnitt, wie statistisch leicht zu belegen sei. Zu ihrer Unterstützung meldete sich bei derselben Pressekonferenz ein international angesehener Theaterwissenschaftler zu Wort, der den Spieß der Argumente einfach umdrehte. Es stimme, sagte er, dass gerade der Opernbetrieb unter dem Widerstreit privater, künstlerischer und ökonomischer Interessen leide, bei diesem Widerstreit aber handle es sich um ein allgemeingesellschaftliches Problem. In jedem

Karnevalsverein, jedem Kegelclub sei das heutzutage so. »Was wir hier erleben, ist die Globalisierung im Kleinformat«, sagte der Mann und setzte sich.

Das Protestgeheul, das sich daraufhin erhob, war beeindruckend. Nicht sofort natürlich, denn verstanden hatte kaum einer die Ausführungen des Mannes. Aber sie waren am nächsten Tag auszugsweise in den *Neckar-Nachrichten* abgedruckt, man konnte sie wieder und wieder lesen, konnte die Wörter ›Karnevalsverein‹ und ›Kegelclub‹ unterstreichen und sich persönlich getroffen fühlen. Denn welcher Heidelberger war nicht in einem solchen Verein? Außerdem hatte der Wissenschaftler behauptet, seine Feststellung gelte für alle Bereiche des öffentlichen Lebens, also auch für Sportclubs, Mittelstandsvereinigungen und Presbyterien. Für Universitäten und Parteien sowieso. Eben für alle. Erneut hagelte es Leserbriefe, es gab Stellungnahmen in Fernsehen und Rundfunk, Erklärungen diverser Vorstände, und jeder von ihnen stimmte der vernichtenden Analyse ›zu 99 Prozent‹ zu, lediglich die eigene Gruppe, Kaste oder Interessengemeinschaft ausnehmend. Insgesamt konstatierte man den allgemeinen Niedergang der öffentlichen Moral, gegen den man sich hilflos und verzweifelt zu stemmen habe – und suchte händeringend nach Nahaufnahmen der toten, halbnackten Annette Nierzwa. Bevorzugt von hinten.

Hauptkommissar Fischer hatte recht gehabt. Manches konnte man sich einfach nicht vorstellen.

Der Mittwoch verstrich, es nahte der Donnerstag. Und mit ihm nahten die nochmals gesteigerten Auflagen, die brüllenden Headlines, die Flut der Ausrufezeichen: ›Barth-Hufelang pädophil!‹ – ›So pervers sind unsere Promis!!‹ – ›Der Dicke und die nackten Jungs‹. Waren die Zeitungen schwerer geworden, oder wirkten sie durch die Schlagzeilen so? Und es ging ja nicht nur um die Presse. Auch im Radio befand man, ein Mord sei ekelhaft, aber Schmuddellektüre unterm Bett ebenfalls. Oder erst recht. Die Tagesschau brachte ein Experteninterview, das ZDF die Ergebnisse einer Blitzumfrage. Wozu genau, habe ich vergessen, mit dem Mord selbst hatte es jedenfalls nichts zu tun. Wer sich in diesen Tagen nicht konsequent die Mütze über Augen und Ohren zog, sah sich einem Trommelfeuer von Meinungen, Mahnungen und Mutmaßungen ausgesetzt:

›Unsere Werte gehen den Bach runter.‹

›Kein Wunder, wenn sie jetzt schon in der Oper nackt rumlaufen.‹

›Es könnte Ihr Kind sein.‹

›Wohin soll das führen?‹

›In Wirklichkeit ist es noch viel schlimmer.‹

›Ich wandere aus.‹

Selbst im *Englischen Jäger* beherrschte dieses Thema kurzzeitig alles. Tischfußball-Kurt fragte mich, ob ich ihm Barth-Hufelangs Heftchen besorgen könnte, nur aus Interesse natürlich, um mitreden zu können. Am Stammtisch machten sie mehrfach Handbewegungen, die mich an die Tätigkeit einer Guillotine erinnerten, und einer unserer Intellektuellen zitierte aus dem Feuilleton einer überregionalen Zeitung. Dort wurde der Mord an Barth-Hufelang zum Menetekel einer todgeweihten Gesellschaft erkoren und das verschwundene Mordwerkzeug zum richtenden Schwert. Der Autor hatte eben erst über die zeitgenössische

Gültigkeit alttestamentarischer Maximen promoviert, Marias Kneipe hallte wider von unserem Gelächter, am Tag darauf aber versprach ein Heidelberger Familienvater aus besten Kreisen dem Mörder Barth-Hufelangs 10.000 Euro, wenn er sich offenbarte.

War es das?

War es natürlich nicht. Zwei Wochen gingen ins Land, längst waren die Morde und ihre außergewöhnlichen Begleitumstände auf die hinteren Seiten der Zeitungen gewandert, da goss der Mannheimer *Abendkurier*, das Pendant zu den *Neckar-Nachrichten* und diesen in ewiger Feindschaft verbunden, neues Öl ins Feuer. Er veröffentlichte ein anonymes Schreiben, das Barth-Hufelang posthum in Schutz nahm. Der Brief war im Original abgedruckt, und nach der Lektüre musste man sich fragen, ob ein derart grauenhaftes Deutsch nicht strafbarer war als Pinkelbilder von Kleinkindern. Die ›Befölkerung‹ wurde aufgerufen, sich zu ›seinen‹, nicht etwa ›ihren‹, Perversionen zu bekennen, das sei besser, als Waffen zu bauen oder die Natur zu schänden. ›Schenden‹ hieß es im Original, dafür schrieben sie ›Perversionen‹ richtig. Die wahren Abartigen säßen in der Politik und im Management, und überhaupt sei jeder, der behaupte, eine weiße Weste zu besitzen, ein ›Häuchler‹. Wie sie ›Management‹ buchstabierten, verkneife ich mir. Gezeichnet war das Ganze mit ›Perverse Proleten‹ und einer schwarzen Maske.

Daraufhin brandete der Sturm der Entrüstung wieder auf. Dass die Redaktion des *Abendkuriers* unter empörten Anrufen und Leserbriefen schier zusammenbrach und den mutigen Legasthenikern wahlweise Haft oder Sterilisation angedroht wurde, war das eine. Das andere war, dass sich an der schwelenden Rivalität zwischen dem *Abendkurier* und den *Neckar-Nachrichten* ein regelrechter Lokalkrieg entzündete. Am Tag nach Abdruck der Solidaritätsadresse rechnete der Chefredakteur des Heidelberger Blattes höchstpersönlich mit dem Mannheimer Konkurrenten ab. Welch ein Pharisäertum, schrieb er: sich wochenlang in den Chor der Empörten einzureihen, um am Ende derartigem Gesindel eine Plattform zu geben. Dahinter stecke bloß Marktgeilheit, das Schielen nach der Auflage, und überhaupt sei Barth-Hufelang als Heidelberger Einzelfall anzusehen, während die Stadt Mannheim offenbar Perverse und Proleten en masse produziere. Im Windschatten dieses Artikels kündigten die letzten Heidelberger Leser des *Abendkuriers* ihr Abonnement, sagte die Pfaffengrunder Prinzengarde eine Einladung nach Käfertal ab, boykottierten Heidelberger Klassikfreunde das Mannheimer Nationaltheater. Gerüchte über den hohen Homosexuellenanteil im dortigen Orchester machten die Runde, auf dem Wochenmarkt wurde ›Rhein-Neckar‹ als Herkunftsbezeichnung von Lauch und Rosenkohl gestrichen und durch ›echt Heidelberg‹ ersetzt.

Der Mannheimer Konter ließ nicht lange auf sich warten. Der Oberbürgermeister legte angesichts der ›unerträglichen Stimmungsmache‹ jegliche Zusammenarbeit mit der Nachbarstadt auf Eis, der *Abendkurier* veröffentlichte von nun an täglich seine Abonnementsstatistik (Tendenz: stark steigend), und die Besucher des Nationaltheaters beglückwünschten mittels einer ›offenen Erklärung‹ die Heidelberger

Musikliebhaber zu ihrem heroischen Entschluss, nur noch die eigene zweitklassige Oper zu besuchen. Mitten in diesen Auseinandersetzungen machte jemand publik, dass das Schreiben in Dossenheim abgestempelt worden war. Damit, frohlockte der *Abendkurier*, fielen die *Perversen Proleten* ja wohl unter die Verantwortung Heidelbergs.

Abgesehen von diesem Geplänkel hatte das Outing der *Proleten* auf andere Gruppen eine geradezu befreiende Auswirkung. In gewissen Kreisen galt es plötzlich als schick, seine Perversitäten zu pflegen. Initiativen schossen aus dem Boden, es gab Gesprächskreise und rührende Bekennerabende, Szenetreffs luden zu Talkrunden: ›Du und ich – pervers?‹ oder ›Mut zum Masochismus‹. In der Folge entstand sogar ein Kammerorchester mit dem schönen Namen *AbArt*, das aus Instrumentalisten mit besonderen sexuellen Neigungen bestand und sich auf Werke schwuler Künstler spezialisierte. Nach einem Jahr ging es wieder ein.

Aber all dies hatte mit dem Schneeball, der die Lawine ausgelöst hatte, mit den bei Barth-Hufelang gefundenen Bildchen nämlich, kaum noch etwas zu tun. Irgendwann beruhigten sich die Gemüter, wurden die Rollläden energisch zugezogen, kochte jeder zu Hause sein eigenes Süppchen. Die einen feierten einen wichtigen Schritt in Richtung sexueller Befreiung, die anderen sahen den Weltuntergang herandämmern, je nachdem. Die Leserbriefe begannen sich wieder den zentralen Themen zu widmen: der Parkplatznot, der Überfremdung, den Politikerdiäten.

Eine Person aber würde das vermaledeite Heft und den vermaledeiten Dirigenten ihr Lebtag nicht vergessen, und das war meine Auftraggeberin, Frau von Wonnegut. Noch am selben Dienstag wurde ihr die Nachricht überbracht, dass ihr Idol, der Generalmusikdirektor Heidelbergs, seine letzten Takte geschlagen hatte. Der Überbringer war ich. Von dem Fund unter Barth-Hufelangs Matratze erzählte ich nichts. Daraufhin versetzte sie die halbe Lokalredaktion der *Neckar-Nachrichten* in Aufruhr, bis man ihr versprach, eine exklusive Todesanzeige für das Fördervereinsmitglied Barth-Hufelang in die Donnerstagsausgabe zu setzen. Und dann geschah das Wunder: Von den kleinen pornographischen Abseitigkeiten ihres Idols erfuhr Frau von Wonnegut nichts. Spätestens seit Mittwochnachmittag summten die Redaktionsräume der *Neckar-Nachrichten* vor Gerüchten, aber kein Wort davon drang an die Ohren der Alten. Leicht auszumalen, mit welch diebischer Freude die Lokalredakteure sich gegenseitig versicherten dichtzuhalten. Am nächsten Tag erschien die von Wonnegut'sche Anzeige. Und sie erschien nicht irgendwie. Sondern direkt neben dem Aufmacher im Lokalteil: ›Geheime Obsessionen eines Dirigenten‹. Da konnte Frau von Wonnegut in ihrem Nachruf noch so sehr die Lauterkeit des Verstorbenen preisen, seinen Opfergang für die Musik, seine apollinische Heiterkeit und seinen künstlerischen Ernst – es war für die Katz. Das kleine Heft erschlug alles. ›Wer die Kunst liebt, trauert um diesen Mann‹, stand links; gezeichnet: ›Elke Friederike von Wonnegut‹. Rechts hingegen las man: ›Im Nachhinein fragen sich die Heidelberger, was für ein Mensch das war, der Beethoven, Brahms und Bruckner zelebrierte, der von der Stadt mit Ehrungen und finanziellen Zuwendungen überhäuft wurde und zur selben Zeit unter der Bettdecke seinen abnormalen Lüsten frönte …‹

Meine Gönnerin schäumte. Sie tobte. Einen solchen Wutausbruch hätte ich ihr gar nicht zugetraut, schon gar nicht am Telefon. In Ermangelung eines besseren Opfers ließ sie alles an mir, Max Koller, aus: Warum ich sie nicht umfassend informiert hätte? Weshalb ich sie dermaßen in die Falle hätte gehen lassen? Ob ich überhaupt mein Geld wert sei? Na, ich gab der Alten mit gleicher Münze zurück und erklärte, es sei weder meine Art noch meine Pflicht, die persönlichen Geschmacklosigkeiten eines Mordopfers weiterzutratschen. Ganz abgesehen davon, dass ich der Polizei gegenüber Geheimhaltung gelobt hatte. Wenn Frau von Wonnegut beim Wettlauf um das publikumswirksamste Kondolieren unbedingt die Nase vorn haben wollte, war das ihr Problem. Wir blafften uns also eine Zeit lang an, bis die Leitungen glühten. Dann hängte sie auf Nimmerwiederhören ein, und ich rechnete meine Spesen zusammen.

Aber dazu später.

14

»Nein, das können Sie sich nicht vorstellen«, wiederholte Kommissar Fischer trübsinnig. »Das wird ein Gemetzel. Bei den kommenden Pressekonferenzen melde ich mich krank.«

Das erforderliche Attest würde ihm jeder Arzt dieser Welt ausstellen. Dennoch traute ich dem alten Fuchs nicht über den Weg. Seine Kurpfälzer Grobheit war bloß Fassade. Dahinter verbarg sich die Erfahrung von zig Dienstjahren und Grabenkämpfen. Lieber auf der Hut sein.

»Bis die Öffentlichkeit von Barth-Hufelangs Interessen erfährt, haben Sie den Mörder längst eingebuchtet«, sagte ich. »Viele kommen ja nicht infrage.«

»Wieso nicht?«

»Außerdem werden Ihre Leute hier jede Menge Spuren finden.«

»Wieso kommen nicht viele infrage, Herr Koller?«

»Das sehen Sie doch selbst. Barth-Hufelang erhält einen Schlag mit einem schweren Gegenstand. Von hinten, während er seelenruhig am Schreibtisch sitzt. Offenbar hat er nicht mit einer Attacke gerechnet, hat dem Mörder vertraut. Ein guter Bekannter also.«

»An wen denken Sie?«

»Keine Ahnung, Herr Fischer. Ich habs nicht so mit dem Denken. Eine Geliebte würde gut passen. Oder ein Geliebter, wegen der Härte des Schlags. Man kennt sich, hat einander alles gesagt, sieht sich nicht mehr ins Gesicht, während man redet oder nicht. Passen Sie auf, am Schluss war es die Tatsache, dass Barth-Hufelang dem Mörder den Rücken zuwandte, die das Fass zum Überlaufen brachte. Wenn du mich nicht mehr ansehen magst, schlage ich dir den Schädel ein.«

»Nur dass die Geliebte des Dirigenten am Samstag selbst Opfer eines Mords wurde und zur Annahme eines männlichen Geliebten keinerlei Anlass besteht.«

»Da eröffnet der Fund von Herrn Greiner ja ganz neue Perspektiven.«

Fischer winkte ab. »Sie gehen also davon aus«, sagte er, »dass der Dirigent einer ihm bekannten Person die Tür geöffnet hat. Er bittet die Person herein, setzt sich nach gewisser Zeit an den Schreibtisch vor die aufgeschlagene Partitur – und bekommt einen tödlichen Schlag zugefügt. Richtig?«

»So ungefähr.«

»Und wenn er die Tür gar nicht selbst geöffnet hat? Wenn sich die Person ohne sein Wissen Zutritt zur Wohnung verschafft hat?«

»Haben Sie Spuren eines Einbruchs gesehen? Ich nicht.«

»Wer redet von Einbruch?«, entgegnete er und grinste hinterhältig.

Es dauerte einen Moment, bevor ich kapierte. »Ach so, Sie denken an Annette Nierzwas Schlüssel, die verschwunden sind. Nein, ausgeschlossen.«

»Wieso ausgeschlossen?« Seine Miene verfinsterte sich.

»Die Nierzwa wird doch keinen Schlüssel von Barth-Hufelangs Wohnung mehr besessen haben. Wahrscheinlich hat sie nie einen besessen. Die beiden waren ein paar Wochen lang zusammen, da tauscht man keine Schlüssel aus.«

»Woher wollen Sie das wissen?«, schnaubte Fischer. »Es mag unwahrscheinlich sein, dass sie einen besaß; ausgeschlossen ist es nicht.«

»Außerdem war Barth-Hufelang verheiratet. Da gibt keiner, der klar denken kann, seinen Wohnungsschlüssel an eine heimliche Geliebte weiter.« Es machte Spaß, Argumente aufeinanderzutürmen, nur damit sich der Kommissar die Zähne daran ausbiss.

»Trotzdem nicht ausgeschlossen«, beharrte er.

»Und wie sollte der Mörder dann hinter seinem Opfer auftauchen, ohne dass es etwas merkte? Barth-Hufelang war nicht schwerhörig, soviel ich weiß.«

»Hier liegen überall Teppiche. Da könnten sogar Sie sich anschleichen. Zumal wenn ein Mann so konzentriert über seiner Arbeit sitzt wie Barth-Hufelang. Der schwebte bestimmt in seiner eigenen Welt.«

»Arbeit?«, sagte ich skeptisch und schielte auf die blutgetränkten Noten.

»Jawohl, Arbeit. Auch wenn Sie sich das nicht vorstellen können. Vielleicht lief Musik, als der Mörder hereinkam. Dann war es noch leichter.«

Ich sah zur Stereoanlage hinüber, die neben dem riesigen Flügel mickrig wirkte. Sie war ausgeschaltet.

»Wenn es so war, wie Sie glauben«, sagte ich, »und wenn da einer zuerst Annette Nierzwa und anschließend ihren ehemaligen Liebhaber umgebracht hat – denn danach sieht es ja aus, oder?«

»Was dann?«

»Dann sollte man die restlichen Liebhaber von Frau Nierzwa warnen.«

»Bernd Nagel warnen? Wovor? Dass er das nächste Opfer werden könnte? Jetzt übertreiben Sie, Herr Koller.«

»Und ihren Ex-Mann gleich mit.«

»Hören Sie auf«, winkte Fischer ab. »Machen Sie aus Nagel keinen Märtyrer, das hat er nicht verdient. Für mich ist der Mann verdächtig, da können Sie sagen, was Sie wollen.« Er missachtete den Kriminaltechniker, der zu uns getreten war und darauf wartete, angesprochen zu werden.

»Nagel hat dieses Blutbad nicht angerichtet«, sagte ich, »und das wissen Sie.«

»Ich weiß vor allem, wozu Leute im Affekt fähig sind«, erregte sich der Kommissar. »Dagegen ist das hier überhaupt nichts. Was ist denn?«, herrschte er den neben ihm stehenden Mann an.

»Kollege will was von Ihnen«, erwiderte der in aller Seelenruhe und zeigte mit dem Daumen über seine Schulter. »Kollege nervt.«

»Welcher Kollege? Schicken Sie ihn halt her.« Unterdrückt fluchend begann Fischer seine Nasenflügel zu reiben und zückte schließlich, als nichts half, sein Stofftaschentuch. Während er ausgiebig schnäuzte, kam der uniformierte Polizist, der sich um die türkische Putzfrau gekümmert hatte, angeschlichen. Auf Zehenspitzen.

»Sitzt sie?«, wollte Fischer wissen und steckte das Taschentuch ein.

»Was?«, gab der Mann irritiert zurück. »Wer?«

»Die Türkin. Haben Sie ihr einen Stuhl geholt?«

»Ja, natürlich.«

»Ist der Dolmetscher da?«

»Unterwegs.«

»Hoffentlich nicht zu Fuß. Sie waren als Erster am Tatort?«

»Ja.« Der Polizist straffte sich, nur um im nächsten Moment einzuräumen: »Das heißt, die Putzfrau war vor mir da.«

»Und sie hat uns angerufen?«

»Genau.«

»Konnte sie da noch Deutsch? Oder sprechen die Kollegen in der Einsatzzentrale neuerdings Türkisch?«

Der Polizist machte große Augen. »Das weiß ich nicht. Ich habe die Frau nicht gefragt. Gefragt habe ich sie schon, aber sie antwortet ja nicht. Beziehungsweise nur Türkisch.« Der Mann war nicht besonders groß und schien mit jeder Antwort etwas kleiner zu werden. Sicher hatte er es nicht mehr weit bis zur Pensionierung, und sein hageres Gesicht stand in seltsamem Widerspruch zu dem Bäuchlein, das unter seiner Jacke hervorlugte.

»Woher wissen Sie, dass sie Türkisch spricht?«, fragte ich freundlich. »Und nicht Syrisch oder Jordanisch?«

»Keine Ahnung, ich ...«

»Hören Sie nicht auf den da«, brummte Fischer. »Womit hat die Frau telefoniert?«

»Mit dem Apparat des Toten, soviel ich weiß.«

»Dann brauchen wir ihre Fingerabdrücke.«

»Aber das sage ich ihr nicht«, fuhr der Polizist auf. »Ich meine, das kann ihr der Dolmetscher sagen. Muss er ja auch.«

»Wer wohnt noch in dem Haus? Hat jemand etwas gesehen, gehört? Gibt es Zeugen?«

»Nein.« Jetzt wurde der Mann eifrig. »Im Erdgeschoss ist dieses Maklerbüro, das macht erst um zehn Uhr auf. Darüber wohnt eine alte Dame, so ein Mütterchen, wissen Sie, die hört und sieht kaum noch etwas, auch wenn sie nicht gerne drüber redet. Wie die alten Leute so sind. Würde lieber noch dreimal die

Treppe runterfallen, als den Pflegedienst kommen zu lassen oder ins Altersheim zu gehen. Das müssen Sie verstehen, die Frau ist in dem Haus geboren.«

»Das versteht Kommissar Fischer ganz sicher«, sagte ich. »Stimmts?«

»Also keine Zeugen«, knurrte Fischer. »Das perfekte Haus für einen Mord.«

»Es gehört ihr ja auch«, fuhr der Polizist fort. »Ihre Kinder wollen es schon lange verkaufen, aber da haben sie sich geschnitten. Denn klar im Kopf ist die Alte noch, da gibts nix.«

»Klar, aber taub.«

»Vielleicht kann Ihr Dolmetscher auch Gebärdensprache«, sagte ich.

»Wenn Sie so weitermachen, werden Sie sich bald in Gebärdensprache unterhalten müssen«, gab Fischer zurück, aber ich sah ein kleines Schmunzeln um seine Lippen spielen. Er griff in die Jackentasche, holte zum dritten Mal innerhalb von 20 Minuten seine Zigarillos hervor und steckte sich einen in den Mund. »Zwischenfazit«, murmelte er, dann hob er die Stimme. »Und ich kann nun mal« – ohne mich anzublicken, drohte er mir mit einem Finger – »ich kann kein Fazit ziehen, wenn ich nichts zwischen den Lippen habe, ist das klar, Sie Privatpflaume? Also: Es gibt keine Zeugen, es gibt keine Aussage der Frau, die den Toten gefunden hat, und es gibt keine Tatwaffe.«

»Das stimmt«, nickte der Polizist. »Keine Tatwaffe.«

»Wir wissen nicht, ob Mann oder Frau, jung oder alt, Musiker oder Nichtmusiker. Ein gewisser Max Koller behauptet zwar, Mörder und Opfer müssten sich gut gekannt haben, aber ich hege da so meine Zweifel.«

»Das ist Ihr gutes Recht«, sagte ich.

»Wollen wir hoffen, dass die Spusi was rauskriegt«, brummte Fischer düster und schob den kalten Zigarillo von einem Mundwinkel in den anderen. Der Kriminaltechniker von vorhin nickte ihm aus einer entfernten Ecke des Zimmers aufmunternd zu.

»Da wäre noch was«, meldete sich der Streifenpolizist schüchtern.

»Ja?«

»Als wir eintrafen, lief Musik.«

»Was für Musik? Wo lief die?«

Der Mann zuckte die Achseln. »Na, hier. Klassische Musik. Da war eine CD eingelegt.«

»Wie bitte?« Kommissar Fischer riss die Augen auf. »Als Sie in das Zimmer kamen, lief eine CD? Sie wollen doch nicht sagen, dass die Putzfrau ...«

»Nein«, unterbrach der Polizist hastig. Einfache Sachverhalte klar und verständlich zu erklären, fiel ihm sichtlich schwer. »Nicht die Putzfrau. Die CD lief die ganze Nacht. Immer wieder von vorne. Da war die ›Repeat‹-Taste gedrückt.«

Fischer nahm vor Überraschung den Zigarillo aus dem Mund. Dann schleuderte er ihn mit einer heftigen Handbewegung durch den Raum, was ihm einen Tadel des Kriminaltechnikers einbrachte, und wandte sich mir zu. »Hab ichs Ihnen nicht gesagt?«, rief er. »Als der Mord geschah, lief Musik. Es war laut in dem Zimmer. Gut möglich, dass Barth-Hufelang seinen Mörder nicht wahrgenommen hat.«

»Möglich«, sagte ich. »Und wenn sie erst nach dem

Mord angestellt wurde? Was war es für Musik? Eine Oper, eine Sinfonie?«

Der Uniformierte zuckte wieder ratlos die Schultern. Eine Bewegung, die er in seiner Laufbahn als Streifenpolizist oft vollzogen und dementsprechend perfektioniert hatte. Sie saß ihm wie angegossen.

»Wie soll ich das wissen?«, entgegnete er. »Musik halt.« Ein Privatflic, der eine Oper von einer Sinfonie unterscheiden konnte, war ihm noch nicht begegnet. Genau genommen konnte ich das auch nicht, aber das brauchte er nicht zu wissen.

»Musik halt«, brummte Fischer ungehalten. Er schien sich für seinen Berufsstand zu schämen.

»Warten Sie«, sagte der Polizist, huschte zur Stereoanlage hinüber und griff nach einer CD-Hülle, die obenauf lag.

»Nichts anfassen, Kollege«, tönte die Stimme des Kriminaltechnikers durch den Raum.

Der Polizist ließ die Hülle fallen, zog mit zitternden Fingern einen Latexhandschuh aus der Tasche und streifte ihn über. Bis er uns die CD-Hülle gebracht hatte, war Kommissar Fischer einmal durch das Zimmer gestiefelt, hatte seinen Zigarillo aufgesammelt und ihn sich wieder in den Mund gesteckt.

»Anton Bruckner«, las er. »Nullte Sinfonie. Schon mal gehört, Herr Koller?«

Ich kniff die Augen zusammen und überlegte. Angestrengt. »Berliner Philharmoniker«, sagte ich. »Karajan. 1982. Eine Live-Aufnahme. Wir hatten Plätze in Reihe sieben, aber die Klos waren auch nicht besser als bei uns in der Schule.«

»Und warum Nullte Sinfonie?«

»Nach der Ersten ging es abwärts mit Bruckner. Also zählte er von eins rückwärts. Ab der minus Zehnten kann man sich das Zeug nicht mehr anhören.«

»Sie meinen, dann hätte man den Mord auch mit einer Sinfonie begehen können, ganz ohne Schläge auf den Hinterkopf? Ich werde darüber nachdenken. Aber vorher will ich genau wissen, was hier los war.« Er wandte sich dem Polizisten zu. »Also, Sie kommen hier an und hören Musik.«

Der Mann nickte. »Schon im Treppenhaus. Die Türkin stand vor der Tür und jammerte, und die Tür war offen.«

»Das heißt, die Musik war laut?«

»Ziemlich laut.«

»Und was dann?«

»Na, wir sind rein, sehen die Leiche, fassen nix an, wirklich, angefasst haben wir nix, und dann habe ich Sie verständigt. Mein Kollege hat versucht, die Türkin ruhig zu stellen.«

»Ruhig zu stellen?«

»Ruhig zu kriegen. Zu beruhigen, wenn Sie so wollen.«

»Und die Musik?«

»Wieso? Was ist mit der?«

Fischer warf mir einen flehenden Blick zu. Ich bewunderte ihn für seine Geduld. »Die Musik«, sagte er, »lief, als Sie kamen. Aber jetzt ist sie aus. Also?«

»Ach so, ja. Ich habe sie ausgestellt.«

»Ausgestellt. Wie?«

»Na, am ›Aus‹-Knopf. Da, an der Anlage.«

»Nachdem Sie Handschuhe angezogen haben.«

Der Mann errötete. »Das … das jetzt nicht direkt.«

»Ich dachte, Sie hätten nix angefasst.«

»Nicht im eigentlichen Sinne.«

»Bloß die Stereoanlage. Uneigentlich. Und dann haben Sie die CD rausgeholt, um zu sehen, was …«

»Nein!«, rief der Polizist beschwörend. »Hab ich nicht. Wir haben alles so gelassen, wie es war. Nur ohne Musik halt.«

»Warum haben Sie die Musik ausgestellt?«

»Weil sie … Es schien mir unpassend. Sehen Sie, der Tote, das Blut … und dann die Musik im ganzen Zimmer. Man bekam eine Gänsehaut.«

»Starten Sie die CD bitte«, brummte Fischer. Der Uniformierte strich geflissentlich seinen Handschuh glatt und drückte auf den ›An‹-Knopf. Die CD begann sich surrend zu drehen, Musik umspannte den Raum, erst leise, dann zunehmend stark und selbstbewusst. Eine Gänsehaut bekam ich nicht, aber man verstand, weshalb der Polizist die akustische Untermalung der Szene als unpassend empfunden hatte. Von Fischer mit einem Kopfnicken entlassen, trollte er sich erleichtert.

»Nullte Sinfonie«, murmelte der Kommissar mit einem Blick auf das CD-Cover. »Man lernt nie aus.«

»Wissen Sie was?«, mischte sich der Kriminaltechniker ein. »Das war ein Serienkiller. Ein Perverser, der nach einer bestimmten Masche vorgeht. Und die Musik gehört dazu, als Kick oder so was.«

»Quatsch«, sagte Fischer.

»Ein Serienkiller, ich sags Ihnen.«

»Machen Sie Ihre Arbeit, wir machen unsere«, brüllte der Kommissar. Sein Gebrülle zog einen Hustenanfall nach sich, woraufhin mal wieder das Stofftaschentuch zum Einsatz kam. Der Zigarillo musste kurzzeitig weichen.

»Na klar, Bruckner ist eine Botschaft«, flüsterte ich ihm zu. »Erst der *Figaro*, dann die Nullte Sinfonie. Wir sollten einen Musikwissenschaftler hinzuziehen.«

»Verschonen Sie mich. Hier laufen schon genug Spinner rum.«

Mir lag eine passende Entgegnung auf der Zunge, doch in diesem Moment klingelte Fischers Handy. Anstatt zu fluchen oder wenigstens ungehalten zu brummen, wie er es sonst tat, wenn er angerufen wurde, nahm der Kommissar das Gespräch anstandslos entgegen und verließ den von Musik erfüllten Raum. Nachdenklich trat ich an eines der Fenster.

Der zu dem Haus gehörende kleine Garten wurde durch Hecken begrenzt, denen ein Beschnitt gutgetan hätte. Dahinter weitere Grünparzellen, jede schmal wie ein Handtuch und für nichts zu gebrauchen als für eine Kinderschaukel oder ein paar Wäscheleinen. Kahle Häuserwände schlossen das Karree ab, Balkone mit abblätterndem Putz hingen an ihnen, zugestellt mit Bierkästen, Stühlen, ausrangierten Kindersachen und all dem Zeug, das für den Sommer gedacht ist, den Winter über verrottet, bis man es im April wegschmeißen kann. Zwischen zwei Fenstern war eine Leine mit bunten, rechteckigen Stofffetzen gespannt, Lappen wie bei der alemannischen Fastnacht, und sie waren das einzig Lustige in dieser Hinterhofwelt. Auch in Handschuhsheim hatte der Buddhismus Einzug gehalten.

Fischer kam zurück und machte ein eigenartiges Gesicht. Der Zigarillo trat wieder seine Wanderung durch die Mundwinkel an.

»Na?«, fragte ich. »Gerade befördert worden?«

Er nahm den kalten Glimmstängel aus dem Mund. »Ich nicht«, sagte er langsam. »Aber Ihr Freund Nagel …«

»Das ist nicht mein Freund Nagel«, unterbrach ich ihn ärgerlich.

»Er wurde gestern befördert. Und zwar in Untersuchungshaft.«

»Was?«

»Tut mir leid, dass ich es Ihnen … Es ergab sich bis jetzt keine Gelegenheit, darüber zu sprechen.«

»Worüber, verflucht noch mal?«

»Bernd Nagel hat gestern Abend auf Anfrage gestanden, mit Annette Nierzwa in seinem Zimmer« – die Hand, die den Zigarillo hielt, machte eine fahrige Geste – »sexuellen Kontakt gehabt zu haben. Während der Premiere.«

»Das ist nicht wahr.«

Der Kommissar zuckte die Achseln. Es war dermaßen wahr, dass er sich sogar die Antwort sparen konnte. Nagel und die Nierzwa, also doch!

»Der Mann sitzt seit gestern in Haft, und Sie sagen mir nichts davon? Verstehen Sie das unter Kooperation, Herr Fischer?«

»Ich sage es Ihnen jetzt. Sie müssen schon entschuldigen, aber hier kam ja einiges dazwischen.«

Wütend wandte ich mich ab. Der Kommissar brauchte nicht zu sehen, wie es in mir brodelte. Worüber sollte ich mich mehr ärgern: über Fischers Taktiererei oder über Bernd Nagel, den verlogenen Schönling? Wie hatte er noch gestammelt? »Ich habe ein paar Probleme. Sie wissen ja, wie das ist. Ich musste raus, frische Luft schnappen …« Von wegen frische Luft! Einen Quickie hatte er gehabt, mit der Frau, von der er sich angeblich vor Wochen getrennt hatte. Und er war zu feige, es seinem Kumpel Marc oder dem ermittelnden Privatflic zu gestehen. Natürlich, wenn der Ruf der Lenden sogar eine Mozartoper übertönte, war das eine peinliche Sache. Jetzt wurde es noch peinlicher für Bernd Nagel, denn jetzt brachte es ihm Untersuchungshaft ein und jede Menge Fragen unter der Gürtellinie.

»Geschieht ihm recht«, stieß ich hervor, aber so, dass es keiner verstand.

»Falls es Sie tröstet«, sagte Fischer, »den Mord an Annette Nierzwa hat er nicht gestanden. Und mit diesem hier will er auch nichts zu tun haben. Kollege Sorgwitz hat es mir soeben mitgeteilt.«

»Kollege Sorgwitz, ja«, fauchte ich und wandte mich ihm wieder zu. »Ich frage mich, was Nagels Geständnis wert ist, Herr Fischer. Vielleicht haben Sie ihn ja foltern lassen?«

»Was denn sonst? Glauben Sie, die Leute erzählen uns etwas freiwillig?«

»Bei Ihren beiden Jungspunden macht man sich so seine Gedanken.«

Er schmunzelte wieder. Hatte plötzlich seinen jovialen Tag. »Die Herren Greiner und Sorgwitz, die Sie so mögen« – was für ein doppelsinniger Nebensatz! – »haben Nagel schlicht und einfach mit unseren Ermittlungsergebnissen konfrontiert.«

»Und nachdem sie ihn damit konfrontiert hatten, besaß Nagel noch genug Zähne, um ein Geständnis abzulegen?«

»Spermaspuren«, sagte Fischer unbeeindruckt, »lassen sich heutzutage noch wochenlang nachweisen. Selbst auf der Platte eines Schreibtischs.«

Ich ballte beide Fäuste. »Sperma? Auf dem Schreibtisch? Na, prima, Herr Geschäftsführer.«

»Ich kann gut verstehen, dass Sie verärgert sind«, sagte Fischer und nickte nachsichtig.

»Verärgert?«, erwiderte ich. »Wieso verärgert? Nur weil mir so ein Bubi frech ins Gesicht lügt? Einer, der sich für oberschlau hält, schicke Anzüge trägt und zigmal mehr verdient als ich? Hören Sie auf, Herr Fischer. Das tun viele. Mich ärgert bloß, dass dieser spezielle Lügner so tut, als hätte er die Moral und die Kunst und die Weisheit und was weiß ich noch alles gepachtet. Alles andere ist mir scheißegal.«

Er schmunzelte tatsächlich, mein essigsaurer Kommissar. Still ruhte der Zigarillo in einem Mundwinkel, während die Lippen ein kleines, zufriedenes Lächeln formten.

»Interessant«, sagte er. »Dabei ist Bernd Nagel gar nicht Ihr Auftraggeber.«

»Nein, aber sein Freund Marc Covet ist ein guter Freund von mir, und der betet seit Tagen nichts anderes als die Litanei von der verfolgten Nagelschen Unschuld. Ich habe es doch selbst geglaubt, verdammte Scheiße.« Ich kickte einen imaginären Fußball durch Barth-Hufelangs Sterbezimmer.

»Alles in Ordnung«, beruhigte Fischer den Typen von der Spurensicherung, der bereits komisch schaute. »Die Kollegen Privatermittler pflegen manchmal einen recht freien Umgang mit der Hochsprache.«

»Ja, das tun sie«, sagte ich. »Nur verarschen lassen sie sich nicht gerne, Kommissar Fischer. Sie haben mich doch nur antanzen lassen, um mich über Nagel auszuquetschen. Von wegen Kooperation! Wenn Ihnen die Leiche hier nicht dazwischengekommen wäre, würde ich immer noch in Ihrem Büro sitzen und palavern.«

»Mein Angebot steht weiterhin, Herr Koller. Wir sollten zusammenarbeiten.«

»Dann rufen Sie mir jetzt einen Wagen, der mich in die Stadt bringt. Als vertrauensbildende Maßnahme. Ich habe ein paar Takte mit meinem Freund Covet zu reden.«

»Wird gemacht. Herr Covet weiß übrigens nichts von der Inhaftierung. Bernd Nagel wollte niemanden informieren, nicht einmal seinen Anwalt. Komisch, nicht?« Gedankenverloren nuckelte der Kommissar an seinem Zigarillo.

Die Musik lief immer noch.

15

Eine halbe Stunde später saß ich zum dritten Mal an diesem Tag in einem Dienstwagen der Polizei Baden-Württemberg. Meine Laune war miserabel, und durch die Tatsache, dass wieder der schnauzbärtige

Polizist am Steuer saß, besserte sie sich nicht. Verdient hat es die Sau, das waren seine Worte gewesen. Dazu hatte er genickt und Beifall heischend um sich geschaut.

Den Wagen steuerte er ruhig durch die Gassen Handschuhsheims. Winkte Fußgänger über die Straßen, ließ anderen Verkehrsteilnehmern die Vorfahrt.

»Ein komischer Winter ist das«, sagte er und blickte kurz in den Rückspiegel. »Erst kalt, jetzt wieder mild, und morgen soll es Schnee geben. Kein Vergleich zu früher.«

Ich ließ ein Brummen hören, das nach Zustimmung klingen sollte.

»Früher, das waren noch Winter. Aber hallo.«

Ich schwieg. Ein schwerer Polizist mit struppigem Schnauzer, dem es nichts ausmachte, einen Privaten durch die Gegend zu kutschieren. Im Gegenteil, er unterhielt ihn sogar. Wahrscheinlich konnte er keiner Fliege etwas zuleide tun, und den dämlichen Satz von vorhin hatte er nur geäußert, um dazuzugehören, um einen Schulterklaps und ein anerkennendes Nicken zu ernten.

»Hier«, sagte er und deutete nach rechts, als wir das Raphael-Gymnasium in Neuenheim passierten. »Hier geht meine Nichte zur Schule. Verdammt clever, die Kleine.«

»Und Ihre Kinder?«

»Hab keine. Irgendwie kann meine Frau keine kriegen. Oder ich, wir wissens nicht. Vielleicht hätten wir es mal untersuchen lassen sollen, aber dann war es eh zu spät, und man lässt sich nicht gerne unten rumfummeln, verstehen Sie?«

»Ich glaube, bei so einer Untersuchung wird nicht gefummelt.«

»Jedenfalls wollten wir es nicht. Dachten immer, es klappt irgendwann.« Er kratzte sich mit einem dicken Zeigefinger im Ohr. »Aber meine Nichte, die ist wirklich ein schlaues Biest, alles was recht ist.«

Ich ließ mich am Bismarckplatz absetzen. Durch die Fußgängerzone hasteten Menschen mit vollen Einkaufstüten. Handys klebten an ihren Ohren, Paare unterhielten sich im Gehen, ihre Münder schnappten auf und wieder zu, auf und zu. Lauter Hyänen. Vorm Kaufhof saß ein junger Kerl auf der Erde und streckte den Flanierenden einen Beinstumpf entgegen. Fröstelnd lief ich vorbei. Er hatte nicht einmal eine Decke untergelegt. War ich der Einzige, der hier fror?

»Zu wem wollen Sie?«, fragte mich eine hübsche junge Frau im Eingangsbereich der *Neckar-Nachrichten*. Ich hatte die Handschuhe ausgezogen und mich mit kalten Fingern geschnäuzt.

»Marc Covet, Lokales.«

»Zweiter Stock, letztes Zimmer links.«

»Ich weiß.«

Sie war wirklich hübsch, langes Blondhaar, gute Figur, aber damit konnte sie heute nicht bei mir landen, ich sah nur die ausgefranste kleine Narbe an ihrem Kinn und ihre von Tusche verklebten Wimpern; wahrscheinlich hatte sie in ein paar Jahren zehn Kilo Übergewicht und Haarausfall. Außerdem kannte ich den Weg in Marcs Büro. Er führte mich an diversen Redaktionsräumen vorbei, an schreibenden, telefonierenden, tratschenden Redakteuren. Ich hatte nichts gegen sie, aber heute störten mich ihre Stimmen, ihr

Aussehen, einfach alles. Die einen schrieben über die tollen Rugbyclubs, die es in Heidelberg gab, über die tollen Basketballclubs, die es in Heidelberg früher gegeben hatte, ihre Kollegen tippten schon mal den Bericht über die Vernissage, die sie heute Abend besuchen würden, einige beschäftigten sich mit der Neuen Rechtschreibung, andere mit neuen Praktikantinnen, wieder andere ordneten die Todesanzeigen nach dem Alphabet, außerdem gab es die Philateliespezialisten und die Polizeiberichtsexperten und die Fachleute für den Pegelstand des Neckars. Nicht zu vergessen die Typen, deren Lebensziel darin bestand, die vier Bundestagsabgeordneten Heidelbergs zu duzen und einmal, nur ein einziges Mal beim Ball der Sterne neben Franziska van Almsick sitzen zu dürfen. Sie alle warteten hinter ihren weißen Schreibtischen darauf, dass jemand eintrat und sie für wichtig hielt.

Nicht einmal die Merkel-Karikatur, die an Marcs Tür hing, schaffte es, mir ein Lächeln zu entlocken.

»Morgen, Max«, rief Covet. »Das ist ja eine Überraschung.«

»Hallöchen«, echote sein beleibter Zimmerkollege. Lothar, Lokalsport, immer gut gelaunt. Zwischen seinen breiten Pranken kreiste ein filigraner Bleistift langsam durch einen Spitzer.

»Ich muss dich sprechen«, sagte ich grußlos. »Alleine, wenn es geht.«

Marc und Lothar wechselten vielsagende Blicke. »Die *Hinterbühne* ist noch geschlossen«, meinte Marc. »Wir könnten uns in eines der Hauptstraßen-Cafés setzen.«

»Egal.«

»Ich muss sowieso mal verschwinden«, grinste Lothar und erhob sich. »Wenn der Spitzer hier nicht bald geschärft wird, ruiniert der mir noch alle Stifte.«

»Bleib sitzen, Lothar, wir können wirklich …«

»Außerdem wollte ich unserer Volontärin auf den Zahn fühlen«, sagte Lothar, schon an der Tür. »Ob sie Vorurteile gegen korpulente Menschen hat und wie ihr Freund darüber denkt.« Er kicherte. »Falls sie einen Freund hat.« Die Tür fiel hinter ihm ins Schloss.

»Volontärin?«, fragte ich. »Narbe am Kinn, blonde Mähne?«

Covet nickte. »Was ist los, Alter? Bist du mit dem falschen Bein aufgestanden?«

»Nicht bloß mit einem. Mit lauter falschen Beinen, eins hübsch neben dem anderen.« Ich blieb mitten im Raum stehen und warf ihm feindselige Blicke zu. »Du wunderst dich doch nur, dass ich überhaupt schon aufgestanden bin. Um diese Uhrzeit!«

»Brauchst du einen Kaffee, oder was ist los?«

»Er hat gestanden.«

»Wer hat was gestanden?«

»Dein Freund Bernd Nagel.« Ich wartete, dem Klang meiner Worte nachhorchend. Es tat gut, Marc zappeln zu lassen. Dafür, dass er mit diesem eingebildeten Musikfritzen befreundet war. Dafür, dass er ihn in Schutz nahm und mir auf die Finger klopfte, wenn ich Nagel zu hart anfasste. »Dein Freund Bernd Nagel«, sagte ich, »hat am gestrigen Abend gestanden, während der *Figaro*-Premiere mit seiner Ex-Freundin Annette Nierzwa Sex gehabt zu haben. In seinem Dienstzimmer.«

Marc wurde blass. Er schwieg, nur seine rechte Hand suchte Halt am Schreibtisch.

»Und nun«, fuhr ich fort, »sitzt dein lieber Freund in Untersuchungshaft. Bin gespannt, was er noch alles gestehen wird.«

»Das kann nicht sein«, ächzte Covet.

»Und ob das sein kann. Der gute Bernd Nagel hat dich angelogen. Er hat alle angelogen, auch die Polizei, und das war eine verdammte Idiotie. Er dachte wohl, weil es kein richtiger Geschlechtsverkehr war, sondern bloß ein bisschen Hand- und Mundbetrieb zur Befriedigung des erregten Herrn, kommt nichts raus. Falsch gedacht. Die Schnüffelhunde von der Kriminaltechnik finden einfach alles. Jeden noch so kleinen Spritzer.«

Covet verbarg sein Gesicht in den Händen.

»Für so doof hätte ich Nagel nicht gehalten«, sagte ich, jedes meiner Worte genießend. Gleichzeitig spürte ich, wie mein Zorn zu verrauchen begann. »Wenn er gleich zugegeben hätte, was während der Aufführung passiert ist, hätte ihm das ein paar hämische Kommentare eingebracht, mehr nicht. Aber jetzt ist er der absolute Hauptverdächtige. Die Bullen werden ihn in die Mangel nehmen.«

»Bernd ist kein Mörder«, sagte Covet. Es klang wenig überzeugend.

»Vielleicht nicht. Vielleicht aber doch. Bis vor fünf Minuten hättest du gesagt: Bernd hatte keinen Sex mehr mit Annette. Jetzt weißt du, dass das Gegenteil stimmt.«

»Aber er war doch draußen«, rief Covet. »Der Koch der *Ölmühle* hat ihn in der Plöck gesehen!«

»Na und? Nach dem Schäferstündchen wird er sich die Beine vertreten haben. Oder davor. Zeit genug hatte er, er war schließlich fast eine Stunde fort.« Nun nahm ich mir doch einen Stuhl und setzte mich.

»Was wollte er bloß von dieser Frau?«, stöhnte Marc, mehr für sich als für meine Ohren bestimmt.

»Jedenfalls keine hohe Kunst. Bloß niedere Triebbefriedigung.«

»Prima formuliert«, fuhr er auf. »Darf ich gratulieren, Max? Sind nun alle deine Vorurteile gegen Bernd bestätigt? Hast du ihn da, wo du ihn immer haben wolltest? In der Ecke der Scheinheiligen?«

»Dafür kann ich nichts«, entgegnete ich kalt. »Das ist ganz allein Bernd Nagels Schuld. Dich hat er schließlich auch belogen.«

Covet nickte. »Ja, Herrgott noch mal. Was denkst du, wie ich mich jetzt fühle? Ich habe Bernd immer wieder gefragt, ob er sich noch einmal mit Annette getroffen hat. Aber wenn einer nicht will, kannst du ihn nicht zwingen. Schöne Scheiße.«

»Du sagst es.«

»Sonst hat er nichts gestanden?«

»Bisher nicht. Bin gespannt, wie lange er das durchhält.«

Covet lehnte sich zurück, atmete schwer aus und sah aus dem Fenster. Eine Weile herrschte Stille. Aus den Nebenzimmern mogelten sich kleine Geräusche in sein Büro, leise Gesprächsfetzen, das Klappern einer Tastatur, das Gurgeln altersschwacher Drucker.

»Und jetzt?«, beendete Marc schließlich das Schweigen. »Wie wird es weitergehen?«

»Gute Frage. Entweder er gesteht den Mord, dann musst du dir überlegen, wie du dich ihm gegenüber verhältst. Falls nicht, kommt es darauf an, ob es weitere Indizien gibt. Dass Nagel die Geschichte in seinem Dienstzimmer verschwiegen hat, macht ihn zwar verdächtig, mehr aber auch nicht. Über kurz oder lang werden sie ihn wohl freilassen. Und von da an jede Sekunde überwachen. Er wird seine gepflegte Weltschmerzmiene aufsetzen, uns tief in die Augen blicken und sagen: ›Hey, Leute, traut ihr mir so etwas zu? Ansonsten bitte keine Nachfragen, Bernd Nagel ist schließlich ein Sensibelchen.‹«

Covet machte keine Anstalten, seinen Kumpel in Schutz zu nehmen.

»Und dann kommt es darauf an, ob dein Freund Bernd ein Alibi für gestern Nachmittag hat.«

»Wieso für gestern?«

Ich erzählte es ihm. In allen Einzelheiten: von Barth-Hufelangs klaffendem Schädel über die Pädophilenlektüre bis hin zur bizarren Hintergrundmusik. Ein grelles Detail nach dem anderen.

»Das darf doch nicht wahr sein«, stöhnte Covet. »Wo leben wir denn? Wer tut so etwas?«

Ich schwieg. Irgendetwas störte mich an den Reaktionen meines Freundes, irgendetwas fehlte. Richtig: die typische Handbewegung. Der Griff in den Schreibtischschrank oder wo Marc Covet auch immer seine Alkoholvorräte bunkerte. An normalen Tagen, den normalen Wahnsinn des Lebens im Blick, hätte er sich längst eingeschenkt und jeden hinausgeschmissen, der ihm das Trinken im Büro verbieten wollte. Heute nichts dergleichen. Marc war aschfahl, aber nüchtern. Es musste ihm ganz schön dreckig gehen, wenn er sogar auf den Seelentröster verzichtete.

»Eins steht fest«, sagte er schließlich. »Damit hat

Bernd nichts zu tun. Ausgeschlossen. Weißt du, ich kann mir mit einiger Mühe ausmalen, wie man im Affekt, im Streit auf den Partner losgeht und ihn so sehr verletzt, dass er daran stirbt. Aber ein kaltblütiger Mord, wie du ihn beschreibst – dazu ist Bernd nicht fähig.«

»Das habe ich dem Kommissar auch gesagt. Überzeugt schien er nicht.«

»Ausgeschlossen.« Covet schüttelte sein Lockenhaupt.

»Wollen wirs hoffen. Hast du Nagel gestern gesehen?«

»Am frühen Nachmittag, kurz nach seiner Vernehmung. Es war kein einfaches Gespräch. Er war gereizt, übermüdet, und ich habe mich vermutlich nicht allzu geschickt angestellt. Wollte wissen, ob da wirklich nichts mit Annette war.« Er zuckte die Achseln. »Ich hätte ihn in Ruhe lassen sollen. Dann hätte er mir vielleicht alles erzählt.«

»Und später?«

»Gegen sechs habe ich versucht ihn anzurufen, aber nicht erreicht. Wann, sagst du, wurde Barth-Hufelang ermordet?«

»Eine exakte Tatzeit gibt es noch nicht. Oder man hat sie mir verschwiegen.«

»Weißt du, welchen Anwalt Bernd genommen hat?«

»Keinen.«

»Wie, keinen?«

»Kommissar Fischer behauptet, er wollte niemanden informieren, keinen Anwalt, keine Angehörigen, einfach niemanden.«

Marc sah mich irritiert an. »Das ergibt doch keinen Sinn.«

Im selben Moment öffnete sich die Tür, und eine behäbige Masse Fröhlichkeit quoll herein.

»Sie ist solo«, grinste Lothar, genießerisch die Hände reibend. »Kein Freund, kein Ehegatte. Und sie freut sich schon, bei uns volontieren zu dürfen. Wenn das mal kein Zeichen ist!« Als wir nicht reagierten, entglitt ihm der größere Teil seines Lächelns, er räusperte sich verlegen, sah sich um und durchwühlte zuletzt seine Taschen. »Mein Spitzer«, murmelte er. »Da hab ich den doch glatt vergessen.« Schwups, war er wieder draußen.

»Bernd sitzt seit gestern Abend in U-Haft«, wiederholte Covet, »ohne einer Menschenseele Bescheid zu geben? Absurd.«

»Man könnte es als Schuldeingeständnis interpretieren. Wobei er standhaft behauptet, mit den beiden Morden nichts zu tun zu haben.«

»Dann stimmt das auch«, sagte Covet leise.

Ich schwieg.

»Was denkst du?«, fuhr er fort. »Hängen diese Morde zusammen? Nein, natürlich hängen sie zusammen. Aber wie?«

»Keine Ahnung. Verbindungslinien gibt es mehr als genug. Die beiden Opfer hatten mal was miteinander, sie arbeiteten am selben Haus, und sie pflegten beide ein ungewöhnliches Sexualleben.« Ich berichtete ihm von meiner Begegnung mit Leo, dem haarlosen Mazedonier. Covet kam aus dem Kopfschütteln überhaupt nicht mehr heraus.

»Sag mal, träume ich, oder was ist hier los? Man

könnte meinen, die ganze Menschheit denkt nur noch an das Eine.«

»Ich nicht.«

»Aber was hat Annettes Bettgeschichte mit Barth-Hufelangs Lektüre zu tun?«

»Wie soll ich das wissen? Vermutlich gar nichts. Es sei denn, der Vatikan hätte ein Killerkommando geschickt, das unter den Perversen aufräumt. Um am Ende festzustellen, dass dann keiner übrig bleibt. Vorm Mittagessen Whisky zu saufen, ist schließlich auch pervers. Oder hast du heute deinen enthaltsamen Tag?«

Er winkte ab. »Mach dir da mal keine Sorgen.«

»Es gibt übrigens noch eine Verbindung zwischen den beiden Morden: die Musik. Und das meine ich ganz konkret. Als Annette Nierzwa erwürgt wurde, spielte man nebenan Mozart. In Barth-Hufelangs Wohnung lief Bruckner, die gesamte Nacht hindurch.«

»Was soll das für eine Verbindung ergeben?«

»Keine Ahnung. Ich stelle nur fest, sammle absurde Details. Das ist momentan alles, was ich tun kann.«

»Bruckner war katholisch«, murmelte Covet und starrte aus dem Fenster. »Mozart auch. Beide waren Österreicher.«

»Das alleine ist noch kein Verbrechen. Was wird wohl Frau von Wonnegut sagen, wenn sie vom Tod ihres Lieblingsdirigenten erfährt?«

Marc zuckte die Achseln. »Sie wird in den Neckar springen. Wie Senta im *Fliegenden Holländer*. Und weil sie der Neckar wieder ausspeit, wird sie zum Strick greifen oder zur Pistole. Aber nur, wenn es genügend zahlende Zuschauer gibt.«

»Kannst du mir jemanden nennen, der mir mehr über ihren Verein verrät als dein diskreter Kumpel Bernd? Der den Laden von innen kennt?«

Er strich sich ein paarmal über den Bart, bevor er antwortete. »Dagmar Schulz. Das ist die Konzertdramaturgin hier. Sie liegt mit der Wonnegut über Kreuz, will sich nicht in deren Art von Kulturpolitik einbinden lassen. Eine fähige Frau, aber schwierig. Stur.«

»Unbestechlich vielleicht?«

»Stur. Wenn sie zu sehr über die *Freunde des Musiktheaters* herzieht, denk daran, dass alles zwei Seiten hat.«

»Du meinst, man kann es Kulturpolitik nennen oder Filz.«

Er zuckte die Achseln.

»Dann werde ich der guten Frau mal auf den Zahn fühlen.« Ich hielt inne. Da war etwas, ein Geräusch oder eine Ahnung von Geräusch, nicht hier im Raum, sondern außerhalb ... Komisch, jetzt war es weg.

»Was ist?«, wollte Covet wissen.

»Nichts. Ich werde mal Verbindung zu dieser Frau Schulz aufnehmen. Und zu meiner Auftraggeberin natürlich. Bei Bernd Nagel kannst du es selbst versuchen. Verschaff ihm einen Anwalt, er wird ihn brauchen.«

Covet nickte.

»Außerdem könnte es sein, dass sich die Polizei bei dir meldet. Dieser Fischer scheint zwar nicht grundsätzlich etwas gegen mich zu haben, aber er glaubt, dass ich ihm in deinem Auftrag ...« Wieder stutzte ich. Da war doch was!

»Ja?«

»Dass ich ihm in deinem Auftrag Knüppel zwischen die Beine werfen soll. Um die Ermittlungen zu behindern. Red du mal weiter!« Das Letztere hatte ich geflüstert.

»Was denn?«, gab Covet verblüfft zurück.

»Einfach reden«, zischte ich und stand leise auf.

Marc begann zu brabbeln, griff das Stichwort vom Vatikanischen Killerkommando auf, das ihm offenbar gefallen hatte, schlug einen Bogen zum Katholizismus à la Bruckner und zur letzten Papstwahl. Währenddessen schlich ich auf Zehenspitzen zur Tür.

»Marktl am Inn soll ja jetzt Papstl am Inn heißen«, salbaderte Covet kopfschüttelnd.

Ich riss die Tür mit Schwung auf und starrte ins Gesicht eines feisten Blondschopfs.

»Hallöchen!«, rief Lokalsportler Lothar, über beide Backen grinsend. »Es geht doch nichts über einen gut gespitzten Bleistift!«

16

Meine Wut auf Nagel und Fischer war verflogen. In den Räumen der *Neckar-Nachrichten* hatte sie sich in Luft aufgelöst, einfach so. Von Nagel belogen zu werden, traf einen Marc Covet schließlich mehr als mich. Und dass ein leberkranker Kommissar versuchte, seine Spielchen mit mir zu treiben – geschenkt. Kein Grund, sich länger als notwendig darüber aufzuregen.

Und doch war meine Stimmung auf dem Tiefpunkt, als ich wieder ins Freie trat. Ich zurrte den Schal fest um meinen Hals, zog die Mütze über die Ohren und vergrub die Hände in den Jackentaschen. Sollten sie mir alle den Buckel runterrutschen. Freunde, Kommissare, Auftraggeber, einfach alle! Meine Laune passte zur Jahreszeit, ich hatte keine Lust auf gar nichts, am besten schaltete jemand das Licht aus. Vielleicht war Fischers Miesepetrigkeit ansteckend.

Auf der Hauptstraße immer noch die Horden von Einkäufern, die Popmusik aus den Ladeneingängen, der Geruch von Bratwurst. Kam mir jemand zu nahe, hatte ich Lust, ihn anzurempeln. Vor den Massen flüchtend, bog ich in eine der abschüssigen Altstadtgassen ein, die zum Neckar führten. Ich überquerte die Uferstraße und setzte mich, Gesicht zum Fluss, auf die hüfthohe Betonmauer. Vorm Kaufhof lag ein Einbeiniger auf der Erde, da konnte ich es genauso gut ein Weilchen auf dieser bescheuerten Mauer aushalten.

Ein unansehnlicher Privatflic auf einer hässlichen Mauer, was für ein schönes Gespann. Bernd Nagel saß in Untersuchungshaft, sah aber bestimmt wie aus dem Ei gepellt aus. Greiner und Sorgwitz hatten schicke Freundinnen um die 20, für Kommissar Fischer kochte eine treusorgende Hausfrau, Marc Covet war der Held der *Neckar-Nachrichten*. Selbst der blonde Lothar bandelte zwischen zwei Überschriften mit einer Volontärin an. Nur Max Koller war Single und Versager. Beides zusammen ging nicht. Als Versager brauchte man jemanden, der einem den Nacken kraulte und gut zuredete. Und wenn man Single war, brauchte man Erfolge. Ich hatte nichts von beidem. Die alte Wonnegut erwartete Ergebnisse von mir, und was bekam sie? Einen toten Dirigenten. Ich hätte sie warnen sollen: Frau von Wonnegut, ersparen Sie mir und sich diesen Auftrag, einen Max Koller kann man höchstens auf untreue Ehefrauen über 50 ansetzen, aber auch nur, wenn die Beschattung per Rad auszuführen und der Liebhaber nicht Mitglied des Rotary-Clubs ist. Ich habe nämlich keine vorzeigbare Krawatte. Ich habe überhaupt nichts Vorzeigbares außer einem gescheiten Rennrad. Keine Lizenz, keinen Nachwuchs, keine Affäre mit einer gelangweilten Industriellengattin, nichts. Meine Freunde sind Kindergärtner oder trinken, ich hänge in Absteigen wie dem *Englischen Jäger* herum und erinnere mich morgens mit Mühe daran, zu welcher Partei unsere Bundeskanzlerin gehört. Ich kaufe keine Aktien, höre keine Sinfonien, nicht einmal Nullte. Ich bin ein Nichts. Eine leere Klammer der Weltgeschichte, das weiße Rauschen in der Glotze, das Pausenzeichen beim Telefonieren. Pantoffeltierchen haben mehr Daseinsberechtigung als ich. Kein Wunder, dass Typen vom Schlage Bernd Nagels denken, sie seien mir gegenüber keine Rechenschaft schuldig. Warum sollten sie mich in ihr kompliziertes Seelen- und Liebesleben einweihen, wo meine Sensibilität gerade dafür reicht, heißen Kaffee von kaltem zu unterscheiden?

Alles klar, Max Koller? Genug gejammert?

Ja, vielleicht. Ich fühlte mich etwas besser. Einen heißen Kaffee hätte ich gut gebrauchen können, bevor ich mich hier erkältete. Über den Dächern hing ein fleckig grauer Himmel, Bettlaken voller Schnee, die nur darauf warteten, ausgeschüttelt zu werden. In meinem Rücken quietschte ein Keilriemen. Abgaswolken tanzten in der Luft, ein Bus mit Japanern kam angekrochen, hielt an, kroch weiter.

Auch der Neckar schimmerte mattgrau, ein stumpfer Block von Kälte, der langsam Richtung Rheinebene dampfte. Ein einsamer Ruderer ritzte Linien in die Flusshaut, ließ den Oberkörper vor- und zurückpendeln. Ich stellte mir vor, wie er die Toten der Stadt ins Jenseits schipperte, wie sie vom Schlingern des Bootes in den großen Schlaf gewiegt würden, Zug für Zug, Schlag für Schlag. Schwankend dahingleiten, auf dem Fluss treiben, dann auf einem Strom und zuletzt in der Weite der Ozeane: der große Schlaf.

Barth-Hufelang schlief ihn nicht. Er hing noch immer über seinem Schreibtisch, über seinen Noten, und eine Armee von Laborameisen wuselte um ihn herum. Sie begrapschten und fotografierten ihn, leuchteten ihm in die Augen, hoben ihn hoch, vermaßen, durchsuchten, zogen ihn aus, zogen ihn an, öffneten seinen Mund, rasierten seinen Schädel, sägten seinen Brustkorb auseinander und schauten ihm in den After. Ein Computer würde Zahlen ausspucken, Tabellen und Diagramme, die alle für sich reklamierten, ein getreues Abbild des Generalmusikdirektors zu sein. In Wahrheit sagten sie nichts über das Häuflein gewesenen Mensch, das in einem Stahlfach der Pathologie ruhte und auf das Paradies oder die Hölle oder irgendetwas dazwischen wartete.

Fröstelnd zog ich die Schulterblätter zusammen. Hoffentlich hatte Annette Nierzwa inzwischen ihren Frieden gefunden. Ich stieg von der Mauer und ging den Weg zurück, den ich gekommen war. Meine Beine hatten keine Lust zu laufen, mein Hintern keine Lust, in der Kälte zu bleiben. Irgendetwas wollte mir mein Körper durch seine Unlust mitteilen, aber was?

Als ich zwei Knirpse mit Wurstbrötchen in der Hand sah, wusste ich es. Ich hatte Hunger. Ich fror, weil ich Hunger hatte, und ich hatte Hunger, weil ich fror. Ohne Frühstück aus dem Haus, eine Leiche auf nüchternen Magen, das hielt der zäheste Privatdetektiv nicht aus.

»Wo habt ihr das her?«, fragte ich die beiden Jungs. Ich musste mich ziemlich gierig anhören, jedenfalls zeigten sie wortlos, aber synchron in Richtung Hauptstraße. Eine halbe Minute später stand ich an der Theke einer Bäckerei und kaufte mir einen Doppelweck mit daumendick Fleischkäse darauf. Ich war vielleicht zehn Meter weit gekommen, als ich nur noch einen kleinen Happen davon in der Hand hielt. Kaute aus, drehte mich um und kaufte einen zweiten. Schlagartig ging es mir besser.

Ich kaute noch inbrünstig, als mein Handy Alarm schlug. Mit fettigen Fingern zog ich es hervor.

»Hallo, Christine. Was gibts?«

»Bist du am Essen?«, fragte meine Ex-Frau irritiert.

»Gleich nicht mehr. Ich habe gerade die Fleischkäsevorräte der Hauptstraße geplündert.«

»Wie schön.«

Was daran schön sein sollte, erschloss sich mir erst, als Christine vom Essen im Allgemeinen auf ein Essen im Speziellen überleitete. Auf unser gemeinsames Abendessen nämlich, das seit Wochen überfällig war und das nicht zwingend aus einer Fleischkäsesemmel bestehen würde. Zur Not natürlich schon, Hauptsache gemeinsam etwas unternehmen.

»Mal sehen«, sagte ich.

Christine hatte noch Glück. Eine Viertelstunde vorher, und ich hätte ihren Anruf mit knurrendem Magen einfach weggedrückt. ›Mal sehen‹ hieß schon mal nicht ›Nein‹. ›Mal sehen‹ war angesichts meines Unwillens, mich mit meiner Ex bei Kerzenschein in irgendeinem überteuerten Schuppen zu treffen, eine geradezu positive Antwort.

Leider sah das Christine nicht so. Sie fing an zu lamentieren, über mich, über uns, über Männer und Frauen und dass ihr Horoskop heute Morgen doch recht gehabt habe. Schweigend hörte ich ihr zu. Sie hatte gut lamentieren, an ihrem gut geheizten Arbeitsplatz auf dem gepolsterten Beamtensessel.

»Horoskope haben immer recht«, sagte ich. »Bring mir eines, in dem steht, dass dein Ex-Mann heute mit dir essen geht, dann werde ich sofort Folge leisten.«

»Wenn du so drauf bist, vergeht mir wirklich die Lust auf was Gemeinsames.«

»Na also«, grinste ich.

Okay, das war zu viel des Schlechten. Ich sagte, ich hätte nur Spaß gemacht, und natürlich hätte ich große Lust, etwas mit ihr zu unternehmen, leider sei es momentan sehr schwierig, weil mich ein neuer Fall komplett beanspruche.

»Ich muss kurzfristig verfügbar sein«, erklärte ich. »Wenn da ein Anruf kommt, bin ich weg, und das wäre doch schade bei einem Abendessen zu zweit.«

»Worum geht es? Um den Mord im Theater?«

»Genau.«

»Dann lass uns zusammen in eine Vorstellung gehen, da kannst du gleichzeitig im Theater recherchieren. Oder so tun als ob.«

Ich wusste nicht, wie ernst dieser Vorschlag gemeint war, aber er leuchtete mir sofort ein.

»Gute Idee. Das machen wir.«

»Echt? Mein Mann mit mir im Theater? Schick!«

»Ex-Mann. Und auch nur, solange ich anziehen darf, was ich will.«

»Na gut«, sagte sie nach einigem Zögern. »Aber es sollten schon Kleider sein. Wie wärs mit der *Lustigen Witwe*?«

»Mit welcher Witwe?«

»Der Operette. Die steht auf dem Spielplan. Wobei ich gehört habe, dass die Inszenierung beim Abo-Publikum nicht gut ankommt. Weil der Tenor ein Schwarzer ist.«

»Ich bin absoluter Operetten- und Witwenfan, Christine. Allerdings fürchte ich, dass die aktuellen Vorkommnisse aus der *Lustigen* eine *Traurige Witwe* machen und die Vorstellung pietätshalber abgesagt wird.«

»Davon stand nichts in der Zeitung. Und versteh mich nicht falsch, Max, aber es wäre das erste Mal, dass eine Vorstellung wegen einer Garderobiere ausfallen würde.«

Nicht wegen der Garderobiere, dachte ich. Nicht wegen Annette Nierzwa. »Was hältst du von *Figaros Hochzeit*?«, fragte ich. »Hatte eben erst Premiere.«

»*Figaros Hochzeit*?«, gab sie überrascht zurück. »Eine Mozart-Oper? Da willst du rein? Das Ding dauert über drei Stunden, ist dir das klar?«

»Ich bin auf alles gefasst«, sagte ich kämpferisch.

»Pass auf, ich erkundige mich, ob in den nächsten Tagen eine Vorstellung stattfindet, und besorge die Karten. Was hältst du davon?«

»Boah.« Christine war überwältigt. Sie würde sich kneifen, sobald sie eingehängt hatte. Max Koller im Heidelberger Stadttheater, drei Stunden lang klassischer Musik ausgesetzt, und sie an seiner Seite. Das war Geburtstag und Weihnachten an einem Tag. »Ich kann es nicht fassen«, sagte sie. »Und du hast auch nicht vor, den Dirigenten zwischen den Arien nach seinem Alibi zu befragen?«

»Garantiert nicht.«

Beglückt legte sie auf.

Ich war mittlerweile am Ende der Fußgängerzone angekommen. Eine Blechkolonne donnerte um den Bismarckplatz herum. Ich wandte mich nach rechts, Richtung Neuenheim. Im Gehen zog ich meinen kleinen Notizblock hervor, auf dem die Nummer von Barth-Hufelangs Sekretärin stand. Sie meldete sich nach dem ersten Klingeln.

»Der Chef ist aber noch nicht da«, sagte sie, und ich sah sie vor mir mit ihrer spitzen Nase und dem verkniffenen Mund.

»Ich weiß. Sagen Sie, steht *Figaros Hochzeit* in den nächsten Tagen auf dem Programm?«

»Ja, übermorgen. Für Karten wenden Sie sich bitte an die Theaterkasse.«

»Danke. Ist Frau Schulz im Haus, die Dramaturgin?«

Nein, sie sei erst morgen wieder anzutreffen. Ich bat um einen Termin und bekam ihn gnädig gewährt: Mittwoch früh, neun Uhr. Bitte pünktlich.

Unter der Telefonnummer des Sekretariats hatte ich mir die von Annettes Ex-Mann notiert. Aber Woll ging nicht ran. Ich würde mich nach seiner Handynummer erkundigen müssen. Und weil ich schon einmal am Telefonieren war, rief ich meine Auftraggeberin an. Vielleicht stand Frau Stein gerade in der Küche und briet etwas Leckeres. Dann würde sich ein Besuch lohnen.

Ich ließ es lange läuten. Kein Anrufbeantworter sprang an, nichts. Kurz bevor ich resignierte, knackte es in der Leitung. Ich schirmte ein Ohr gegen den Verkehrslärm der Brückenstraße ab und drückte das Handy gegen das andere.

»Hallo?«, rief ich.

Nichts.

»Hallo? Ist da jemand?« Da schnaufte doch einer!

»Hallo?«, kam es vorsichtig zurück.

»Wer spricht da?«

Stille.

»Herr von Wonnegut, sind Sie das?«

Ich bildete mir ein, ihn nicken zu hören. Nein, diesem putzigen Männchen mit den wirren Haaren konnte man nicht böse sein.

»Hier ist Max Koller. Ich habe vorgestern mit Ihrer Frau gefrühstückt. Kann ich sie sprechen?«

»Die ist nicht da«, piepste es.

»Schade. Wann kommt sie denn zurück? Wann kann ich sie erreichen?«

»Ich weiß nicht.«

Wieder Stille. Ich wartete, er wartete.

»Wissen Sie nicht, wann sie zurückkommt?«, fragte ich. »Oder wissen Sie nicht, wo sie gerade ist?«

Pause. »Ich weiß nicht.«

»Herr von Wonnegut«, sagte ich geduldig, »ich muss Ihre Frau so bald wie möglich sprechen. Es ist sehr wichtig. Ich arbeite nämlich für sie.«

»Ja.«

»Ich bin Privatdetektiv, wissen Sie.«

Erneut Schweigen am anderen Ende der Leitung. Dann ein unverhofft frohes »Oh! Moment!«, ein kurzer Schlag, wie wenn ein Hörer fällt oder unsanft weggelegt wird, und zuletzt wieder Stille. Sollte ich mir um den alten Wicht Sorgen machen?

Gleich darauf hörte ich ihn wieder in den Hörer pusten. »Friedhof«, sagte er.

»Bitte?« Ich verstand nur Friedhof.

»Ja. Auf dem Tisch liegt ein Zettel, und auf dem Zettel steht Friedhof. Das macht sie manchmal, wenn sie geht.«

»Das heißt, Ihre Frau ist auf den Friedhof gegangen? Auf welchen denn?«

»Das steht da nicht.«

»Schade.«

»Ihre Eltern liegen in Neuenheim. Vielleicht …«

»Verstehe. Auf dem Neuenheimer Friedhof. Und Sie meinen, dort könnte ich sie treffen?«

»Tja … wenn sie da ist.« Er hatte recht. Zu einer überflüssigen Frage gehörte eine überflüssige Antwort. Ich bedankte mich und beendete das Gespräch. Auf dem Weg zum Neuenheimer Friedhof kam ich an meiner Wohnung vorbei. Ich holte mein Stadtrad aus dem Hof und legte die letzten Meter fahrend zurück.

Elke von Wonnegut erblickte mich, bevor ich sie sah.

»Huhu, Herr Koller!«, kreischte sie und winkte mir über die Gräber zu. Ihre Augen waren also noch gut in Schuss. Sie stand in einem der Seitenwege des schachbrettartig angelegten Friedhofs, beide Hände auf einen Stock mit silbernem Knauf gestützt, das pfiffige Mausegesicht von einer Pelzmütze eingerahmt. Neben ihr kniete Frau Stein vor einem Granitsarg Größe XXL, zupfte und schnitt an immergrünen Gewächsen herum. Für mich hatte sie nur einen kurzen Seitenblick übrig. An Eiben und kahlen Trauerweiden vorbeischlendernd, gesellte ich mich zu den beiden Damen.

»Was für eine schöne Überraschung«, strahlte meine Auftraggeberin, vom Winken ganz außer Atem. »Oder haben Sie uns etwa gesucht, Herr Koller?« Ihr Strahlen verriet mir, dass die schlechten Nachrichten noch nicht zu ihr gedrungen waren.

Ich servierte sie ihr häppchenweise. Nur nichts überstürzen. Schon am ersten Häppchen hatte sie schwer zu knabbern. Bernd Nagel in Untersuchungshaft? Sie runzelte die Stirn, schüttelte das Köpfchen. Nicht zu fassen. Der liebe Herr Nagel! Da konnte es sich doch nur um einen Irrtum handeln.

»Er hat gestanden, sich während der Aufführung mit Annette Nierzwa getroffen zu haben«, sagte ich. »In seinem Zimmer.«

»Aber wozu?«

»Wohl kaum zum Händchenhalten. Im Prinzip spielt das keine Rolle. Mit dem Mord hat er nichts zu tun, sagt er. Trotzdem wird er von der Polizei jetzt in die Mangel genommen.«

Sie wollte mehr wissen, ich gab ihr zurückhaltend

Auskunft. Natürlich, in ihrem Kopf ratterte es: Was hieß das für den Förderverein? War das der Zeitpunkt, um sich von Nagel zu distanzieren? Wer konnte seine Stelle einnehmen? Oder war ein klares Bekenntnis zu dem Geschäftsführer die richtige Strategie? Nebenher vergoss Frau von Wonnegut ein paar Krokodilstränen, beklagte die oft rüden Methoden der Kriminalbeamten, die Vorverurteilungen durch die Gesellschaft, aber es waren bloß Worthülsen, die in der Stille des Friedhofs fielen, und ich gab keinen Pfifferling auf sie.

Frau Stein anscheinend auch nicht. Sie hatte sich ächzend erhoben, ein Taschentuch gezückt, und mitten hinein in eine blütenschöne Formulierung ihrer Hausherrin schnaubte sie so gewaltig, dass Frau von Wonnegut den gesamten Satz wiederholen musste. Mit ärgerlich zusammengezogenen Brauen.

Zeit für das nächste Häppchen!

»Das ist nicht alles«, sagte ich. »Heute Morgen wurde Enoch Barth-Hufelang tot in seiner Wohnung aufgefunden. Erschlagen. Von wem, weiß man nicht.«

Nun war sie wirklich erschüttert. Ihre Lippen begannen zu zittern, ihre Hände klammerten sich fest um den Stock. Hilflos sah sie zu Frau Stein hinüber, die außer Neugier keine Reaktion zeigte.

»Das ist nicht wahr«, flüsterte Frau von Wonnegut. »Sagen Sie, dass das nicht wahr ist.«

»Es tut mir leid.«

Frau Stein drehte sich schweigend um und widmete sich wieder den Blümchen rund um das Grab. Um ihre grauen Hosen zu schonen, kniete sie auf einer Art Fußabtreter. Das Bild von vorhin kam mir in den Sinn: Wenn die Toten dieses Friedhofs ins Jenseits geschippert würden, wäre Frau Stein der ideale Bootsführer. Niemals lächelnd, stets gleichmütig, der Fährmann zur anderen Seite.

»Wer soll denn einen Barth-Hufelang erschlagen wollen?«, fragte Frau von Wonnegut, immer noch flüsternd. »Erst die Nierzwa und nun er!«

»Das kann man im Moment nicht sagen. Es ist nicht einmal 100-prozentig sicher, dass die beiden Morde vom selben Täter verübt wurden. Sollte sich aber herausstellen, dass Barth-Hufelang erst gegen Abend ermordet wurde, ist Bernd Nagel fein raus: Da war er bereits in Haft.«

Sie nickte stumm. Was diese Frau wirklich von dem Dirigenten gehalten hatte, blieb ihr Geheimnis. Vermutlich war er für sie eine Art Instrument, ein begabter Musiker, der ihren Traum von der *Götterdämmerung* in Heidelberg zu verwirklichen half. Nun war er geplatzt, dieser Traum, vorerst zumindest. Elke von Wonnegut war nicht mehr die Jüngste, aber sie war zäh, und sie würde darum kämpfen, dass es doch noch klappte mit ihren musikalischen Visionen. Dirigenten gab es wie Sand am Meer, Geschäftsführer auch. Der eine war vermutlich schwerer zu ersetzen als der andere, aber sie würde nichts unversucht lassen. Das sah man ihr an, als sie schließlich den Kopf hob.

»Frau Stein«, sagte sie, »packen Sie die Sachen zusammen. Und zwar sofort, bitte. Ich muss mich mit dem Vorstand beraten. Das sind ja entsetzliche Nachrichten.« Sie betupfte ihre trockenen Augenwinkel mit einem weißen Seidentuch. Frau Stein begann mechanisch, ihre Gerätschaften einzusammeln.

»Trotzdem vielen Dank für Ihre Informationen, Herr Koller«, sagte Frau von Wonnegut nach einem tiefen Atemzug. »Ich wusste, Sie würden mich auf dem Laufenden halten. Auch wenn ich nicht mit einer derartigen Fülle von Neuigkeiten gerechnet hatte. Danke.«

»Ich mache nur meine Arbeit.«

Sie nickte. »Auf Wiedersehen. Ich gehe schon einmal vor. Und Sie beeilen sich bitte, Frau Stein.« Gestützt auf ihren Stock, entfernte sie sich humpelnd.

Neben mir richtete sich Frau Stein langsam auf.

»Nicht immer ganz einfach mit ihr, oder?«, grinste ich.

»Man lebt«, antwortete sie abweisend. Während sie ihre Arbeitsgeräte in einem großen Korb verstaute, las ich die Inschrift auf dem Grab. »Albert von Wonnegut, 1905-1983« stand da, ergänzt durch einen Bibelspruch. Und darunter, kleiner: »Maria Theresa von Wonnegut, geb. Toschnigg, 1909-1955«. Ohne Spruch.

»Von Wonnegut ist ihr Geburtsname?«, überlegte ich laut.

Frau Stein zuckte die Achseln. »Sie wollte ihn unbedingt behalten.«

»Und ihr Mann? Hat er ihren Namen angenommen?«

»Ja. Paul von Wonnegut.«

Ich nickte. Ein ›von‹ im Namen macht sich immer gut. »Wie hieß er denn früher?«

Sie sah mich lauernd an. »Das wissen Sie nicht?«

»Woher soll ich das wissen?«

»Stein«, sagte sie und verstaute den Fußabtreter in ihrem Korb. »Paul Stein.«

»Stein?« Besonders intelligent werde ich nicht dreingeschaut haben. »Das heißt, er ist ...« Ich überlegte. Frau Steins Ex-Gatte?

»Mein Bruder.«

Sie schritt davon. Der Korb mit dem Gartengerät zog ihre rechte Schulter schwer nach unten.

17

Auf dem Weg nach Hause begann es zu schneien. Vereinzelte kleine Schneeflocken, von denen es die wenigsten bis zur Erde schafften. Ich sah Schulkinder, die gen Himmel starrten und ihre Enttäuschung über das spärliche Weiß nicht verbargen. Dieser Winter tat nur so, als ob.

Eine Nachricht von Fatty auf meinem Anrufbeantworter. Er erinnerte mich an die Einladung für den heutigen Abend. Es würde ein Festessen geben, und Eva freute sich schon darauf, mich kennen zu lernen. Während ich noch überlegte, wie ich ein paar belegte Brote in Fattys Küche schmuggeln konnte, erhielt ich eine SMS von Marc: »Treffe Bernds Anwältin um 4. Kommst du?« Ich schrieb ihm postwendend zurück, tippte die falschen Tasten, und mit jedem Fehlversuch fiel meine Antwort knapper aus. Am Ende stand nur noch »OK« auf dem Display.

Dann erst merkte ich, wie müde ich war. Ich sah auf die Uhr. Kurz nach eins, ich hatte noch jede Menge

Zeit. Ich legte mich aufs Bett und träumte von tanzenden Schneeflocken.

Um Punkt vier stellte ich mein Rad vor einer Villa in der Zähringer Straße ab. Rötlicher Sandstein, Jugendstilfenster, ein kleiner, aber schnieker Vorgarten. Seitlich führten sechs breite Stufen ins Hochparterre, zu einer lackierten Holztür, die augenscheinlich eine halbe Tonne wog. In der Weststadt pflegt man bodenständigen Schick. Das zaghafte Schneetreiben von vorhin hatte sich schon wieder gelegt.

Mütze und Handschuhe in meine Jacke stopfend, erklomm ich die Stufen. *Dr. C. Glaßbrenner, Rechtsanwältin* stand in nüchternen Lettern auf einem spiegelglatt polierten Messingschild. Das passte zu Nagel, dass er sich bei einer Frau Rechtsbeistand suchte. Oder suchen ließ, denn er selbst hatte ja keine Initiative gezeigt. Für ihn würde sich die Anwältin doppelt ins Zeug legen.

Die Kanzlei befand sich im Erdgeschoss. Eine echte Vorzimmerschönheit hielt mir die Tür auf: zartes Lächeln, blitzblanke Zähne, gebräunte Haut, Ringe an den schmalen Fingern und das Hemd oben offen. Nur dass dieses Hemd nicht das Übliche enthielt. Die Schönheit war zwar eine Schönheit, aber keine weibliche. Frau Dr. Glaßbrenner gönnte sich den Luxus eines Beaus als Rechtsanwaltsgehilfe.

Oder sagte man in diesem Fall Rechtsanwältingehilfe?

»Legen Sie bitte ab«, hauchte das Model. Sein After Shave roch nach Provence, nach Abenteuer und einem ganz kleinen bisschen Sünde. »Die Frau Doktor erwartet Sie.«

»Mhm«, brummte ich. Einen Moment lang zögerte ich, meine alte Steppjacke einem filigranen Kirschbaumkleiderständer anzuvertrauen, aber ich konnte sie ja schlecht auf den Schreibtisch des Typen legen.

»Bitte schön.« Auch die Tür zum Büro wurde mir aufgehalten. Ich trat ein ... und blieb wie angewurzelt stehen.

»Hallo«, sagte Frau Dr. Glaßbrenner und blickte von ihren Akten auf. »Sie dürfen nähertreten. Ich beiße nicht.«

Hinter mir wurde die Tür leise geschlossen. Zurück blieb ein leichtes Rosmarinaroma. Ich brauchte ein paar Sekunden, um mich von meiner Verblüffung zu erholen.

»Ach so«, sagte ich. »Sie sind das. Na, dann.« Zögernd machte ich ein paar Schritte in den Raum hinein.

»Überrascht?«

»Nö.« Sie sah mindestens so appetitlich aus wie am Sonntagmorgen in Covets Bad. Damals bauchfreies Top, heute figurbetontes Kostüm. Die Lippen kirschrot, das halblange Haar frei auf die Schulter fallend. »Cordula, nicht wahr?«, sagte ich, sobald ich ihren Schreibtisch erreicht hatte, und streckte ihr die Hand hin. Sie erhob sich lächelnd und erwiderte den Händedruck. Ich hatte völlig vergessen, wie groß sie war.

»Hallo, Max. Setzen Sie sich doch. Sieht so aus, als hätte Ihnen Marc nichts über mich und meinen Beruf erzählt.«

»Sagen wir mal so: Für eine Rechtsanwältin hätte ich Sie nicht gehalten.«

»Sondern?«

»Keine Ahnung.« Mir lag eine Unverschämtheit auf

der Zunge, die ich unter keinen Umständen äußern durfte. Nur Versager wie ich konnten sich bei einer bestimmen Sorte von Frauen nicht vorstellen, dass sie umsonst zu haben waren. Bei Frauen von der Klasse Cordulas nämlich.

»Na gut, lassen wir das. Ich muss Ihnen leider sagen, dass ich zeitlich enorm angespannt bin. Im Grunde dürfte ich Bernd nicht als Mandanten betreuen, dazu habe ich viel zu viel um die Ohren. Aber aufgrund der Freundschaft zu ihm und zu Marc konnte ich es nicht abschlagen.«

»Hat Nagel Sie darum gebeten?«

»Nein, das war Marc.« Während sie sprach, hatte sich ihr Blick abgekühlt. War sozusagen auf Geschäftstemperatur gesunken. Nun sah sie doch aus wie eine Rechtsanwältin. Und das Drumherum passte dazu. In Covets Wohnung war sie noch mit ihrem Bauchnabel hausieren gegangen. Heute umgab sie sich mit eichenholzdunkler Gediegenheit, mit schlichter Bravour und Edelschnickschnack. In ihrem Rücken hob sich ein großes, farbintensives Blumenbild von der braunen Vertäfelung ab, das Klecks für Klecks die Investitionsbereitschaft seiner Besitzerin pries. ›Mann, war ich teuer‹, sagte das Bild jedem, der es betrachtete. Im Schatten einer Zweimeterpalme lauerte primitive afrikanische Kunst: eine männliche und eine weibliche Holzfigur, kleiner als ich, aber mit Geschlechtsteilen wie Airbags. Dass die beiden den schwarzen Kontinent jemals zu Gesicht bekommen hatten, wagte ich zu bezweifeln, aber auch als naive Schnitzereien aus dem Odenwald waren sie nicht zu verachten.

Ich hatte Zeit, mich der Inneneinrichtung zu widmen, denn soeben betrat Marc Covet die Kanzlei. Wir hörten ihn draußen ein paar Worte mit dem Vorzimmermodel wechseln, dann kam er herein, nickte mir kurz zu und beugte sich über Cordulas Schreibtisch. Küsschen links, Küsschen rechts, wie gehabt. Ich schien unwillkürlich die Augen verdreht zu haben, anders konnte ich mir die hochgezogene Braue und das spitze Lächeln der Rechtsanwältin nicht erklären.

»Danke, dass du gekommen bist«, sagte Covet zu mir. »Aber warum hast du mir vier Zusagen hintereinander gesimst?«

»Ich habe nur einmal gesimst. Der Rest bestand aus Fehlversuchen.«

»Die habe ich alle bekommen. Viermal ›Okay‹ in unterschiedlichen Formulierungen. Vielleicht solltest du ...«

»Können wir zur Sache kommen, meine Herren?«, unterbrach Cordula Glaßbrenner. »Marc, ich habe deinem Kollegen bereits erklärt, wie es mit meinem Zeitmanagement aussieht, und bitte euch beide, das zu respektieren. Ich helfe, wo ich kann, aber gewisse Dinge sind derzeit nicht machbar.«

»Ist doch klar«, sagte Marc. »Wir wissen das zu schätzen, Cordula. Absolut.«

Ich unterdrückte ein Gähnen. Gegen ein sonntägliches Frühstück bei Marc schien ihr Zeitmanagement nicht zu sprechen.

»Gut«, fuhr Frau Glaßbrenner fort. »Um es vorweg zu sagen, Max: Ich war dagegen, Sie hinzuzuziehen. Auch wenn ich noch nie mit einem privaten Ermittler zusammengearbeitet habe, verspreche ich mir von dieser Maßnahme wenig.«

»Und ich«, hakte Covet rasch ein, »bin nach wie vor sehr dafür, dich dabeizuhaben. Das hat sie eingesehen.«

»Eingesehen?«, echote sie spöttisch. »Das wiederum würde ich als Übermittlungsfehler bezeichnen.«

»Kein Problem«, sagte ich. »Wenn ich störe, gehe ich raus, eine Schneeballschlacht machen.«

»Nun seien Sie nicht gleich eingeschnappt, Max. Ich dachte, es ist besser, mit offenen Karten zu spielen. Marc will Sie unbedingt dabeihaben, das habe ich akzeptiert.« Dem letzten Wort gab sie eine leichte Betonung mit auf den Weg.

»Wie geht es Bernd?«, fragte Covet.

»Mäßig. Um es euphemistisch auszudrücken. Er sagt zwar, es sei alles in Ordnung, aber aussehen tut er nicht danach. Wobei er übrigens kaum etwas sagt.« Sie stand auf, umrundete den Tisch und lehnte sich gegen ihn. Ich konnte den Blick nicht von der Tischkante wenden, die weich in den Hintern der Frau schnitt. »Das Schlimme ist, dass er von sich aus den Mund nicht aufmacht. Ich habe ihn regelrecht dazu zwingen müssen. Wenn es nach ihm gegangen wäre, hätte er niemanden von seiner Situation in Kenntnis gesetzt. Mich nicht, auch keinen anderen Anwalt, niemanden.«

»Warum?«, fragte Covet fast verzweifelt. »Hat ihn die eine Nacht in Haft so mürbe gemacht?«

»Er schämt sich«, sagte ich. »Sein Treffen mit Annette ist ruchbar geworden, also schämt er sich jetzt.«

»Was sagt er über das Treffen? Was genau hat er gestanden?«

Cordula stützte sich mit einer Hand auf der Tischplatte ab. »Mir gegenüber hat er bloß sein Geständnis wiederholt. Er sei, sagt er, Annette zufällig auf dem Weg in den Zuschauerraum begegnet und habe mit ihr ein heimliches Treffen während der Pause vereinbart. Dort sei es dann zu sexuellem Kontakt gekommen. Es ist also genau das passiert, was wir alle, die wir Bernd kennen, befürchtet haben. Darf ich den Grund für Ihr Amüsement erfahren, Herr Koller?«

Ich grinste sie schon eine ganze Weile frech an. Mir gefiel, wie sie über Bernd Nagel und seine Pausenbeschäftigung sprach. Genauer gesagt, gefiel mir, wie sie in ihrem gestelzten Juristendeutsch um den heißen Brei herumredete.

»Tut mir leid«, sagte ich, »aber ich bin keiner von denen, die Bernd Nagel gut kennen, Frau Dr. Glaßbrenner.«

Sie schmunzelte. So leicht brachte sie einer wie ich nicht aus der Fassung. »Sie hat ihm einen geblasen«, sagte sie ruhig. »Auf dem Schreibtisch. Eine Sache von zehn Minuten. Den meisten Männern macht das Spaß, habe ich mir sagen lassen. Noch Fragen?«

»Danke, nein.«

Ich hörte Marc schwer atmen. Den Blickkontakt mit ihm vermied ich.

»Anschließend«, fuhr sie fort, »verließ er sein Zimmer, ging aber nicht zur Aufführung zurück, die bereits wieder begonnen hatte, sondern nach draußen. Er lief eine Weile ziellos herum; der Rest ist bekannt.«

»Also wurde, Nagels Aussage zufolge, Annette Nierzwa erst nach Ende der Pause ermordet«, sagte ich.

Sie nickte.

»Und der zweite Mord? Haben Sie ihn dazu auch befragt?«

»Natürlich. Damit hat er nichts zu tun, sagt er.«

Ich überlegte. »Hat die Polizei durchblicken lassen, wann genau Barth-Hufelang erschlagen wurde?«

»Zwischen 16 und 17 Uhr.«

»Aber Nagel wurde erst am Abend in Haft genommen. Theoretisch kann er es gewesen sein.«

»Was heißt, er kann es gewesen sein?«, fuhr Marc auf. »Bernd ist doch kein Hammermörder, ich dachte, darüber waren wir uns einig.«

»Ich versuche zu denken, wie die Polizei denkt. Nagel hat im Fall Annette Nierzwa gelogen, und er hat für beide Morde kein Alibi. So sieht es aus, Marc.«

»Ihr Einwand in allen Ehren, Max«, mischte sich Cordula ein, »aber Marc hat insofern recht, als einem Bernd Nagel ein Mord wie der an Barth-Hufelang wirklich nicht zuzutrauen ist. Da scheint ja ein Metzger am Werk gewesen zu sein. Bernd? Niemals.«

Ich schüttelte den Kopf. Es war schon kurios: Die beiden argumentierten genauso, wie ich es heute Morgen Kommissar Fischer gegenüber getan hatte. Und jetzt war ich es, der ihnen widersprach.

»So einfach ist es nicht«, sagte ich. »Mit Psychologie braucht ihr mir nicht mehr zu kommen. Schließlich hat Nagel gelogen. Du hast ihn gefragt, Marc, auf Ehre und Gewissen, und was macht er? Lügt, dass sich die Balken biegen. Belügt mich, belügt die Polizei. Dabei geht es um Mord. Anstatt dass der Kerl sagt, na klar, ich will doch auch, dass der Mörder meiner Ex gefasst wird, also hört her, so und so war es. Nichts da, Bernd Nagel versucht, seine Spielchen mit uns zu treiben. Wenn er jetzt zugeben musste, dass ihn der Trieb geritten hat, muss er demnächst vielleicht zugeben, dass er seine Aggressionen nicht unter Kontrolle hatte.«

Covet schwieg. Er stützte den Kopf in eine Hand und sah düster auf seine Schuhspitzen.

»Wie Sie das formulieren«, schmunzelte Cordula Glaßbrenner. Ihr Blick hatte etwas Herausforderndes. »Bernd Nagel vom Trieb geritten ... Das muss ich mir merken.«

»Ja, tun Sie das. Und wissen Sie, was Sie dann machen? Sie gehen zu Nagel und setzen ihm die Pistole auf die Brust. Kündigen Sie ihm die Freundschaft, behaupten Sie, er käme erst in ein paar Wochen wieder aus der U-Haft, was weiß ich. Aber der Kerl soll endlich die ganze Wahrheit gestehen, er soll Uhrzeiten nennen, soll aus seinem Traum aufwachen und sich an Leute erinnern, die er auf dem Weg von seinem Zimmer in die Plöck gesehen hat. Bevor ihm die Kriminaltechnik Stück für Stück nachweist, was er an diesem Abend noch alles getrieben hat. Dann könnte es nämlich verdammt peinlich werden.«

Nach diesen Worten herrschte Stille. Mit der Rechtsanwältin war eine Veränderung vor sich gegangen. Ihre Gesichtszüge hatten sich verhärtet, die linke Hand schloss sich fest um die Schreibtischplatte. Das Lächeln, das von ihren Lippen geformt wurde, war keinen Cent wert.

»Sie wollen mir vorschreiben, was ich zu tun habe?«, sagte sie. »Das wollen Sie tun?«

»Ich will niemandem etwas vorschreiben. Ich habe Ihnen nur gesagt, was ich an Ihrer Stelle täte. Zum Besten von Bernd Nagel.«

Sie starrte mich kalt, fast enttäuscht an. Ihre Augen glommen dunkel. »Schade«, sagte sie. Mehr nicht.

In die folgende Pause hinein räusperte sich Covet, wollte die Situation retten, begann zu erklären, wie ich es gemeint haben könnte, aber sie schnitt ihm das Wort ab, indem sie wieder hinter ihren Schreibtisch trat und sich setzte.

»Ich danke euch für euer Kommen«, sagte sie förmlich. »Im Gegensatz zu Max Koller bin ich der Meinung, dass Bernd schon morgen aus der Untersuchungshaft entlassen wird, sofern es keine weiteren Indizien gegen ihn gibt. Ich werde mein Menschenmögliches tun, um ihn da rauszuhauen. Und jetzt entschuldigt mich, die Arbeit ruft. Ich halte euch auf dem Laufenden.«

Wir gingen. Meine Verabschiedung von Cordula fiel kurz aus, während ihr Marc zwischen diversen hingehauchten Küsschen im Flüsterton zu erklären versuchte, warum ich so war, wie ich war, und was es zu bedeuten hatte, wenn ich etwas sagte, was ich nicht so meinte, wie ich es gesagt hatte. Sichtbarer Erfolg war seinen Erklärungen nicht beschieden.

Gefasst wartete ich im Freien auf das, was kommen musste. In Frau Dr. Glaßbrenners großem Messingschild kontrollierte ich mein Aussehen. Kaum hatte Marc die schwere Eingangstür hinter sich geschlossen, ging die Schreierei los.

»Was fällt dir eigentlich ein? Bist du von allen guten Geistern verlassen? Sie will uns helfen, und du markierst den Dicken!«

»Sie auch. Kostüm, Lippenstift, teure Möbel und afrikanische Pseudokunst. Das nenne ich den Dicken markieren.«

»Kannst du deinen Sozialneid mal für eine Sekunde vergessen?«, brüllte er. »Ist doch scheißegal, was für Möbel sie hat und welche Bilder an der Wand hängen. Mein Kumpel Bernd sitzt in der Klemme, und du störst dich an irgendwelchen Bildern! Zum Kotzen finde ich das! Weißt du, mit welcher Engelsgeduld ich auf Cordula eingeredet habe, damit sie dir von der Unterredung mit Bernd erzählt? Und dann provozierst du sie dermaßen!«

»Wer hier wen provoziert hat, ist die Frage. Warum bist du so empfindlich? Habt ihr was miteinander, ihr zwei?«

»Nein. Haben wir nicht.«

»Ich dachte bloß, wegen Frühstück und so.«

»Das dachte ich mir, dass du das dachtest. Falsch gedacht. Cordula ist eine gute Freundin, zu mir ebenso wie zu Bernd. Und sie ist verdammt intelligent.«

»Und reich. Und erfolgreich.«

»Eben nicht, du Idiot! Das Haus hier gehört ihr zu einem Viertel. Sie zahlt Miete an ihre Geschwister, und zwar happig. Letztes Jahr ist ihr Vater gestorben, der alte Glaßbrenner, und sie hat seine Kanzlei übernommen, mit sämtlichen Klienten. Lauter verwöhnte Geldsäcke, einer ekliger als der andere. Cordula ist ins kalte Wasser gesprungen, und was meinst du, wie sie jetzt strampeln muss? Jede Nacht schlägt sie sich um die Ohren. Und dass die Einrichtung der Kanzlei eine Zumutung ist, weiß sie selbst. Aber was glaubst du, was passieren würde, wenn sie Bilder nach ihrem Geschmack aufhängen würde? Die Hälfte ihrer Klientel würde zu einer anderen Traditionskanzlei wechseln, wo der Senior noch selbst die Geschicke lenkt.«

Covet hatte sich heiser geredet. Na und? Sollte ich reingehen und Cordula in den Arm nehmen? Wer hatte sie gezwungen, die Kanzlei zu übernehmen?

»Der alte Glaßbrenner«, sagte Marc, nun wieder in normaler Lautstärke, »war ein furchtbarer Typ. Ein Feldwebel, wie er im Buche steht. Drei Söhne, und alle haben einen Knacks. Warum? Weil er jedem sagte, was er wie und warum zu tun hatte. Cordula war die Einzige, die sich diesem Terror einigermaßen entziehen konnte. Aber wenn sie etwas auf den Tod nicht ausstehen kann, dann einen Ratschlag, wie sie ihre Arbeit machen soll.«

»Wenn Max Koller trifft«, schmunzelte ich, »dann trifft er richtig.«

»Ja. Leider hast du die Falsche getroffen. Wer soll Bernd denn raushauen, wenn nicht sie? Kennst du vielleicht einen guten Anwalt?«

»Ich kenne überhaupt keinen Anwalt. Aber Cordula sollte Nagel zur Vernunft bringen. Ob auf meinen Rat hin oder nicht, ist mir schnuppe. Bloß erzählen, was war, das soll der Kerl.«

»Das brauchst du mir nicht zu sagen«, murmelte Covet und wischte sich den Schweiß von der Stirn.

Ich wartete, bis er damit fertig war, dann sagte ich: »Lass mich mein Ding machen und Cordula ihres. Anschließend kannst du versuchen, beides zusammenzupuzzeln. Vielleicht gelingt es dir ja.«

Er zuckte die Achseln. »Mal sehen.«

Auf getrennten Wegen fuhren wir nach Hause.

18

Fattys Traumfrau entpuppte sich als reichlich kurz geratene Person mit stämmigen Oberarmen und einem runden Gesicht, in dem rote Apfelbäckchen glühten. Evas Energie reichte für zwei, das sah man sofort, und über ihren unleugbaren Hang zur Korpulenz lachte sie fröhlich hinweg. Überhaupt machte sie wenig Aufhebens um ihr Äußeres. Fix die dunklen Haare in ein Zopfgummi gezwängt; wen störte es, wenn ein paar Strähnen überm Ohr baumelten? Sie packte meine Hand mit der Kraft eines Ringers und schüttelte sie, bis mir die Finger schmerzten. Ihre kleine Nase war mit winterfesten Sommersprossen gesprenkelt.

Ein Kompromiss zwischen mir und dir, hatte Fatty gesagt. Das kam sogar hin.

»Max Koller«, stellte uns mein aufgeregter Freund vor. »Eva Gerber.«

»Freut mich«, strahlte Eva und spielte Mikado mit meinen Fingerknochen. Gerber – wo war mir dieser Name zuletzt begegnet? Keine Ahnung. Gerber heißen viele.

Ihre unbeugsame Fröhlichkeit war mir zunächst suspekt, wie mich jeder Mensch irritierte, der gute Laune zu seinem Lebensprinzip erklärt hat; aber Evas Lachen erwies sich als so natürlich und dauerhaft wie bei anderen Leuten das Atmen. Ihr Körper verlangte danach, wahrscheinlich gluckste sie sogar im Schlaf vor sich hin, und wenn es nichts mehr zum Lachen gab, konnte man sich immer noch darüber amüsieren, dass beileibe nicht jedes menschliche Wesen so gut gebaut und gepolstert war wie sie oder Fatty. Sondern dass auf dieser Erde auch Spargeltarzans wie ich herumliefen.

»Na, Hunger mitgebracht?«, fragte Fatty.

»Geht so. Was gibts denn?«

»Oho, große Überraschung, mein Junge! Aber hallo.«

Eva bekam einen Lachkrampf.

»Da gibts nix zu lachen«, protestierte Fatty. »Das Rezept ist von meiner Großmutter. Das halbe Rezept jedenfalls.«

Oma Sawatzki stammt aus Schlesien. Ich stellte mich innerlich auf Karpfen, Klöße und Kapernsoße ein, abgerundet mit einem kräftigen Schuss Kümmel. Denn ein Tag ohne Schnaps war für Fattys Oma ein verlorener Tag.

Während sich mein dicker Freund in der Küche einschloss, hatte ich das zweifelhafte Vergnügen, Evas Urlaubserzählungen lauschen zu dürfen, unterlegt mit einer endlosen Folge von Fotos, die alle blauen Himmel, eine weiße Skipiste und dick vermummte Flachländer zeigten. Ab und zu hob man gemeinsam etwas Hochprozentiges ins Bild, einmal war nur Fattys Hintern zu sehen, der aus einer Schneeverwehung ragte. Ansonsten bunte Flecken auf zuckriger Landschaft. Evas kurze Finger waren zu breit für die Tastatur ihres Laptops.

»Ich weiß«, sagte sie und schaltete das Gerät aus. »Es gibt nichts Langweiligeres als Urlaubsfotos anderer Leute. Aber Friedhelm wollte unbedingt, dass ich sie dir zeige.«

»Hast du eine Ahnung, was er da drin zusammenmixt?«

»Ja«, lachte sie. »Experimentelles Kochen nennt man das wohl.«

»Vielleicht sollten wir schon mal die Nummer eines Pizza-Services raussuchen.«

»Wenn du deinen besten Freund verlieren willst, nur zu.«

»Wo hast du eigentlich Skifahren gelernt?«

»In Chile.«

»Aha.« In Chile, wo sonst. Und Schnorcheln in Alaska.

»Ich war als Kind dort. Mein Vater hat zwei Jahre in Santiago gearbeitet. Zum Studium bin ich dann noch mal ein Jahr hin. In den Anden kann man fantastisch Ski fahren.«

»Und was machst du beruflich?«

Wir kamen ins Plaudern. Sie hatte Romanistik studiert, keinen gescheiten Job bekommen, als Sekretärin gearbeitet, war ausgebeutet worden und hatte alles hingeschmissen. Jetzt hielt sie sich mit Kursen an der Volkshochschule über Wasser: Spanisch für Anfänger, Spanisch für Hausfrauen, Spanisch für Manager. Ab und zu führte sie Reisegruppen durch Andalusien und träumte von einer Exkursion nach Südamerika. Die Leitung der Skiwoche hatte sie nur ausnahmsweise übernommen, als Vertretung für eine erkrankte Kollegin.

Irgendwann stand Fatty neben uns, die Hände hinter dem Rücken verschränkt.

»Was ist?«, fragte ich. »Brauchst du Hilfe?«

»Beim Kochen? Nee. Alles in Ordnung. Bei euch alles klar?«

»Superklar. Bis auf die Frage, ob du die Schneewehe fressen wolltest, so wie du dringesteckt hast.«

»Sehr witzig«, murmelte er, ohne das Gesicht zu verziehen. Eva prustete schon wieder los.

»Gut. Sollen wir den Tisch schon mal decken? Wobei ich keinen großen Hunger habe, wenn ich ehrlich bin.«

»Warte mal. Gut Ding will Weile …« Er räusperte sich. »Kennst du dich mit Korkenziehern aus? Meiner ist so … ich weiß auch nicht, komisch ist der.«

»Das kann ich ja machen«, sagte Eva.

»Nee, lass mal, das ist Männersache. Kommst du mal, Max?« Er zerrte mich in die Küche und schloss die Tür sorgfältig hinter uns.

»Seit wann kriegst du keinen Korken mehr aus der Flasche?«

»Vergiss die Flasche«, zischte er. »Du musst mir helfen. Ich habe total den Überblick verloren, mit all den scheiß Gewürzen und den Mengenangaben. Und dann die Reihenfolge! Meine Oma hat nirgendwo aufgeschrieben, welches Zeug am Anfang in den Topf soll und welches am Ende.«

»Was wird denn das für ein Sechs-Gänge-Menü, wenn es fertig ist?«

»Spaghetti mit Tomatensoße.«

»Bitte?«

»Ja, aber ganz besondere Spaghetti! Eva hat mir das Rezept aus Kalabrien mitgebracht. Und weil es ein bisschen scharf und extravagant ist, mische ich es mit einem Nudelrezept meiner Oma.«

»Ein polnisch-italienischer Mix also. Das finde ich toll, Fatty, das ist gelebte EU. Beziehungsweise gekochte.« Ich klopfte ihm gönnerhaft auf die Schulter. »Das kriegst du schon alleine hin.«

»Krieg ich nicht! Sag mir wenigstens, wie viel ich von den Gewürzen jeweils hineintun soll und in welcher Reihenfolge.«

Ich ging die Gewürzgläschen durch, die auf der Arbeitsplatte standen. Er hatte sie alle neu gekauft: Oregano, Thymian, Kräuter der Provence und Salbei. Sogar Lorbeerblätter. Zu Fattys Standardausrüstung gehörte bloß Salz, weißer Pfeffer und geklumptes Steakgewürz.

»Wo hast du denn die Chilischoten her?«

»Von Eva. Echt aus Kalabrien.«

»Die würde ich vorher probieren, bevor du sie verwendest. Die könnten scharf sein.«

»Keine Angst, ich tu weniger rein, als im Rezept steht.«

Mit gemischten Gefühlen verließ ich die Küche. Offenbar inspiriert von der Korkenziehernotlüge, hatte Eva eine Flasche Rotwein geöffnet; gerade steckte sie ihr Taschenmesser wieder ein. Aus randvollen Gläsern prosteten wir uns zu.

»Wirds was da drin?«, fragte sie grinsend. »Oder doch Pizza-Express?«

»Die Chancen stehen fifty-fifty. Vielleicht gelingt wenigstens eins der halben Rezepte.«

»Du kochst auch nicht gerne, was?«

»Doch. Selbst wenn man es mir nicht ansieht.«

»Woher kennst du Friedhelm eigentlich?«

»Aus der Schule. Vom Bolzplatz und wo man sich sonst noch rumtreibt. Eine gemeinsame Jugend in der Vorderpfalz, so was schweißt zusammen.«

»Dass ihr Pfälzer seid, hört man aber nicht.«

»Wo kommst du her?«

»Schwer zu sagen, wenn man einen Diplomaten als Vater hat. Ich bin in Berlin geboren, mein Bruder in Brüssel. Wir haben in den USA gelebt, in Chile und in Frankreich. Abitur habe ich in Düsseldorf gemacht.«

»Also das genaue Gegenteil von Vorderpfalz.«

Sie lachte. Im nächsten Moment fuhren wir zusammen. Aus der Küche waren tierische Laute zu hören, das Geheul eines angeschossenen Wolfs. Wir sprangen auf und stürmten aus dem Zimmer. Fatty hing sabbernd über dem Spülstein.

»Haut ab!«, brüllte er. »Mir gehts gut. Verschwindet!«

»Was ist los?«

Mit zitternden Fingern drehte er den Wasserhahn auf und hängte seinen Mund in den Strahl.

»Hast du dich verbrannt?«, fragte Eva. »Können wir helfen?«

Die Antwort bestand in einem erneuten Heulen. Ich sah mich um. Auf dem Herd standen zwei Töpfe, der eine randvoll mit Wasser. Spaghetti lagen auf der Küchenwaage. Die Gewürze ordentlich in Reih und Glied, anscheinend alphabetisch geordnet, ganz vorne die Chilischoten. Mir schwante etwas.

»Du solltest deinen Vater anrufen«, sagte ich zu Eva. »Es drohen diplomatische Verwicklungen mit Kalabrien.«

»Das sind keine Chilis«, hechelte Fatty vom Spülstein her. »Blausäure ist das. Blausäure in Schotenform.«

»Wasser hilft da nicht«, sagte Eva. »Iss lieber ein Stück Brot.«

Ich nahm eines der roten Teufelchen und leckte daran. Klar waren sie scharf. Trotzdem kein Grund, die Küche vollzuheulen.

»Hast du vielleicht ein Stück davon abgebissen?«, wollte ich wissen.

»Wie, abgebissen? Gegessen hab ich eine. Das sagtest du doch.«

»Ich sagte was von Probieren«, lachte ich und bekam Gänsehaut. »Nicht von Verschlingen.«

»Dann drück dich nächstes Mal genauer aus.« Fatty warf mir aus geröteten Augen wütende Blicke zu. Nicht einmal die Brotscheibe, die ihm Eva reichte, konnte ihn milde stimmen.

»Das geht gleich vorbei«, sagte sie, seinen Rücken tätschelnd.

»Das hat der Kerl mit Absicht getan«, murmelte Fatty. »Nur um mich bloßzustellen. Der kann einfach nicht verknusen, dass ich mit einer Freundin aus dem Skiurlaub zurückgekommen bin.«

Mit einer Freundin, ja. Und mit einem Waschbärengesicht. Er hatte immer noch diese weißen Partien rund um seine rotgeränderten Augen, was einen interessanten Kontrast ergab.

»Vorschlag zur Güte«, sagte ich. »Du erholst dich von deinem Selbstversuch, und ich springe als Hilfskoch ein. In 20 Minuten sind die Spaghetti fertig.«

»Einverstanden«, nickte er. »Mein Geschmackssinn ist ohnehin zum Teufel.«

Er trollte sich, von einer kichernden Eva gestützt. Ich atmete auf. Das Abendessen war gerettet, und die beiden Turteltäubchen konnten nach Herzenslust auf dem Sofa kuscheln. Ich stellte die Herdplatten auf Anschlag, schnippelte Zwiebeln und ließ die Soße schön einköcheln. Da ich die Handschrift von Oma Sawatzki nicht entziffern konnte, hielt ich mich an das kalabrische Rezept, und zwar mit den originalen Mengenangaben für die Chilis. Fatty hatte seine Initiation ja hinter sich.

Aber irgendwie schienen ihm die Schoten den Rachen aufgeschmirgelt zu haben. Als wir endlich aßen, lobte Eva die beiden Vorderpfälzer Köche, die schlesische Großmutter und alle Kalabrier in einem Atemzug, während sich einen Teller weiter Fattys Augen schon wieder mit Wasser füllten. Nach der dritten Gabel legte er das Besteck zur Seite, den Kopf nach hinten und heulte los.

»Du verdammter Scheißkerl!«, brüllte er. »Du elender Hurensohn!« Er warf seinen Stuhl um und rannte aus dem Zimmer. Eva sah ihm verwundert nach.

»Ist die Soße zu scharf?«, fragte ich sie unbehaglich.

»Aber keine Spur«, erwiderte sie. »Schön würzig. Absolut ideal. In Chile hab ich ganz anderes Zeug gegessen.«

Spätestens von diesem Zeitpunkt an war sie mir sympathisch.

Ein paar Minuten später kam Fatty vom Klo zurück: Ein angeschlagener Boxer stieg zur letzten Runde in den Ring. »Lass die Finger von dem Fraß«, riet er Eva heiser. »Der Kerl hat Nitroglyzerin hineingeschüttet.«

»Wo hinein?«

»Oder WC-Reiniger.« Der Enkel von Oma Sawatzki rückte den Stuhl wieder an den Tisch, ließ seine 220 Pfund Lebendgewicht daraufplumpsen und funkelte mich aus klatschnassem Gesicht böse an.

Abwehrend hob ich die Hände.

»Mensch, Friedhelm«, sagte Eva, »mir schmeckts phantastisch. Echt wahr. Das ist das erste Mal seit Ewigkeiten, dass ich nicht nachwürzen muss.«

Fatty wandte sich ihr langsam zu. »Das ist nicht dein Ernst.«

»Mein voller Ernst«, lachte sie.

»Man gewöhnt sich dran«, sagte ich versöhnlich. »Auch an WC-Reiniger.«

Der Waschbär schwieg. Schwieg und schluckte. Dann blickte er uns fest an und sagte feierlich: »Ihr beide esst das jetzt, Bissen für Bissen. Und wenn es einem von euch zu scharf ist, wenn ich in einem Augenwinkel auch nur ein winziges Tränchen entdecke, schmeiße ich das Zeug eigenhändig zum Fenster hinaus. Das schwöre ich euch.«

»Und wenn nicht?«

»Dann folge ich eurem Beispiel.«

Und so geschah es. Fatty schaute zu, wie wir unsere Teller leerten: genüsslich, gierig, mit aufmunterndem Lächeln. Während Eva zu einer weiteren Lobeshymne ansetzte, ließ ich es mir nicht nehmen, auf die letzte Gabel ein wenig Extra-Pfeffer zu streuen. Fattys Adamsapfel geriet in Bewegung.

Aber mein alter Kumpel hatte nicht umsonst im Alter von 17 Jahren den Tourmalet im Alleingang bezwungen, mit einem altersschwachen Zehngangrad unter und einer akuten Eiweißvergiftung in sich. Hin und wieder bewies er Zähigkeit. Kaum hatten wir unser Mahl beendet, als er zur Gabel griff und sich dem süditalienischen Höllenfeuer hingab. Bissen für Bissen stopfte er in sich hinein, das Wasser lief ihm in Bächen übers Gesicht, seine Pupillen schrumpften, doch er hielt durch.

Zu guter Letzt schob er den leeren Teller außer Reichweite, wischte sich den Schweiß von der Stirn und steckte einen Kanten Weißbrot in den Mund. »Kein Kommentar!«, röchelte er. »Ich will nichts hören. Nie wieder. Themenwechsel.«

»Prost, mein Held!«, rief Eva und gab ihm einen Kuss.

»An diesem Tisch sitzt nur ein Held«, sagte Fatty grimmig, »und der heißt Max Koller.«

»Weil er zu Ende gekocht hat?«

»Weil er Privatdetektiv ist, ein begnadeter Schnüffler vor dem Herrn. Manchmal löst er sogar einen Fall.«

Es hätte mich gewundert, wenn er Eva nicht im Vorfeld des Abends lang und breit von der seltsamen Profession seines besten Freundes vorgeschwärmt hätte. Sie war auch keineswegs überrascht, sondern erkundigte sich ganz pragmatisch nach Arbeitsbedingungen, Arbeitszeiten und finanziellem Ertrag.

»Man lebt«, sagte ich, die schöne Formulierung von Frau Stein aufgreifend. »Nicht gut und nicht schlecht, das wechselt. Irgendwann, in 40, 50 Jahren, wird man um mich nicht mehr herumkommen, weil ich schon so lange am Ort bin, schon so lange durchgehalten habe, dann komme ich groß raus und mache Kohle. Aber ob ich das noch erlebe, weiß ich nicht.«

»Er will ja nur nicht zugeben, dass er gerade dick im Geschäft ist«, sagte Fatty mit wegwerfender Handbewegung.

Ich zuckte die Achseln.

»Na, komm, erzähls ihr schon.«

»Geht es um den Mord im Theater?«, fragte Eva.

Ich berichtete. Große Lust, mich beim Abendessen über den Fall zu äußern, hatte ich nicht, aber wenn Fatty mit mir ein wenig angeben wollte, meinetwegen. So oft bekam er nicht die Gelegenheit dazu. Der Mord an Barth-Hufelang war für beide eine Neuigkeit. Synchron schüttelten sie den Kopf, Fatty vergaß sogar zu schwitzen.

»Der war doch auch mal mit Annette zusammen«, sagte Eva.

»Kennst du ihn?«

»Ihn nicht. Die Nierzwa ein bisschen. Mein Bruder hätte fast was mit ihr gehabt.«

»Der auch? Die gute Frau hat wirklich keinen ausgelassen.«

»Genau. Mike sah es irgendwann ein und gab ihr den Laufpass. Erst machte sie ihm eine Riesenszene, nur um eine Woche später mit dem nächsten anzutanzen.«

»Mike«, sagte ich nachdenklich. »Mike Gerber ... Wann war das?«

»Keine Ahnung. Vor zwei Jahren vielleicht.«

»Ist dein Bruder zufälligerweise Schauspieler?«

»Ja«, entgegnete sie verblüfft. »Kennst du ihn?«

»Peter Michael Gerber? Jetziger Wohnsitz München?«

»Richtig.«

»Heidelberg ist ein Dorf.«

»Wieso kennst du Evas Bruder?«, fragte Fatty, ebenso überrascht wie sie.

»Ich kenne ihn nicht. Seinen Namen habe ich vor ein paar Tagen zum ersten Mal gehört. Im Zusammenhang mit dem Mord an Annette Nierzwa.«

Fatty und Eva wechselten irritierte Blicke.

»Ich erkundigte mich nach Männern, die einmal eine Affäre mit der Nierzwa gehabt hatten, und da fiel sein Name. Mehr war es gar nicht. Und wenn dein Bruder jetzt in München lebt …«

Eva sah mich fragend an.

»Er lebt doch dort?«

»Klar.« Ihr Lachen kehrte zurück. »Falls es dir um ein Alibi oder so was geht, da kann ich dich beruhigen. Mike brauchst du nicht zu verdächtigen. Diese Beziehung damals, wenn man es denn so nennen will, hielt höchstens drei Wochen und ging ganz alleine von ihr aus. Außerdem macht er schon 14 Tage Urlaub in Thailand.«

»Mitten in der Spielzeit?«

»Immer im Dienst, was? Mike hat kein festes Engagement mehr. Seit letztem Sommer ist er freischaffend tätig, hauptsächlich fürs Fernsehen. Er wollte von der Bühne weg. Du siehst: keine Chance.«

»Wieder einer weniger«, sagte ich und verbarg meine Erleichterung. »Tut mir einen Gefallen: Lasst uns von was anderem reden. Diese ewigen Mordgeschichten machen mich noch ganz schwach.«

»Ziemlich überraschend bei einem Mann wie dir«, sagte Fatty, »den eine Handvoll Chilis eiskalt lässt.«

»Ich tu ja bloß so abgeklärt. Andere sind es. Du zum Beispiel könntest Eva erzählen, wie du damals den Tourmalet hochgestrampelt bist.«

»Hey, cool, Friedhelm.«

»Och nee«, winkte Fatty ab. Die Tourmalet-Story gehört nicht zu seinen Lieblingsgeschichten.

»Och doch!«

Ich schnappte mir die Flasche Rotwein und goss nach. Eva lachte gerne, am liebsten über Fatty, sie war unwesentlich schlanker als er, sie mochte scharfes Essen. Und sie nannte ihn Friedhelm. Friedhelm Sawatzki. Ich meine, was wollte Fatty mehr verlangen?

19

Über Nacht hatte die Erde ein weißes Ballkleid mit Rüschen angelegt. Gezuckerte Berghänge, bemützte Türme, Schneeballschlachten in den Straßen – so ließ sich der Winter halbwegs ertragen. Gegen halb acht setzte ich mich im Bett auf, schob die Vorhänge beiseite und labte mich an der Stille. Eine gute Stunde später hatte der Berufsverkehr kurzen Prozess mit dem Zuckerguss gemacht. Dreckiger Matsch lag auf nassen Straßen, immer wieder musste ich mich durch Endmoränen kämpfen, wulstige Hinterlassenschaften der Schneeräumfahrzeuge. Nur oben, auf Heiligenberg und Königstuhl, war die weiße Pracht noch intakt. Schwitzend erreichte ich das Theater.

Meine Eile war umsonst. Als ich mich um neun bei Barth-Hufelangs Sekretärin meldete, schickte die mich zur Intendanz, genauer gesagt: zum Sekretariat des Intendanten, das ich nach einer Odyssee durch die Theaterkatakomben und den rückseitigen Gebäudetrakt fand. Die dortige Vorzimmerdame musterte mich von oben bis unten und dann zur Sicherheit noch einmal von unten bis oben, bevor sie auf eine Seitentür deutete und sagte: »Kriegsrat. Das kann dauern.«

Es dauerte tatsächlich, ich bekam Langeweile und einen Wutanfall, um schließlich doch Dagmar Schulz gegenüberzusitzen und von ihren Zigaretten eingenebelt zu werden. Schon als sie die Tür zu ihrem Zimmer aufsperrte, war mir klar, es mit einer Kettenraucherin zu tun zu haben. Die Wände waren nikotingegerbt, auf jedem freien Plätzchen stand ein Aschenbecher. Über ihrem vollgestellten Schreibtisch hing die martialische Großaufnahme einer krebszerfressenen Lunge.

»Ist das Zynismus?«, fragte ich. »Oder Ihre spezielle Art, von der Sucht loszukommen?«

»Welche Sucht? Rauchen ist bloß Gewohnheit. Ich könnte jederzeit aufhören. Wollte aber noch nie.«

Dagmar Schulz: klein, energisch, hennarotes Kurzhaar, graue Augen. Sie steckte in einem Hosenanzug, trug hochhackige Schuhe und um das linke Handgelenk einen Silberreif. Seitlich an ihrem Hals züngelte etwas Dunkles empor, das ich im ersten Moment für ein Wundmal hielt. Es war eine Tätowierung.

»Setzen Sie sich«, sagte sie und räumte einen Stapel Unterlagen von einem Stuhl. »Worum geht es?«

Ich setzte mich und reichte ihr eine meiner grandiosen Visitenkarten. Oft hatte ich nicht die Gelegenheit, eine loszuwerden.

Frau Schulz nahm in einem altersschwachen Sessel Platz. »Interessanter Beruf. Sie sind der erste Privatdetektiv, mit dem ich es zu tun bekomme.«

»Und Sie die erste Konzertdramaturgin für mich. Was ist das für ein Job? Was tun Sie da genau?«

Eine Zigarette aus der Schachtel klopfend, schüttelte sie den Kopf. »So nicht, junger Mann. Wenn Sie bei uns ein Praktikum machen wollen, erzähle ich Ihnen alles über meine Arbeit. Falls nicht, kommen Sie bitte so schnell wie möglich zur Sache. Ich habe in diesen Tagen weiß Gott weder die Zeit noch den Nerv, einen auf Small Talk zu machen.«

»Umso besser«, grinste ich. »Also: Ich ermittle in den Mordfällen Nierzwa und Barth-Hufelang. Parallel zur ...«

»Ich wars nicht.«

»Das hätte man auch am Tatort gerochen.«

Sie lachte, bevor ich meinen vorlauten Kommentar bereuen konnte. Dagmar Schulz schien keine von der empfindlichen Sorte zu sein.

»Entschuldigung«, sagte ich trotzdem. »Jedenfalls ermittle ich im privaten Auftrag. Und wie das so ist, wenn man nicht den offiziellen Blickwinkel einnimmt, kommen einem die seltsamsten Ideen, Gedanken und Fragen. Zum Beispiel die, welche Rolle ein gewisser Freundeskreis des Musiktheaters im kulturellen Leben der Stadt spielt.«

»Wieso denn das?«

»Unter anderem deshalb, weil mein Auftraggeber aus den Reihen dieses Freundeskreises stammt.«

Frau Schulz kniff die Augen zusammen. »Sagen Sie das noch mal.«

»Die Person, die mich beauftragt hat, ist Mitglied im Freundeskreis des Musiktheaters. Erstaunt Sie das?«

»Allerdings. Das muss man sich auf der Zunge zergehen lassen: Der Freundeskreis engagiert einen privaten Ermittler. Und dieser Ermittler hat nichts Besseres zu tun, als zu mir zu kommen. Sie wissen, dass ich kein Mitglied bin?«

»Ich weiß auch, dass es Gründe dafür gibt.«

»Und trotzdem sind Sie hier?«

»Deshalb bin ich hier.«

»Verstehe.« Sie kratzte sich am Kopf und stand auf. »Trinken Sie einen Kaffee mit?«

»Gern.«

Sie öffnete die Zimmertür und rief über den Flur: »Zwei Tassen Kaffee, Frau Schröder!« Dann holte sie Luft und setzte hinzu: »Bitte!«

»Ich habe mal gelesen, dass schwarzer Kaffee die schädliche Wirkung von Zigaretten aufhebt«, sagte sie, während sie rauchend zu ihrem abgewetzten Sessel zurückkehrte. »Und erzählen Sie mir nicht, dass es 1000 Studien gibt, die das Gegenteil behaupten. Das weiß ich selbst. Im Übrigen bin ich als Dramaturgin für die inhaltlichen und organisatorischen Belange des Orchesters zuständig. Programmgestaltung, Besetzungsfragen, Konzerteinführungen, das ganze textliche Drumherum. Das muss reichen. Und jetzt bin ich gespannt auf Ihre Fragen, Herr Koller.«

»Gern. Frage eins: Warum halten Sie sich vom Freundeskreis fern?«

Sie lehnte sich zurück und blies den Rauch ihrer Zigarette Richtung Decke. »Warum ich mich fernhalte? Weil dieser Verein nichts mit Musik am Hut hat. Oder sagen wir: weil Musik für ihn nur Mittel zum Zweck ist.«

»Zu welchem Zweck?«

»Unterschiedlich.« Sie drückte ihre Kippe in dem Aschenbecher aus, den sie auf die Lehne ihres Sessels gestellt hatte. »Gesellschaftliches Renommee in erster Linie. Musik ist das schicke Handtäschchen, das man sich in diesen Kreisen umhängt. Fällt auf und stört nicht weiter. Wer drei Autos in der Garage hat, braucht kein viertes, sondern sucht nach etwas anderem. Musik ist da ideal. Dem einen gefallen die Empfänge nach der Premiere, dem anderen die Fachgespräche im kleinen Kreis beziehungsweise das, was man dafür hält. Der Dritte ist Mitglied, um seinem Schwager eins auszuwischen, der Vierte will unbedingt sein Gesicht in der Zeitung sehen, wenn über eine Spendenaktion berichtet wird.«

»Ein Club der Besserverdienenden also?«

»Was dachten Sie? Theoretisch kann natürlich jeder Mitglied werden. Aber wenn Sie sich finanziell nicht angemessen einbringen, wird man Ihnen schnell bedeuten, dass Sie unerwünscht sind. Oder man setzt die Preise für das Galadinner in Bayreuth so an, dass Sie von selbst einen Rückzieher machen.«

Es klopfte. Barth-Hufelangs Sekretärin, die spitznasige Frau Schröder, trat ein und servierte uns unter allen Anzeichen stillen Protests den Kaffee.

»Sind Sie Mitglied bei den *Freunden des Musiktheaters*, Frau Schröder?«, fragte Dagmar Schulz.

Überrascht schüttelte die Frau den Kopf. Dann begann sie zu husten; hustend verließ sie den Raum.

»Sehen Sie, Herr Koller? Es gibt keine Sekretärinnen, Putzfrauen oder Bühnenarbeiter in dem Verein, sie mögen so musikalisch sein, wie sie wollen. Niemand verwehrt ihnen den Beitritt; die gesellschaftlichen Schranken sind hoch genug. Mein Nachbar, der ist dabei. Aber dem gehört auch das größte Autohaus in Heidelberg.«

»Und Sie als Dramaturgin?«

Sie nippte an ihrem Kaffee. »Mich hätten die schon gewollt. Es sähe ja auch komisch aus, wenn man die wichtigsten Funktionsträger aus dem Haus außen vor ließe. Der Intendant, der GMD und noch ein paar andere gehören zum Kern des Freundeskreises, und ihnen erlässt man so unschöne Dinge wie Mitgliedsbeiträge selbstredend.«

»Da haben Sie nicht zugegriffen?«

»Oh, ich war geschmeichelt und bin sofort eingetreten. Vor drei Jahren war das, als ich nach Heidelberg kam. Aber dann hatte ich ein längeres Gespräch mit der Vorsitzenden, und danach habe ich schriftlich meinen Austritt erklärt. Als musikalisches Feigenblatt für ein Selbstverwirklichungsgrüppchen bin ich mir zu schade.«

»Das wird Frau von Wonnegut aber gar nicht gefallen haben.«

»Darauf können Sie Gift nehmen.« Dagmar Schulz rupfte und zupfte an ihrem Busen herum, der auch einer weit größeren Frau, als sie eine war, gut angestanden hätte. Anschließend griff sie wieder nach ihrer Kippenschachtel und dem Feuerzeug.

»Bernd Nagel besitzt auch eine Wild Card?«

»Wild Card ist gut«, lachte sie heiser und hielt die Zigarettenspitze in die Flamme. »Natürlich. Bernd steht auf so was.«

»Und welche Musiker sonst?«

»Barth-Hufelang, unser Intendant, der Operndramaturg, die Leiterin des Tanztheaters, dazu eine Handvoll Mitglieder von Ensemble und Orchester; das sind die Leute hier aus dem Haus. Dann der Kantor der Heiliggeistkirche, ein überschätzter Pianist aus Heidelberg, ein paar Dozenten von Uni und Hochschule. In der Regel Personen, die an irgendwelche Fleischtöpfe herankommen, die Entscheidungen treffen, auf die man sich verlässt, wenn es um politische Maßnahmen geht.«

»Und der Rest des Clubs?«

»Industrielle, Unternehmer, die Teebekanntschaften der Wonnegut, die sich genauso langweilen wie sie, ein paar reiche Erben. Von jeder Partei vermutlich genau ein Vertreter. Professoren, Honorarprofessoren und jede Menge Ärzte.«

»Immerhin sorgen diese Leute dafür, dass in Heidelberg demnächst die *Götterdämmerung* gespielt werden kann.«

»Um Gottes willen! Wenn das passiert, suche ich mir einen anderen Job.«

»Mögen Sie keinen Wagner?«

»Doch. Manchmal schon. Aber aus musikalischen Gründen, nicht aus gesellschaftlichen. Für Leute wie die Wonnegut ist das Projekt doch bloß eine Art Monarchie-Ersatz, der verklärte Blick zurück ins 19. Jahrhundert, Neuschwanstein in der Kurpfalz.«

»Monarchie-Ersatz?«

»Überlegen Sie mal: der *Ring* vor der eigenen Haustür. Was soll das? So verstiegen können nur Typen mit zu viel Kohle sein. Die Stadt hat dieses Geld jedenfalls nicht, und an ihr werden die laufenden Kosten hängen bleiben, wenn sich das Festspielhaus der Wonnegut nicht rechnet. Was dann? Ganz einfach, man kürzt den Etat der Städtischen Bühnen. Also der Institution, die einen lebendigen, breit gefächerten Spielplan bietet, die den Interessen des gesamten Publikums dient und nicht nur der Profilneurose einer betuchten Clique. Hier streichen, beim neuen Haus reinbuttern – so liefe es am Ende, das kann ich Ihnen versichern. Ich rede zu viel«, fügte sie ansatzlos hinzu. »Ich rede zu viel, und Sie fragen nicht das, was Sie eigentlich fragen wollen.«

»Oh, ich bin ganz Ohr.«

»Ich rede zu viel«, wiederholte sie seufzend. Sie streifte ihre Schuhe ab, zog mit nylonbestrumpften Zehen einen Schemel heran und legte die Füße darauf.

»Ich weiß nicht recht, wie ich fragen soll«, sagte ich. »Nicht einmal die Richtung ist mir klar. Sehen Sie, ich mache mir Gedanken, warum jemand wie ich von einem Mitglied des Freundeskreises beauftragt wird, in einem Mordfall am Theater zu ermitteln. Sicher, man will informiert sein, man will frühzeitig reagieren können, falls nötig. Das verstehe ich. Aber vielleicht gibt es noch andere Gründe. Vielleicht laufen innerhalb des Vereins Dinge, die nicht an die Öffentlichkeit dringen sollen. Vielleicht gibt es da Geheimnisse, Absprachen, Schiebereien. Fest steht, ein Vereinsmitglied ist tot und ein anderes in Haft. Und um Geld geht es ja beim Freundeskreis, wie Sie mir bestätigt haben, um Geld, Einfluss und Macht.«

Dagmar Schulz schwieg eine ganze Weile. Sie baute weiter an dem Turm aus Kippenresten im Aschenbecher, zündete sich eine neue Zigarette an, entdeckte eine Ecke hoch oben im Zimmer, in die noch keine Rauchschwaden gezogen waren, peilte sie an, entließ eine Wolke aus ihrer Lunge, schwieg. Dann wandte sie mir ihr Gesicht zu und sagte: »Der Verein fungiert als Geldwaschanlage.«

»Als was?«

»Als Geldwaschanlage. Soll ichs Ihnen erklären?«

»Das wäre wohl das Beste.«

Sie nickte. »Haben Sie heute Abend schon was vor? Wir könnten zusammen ausgehen, und ich erzähle Ihnen, wie das System Wonnegut funktioniert. Ich hatte schon länger keinen Mann mehr über Nacht bei mir.«

›Tut mir leid, ich bin schon mit Cordula verabredet‹, hätte ich gerne geantwortet. Aber das stimmte ja dreimal nicht. Vielleicht: ›Danke, ich hab nur die eine Lunge‹? Lieber eine intakte Ehe vortäuschen.

»Heute Abend«, sagte ich, ohne die Kiefer so recht auseinander zu bekommen, »also heute Abend wollte ich eigentlich mit meiner Frau in die Oper. Da passt es jetzt eher nicht.« Meine Fresse, klang das dämlich.

»War nur eine Idee«, sagte sie unbeeindruckt. »Ich erzähle es Ihnen auch so.«

Ich nickte. Irgendwie stand mir plötzlich Schweiß auf der Stirn.

»Also«, begann sie. »Der Club funktioniert deshalb so gut, weil ein paar Dutzend vermögende Bürger immer wieder Geld hineinpumpen. Mehr Geld, als man denkt. Davon werden Solisten bezahlt, Aushilfskräfte, Sänger. Ab und zu sponsert man einen neuen Flügel, ein aufwendiges Bühnenbild, nehmen Sie, was Sie wollen. So. Das alles sind Spenden, und weil der Verein als gemeinnützig anerkannt ist, können die Herren Chefärzte und Bankdirektoren dieses Geld steuerlich absetzen. Nur dass da hin und wieder gemauschelt wird. Vor allem, wenn es um höhere Beträge geht.«

»Wie hoch?«

»Um fünfstellige Summen in der Regel. Alles in allem dürfte pro Jahr ein Milliönchen zusammenkommen. Vielleicht weniger, vielleicht aber auch mehr. Klassische Musik kostet. Hohe Kunst, hohe Preise, da dürfen Sie nicht knausern. Angenommen, ein russischer Wunderpianist von 18 Jahren soll hier im Theatersaal auftreten, Frau von Wonnegut verhandelt mit der Agentur, man einigt sich auf 10.000 Euro. Mündlich. Im Vertrag werden aber 20.000 Euro stehen, ebenso im Kassenbericht des Vereins. Obwohl die Mitglieder nur 10.000 aufbringen müssen, können sie 20.000 absetzen. Wobei ein kleiner Prozentsatz der Gesamtsumme natürlich in der Kasse des Vereins bleibt. Schweigegeld sozusagen.«

»20.000 Euro für einen Nachwuchspianisten?«

»Na und? Hebt doch das Selbstwertgefühl aller, wenn man sich so einen Luxus leisten kann.«

»Aber er, der Künstler, hat die 20.000 in seinem Vertrag stehen, also auch die steuerlichen Nachteile.«

»Richtig. Er ist der Gelackmeierte. Andererseits wird er einen solchen Handel nur eingehen, solange in der Summe auch etwas für ihn herausspringt. Falls er einen Agenten hat, der rechnen kann. Deshalb funktioniert der Deal auch am besten mit Osteuropäern oder Asiaten, auf die das hiesige Finanzamt keinen Zugriff hat.«

»Das heißt, Vereinsmitglieder schlagen zwei Fliegen mit einer Klappe: Sie schmücken sich mit hehrer Kunst, und sie waschen das Geld, von dem sie zu viel haben.«

»Zu wenig.«

»Oder zu wenig, je nachdem. Aber welche Summen werden da verschoben? Das kann doch nicht allzu viel sein. Ein paar Konzerte im Jahr, mal ein neuer Flügel ...«

»Es hält sich in Grenzen, sicher. Aber wenn einmal im Jahr eine Staatsoper aus dem Osten für ein Gastspiel eingekauft wird, ist die 100.000-Euro-Grenze schnell überschritten. Und stellen Sie sich vor, das legendäre Wagner-Projekt wird realisiert. Dann ist plötzlich alles möglich. Dann potenzieren sich die Beträge.«

»Ein schöner Nebeneffekt.«

»Sie sagen es.« Dagmar Schulz knüllte die leere Zigarettenschachtel zusammen und warf sie in einen Papierkorb. »Natürlich kann eine Einzelperson so keine Millionen waschen. Profitabel wie ein Liechtensteiner Bankkonto ist die Mitgliedschaft dann doch nicht. Genießt aber wesentlich höheren sozialen Profit. Nach 20 Jahren sind Sie reif für eine Ehrenbürgermedaille.«

»Oder für einen Straßennamen im Pfaffengrund.«

»Genau. Die ideale Kombination ist wahrscheinlich das Engagement im Verein plus ein Liechtensteiner Bankkonto. Da kann Ihnen finanziell nicht mehr viel passieren.«

Ich kratzte mich nachdenklich am Kinn. »Das schreit ja geradezu nach einigen Fragen.«

»Nur zu.«

»Wenn Sie das wissen – warum weiß es dann nicht die Öffentlichkeit?«

»Die was?«

»Na, ich und meine Mitbürger, die Medien, die Politik.«

»Vergessen Sies. Öffentlichkeit gibt es nicht. Öffentlichkeit wird gemacht. Die wohlunterrichteten Kreise Heidelbergs wissen natürlich Bescheid, aber sie halten still, weil sie am meisten davon profitieren. Wer von den Gemeinderatsfraktionen dem Verein nicht selbst angehört, muss auf seine Parteifreunde Rücksicht nehmen. Als Einzelner gegen das System vorzugehen, ist Harakiri. Kultur genießt Artenschutz. Es müsste sich schon eine große Koalition von Staatsanwälten, Politikern und Vereinsmitgliedern, die auspacken wollen, zusammenfinden, und das ist ebenso utopisch wie uneffektiv. Ein solcher Aufwand lohnt sich einfach nicht – nicht angesichts der überschaubaren Summen, die auf viele Köpfe verteilt werden. Und weisen Sie Geldwäsche erst einmal nach.«

»Am Ende profitieren alle davon.«

»Na, sicher. Alle. Bis auf uns Heinis, die nicht immer bloß die teuren Stars einladen und die abgedroschenen Opern spielen wollen. Nichts gegen Wagner, wie gesagt, aber es gibt auch andere kulturell wertvolle Projekte, die niemand unterstützt, weil sie wenig Außenwirkung haben, weil sie sperrig und kritisch sind.«

»Aber Sie halten auch still.«

»Klar halte ich still. Ich habe doch keine Beweise. Keine Unterlagen, nichts. Und selbst wenn: Ich würde trotzdem schweigen. Wer würde mich wohl unterstützen? Meine lieben Kollegen hier? Die Politik? Nicht so viel. Ich habe keine Lust, als Nestbeschmutzerin dazustehen.«

»Denkt Bernd Nagel genauso?«

»Ach, der liebe Bernd … Für die Wonnegut ist er eine Art Maskottchen. Der immer freundliche Grüßaugust, auf den die Sponsoren stehen. Vor allem die Sponsorengattinnen.«

»Sie eher nicht.«

»Oh, ich habe ein ganz gutes Verhältnis zu Bernd. Besser, als es jetzt klingt. Wir machen beide unseren Job, und den ordentlich. Dass er sich von der Alten missbrauchen lässt, ist seine Sache. Ich habe es ihm gesagt, und er weiß es. Will halt weiterkommen, der Junge.«

»Und Barth-Hufelang? Wie kamen Sie mit ihm aus?«

Sie zuckte die Achseln. »Professionell. Ab und zu rasselten wir zusammen, dann lief der Laden wieder. Solche Typen bereiten mir keine schlaflosen Nächte. Ich arbeite mit ihnen, ich gehe nicht mit ihnen ins Bett.«

Schon klar, dachte ich und wich ihrem Blick aus. Hinter den Rauchschwaden, die das Zimmer eingehüllt hatten, war das Poster mit der verkrebsten Lunge kaum noch zu sehen.

»In welche Oper wollten Sie eigentlich?«, fragte Dagmar Schulz beim Hinausgehen. »Heute findet gar keine Vorstellung statt.«

»Nein? Vielleicht morgen?«

»Morgen Abend läuft der *Figaro*.«

»Richtig, das wars.«

»Haben Sie schon Karten? Ich kann Ihnen welche besorgen.«

»Ach, nicht nötig.«

»Zwei, ja?«

Ich nickte ergeben und folgte der Rothaarigen ins Sekretariat des GMD.

»Frau Schröder, würden Sie bitte zwei Freikarten für Herrn Koller und Gemahlin an der Kasse in Auftrag geben? *Figaros Hochzeit*, morgen Abend. Tschüs, Herr Koller. Und viel Erfolg.«

»Vielen Dank für alles.«

»Keine Ursache.« Immer noch auf Strümpfen, verließ sie das Sekretariat. »Danke, Frau Schröder!«, hallte ihre heisere Stimme durch den Flur.

»Dem schließe ich mich an«, sagte ich und zauberte mein gewinnendstes Lächeln auf die Ermittlerlippen. »Der Kaffee war hervorragend.«

»So?« Die Sekretärin warf mir einen strengen Blick über den Rand ihrer Lesebrille zu.

»Wirklich.«

»Ich finde es schade, wenn Kaffee nach Nikotin schmeckt.«

»Da haben Sie auch wieder recht.«

»Und das in einem Gebäude, wo Rauchen verboten ist.« Sie begann, an ihrem PC herumzuhantieren. »Zwei Karten für morgen? Auf den Namen Koller? Wie Dagmar?«

»Wieso Dagmar?«

»Dagmar Koller. Oder wie René Kollo?«

»Lieber Dagmar. Einen René haben wir nicht in unserer Familie.«

»Ist verbucht. Sie können sie unten an der Kasse abholen.«

»Sagen Sie, Frau Schröder, dürfte ich einen oder zwei Anrufe von hier tätigen? Bloß Ortsgespräche. Mein Handy hat keinen Saft mehr.«

»Bitte schön.« Sie schob mir ihr Telefon hin. »Ich gehe dann mal die Tassen spülen. Bevor man den Gestank gar nicht mehr rausbekommt.« Würdevoll verließ sie das Zimmer.

Ich stellte mich grinsend an den Schreibtisch und wählte die Nummer von Woll. Immer noch keine Antwort. Dann rief ich Kommissar Fischer an.

Und während ich mit ihm sprach, kam mir die Idee mit den Schlüsseln.

20

Der Schlüsseltausch bot sich einfach an. Nicht nur wegen des kleinen Vorsprungs, den er mir gegenüber der Polizei verschaffte. Es war auch eine Art Strafe für die Leute vom Theater, die mich so lange auf Dagmar Schulz hatten warten lassen.

»Kriegsrat!«, hatte die Sekretärin des Intendanten gezischt und eine wichtige Miene gezogen, als ich nach der Konzertdramaturgin gefragt hatte.

Anschließend hatte sie mir einen Stuhl auf dem

Flur angewiesen. Es war ein schlichter Holzstuhl, und nach einer halben Stunde kannte mein Po jeden Quadratzentimeter der Sitzfläche. Ich vertrieb mir die Zeit mit Spielereien am Handy. Schickte eine Probe-SMS an Marc, was auf Anhieb klappte. Wählte zur Abwechslung Wolls Nummer, und zur Abwechslung ging keiner dran. So allmählich machte ich mir Sorgen um den Kerl. Hatte er etwas mit den Morden zu tun und war getürmt? Oder stand er selbst auf der Abschussliste?

Auch um mein Handy machte ich mir Sorgen. Da gab es ein Symbol auf dem Display, das ich noch nie bemerkt hatte. Zumindest konnte ich mich nicht daran erinnern. Es sah aus wie eine Batterie, allerdings nicht wie eine volle.

Gleich darauf gab das Gerät einen Summton von sich: Marc rief zurück. Er wollte wissen, wie oft ich ihm gesimst hatte, bis es klappte, ich sagte ihm, er könne mich kreuzweise und überhaupt. Leider wirkte unsere Kabbelei nach der gestrigen Meinungsverschiedenheit ein wenig angestrengt. Anschließend jammerte er über seinen Arbeitgeber, behauptete, er schäme sich für das, was die *Neckar-Nachrichten* am heutigen Mittwoch in die Welt hinausposaunten, wurde aber von einem schrillen Warnsignal meines Handys unterbrochen.

»Hörst du das auch?«, fragte ich.

»Klar. Kein Empfang oder kein Saft mehr.« Wieder der Warnton.

»Der Empfang ist einwandfrei«, sagte ich. Im nächsten Moment war die Verbindung unterbrochen, die Anzeige auf dem Display erlosch. Nicht einmal das Batteriesymbol war noch zu sehen. Und mein Ladegerät? Flog irgendwo zu Hause zwischen der Dreckwäsche herum.

Blöde Technik! Ich steckte das Handy weg und griff nach der aktuellen Ausgabe der *Neckar-Nachrichten*, die zwischen Zeitschriften und Kulturmagazinen auf einem Tisch lag. »Eine Stadt in Angst« lautete die Headline. Für sie hatten die Setzer ihre größten Lettern vom Dachboden geholt und die Redakteure Hollywood-Vokabular aus dem Keller. Es war Mittwoch, wie gesagt, Enoch Barth-Hufelang das Opfer, der Unbescholtene, der Jünger der Musik. Von Heftchen unter dem Bett noch keine Rede. Allenthalben durfte man sich erschüttert geben, Betroffenheit aus jeder Zeile schwitzen. Schreibend bildete man eine Wagenburg um den Leichnam des Ermordeten: Hände weg von unserer Kultur! Es tat gut, diese Zeilen zu lesen, tat gut, sich geborgen zu wissen. Man hatte einen Großen verloren, aber man war nicht allein. Auf Seite eins schwenkte Barth-Hufelang zum letzten Mal den Taktstock, weiter hinten wurden die Stationen eines glorreichen Musikerlebens in Wort und Bild abgehandelt. Dazu gab es Kommentare, Stellungnahmen, ein Interview mit dem Oberbürgermeister und eine Blitzumfrage auf der Hauptstraße. Tenor: So darf das nicht weitergehen. Eine junge Frau sagte, sie verstünde nichts von Musik, aber Barth-Hufelang sei ein voll krasser Dirigent gewesen.

Wo der Heilige ist, darf der Teufel nicht fehlen. In Ermangelung eines überführten Täters stürzte sich die Presse auf den bislang einzigen Verdächtigen: Bernd Nagel. Hatte er nicht eine Affäre mit der Garderobiere gehabt? War sein Verhältnis zum GMD nicht bisweilen getrübt gewesen? Ja, vielleicht war es das, und aus einem bedeutungsvollen Vielleicht ließen sich Spekulationen, Mutmaßungen, Theorien ableiten, so viel die Druckerschwärze hergab. Im Prinzip konnte Nagel von Glück sagen, dass man die zweite Leiche noch rechtzeitig entdeckt hatte. Denn so wurde die Berichterstattung über ihn auf eine der hinteren Zeitungsseiten verdrängt. An der Sache selbst änderte das nichts: Man begann sich auf Nagel einzuschießen. Zu diesem Zweck hatten die *Neckar-Nachrichten* ein älteres Foto des Geschäftsführers abgedruckt, auf dem er mit seinem dünnen Schnurrbart und dem zurückgegelten Haar regelrecht zwielichtig wirkte. Nagel würde vor Scham im Zellenboden versinken, wenn er ein Exemplar der Zeitung zu Gesicht bekäme, so viel stand fest.

Im Sekretariat des Intendanten brodelte die Kaffeemaschine. Ich sah die Frau ein Tablett mit Keksen und Salzstangen in den stimmendurchwirkten Nebenraum bringen. Ein feiner Kriegsrat war mir das! Als die Sekretärin zurückkam, stand ich vor ihrem Schreibtisch.

»Dauert das noch lange da drin?«, fragte ich.

»Unser GMD ist ermordet worden!«, gab sie pikiert zurück.

»Und warum dann die Salzstangen?«

»Weil die Brezeln aus sind.«

Ich zögerte. Meinte sie diese Antwort ironisch? Die Frau sah nicht so aus, als gehörte Ironie zu ihrer Ausbildung. Besser eine andere Taktik erproben. »Hören Sie, ich mache hier nur meine Arbeit«, sagte ich in der Hoffnung, das könnte ihr imponieren. »Genau wie Sie. Und meine Arbeit besteht darin, ein Gespräch mit Frau Schulz zu führen. Es ist dringend, verstehen Sie? Meine Zeit im Flur abzusitzen, macht mir keinen Spaß.«

›Spaß‹ imponierte ihr jedenfalls nicht. Sie spulte ihr sekretariatstypisches Abwimmelprogramm ab – Verständnis haben, abwarten, Bescheid geben –, mit dem sie mich sanft, aber bestimmt auf meinen Stuhl zurückdrängte.

Also die *Neckar-Nachrichten* zum Zweiten. Ich blätterte vor und zurück, hatte alles gelesen, jede Vereinsnachricht, jede Bildunterschrift, bis mir auffiel, dass da ein weiteres Gesicht abgedruckt war, das ich kannte: der Unauffällige aus dem Kreis der fünf *Ölmühlen*-Jungs. Bevor ich ihn entdeckte, hatte ich ihn dreimal überblättert. Und um was ging es? Natürlich um ihre künstlerische Großbaustelle, das sagenhafte Projekt namens *aktion aesthetik*. Sogar hier, in den braven *Neckar-Nachrichten*, stemmte es sich mutig gegen die Gleichmacherei der Großschreibung. Monatelang, so hieß es in dem Artikel, habe der Berg gekreißt, jetzt sei er am Gebären. Der Berg, das waren meine fünf Freunde, und der Unscheinbare ihr Vordenker. Sein Name wurde genannt, aber ich schwöre, auch der entfiel mir sofort wieder. Morgen Abend sollte ihr erster gemeinsamer Auftritt erfolgen, ein sensationell provokanter Mix aus Vernissage, Bühnenshow und Installation im Karlstorbahnhof. Von diesem Event erhoffte sich die gesamte Kunstszene Südwestdeutschlands ein Fanal, eine Sogwirkung. ›Zurück zum Authentischen!‹ lautete der Schlachtruf der *aktion aesthetik*. Zurück zum Echten, Wahren, Unverfälschten, Archetypischen. Mit diesen Vokabeln schossen die fünf wild um sich. Getroffen wurde unter anderem der bemitleidenswerte Verfasser des Artikels, der vor der stark munitionierten Übermacht irgendwann kapituliert und nur noch Zitate mitnotiert hatte. Zwischen den Anführungszeichen kartätschten die Aktionisten wild gegen alles, was über 35, unter 20, spießig oder liberal war, gegen den Kunstbetrieb, gegen die Politik und gegen jede Art von Gleichmacherei. ›Elite muss wieder sexy sein‹, gab ihr Überbaulieferant zu Protokoll. Für die nahe Zukunft kündigte er eine Bücherverbrennung auf dem Marktplatz sowie die rituelle Steinigung ausgewählter 68er-Ikonen an, und niemand, weder er noch der hektisch mitnotierende Journalist, wollte ausschließen, dass diese Aktionen irgendwie humoristisch gemeint seien.

»Elite muss wieder sexy sein«, murmelte ich vor mich hin. Die Sekretärin in ihrem Zimmerchen horchte auf. Ich war weder Elite noch sexy, also ging mich das Ganze nichts an. Trotzdem ärgerte ich mich, dass ich die fünf am Sonntagabend nicht hochkant aus der siechen *Ölmühle* geschmissen hatte. Das hätte ich als sagenhaft sexy empfunden.

Aber dann fing ich an zu überlegen. Neben dem Artikel waren Auszüge aus dem Manifest der fünf Großmäuler abgedruckt. Sie zumindest nannten es Manifest; ich nannte es das Gestammel hyperventilierender Muttersöhnchen. Wie auch immer, ihr nassforscher Zynismus bekam in diesen Tagen einen unangenehmen Beigeschmack. ›so es die kunst verlangt, hat blut zu fließen‹, las man da, oder: ›kultur für die masse ist das todesurteil der kultur‹. Ein Schelm, wer Böses dabei dachte? Immerhin war Blut geflossen, das von Annette Nierzwa nämlich. Und Barth-Hufelang hatte Musik für die Massen geboten, da konnte Frau von Wonnegut sagen, was sie wollte. Im Prinzip blieben zwei Möglichkeiten: Entweder man lachte über die fünf Schaumschläger – so, wie sie selbst es vermutlich heimlich taten. Oder man nahm sie ernst. Und dann konnte einem das Gruseln kommen. Was, wenn einer der Jungs den unauffälligen Cheftheoretiker falsch verstanden und die glatt polierte Idee mit der Realität verwechselt hatte? ›das schlechtangezogene muss getilgt werden‹, verkündete das Manifest. Barth-Hufelang war bestimmt nicht schlechter angezogen als ich, aber irgendwo musste man ja mal anfangen.

Anfangen war ein gutes Stichwort. Ich schmiss die Zeitung auf den Tisch zurück, erhob mich und schwor dem Stuhl im Gehen, dass er zum letzten Mal in seinem verdammten Stuhlleben mit meinem Hintern Kontakt gehabt hatte.

»Also, was jetzt?«, blaffte ich die Sekretärin an und zeigte auf die Tür zum Nebenraum. »Holen Sie Frau Schulz raus, oder soll ich es selbst tun?«

»Na, hören Sie mal!«

»Dann eben ich.« Ich ging zu der Verbindungstür, riss sie auf und enterte das Allerheiligste des Stadttheaters. In meinem Rücken hörte ich die Frau nach Luft schnappen. Ich warf die Tür ins Schloss, auf dass sie ungestört weiterschnappen konnte.

Stille schlug mir entgegen. Ich stand da, spiegelblankes Parkett unter, eine stuckverzierte Decke über und sechs konsternierte Gestalten vor mir. Sie saßen auf Sofa und Stühlen, rauchten oder rauchten nicht, und alle waren sie erschöpft von dem Versuch, Betroffenheit zu simulieren. Bestimmt warteten sie seit Stunden darauf, dass ihnen ein Entschluss in den Schoß fiele.

»Entschuldigen Sie bitte die Störung«, sagte ich; einen gewissen Befehlston konnte ich dabei nicht unterdrücken. »Ich muss dringend mit Frau Dagmar Schulz sprechen. Sagen Sie mir einfach, wann das möglich ist, dann bin ich sofort wieder draußen.«

Immer noch Stille. Sie sahen sich an. Mich oder sich, jedenfalls glotzten sie. Dann ließ einer ein Räuspern hören, das in müdes Gemecker überging. Der Hausherr persönlich, ich kannte ihn von dem Foto in den *Neckar-Nachrichten*. Kastenförmige Stoppelfrisur, vor den Augen zwei schmale Brillenrechtecke, das Hemd offen bis zur Brustbehaarung.

»Ist das ein Vorsprechen, von dem ich nichts weiß?«, amüsierte er sich. »Was für eine Rolle präsentieren Sie uns da, junger Mann?«

›Junger Mann‹ mochte in diesem Fall sogar angebracht sein. Frisur, Brille und Brustbehaarung täuschten nur im ersten Moment über das fortgeschrittene Alter des Mannes hinweg. Als mich die Dramaturgin später ebenso betitelte, war das hingegen Unsinn; auch wenn sie sich dem Ende rasend schnell entgegenrauchte, war sie höchstens fünf Jahre älter als ich.

»Heißen Sie Schulz?«, fragte ich zurück. »Dagmar Schulz? Dann sagen Sie mir bitte, wie lange ich meine Zeit noch mit Warten verplempern muss.«

»Schon gut«, mischte sich die kleine Rothaarige

neben dem Intendanten ein. »Ich komme in fünf Minuten zu Ihnen.«

»Danke.« Ich nickte ihr zu und zog mich zurück.

Als sie kurz danach auf den Flur trat, sagte sie: »Es war gar nicht schlecht, dass Sie reingeplatzt sind. Wir hätten die Kurve nie gekriegt.«

Es folgte der Rückweg durch das unterirdische Labyrinth, der Aufstieg ins Vordergebäude und das Gespräch in Frau Schulz' privater Räucherkammer schräg gegenüber vom Zimmer des verstorbenen GMD. Mit dem allgemeinen Rauchverbot in öffentlichen Gebäuden schien es hier keiner so genau zu nehmen, von der spitznasigen Sekretärin einmal abgesehen.

Jetzt stand ich also, während sie die Tassen spülte, vor ihrem Schreibtisch und wählte die Nummer von Fischers Kommissariat. An der Wand hingen ein paar Komponistenporträts, das Plakat mit den Tänzern in Unterhosen und ein Foto aus Barth-Hufelangs Handschuhsheimer Wohnung. Glücklich lächelnd stand der GMD neben dem Bechstein-Flügel, den Arm um die Schulter eines noch dickeren italienischen Tenors gelegt. Die auf dem Flügel platzierte Mozart-Büste grinste sich eins. Bestimmt hatten sich die beiden Dicken anschließend jeder eine Familienpizza kommen lassen.

»Ja?«

»Morgen, Herr Fischer. Max Koller hier. Wie geht es Ihnen?«

»Beschissen.«

»Wegen Nagel?«

»Nein, wegen meinem Herzen. Zeit für mich, in Rente zu gehen.«

»Dürfen Sie deshalb nicht mehr rauchen?«

»Ich darf weder rauchen noch trinken noch Luft holen. Nur Polizeidienst schieben, das darf ich. Bis ich umfalle.«

»Fallen Sie ruhig. Die Herren Greiner und Sorgwitz werden hinter Ihnen stehen und Sie auffangen.«

»Keine Sprüche. Was gibts?«

»Hören Sie, wenn Sie sich nicht wohlfühlen ...«

»Keine Sprüche, habe ich gesagt!«, schnarrte er. »Schießen Sie los!«

»Haben Sie die Tatwaffe im Mordfall Barth-Hufelang gefunden?«

»Nein.«

»Wissen Sie wenigstens, um was für einen Gegenstand es sich handelt?«

»Nein.«

»Schade.«

»Ja.«

»Herr Fischer, ich verstehe ja, dass Ihnen Ihr Arzt zu einsilbigen Antworten rät, trotzdem hätte ich ...«

»Wir kennen die Tatwaffe nicht«, unterbrach er mich. »Der Mörder muss sie mitgenommen haben, in der Wohnung befindet sie sich jedenfalls nicht mehr. Aber wissen Sie, was mich interessiert? Etwas ganz anderes. Mich interessiert, wer uns da im Handwerk herumpfuscht. Wer das Siegel an Annette Nierzwas Wohnungstür erbrochen hat, zum Beispiel.«

»War da ein Siegel?«

»Sehen Sie, jetzt werden Sie einsilbig. Hat Ihnen Nagel seinen Schlüssel gegeben oder war er selbst drin?«

»Was sollte ich in der Wohnung von Frau Nierzwa?«

»Das frage ich mich auch. Spuren verwischen? Belastendes Material verschwinden lassen? Einfach nur herumschnüffeln?«

»Sie trauen mir ja einiges zu.«

»Allerdings, Herr Koller. Und Ihrem Busenfreund Covet auch. Einer von euch dreien war in der Wohnung, darauf verwette ich meinen Namen. Was ist denn?«

Die Hand über dem Hörer, begann er mit einem Dritten zu diskutieren. Wartend spielte ich an einem roten Schlüsselkästchen herum, das neben dem Foto Barth-Hufelangs an der Wand hing. Es war klein, aber voller beschrifteter Schlüssel. Und: Es war nicht abgeschlossen.

»Da bin ich wieder«, meldete sich Fischer. »Wo waren wir?«

»In Annette Nierzwas Wohnung. Genauer gesagt waren Sie drin, ich nicht. Vielleicht hatte Ihr Siegel eine Sollbruchstelle. Solche Sachen reißen gerne ein.«

»Passen Sie auf, dass Sie keine Sollbruchstelle bekommen, wenn Sie so weitermachen. War das Ihre Idee, diese Rechtsanwältin einzuschalten?«

»Wie kommen Sie denn darauf?«

»Würde zu Ihnen passen. Die macht uns ganz schön die Hölle heiß.«

»Jetzt hören Sie mir mal zu, Herr Fischer. Für das Auftauchen von Frau Dr. Glaßbrenner kann ich nichts, im Gegenteil. Ich habe gestern die erste Gelegenheit genutzt, um mit ihr zusammenzurasseln. Für die bin ich ein rotes Tuch.«

»Ehrlich wahr? Sie werden mir ja richtig sympathisch.«

»Mein Kumpel Covet hat mir daraufhin fast die Freundschaft gekündigt.«

Fischer brummte zufrieden. Das waren Informationen, wie sie ihm gefielen. Die Schlüssel in dem roten Kästchen klimperten leise, als ich mit dem Finger über sie fuhr, um die Beschriftungen zu lesen. ›Notenschrank A-E‹, stand da, ›Proberaum UG‹, ›GMD‹ oder ›Tonstudio‹. Barth-Hufelangs Sekretärin hielt auf Ordnung.

»Hätte mich auch gewundert«, hörte ich Fischer sagen, »wenn Sie und die Glaßbrenner auf derselben Wellenlänge funken würden. Obwohl Sie sich in Sachen Hartnäckigkeit und Unberechenbarkeit die Hand reichen können. Die Frau wird Nagel über kurz oder lang aus der U-Haft boxen.«

»Ihren Hauptverdächtigen? Wie wollen Sie das der Presse erklären?«

»Wir brauchen neue Indizien. Dazu brauchen wir eine Hausdurchsuchung bei Nagel. Und die bekommen wir nicht genehmigt, solange die Glaßbrenner ihre Finger im Spiel hat.«

»Eine Hausdurchsuchung?« Gut, dass der Kommissar mich nicht dabei beobachtete, wie ich Schlüssel für Schlüssel durch die Finger gleiten ließ. Auf dem einen stand ›GMD privat‹, auf einem anderen ›Gesch.f. privat‹.

»Nagel ist kein Profi«, sagte Fischer. »Wenn er etwas mit den beiden Morden zu tun hat, dann finden wir in seiner Wohnung den Beweis, das garantiere ich Ihnen. Aber Sie wissen ja, wie das ist mit der bundesdeutschen Bürokratie. Bis sich da ein Untersuchungsrichter bewegt hat, vergehen Tage. Derweil ist Nagel schneller wieder frei, als Sie mit den Ohren wackeln können.«

»Sie kennen meine Ohren nicht.«

»Und kommen Sie mir bloß nicht auf die Idee«, rief der Kommissar unvermittelt in den Hörer, »stante pede zu Nagel zu fahren, um dessen Bude zu säubern. Wir haben Sie auf dem Kieker, Koller. Wir lassen Sie beobachten.«

»Ich fühle mich geehrt, Herr Fischer. Aber vielleicht hätten Sie lieber Annette Nierzwas Ex-Mann im Auge behalten sollen. Oder haben Sie seit Montag mit Woll gesprochen?«

»Nein, haben wir nicht.«

»Und wo ist er?«

»Was interessiert Sie das?«, gab er patzig zurück. »Woll ist nicht verdächtig.«

»Im Fall Nierzwa nicht. Und im Fall Barth-Hufelang?«

»Woll hat eine schriftliche Vorladung erhalten, und wenn er sich ihr entzieht, werden wir nach ihm suchen.« Irgendwie klang Fischer heute gereizt.

»Vielleicht statte ich dem Herrn einen Besuch ab«, sagte ich. »Wo wohnt er eigentlich?«

»Im Emmertsgrund.«

»Dann überlege ich es mir noch mal.«

»Wars das, Herr Koller?«

»Ja, vielen Dank. Ach, Herr Fischer …«

»Was?«

»Ich kann gar nicht mit den Ohren wackeln.«

Fischer hängte wortlos ein. Während ich den Hörer sinken ließ, kamen meine Augen nicht von dem einen Schlüssel los: ›Gesch.f. privat‹. Der Türöffner zu Nagels Schlierbacher Wohnung. Barth-Hufelangs Sekretärin schrubbte sich in der Küche die Finger wund, Nagel selbst saß in U-Haft, und Kommissar Fischer wartete händeringend auf einen Durchsuchungsbeschluss. Es war völlig klar, was ich tun musste. Mir blieb gar keine andere Wahl. Fehlte bloß noch ein Schlüssel, den ich entbehren konnte. Mein Kellerschlüssel zum Beispiel. Als ich das Sekretariat verließ, baumelte er an der Stelle, an der sich eben noch Nagels Haustürschlüssel befunden hatte.

21

Am Ende war ich froh, heil vor Bernd Nagels Haus angekommen zu sein. Und zwar nicht wegen der Steigungen oder wegen des Wetters. Die kalte Luft blies das Schulzsche Kippenaroma aus meinen Kleidern, die Fahrt im Wiegetritt belebte den Ermittlergeist. In der letzten Kurve vor dem Klingelhüttenweg jedoch verfehlte mich ein schwarzer Alfa Romeo mit Spoilern nur um Haaresbreite. Raste talwärts, als sei der Teufel hinter ihm her. Weshalb ich mich genau denselben, den Teufel nämlich, um meine liberale Gesinnung scherte und die ganze verzogene Jugend ebenfalls dorthin wünschte, Heckspoiler und verspiegelte Windschutzscheiben inklusive. Bevor ich abgestiegen war, um dem

Bruchpiloten ein paar Kraftausdrücke hinterherzuschicken, hatte der Alfa die Talsohle erreicht. Wütend trat ich wieder in die Pedale, wütend erreichte ich den 60er-Jahre-Bau, dessen eine Hälfte Bernd Nagel bewohnte, wenn er nicht gerade in Haft saß.

Das Haus lag ruhig da, nirgendwo brannte Licht. Dach und Vorgarten noch voller Schnee; hier oben setzte der Tau mit Verspätung ein. Während ich mein Rad an einen Laternenmast schloss, sah ich mich um. 50 Meter weiter räumte eine Frau den Gehsteig frei. Von der anderen Straßenseite grüßte ein kleiner Schneemann. In den Fenstern hin und wieder vergessene Weihnachtsdekorationen. Eine Atmosphäre von Stille und Unschuld.

Nur das Auto störte. Der alte Benz, der sich direkt vor Nagels Haus hinter einen grünen Mazda geklemmt hatte und einem meiner besten Freunde gehörte. Was hatte Marc Covets Wagen hier oben verloren? Nichts, jedenfalls nicht mehr als das Rennrad eines Max Koller. Besaß Marc einen Schlüssel zu dem Haus? Oder war Nagel wieder auf freiem Fuß? Mir fiel kein Grund ein, warum mich Kommissar Fischer in dieser Beziehung hätte anlügen sollen.

Und zu wem gehörten die Fußspuren dort im Schnee? Sie führten vom Türchen im Jägerzaun bis zum linken Seiteneingang, dem Eingang Nagels: zwei Spuren hin, eine zurück. Aber das Haus war dunkel. An einem trüben Wintertag macht man Licht, wenn man am Nordhang wohnt. Zwei Spuren hin, eine zurück. Die Nachbarn hatten ihr eigenes Türchen, ihren eigenen Zugang zum Haus. Der Postbote? Ein Briefkasten hing am Zaun. Fischer und seine Leute? Unwahrscheinlich.

Also Marc. Vorsichtig betrat ich das Gelände. Ich verglich die Spur, die sowohl hin als auch zurück führte, mit der anderen, kam aber zu keinem Ergebnis. Vor Nagels Haustür eine neue Überraschung: Die eine der beiden Spuren führte weiter, hinter das Haus, bis zu einem rückwärtigen Fenster. Dort endete sie. Der Hang stieg auf dieser Seite stark an. Von oben neigten sich kahle Baumwipfel über die Dächer.

In dem Fenster klaffte ein Loch. Nicht unten, sondern seitlich in halber Höhe. Genau an der richtigen Stelle, falls man beabsichtigte, von außen den Hebel zu betätigen. Man musste sich nur auf den Eimer stellen, der unter dem Fenster bereitstand, dann war die Sache ein Kinderspiel. Wobei ich in diesem Fall die Beteiligung von Kindern ausschloss. Ich äugte in die Küche, aber es war zu dunkel, um Einzelheiten zu erkennen. Sollte ich ebenfalls hier einsteigen? Dann wäre mein toller Einfall mit dem Schlüssel für die Katz gewesen.

Zurück zur Haustür. Leise kramte ich Nagels Schlüssel hervor und horchte. Vielleicht sollte ich mir doch einmal eine Waffe besorgen. Ich hatte bloß meine Hände und vage Erinnerungen an einen Selbstverteidigungskurs aus meiner Anfangszeit als Ermittler. Besser als nichts. Vorsichtig drehte ich den Schlüssel im Schloss und trat ein. Das heißt, ich versuchte einzutreten, was nicht gelang, weil sich die Tür nur einen Spalt öffnen ließ. Irgendetwas Schweres lag im Eingang, irgendeine träge Masse von der Größe und Schwere und Konstitution eines Menschen.

Ich lugte durch den Spalt. Sah Schultern und einen Kopf. Einen blutenden Hinterkopf, verschmierte dunkle Locken. Ich drückte den Körper mit Gewalt nach innen, schob mich durch den Spalt und stieg seitlich über den Kopf. Dann fluchte ich.

Auf dem Boden lag mein Freund Marc Covet.

Ich untersuchte ihn schnell. Im Haus blieb es totenstill. Marcs Herzschlag ging ruhig und gleichmäßig, außer der Wunde am Kopf schien er nichts abbekommen zu haben.

»Idiot«, murmelte ich. »Wie kommst du dazu, mich so zu erschrecken?«

Covet rührte sich nicht. Jemand hatte ihm eins über den Schädel gezogen und ihn dann an Ort und Stelle liegen lassen. Ob dieser Jemand noch im Haus war?

Rasch verschaffte ich mir Sicherheit. Durchsuchte die Wohnung, schaute in jeden Raum, hinter Türen und in Schränke. Keine Menschenseele. In Nagels Bad hielt ich einen Waschlappen unter das kalte Wasser, um damit Covets Wunde auszuwaschen. Mehr als ein leidvolles Stöhnen erntete ich nicht für meine Samariterdienste.

»So, und jetzt hoch mit dir«, forderte ich ihn auf.

Aber das war leichter gesagt als getan. Marc ist größer als ich, wiegt mindestens 80 Kilo und leistete Widerstand durch Nichtstun. Ich bekam ihn so weit, dass er mit dem Oberkörper an der Tür lehnte. Seine Arme hingen schlaff herab, der Kopf fiel auf die Brust, der Mund stand ein wenig offen. Wenn ihn Cordula so gesehen hätte! Erst recht, als ich ihm mit dem blutgetränkten Lappen übers Gesicht fuhr und hellrote Striemen zurückblieben. Ich musste kichern, und davon wurde er munter.

Wobei munter zu viel gesagt ist. Seine Bewegungen blieben auf ein Minimum beschränkt: Die Lippen schlossen sich, dafür klappten die Augen auf, eine

Braue zuckte – so ging es voran mit ihm. Der Golem erwachte zum Leben. Dort, wo sein Kopf gelegen hatte, glänzte eine kleine Blutlache.

»Na, wieder auf Deck, alter Junge?«

Sein Blick suchte mich. Kein Zeichen des Wiedererkennens, schon gar keines des Staunens. Die Fische der Urzeit hatten bei ihrer Verwandlung in Amphibien weniger lange gebraucht als Marc Covets Geist bei der Rückkehr in den Klingelhüttenweg. Und ob sie dabei gestöhnt hatten, weiß ich nicht. Marc jedenfalls stöhnte. Er seufzte und ächzte, was der geschundene Leib hergab, fuhr mit zittriger Hand Richtung Hinterkopf. Zu anstrengend.

»Ja, da tut es weh. Hier, nimm den Waschlappen.« Ich ging ins Bad, hielt einen zweiten unters Wasser und wischte ihm noch einmal übers Gesicht.

»Mir ist schlecht«, murmelte Marc.

Na also, das wurde schon wieder. Er drückte sich den Lappen auf die Augen, verzog das Gesicht und betastete seinen Schädel. Ich ließ ihn sitzen und schritt zur Besichtigung von Nagels Wohnung. Was auch immer Covet hier gewollt hatte – sobald er wieder auf den Beinen war, würde er es nicht gutheißen, dass ich in den Sachen seines Kumpels herumwühlte.

Ein großes, helles Wohnzimmer. Auf nacktem Steinfußboden ein lackierter Schrank, ein langer, schwarzer Schreibtisch, blaue Lautsprecherboxen, mehrere Kunstledersessel, ein Breitwandfernseher. Linker Hand ein ungerahmtes Bild, das zerlaufenen Käse oder eine überfahrene Kröte darstellte oder eine Collage aus beidem. Auf dem Schreibtisch ein Stapel von Zeitungen. Ansonsten viel, viel Platz und freie Sicht auf die Wände. Nagel schien Regale nicht zu mögen. Er schien überhaupt Krimskrams nicht zu mögen, der einem die Zimmer zumüllte. Oder er hasste es aufzuräumen. Also besser kein Kleinzeug im Wohnzimmer. Lieber Kubikmeter an Kubikmeter leerer Raum, nur hin und wieder unterbrochen von einem handverlesenen Möbelstück.

Vorsichtig zog ich die Schreibtischschubladen auf, schaute kurz hinein. Nichts, was mir auf den ersten Blick interessant erschien. Ein paar Unterlagen, Zeitungsausschnitte, Kritiken. Seinen eigentlichen Arbeitsplatz hatte sich Nagel im Nebenraum eingerichtet; hier stand ein weiterer Schreibtisch, deutlich älter als der andere, und auf ihm der Laptop, den Fischers Leute untersucht hatten. Weil Nagel im Wohnzimmer auf Regale verzichtet hatte, platzten die wenigen nebenan aus allen Nähten. Der Raum war schmal und im Vergleich zum bisher Gesehenen eher sorglos eingerichtet; etwas Grünzeug schaute traurig nach draußen, ein Poster war mit Reißzwecken neben die Durchgangstür gepinnt. Bestimmt schloss Nagel diese Tür, wenn Gäste sein Wohnzimmer betraten.

Oder doch nicht? Für den einen oder anderen Gast war gerade dieses Poster ein Hingucker. Es zeigte eine Reihe griechischer Vasen mit charmanter Bemalung: Männlein und Weiblein präsentierten einander ihre geschlechtlichen Vorzüge, auch der Satyr mit baumdickem Glied durfte nicht fehlen. Im Wohnzimmer die zermatschte Kröte, im Nebenraum der Antikenporno; Bernd Nagel wusste sich sein Leben säuberlich einzurichten.

Nachdenklich verließ ich das Zimmerchen. Dieser

Fall wurde immer verrückter. Selbst die alten Griechen traf man mit heruntergelassener Hose an.

In der Diele saß Marc immer noch auf dem Boden und presste den Waschlappen gegen die Stirn.

»Was machst du da, Max?«, fragte er heiser.

»Nachschauen, was der Eindringling wollte«, antwortete ich und stieg die Treppe nach oben. Im ersten Stock gab es eine weitere Toilette, eine Abstellkammer und ein großes Schlafzimmer mit Dachschräge. Nagels Bett ähnelte der Spielwiese von Annette Nierzwa, nur die Stofftiere fehlten. Warum ich als Erstes die Matratze hob und darunter blickte, weiß ich bis heute nicht. Zu finden gab es jedenfalls nichts.

Umso mehr in Nagels Nachttischschränkchen. Da lag ein Revolver. Ein kleines, handliches Ding, ideal für Frauen- und Geschäftsführerhände, für zartbesaitete Mitmenschen, die sich beim Einschlafen fürchteten. Bloß, wovor fürchtete sich Bernd Nagel? Vor dem nächtlichen Schlächter an seinem Bett? Vor marodierenden Banden? Vor rabiaten Schlierbacher Nachbarn, denen sein hellenistisches Kamasutra missfiel? Sicher, es gab 100 und mehr Gründe dafür, die Aufrüstung im eigenen Schlafzimmer voranzutreiben, und doch weckte dieser kleine Revolver meinen Argwohn. Ich ließ ihn an seinem Platz im Nachttischschrank, ebenso Nagels Bettlektüre, ein paar Kondome, eine Schachtel Aspirin, Schreibutensilien.

Geräusche am Fuß der Treppe. Marc schien mir Gesellschaft leisten zu wollen. Ich verließ den Schlafraum und kam ihm entgegen.

»Na, wie fühlst du dich?«

»Beschissen wäre geprahlt«, murmelte er. Er stand

auf der drittuntersten Stufe und hielt sich am Geländer fest. »Wie durch die Saftpresse gedrückt. Hast du mich so zugerichtet?«

»Ich?«, lachte ich. »Sag das nicht noch mal.«

»Wer dann?«

»Keine Ahnung. Ich kann nur raten, was passiert ist. Als du ins Haus bist, war schon jemand drin. Er hat das Küchenfenster eingeschlagen. Dann hörte er dich kommen, versteckte sich hinter der Tür oder sonst wo, und kaum warst du in der Diele, zog er dir etwas über den Schädel. Dann ging er stiften. Was du ihm übrigens nicht leicht gemacht hast. Ich bekam die Tür kaum auf, so wie du davorlagst.«

Covet lehnte sich gegen den Pfosten des Treppengeländers und runzelte die Stirn. Er sah eine Weile zur Tür und dann wieder zu mir. »Ja, so wird es wohl gewesen sein«, sagte er. »Ich erinnere mich, wie ich die Haustür aufschloss, und dann ... Sendepause.«

»Wusste gar nicht, dass du einen Schlüssel zu Nagels Haus besitzt.«

Covet warf mir einen irritierten Blick zu. »Tue ich auch nicht«, sagte er. »Cordula gab mir einen, um Unterlagen aus der Wohnung zu holen. Im Auftrag Bernds.«

»Verstehe.«

»Und du?«

»Ich habe auch keinen Schlüssel. Als ich kam, war die Tür einen Spalt offen. Der Einbrecher wird sie nicht richtig zugezogen haben.«

»Was wolltest du hier?«

»Die Nachbarn wegen Bernd befragen. Vielleicht kann ihm einer ein Alibi für vorgestern geben. Als ich mir das Haus aus der Nähe ansah, entdeckte ich, dass die Vordertür nicht geschlossen war. Und nun nenne mir einen Privatflic, der von offenstehenden Türen nicht magisch angezogen wird.«

»Ja«, nickte er und versuchte sich an einem zaghaften Grinsen. Ich grinste mit. Dabei spielte ich einhändig Klavier auf dem Geländer. Draußen lag Schnee, Schritt für Schritt stolperte man über Leichen, und hier drin belogen sich zwei alte Freunde nach Strich und Faden. Eine miese Komödie war das.

»Weißt du, was?«, sagte ich. »Du hältst jetzt deinen Kopf ein paar Minuten lang unter Wasser, sonst kommst du heute überhaupt nicht mehr auf die Beine.«

Folgsam schleppte er sich ins Bad. Ich hörte ihn die Dusche in Gang setzen, dann einen Schmerzensschrei und unterdrücktes Fluchen, das im Gurgeln des Wassers unterging. Ein grimmiges Lächeln umspielte meine Lippen. Das war die Strafe dafür, dass Marc Covet einen Freund anlog.

Und was würde meine Strafe sein?

Urplötzlich begann mein Kinn zu jucken. Wollte mich wohl daran erinnern, dass ich schon lange keinen Schwinger mehr abgekriegt hatte. Von mir aus konnte dieser Zustand noch sehr lange andauern.

Ich ging in die Küche und nahm das kaputte Fenster in Augenschein. Es war von innen geschlossen worden. Auf den Fliesen hatte der Unbekannte mit seinen nassen Schuhen sichtbare Spuren hinterlassen, aber schon in der Diele war nichts mehr von ihnen zu sehen. Mir ging der Revolver aus dem Schlafzimmer nicht aus dem Kopf. Vielleicht hatte Nagel mit einem solchen Einbrecher gerechnet, vielleicht sogar mit genau jenem Einbrecher. Gut möglich, dass es in diesem Haus etwas Wertvolles gab, etwas, wovon nur wenige wussten. Oder es ging um Bernd Nagel selbst, um eine Angelegenheit zwischen ihm und einem Unbekannten.

»Ist er hier rein?«, fragte Covet von der Tür her. Seiner aufrechten Haltung nach zu urteilen, hatte die Dusche Wunder gewirkt. Mit einem Handtuch trocknete er sich die nassen Haare.

»Ja, und zwar vor nicht allzu langer Zeit. Siehst du hier die kleinen Schneeklumpen, die noch nicht geschmolzen sind? Er wird etwas gesucht haben. Hat Nagel Wertsachen im Haus?«

Covet schüttelte den Kopf. »Nicht dass ich wüsste. Geld natürlich, aber bestimmt keine Mengen. Irgendwo hängt ein Bild, das einigermaßen teuer war.«

»Der Camembert?«

»Welcher Camembert?«

»Egal. Außerdem hängt der noch. Gibt es hier einen Safe?«

Covet nickte und führte mich ins Wohnzimmer. »Hier, hinter dem Bild. Meintest du das mit Camembert?«

»Jetzt ist es wieder Kröte auf Mittelstreifen.« Ich hängte die Leinwand ab und stellte sie auf den Boden. Ein Safe von beachtlicher Größe kam zum Vorschein. In seine Tür waren ein Display und eine Tastatur eingelassen, sonst nichts. Kein Zahlenschloss, kein Griff.

»Öffnen kann ich den nicht«, sagte Covet. »Das würde Bernd auch nicht wollen.«

»Wir könnten ohnehin nicht sagen, ob etwas entfernt wurde.« Ich hängte das Bild an seinen Platz zurück.

»Wie sieht es in den übrigen Räumen aus?«, fragte Covet. »Wurde dort etwas gesucht?«

»Es sieht nicht danach aus. Möglicherweise wusste der Unbekannte, wo er zu suchen hatte. Wahrscheinlicher ist, dass du ihn rechtzeitig gestört hast. Lass mich noch mal im Arbeitszimmer nachsehen.« Ich ging nach nebenan, pfiff vor mich hin, spitzte die Ohren und wartete. Covet tat mir den Gefallen und blieb im Wohnzimmer. Das Pfeifen galt ihm. Er sollte sich unbeobachtet fühlen.

Ich hörte leise Schritte auf dem Steinboden und das vorsichtige Öffnen einer Schublade. Papierrascheln … die Schublade wurde geschlossen … Stille. Wars das? Pfeifend kehrte ich zu Marc zurück. Er lehnte neben dem Bild an der Wand, Lichtjahre vom Schreibtisch entfernt.

»Und?«, fragte er. Eine Unschuldsmiene wie aus einem schwedischen Kinderbuch.

»Nichts. Absolut nichts.«

»Gut.«

»Na, dann …«

»Was meinst du, sollen wir den Einbruch melden?«

Ich zuckte die Achseln. »Was soll man nicht alles im Leben? Und dann tut man es doch nicht. So würde ich auch mit dem Einbruch verfahren. Lass der Polizei noch ein bisschen Arbeit.«

»Da hast du recht.« Er nickte erleichtert und tastete nach der Wunde an seinem Hinterkopf. »Weißt du, Max, ich bin froh, wenn das Ganze hier vorbei ist. Egal, wie es ausgeht.«

Ich blickte ihn nachdenklich an und schwieg.

»Gehen wir?«, fragte er.

»Gehen wir.«

Wir waren uns also einig. Aber erstens kommt es anders, und zweitens hätte ich mich an mein letztes unrechtmäßiges Eindringen in eine fremde Wohnung erinnern sollen. Auch da hatte mich die Türklingel zu Eis erstarren lassen. An solche Dinge gewöhnt man sich einfach nicht.

Wir hatten gerade einen Fuß in die Diele gesetzt, als es läutete.

Beide hielten wir die Luft an. Wer konnte das sein? Wer wollte jetzt, um halb eins, etwas von einem Mordverdächtigen, der sich im Knast befand? Der Briefträger? Ein Nachbar? Der verschwundene Woll?

»Mach nicht auf«, flüsterte mir Marc ins Ohr. Kaum hatte er eine Beule am Hinterkopf, fürchtete er sich vor Fremden.

Ich schwieg und dachte an die Spuren im Schnee, an mein Fahrrad, an unsere Silhouetten, die von außen zu sehen waren. Vielleicht hatten wir Glück, und es war wirklich nur die Post.

Kein Glück. Keine Post. Das nächste Klingeln dauerte doppelt so lange, und es wurde von einem entschiedenen Kommando begleitet: »Machen Sie auf! Polizei!«

Covet bekam Schluckauf vor Panik.

»Keine Sorge«, sagte ich. »Wir haben nichts zu verbergen, überhaupt nichts. Außer deiner Verletzung. Die darfst du nicht zeigen. Ansonsten lass mich reden, okay?«

Covet nickte und hielt sich am Türpfosten fest. Ich schritt zum Eingang, zögerte einen Moment, um die Haustür mit einem Ruck aufzureißen.

Wir schauten uns an, einer überraschter als der andere.

»Sie?«, sagte der Mann, und in seiner Miene mischten sich Grimm und Enttäuschung.

»Ich«, sagte ich und lachte los. Dieser Idiot von Kampfhund hielt doch tatsächlich eine Pistole in der Hand!

22

»Aber, Herr Sorgwitz«, begrüßte ich unseren Gast. »Wollen Sie hier auf Großwildjagd gehen?«

»Was machen Sie in Nagels Haus?«, knurrte er.

»Ich? Nichts. Ich habe bloß einen Freund hierher begleitet.«

»Welchen Freund?«

»Gestatten, Marc Covet«, antwortete ich und zeigte mit dem Daumen über meine Schulter. Marc grüßte schwach grinsend aus dem Hintergrund. Fischers Assistent wäre gerne ein paar Schritte herangekommen, aber ich stand breitbeinig im Hauseingang und rührte mich keinen Zentimeter. Immer noch hielt er seine Pistole auf mich gerichtet.

»Sie dürfen das Ding jetzt einstecken«, sagte ich und zeigte auf die Waffe. Er tat es, langsam und ungern.

»Und was will Ihr Freund hier?«, fragte Sorgwitz. Sein Misstrauen reichte bis in die Haarspitzen seines blonden Igelschopfes.

»Nichts Besonderes. Bernd Nagel ist ein guter Freund von Herrn Covet und hat ihn gebeten, hier ein wenig nach dem Rechten zu schauen.«

»Nach dem Rechten?«

»Genau. Nach der Post. Nach den Blumen. Nach der Milch im Kühlschrank, die verdirbt. Das verstehen Sie doch.« Ich lächelte. »Und Sie, wenn ich fragen darf? Was führt Sie nach Schlierbach?«

»Das erkläre ich Ihnen, wenn Sie mich hineinlassen. Oder soll ich noch länger in der Kälte warten?«

»Zeigen Sie mir Ihren Durchsuchungsbeschluss, und das Haus steht Ihnen offen.«

»Ich habe keinen«, schnaubte er. »Ich habe keinen, und das wissen Sie, Koller. Aber ich weiß nicht, ob Sie rechtmäßig hier sind. Wenn Herr Nagel nicht informiert ist …«

»Ganz langsam, Herr Sorgwitz, ganz langsam. Herr Covet hat von Herrn Nagel einen Haustürschlüssel bekommen, das ging alles mit rechten Dingen und streng nach Gesetz und Ordnung zu.«

Der Blonde mahlte mit den Zähnen. »Gut«, sagte er schließlich und kam auf mich zu. »Dann will ich jetzt Ihre Ausweise sehen. Streng nach Gesetz und Ordnung.« Er schob mich zur Seite und trat ein.

»Das ist Hausfriedensbruch. Vor zwei Zeugen.«

»Das ist eine Ausweiskontrolle. Und die findet nicht auf der Straße statt. Her mit den Lappen.«

Schweigend spielten wir das Spielchen mit. In der dämmrigen Diele konnte er die Namen auf unseren

Personalausweisen kaum lesen, aber darum ging es auch nicht. Ein flüchtiger Blick, dann gab er sie uns zurück. Marc drückte sich mit bleichem Gesicht gegen die Wand. Solange er dort stehen blieb, war seine Wunde vor Entdeckungen geschützt.

»So, so«, begann Sorgwitz und ließ seine Finger knacken, »dann schauen Sie beide also nach der Post. Das ist ja wirklich sehr freundlich von Ihnen. Und gleich zu zweit.«

»Bei mir ist es die pure Neugier«, sagte ich. »Schon von Berufs wegen. Mich interessiert, wie so ein Mörder lebt, wie er sein Wohnzimmer eingerichtet hat, welchen Kaffee er trinkt, ob er lindgrüne Tapeten bevorzugt oder rote Servietten, ob er …«

»Nun halten Sie mal die Luft an«, unterbrach mich Sorgwitz. »Wenn Sie von einem Freund Nagels mit hierher genommen wurden, sind Sie aus dem Schneider. Das gibt Ihnen aber noch lange nicht das Recht, hier herumzuschnüffeln, klar?«

»Schnüffeln? Sie kommen auf Ideen!«

»Spätestens morgen nehmen wir das Haus auseinander. Bis dahin wäre es für Sie beide das Beste, sich hier nicht mehr blicken zu lassen. Es macht keinen guten Eindruck, in einer Wohnung herumzulungern, die von polizeilichem Interesse ist.«

Irrte ich mich, oder waren meinem blonden Freund da ein paar sächsische Kehllaute durchgerutscht? ›Von bollezeilichem Inderässe‹! Ja, das wars. Kamerad Sorgwitz stammte aus dem Osten Deutschlands. Nichts gegen schneidige Auftritte, aber ich finde, Leute seiner Herkunft sollten keine bodenlangen Ledermäntel tragen.

»Wir danken für den guten Rat«, sagte ich. »Heben wir also die Tafel auf.«

»Schon? Was spricht gegen eine kleine Hausbegehung?«, schlug Sorgwitz vor, kalt lächelnd wie ein Schlagbaum. Er machte ein paar Schritte Richtung Wohnzimmer, und in diesem Moment verstand ich, warum Covet so bleich war. Der Polizist hatte die ganze Zeit in der kleinen Blutlache gestanden. Und nun stapfte er mit klebrigen Schuhen durch die Diele.

»Haben Sie die Blumen schon gegossen?«, fragte Sorgwitz und linste ins Wohnzimmer. Neben ihm presste sich Covet an die Wand und vergaß das Atmen.

»Alles erledigt«, antwortete ich. »War nicht viel Arbeit.«

»Sie haben ja ganz nasse Haare«, meinte der Kampfhund plötzlich und zeigte auf Covet.

»Nasse Haare?«, fragte Marc, fuhr mit der Hand nach oben und ließ sie auf halbem Weg wieder sinken.

»Haben Sie hier geduscht oder was?«

»Oh, das muss der Schneeball vorhin gewesen sein«, mischte ich mich ein. »Mit dem habe ich ihn ganz schön eingeseift.«

Der Blonde sah mich an und schwieg.

»Nun, Herr Sorgwitz, eigentlich waren wir gerade beim Aufbruch, als Sie kamen. Vielleicht wären Sie so freundlich, uns nach draußen zu begleiten. Sie bekommen sicher noch Gelegenheit, Nagels Wohnung nach allen Regeln der Kunst zu durchwühlen.«

»Eben deshalb kann ich mir die wichtigsten Einzelheiten ja schon einmal einprägen«, gab er zurück und lugte in die Küche. Er war ein Freund solcher Spielchen. Nur von dem Streich, den seine blutgetränkten Schuhe ihm spielten, hatte er keine Ahnung.

»Sie haben uns noch gar nicht gesagt, was Sie hier wollten«, meldete sich Covet zu Wort.

Der Kampfhund wandte sich ihm zu. »Befragung der Nachbarn. Deshalb bin ich hier. Und als ich nebenan aus der Haustür trat, merkte ich, dass sich jemand in der Wohnung aufhielt. Ganz einfach.« Er schaute wieder in die Küche.

»Mir wäre es ganz recht, wenn wir jetzt gehen könnten«, sagte ich und trat hinter ihn. »Ich glaube nicht, dass es einen guten Eindruck bei Ihrem Vorgesetzten macht, wenn Sie sich gegen den Willen Herrn Nagels hier aufhalten.«

Es war ein Versuch gewesen, mehr nicht. Und er kam zu spät. Sorgwitz hatte das Loch in der Scheibe entdeckt, gestutzt und die Küche in zwei Sätzen durchmessen. Covet biss sich auf die Lippen.

Nun half nur noch eines: Vorwärtsverteidigung. Quatschen, bis die Luft brannte. Sorgwitz stand vor dem Küchenfenster und sperrte den Mund auf. Ich hatte dafür zu sorgen, dass er ihn so schnell nicht mehr zubekam.

»Sehen Sie mal!«, rief ich, stürzte auf ihn zu und packte ihn am Arm. »Da! Das Fenster! Es ist nicht zu fassen. Wer war das?«

Sorgwitz schüttelte mich ab und starrte mich entgeistert an.

»Marc, hast du das gesehen? Hier muss jemand eingebrochen sein. Wenn das Bernd erfährt! Erst die Verhaftung und dann das! Wir müssen sofort nachschauen, ob etwas gestohlen wurde, wir müssen ihn informieren.«

»Schnauze!«, brüllte Sorgwitz. »Sie wollen mir doch nicht erzählen, dass Sie das Loch eben erst entdeckt haben.«

»Wir waren nicht in der Küche. Das Wasser für die Blumen haben wir im Bad geholt. Es gab überhaupt keinen Grund, die Küche zu betreten. Okay, vielleicht war es kein Einbruch, sondern bloß ein Dummejungenstreich.«

»Von wegen Streich«, murmelte er. »Hier ist jemand eingestiegen.« Er trat zurück, um auf die Spuren zu deuten, die der Einbrecher hinterlassen hatte, und in diesem Moment sah er seine eigenen blutigen Fußstapfen. Das verschlug ihm die Sprache. Es verschlug sie ihm in einer Weise, als habe ihm jemand einen starken Staubsauger vor den Mund gehalten. Als seien die Worte in ein schwarzes Loch gefallen und unwiederbringlich in der Tiefe des Raumes verloren. Weg waren sie.

Gott sei Dank gab es noch mich, Max Koller, dem das Vokabular so schnell nicht ausging.

»Um Gottes willen!«, stieß ich hervor. »Herr Sorgwitz, können Sie uns das erklären? Sagten Sie nicht, Sie hätten bloß die Nachbarn befragt? Ich habe Sie immer für einen friedlichen Mann gehalten, hart, aber gerecht, und nun das! Wer hat da bluten müssen?«

Der Blonde schüttelte den Kopf. Zu mehr war er nicht fähig.

»Sprechen Sie darüber, Herr Sorgwitz. Es erleichtert.«

Er schluckte. Langsam kam Bewegung in ihn. Er

schielte auf seine Schuhe, zog sie aus, roch an ihnen.

»Sollen wir Sie zu Ihrem Wagen bringen? Am besten ruhen Sie sich zu Hause ein bisschen aus.«

»Ruhe!«, brüllte er. »Sie halten jetzt Ihr verdammtes Maul und erklären mir, woher dieses Blut stammt! Und erzählen Sie mir nicht, Sie hätten nichts davon bemerkt!«

»Also, was nun?«, fragte ich und tat gekränkt. »Maul halten oder erklären? Beides gleichzeitig geht nicht.«

»Was ist das für Blut auf dem Boden?«

»Und das verdammte Maul nehmen Sie zurück, Herr Sorgwitz.«

»Beantworten Sie meine Frage!«

»Erst zurücknehmen.«

»Ich warne Sie, Koller«, zischte er und trat dicht vor mich hin. An seinen Schläfen schwoll ein ganzes Bündel von Adern dick an. »Sie treiben es zu weit. Ich kann Sie hier an Ort und Stelle festnehmen, aus den verschiedensten Gründen. Also reißen Sie sich zusammen und beantworten Sie meine Fragen.«

»Woher sollen wir wissen, warum Sie Blut an den Schuhen haben?«, sprang mir Covet bei. »Sie sind uns eine Erklärung schuldig.«

»An Ihrer Stelle wäre ich erst recht vorsichtig«, schnauzte ihn Sorgwitz an. »Weg da!« Er drängte uns aus der Küche, machte Licht in der Diele und folgte seinen eigenen Spuren bis zu der Blutlache, in der er gestanden hatte. Während er sich darüber beugte, zog er einen Kaugummi aus seiner Tasche und steckte ihn in den Mund. Dann ließ er sich auf die Knie nieder und besah sich den Fleck von nahem. Er glotzte und schnüffelte, und es hätte mich nicht gewundert, wenn er das Blut aufgeleckt hätte. Seine Socken waren an den Fersen durchgescheuert.

»Und?«, sagte er, sich aufrichtend.

»Wir sind ebenso überrascht und ratlos wie Sie, Herr Sorgwitz.«

»Sie haben nichts von diesem Blut bemerkt, obwohl Sie seit Stunden im Haus sind?«

»Wir sind vielleicht seit einer Viertelstunde hier und haben kein Licht in der Diele gemacht. Da übersieht man schon mal etwas. Sie sind ja fast in der Pfütze ertrunken, ohne es zu bemerken.«

»Damit kommen Sie nicht durch.« Seine Kiefer mahlten, genau wie am gestrigen Morgen im Polizeirevier.

»Jetzt erklärt sich auch der blutige Waschlappen im Bad.«

»Der was?«

»Der blutige Waschlappen, den wir im Bad gefunden haben. Ist doch klar: Der Einbrecher muss sich am Glas des Küchenfensters geschnitten haben. Die Wunde blutet wie der Teufel, er stürzt ins Bad, presst einen Waschlappen darauf, torkelt in die Diele, stolpert, fällt hin, er wird für kurze Zeit ohnmächtig, sein Blut tropft ungehindert auf das Parkett, bildet diese Lache, und als er schließlich …«

»Lassen Sie das!«, herrschte mich der Polizist an. »Verschonen Sie mich mit Ihrer Horrorstory.«

»Eine Tragödie«, sagte ich. »Keine Horrorstory. Hier hat sich eine Tragödie abgespielt, Herr Sorgwitz.«

Nun, vielleicht hatte es das. Inzwischen war sie längst in eine Komödie übergegangen, und der Kampfhund spielte darin die Rolle des dummen August. Er drohte uns wahlweise mit dem Zeigefinger oder mit sofortiger Einbuchtung, sprach von Widerstand gegen die Staatsgewalt und, natürlich, von ›iewergeordneden bollezeilichen Inderässen‹. Dass er seine Drohungen in Socken vorbrachte, machte die Sache nicht besser. Die Mentholwolke seines Kaugummis schlug uns ins Gesicht, wenn er sich dicht vor uns stellte. Er verzog sich ins Bad und untersuchte die beiden Lappen, die im Waschbecken herumlagen. Einer von ihnen starrte noch von Covets Blut. Währenddessen füllte ich in der Küche ein Glas Wasser, drückte es Marc in die Hand und schickte ihn ins Arbeitszimmer, Nagels Pflanzen zu gießen. Bloß oberflächlich, dass man die Nässe auf den ersten Blick sah.

»Und wenn das Ihr Blut ist?«, fragte Sorgwitz, in die Diele zurückkehrend. »Vielleicht waren Sie ja der geheimnisvolle Einbrecher.«

»Warum sollten wir durchs Küchenfenster krabbeln, wenn wir einen Haustürschlüssel besitzen?«

»Zeigen Sie mir den Schlüssel.«

»Marc, wärst du so freundlich?«, bat ich Covet, der eben wieder zu uns stieß.

»Aber gerne.«

In dieser Tonlage debattierten wir noch eine ganze Weile. Sorgwitz erkannte den Wald vor lauter Bäumen nicht, so sehr hatte ihn mein Geschwätz aus dem Konzept gebracht. Er steckte seine Nase in die frisch gegossenen Blumentöpfe, er probierte Covets Schlüssel gleich dreimal aus, aber die Wunde an Marcs Hinterkopf übersah er. Am Ende kapitulierte er und bat telefonisch um Verstärkung.

»Moment mal«, protestierte ich. »Das hier ist immer noch Bernd Nagels Haus. Ohne dessen Einverständnis kommt niemand hier herein. Besorgen Sie sich gefälligst seine Erlaubnis.«

»Bei Verdacht auf ein Gewaltverbrechen? Bei Ihnen piepts wohl!«

»Was für ein Verbrechen? Wenn sich ein Einbrecher an Fensterglas schneidet, ist das Ungeschick, aber kein Gewaltverbrechen.«

»Das werden wir sehen.«

»Ja, das werden Sie sehen, aber erst nach Rücksprache mit Nagels Anwältin. Marc, informierst du Cordula?«

Covet nickte und zog sein Handy hervor.

»Ich brauche hier keine Erlaubnis«, schnaubte Sorgwitz, dampfend vor Erregung. »Diese Dielen schwimmen in Blut. Da ist Gefahr im Verzug, verstehen Sie?«

Dann schwieg er und hörte zu, wie Marc mit Nagels Anwältin verhandelte. Cordula versprach, sofort zu kommen. Bevor das Gespräch beendet war, griff ich nach dem Handy und verzog mich ins Wohnzimmer. Covet und Sorgwitz stritten weiter, wobei mein Freund dem Kommissar konsequent die Stirn bot. Und nicht die lädierte Rückseite.

»Hallo, Frau Glaßbrenner«, sagte ich. »So schnell spricht man sich wieder.«

»Wie schön.«

»Um Marc und mich brauchen Sie sich nicht zu kümmern, wir haben nichts Verwerfliches getan. Außer dem Kommissar ein paar Märchen erzählt. Herr Nagel allerdings wäre Ihnen sicher dankbar, wenn Sie die Polizistenmeute von seiner Wohnung fernhalten könnten.«

»Geben Sie mir wieder Ratschläge, wie ich meine Arbeit zu tun habe?«

»Nein. Ich habe nur zwei Fragen. Es wäre nett, wenn Sie die beantworten würden. Erstens: Ist das Bild in Nagels Wohnzimmer wertvoll?«

Sie lachte. »Nein, absolut nicht.«

»Und welche Unterlagen sollte Marc für Sie aus der Wohnung holen?«

»Was für Unterlagen?«

»Danke, das wars. Viel Erfolg.«

Ich hängte ein.

23

Emmertsgrund, hatte Kommissar Fischer gesagt. Irgendwo dort, im südlichsten Stadtteil Heidelbergs, hauste Annette Nierzwas Ex-Mann. Im Gasthaus *Wolfsbrunnen*, nicht weit entfernt von Nagels Wohnung, fragte ich nach einem Telefonbuch und notierte mir Wolls Adresse. Anschließend schwang ich mich auf mein Rad und nahm denselben Waldweg in Angriff, den ich am Sonntag, von Waldhilsbach kommend, herabgerauscht war. Nun ging es bergauf.

Heidelbergs Topographie zwingt einen zu den ungewöhnlichsten Streckenführungen, vor allem, wenn man mit dem Rad unterwegs ist. Im aktuellen Fall versuchte ich, den kürzesten Weg zwischen Schlierbach und Wolls Wohnung einzuschlagen, und der führte über den Kleinen Odenwald, an der Rückseite des Königstuhls vorbei. Die entscheidende Erleichterung war, dass ich ein Drittel des Aufstiegs schon hinter mir hatte, denn sowohl das Gasthaus *Wolfsbrunnen* als auch die Hochhäuser des Emmertsgrunds lagen etwa 100 Meter über der Talsohle.

Ich fuhr nicht schnell, in Gedanken noch ganz bei den Ereignissen von vorhin. In einem unbeobachteten Moment hatte ich mich verdrückt. Covet, dessen Lebensgeister zusehends zurückgekehrt waren, stritt mit Sorgwitz um die Lufthoheit über Nagels Wohnung, der eine wartete auf juristischen, der andere auf polizeilichen Beistand. Warum war es überhaupt so weit gekommen? Warum hatten wir dem Kommissar gegenüber nicht einfach die Wahrheit gesagt? Ganz einfach: aus schlechtem Gewissen. Weil wir uns gegenseitig angeflunkert hatten. Bei Marc waren es erfundene Unterlagen, bei mir ein geklauter Schlüssel. Da ergab es sich ganz von selbst, dass man weiterflunkerte. Auch wenn die Polizei in der Tür stand.

Aber was hatte Covet nun wirklich in dem Haus gewollt? Was verheimlichte mir der Kerl? Einer meiner besten Freunde, das musste man sich mal vorstellen!

»Verdammte Scheiße!«, brüllte ich in die Waldeinsamkeit hinaus. Ich war über einen Ast gefahren und nahm das zum Anlass, der Welt meinen Frust anzuvertrauen. Ein Eichelhäher keckerte, ein zweiter oben am Hang fiel ein. Lacht ihr nur!

Ich beschleunigte meinen Tritt. Lieber nicht zu intensiv darüber nachdenken, woher Covets Heimlichtuerei rührte. Mit den Morden würde er schon nichts zu tun haben. Jedenfalls nicht direkt. Und indirekt? Die einfachste Erklärung war, dass er im Auftrag Nagels belastendes Material beseitigt hatte. Ich hätte mir die Schreibtischschubladen genauer anschauen sollen. Meinem flüchtigen Blick war nichts Spektakuläres aufgefallen.

Lieber nicht darüber nachdenken. Lieber einen anderen verdächtigen. Annettes Ex-Mann zum Beispiel. Auf meiner Kandidatenliste für den Einbruch bei Nagel stand er ganz oben. Woll war verschwunden, untergetaucht womöglich, und um wieder aufzutauchen, brauchte er Geld. Vielleicht gab es bei Nagel doch etwas zu holen, und Woll wusste davon. Angenommen, dieses Etwas hatte in einer der Schubladen gelegen; ein wertvolles Schmuckstück beispielsweise, meinetwegen auch 10.000 Euro in bar. Woll entwendet den Gegenstand, wird von Marc überrascht, schlägt ihn nieder, flüchtet. Marc wiederum sollte das Ding in Sicherheit bringen, muss aber feststellen, dass ihm Woll zuvorgekommen ist. Eine feine Theorie, trotzdem missfiel sie mir.

Ich würde Woll fragen, wie sie ihm gefiel. Falls er zu Hause war. Und falls nicht? Konnte ich seine Nachbarn fragen. Irgendjemand musste doch wissen, wo der Kerl steckte.

Endlich hatte ich den höchsten Punkt erreicht. Den Hohlen Kästenbaum, von dem das Kümmelbachtal nach Süden und der Schwabenweg nach Südwesten abzweigten. Ich stieg vom Rad, trank wie drei Tage zuvor einige Schluck Wasser am Brunnen und setzte mich anschließend auf eine trockene Stelle der Bank. Es war angenehm still hier oben. An den Hängen nur zwei Farben, das frische Weiß des Schnees und das Graubraun der Stämme und Äste. Ein Vogel kreiste um kahle Wipfel. Der geteerte Weg, der nach Neckargemünd führte, war fast schneefrei, dafür hatten Forstfahrzeuge und Plusgrade gesorgt. Wenn die Nebenwege ähnlich aussahen, würde ich den Emmertsgrund in einer Viertelstunde erreicht haben.

Ich schloss die Augen. Die Spiegelfechterei mit Sorgwitz hatte mich ermüdet. Gut, dass es von nun an nur noch bergab ging. Ich hörte, wie sich jemand näherte. Jemand, der kurze Schritte machte und die Füße nicht recht hob. Dazu ein Schleifen und Scharren, wie wenn ein Metallgegenstand über die Erde gezogen wird. Ich hielt die Augen geschlossen und versuchte mir vorzustellen, wer da auf mich zukam.

Dann verklangen beide Geräusche. Der Jemand stand nun ganz nahe bei meiner Bank.

»Spielst du toter Mann?«, fragte er.

Ich öffnete die Augen und wandte den Kopf. Der Jemand war ein kleines Mädchen mit rosa Mütze und buntem Schal. Es zog einen Schlitten hinter sich her.

»Nö«, sagte ich. »Nur ein bisschen ausruhen.«

»Ach so.«

»Und du? Bist du Schlitten gefahren?«

»Geht nicht. Zu wenig Schnee.«

»Verstehe.«

»Aber da oben«, sagte sie und zeigte mit dem Finger zum Auerhahnenkopf hoch, »da oben spielt einer toter Mann. Und zwar richtig.«

»Was heißt das, richtig?«

»Na, so richtig im Schnee, richtig tot.« Sie wandte sich zum Gehen. »Anders als du.«

Ich sah ihr nach, wie sie den Serpentinenweg Richtung Schlierbach einschlug. Die Kleine hatte keine Ahnung von den Tote-Mann-Qualitäten eines Max Koller. Da hätte sie mich mal in Schulzeiten erleben sollen. Eine Legende war ich!

Bloß dass es mir nicht eingefallen wäre, im Schnee toter Mann zu spielen. Seufzend bestieg ich mein Rad und erklomm den Läuterungsberg.

Das Mädchen hatte recht gehabt. Der Mann nahm seine Rolle ernster als ich. Ich brauchte eine Weile, um ihn zu finden. Die kleinen Fußabdrücke und die Spur des Schlittens führten mich hügelan, aber vom Weg aus war die Stelle schlecht einzusehen. Zweimal fuhr ich über die Kuppe des Auerhahnenkopfes, bis ich zu den Füßen eines halb verfallenen Hochsitzes etwas Massiges erspähte, das weder Holz noch Stein war. Ich stellte mein Rad ab und stiefelte durch den Schnee zu dem dunklen Ding.

Da lag der Mann, bedeckt von einer dünnen Schneeschicht, und er bot keinen schönen Anblick. Ich erkannte ihn kaum wieder.

Aber er war es: der Klarinettist. Und nun hatte ich die Erklärung, warum er den Hörer nie abgehoben, warum er überhaupt kein Lebenszeichen mehr von sich gegeben hatte. Woll war nicht der Mörder. Er war das dritte Opfer geworden.

Ich starrte auf die Leiche hinunter und schluckte. Mich fröstelte. Der Körper war nicht blau, nicht weiß, ihm fehlte alle Farbe. Blutleere Lider hingen über kalten Augäpfeln, die steifen Lippen waren leicht geöffnet, die Haare standen strohig um den Kopf. Woll, beziehungsweise das, was einmal Woll gewesen war, lag zusammengekauert auf dem gefrorenen Boden, so, wie wir alle uns krümmen, wenn wir im Bett vor Kälte nicht einschlafen können.

Allerdings liegen wir normalerweise nicht mit gefesselten Händen im Bett.

Wolls Arme waren roh auf dem Rücken zusammengeschnürt worden. Vorsichtig entfernte ich den Schnee von seinem Körper. Er hatte bloß eine Jacke über seinem Pullover, keine Handschuhe, keinen Schal, keine Mütze. Auch seine Füße waren gefesselt. Ich blickte nach oben. Es sah aus, als sei Woll vom Hochsitz heruntergefallen. Satte vier Meter. War das denkbar? Die modrigen Sprossen wirkten brüchig, aber einem festen Faustschlag hielten sie stand. Oben auf dem Hochsitz hatte irgendwann ein Sturm die Hälfte der Überdachung weggetragen. Einer der vier Stützpfähle war im Laufe der Zeit zusammengesackt; der ganze Bau lehnte mit bedenklicher Schieflage an einer Buche. Hätte ich Kinder, würde ich ihnen das Hochklettern verbieten.

Jedenfalls musste Woll vor dem nächtlichen Schneefall hier unten gelegen haben und eingeschlafen sein. Ich hoffte zumindest, dass der Erfrierungstod einen friedlich einschlafen ließ. Man wünscht sich so einen Punkt, an dem der betäubende Schmerz der Kälte in stille Ergebung umschlägt. Vielleicht gibt es diesen Punkt tatsächlich, vielleicht fühlt man sich am Ende, wenn der Abschied unwiderruflich ist, warm und geborgen, fest umhüllt von weichen Laken aus Schnee.

Aber Wolls fahles Gesicht verriet nichts über seine letzten Stunden.

So. Und nun geschah etwas, von dem ich nicht weiß, wie ich es beschreiben soll. Ich habe oft darüber nachgedacht, habe davon geträumt – mit mir im Reinen bin ich immer noch nicht. Zu den wenigen Menschen, denen ich von meinem Erlebnis erzählte, gehörte mein Hausarzt, aber der schüttelte nur den Kopf. Christine meinte, ich sollte mal einen Psychologen um Rat fragen, da bereute ich es schon, sie eingeweiht zu haben.

Dabei handelte es sich um einen ganz einfachen Sachverhalt: Woll stöhnte plötzlich auf.

Verdammt, er stöhnte, und wie er das fertigbrachte, ist mir bis heute ein Rätsel. Ich hatte mich zu ihm hinuntergebeugt, ihn an der Schulter und einem Knie gepackt, um ihn auf den Rücken zu drehen. Das tat ich auch, und während ich den Körper vom Bauch, genauer gesagt von seitlicher Bauchlage auf den Rücken wälzte, ließ Woll ein herzzerreißendes Stöhnen hören. Sein Brustkorb wurde durch den unsanften Zugriff gestreckt, die Lungenflügel weiteten sich, der Kopf fiel mit Verzögerung auf die andere Seite, Luft drang in den Körper, wurde zusammengepresst und wieder in die Freiheit entlassen … am Ende dieses Vorgangs stand ein hohles, tierisches Stöhnen, das mich mit einem Entsetzensschrei in die Höhe springen ließ.

Mein Herz schlug bis zum Hals. Ich starrte die Leiche an. Wie war das möglich? Lebte der Kerl etwa noch?

Zitternd ging ich in die Knie, zog einen Handschuh aus und tastete nach seiner Halsschlagader.

Da war nichts. Nur mein eigenes Pulsrasen. Der Typ hatte die Temperatur von Speiseeis. Aber einen solchen Urlaut bildete man sich doch nicht ein! Dieser Hurensohn trieb sogar als Toter noch seine Spielchen mit mir. Dem würde ich ein Bier ausgeben, hatte er über den Mörder seiner Ex-Frau gesagt. Und jetzt, Gregor Woll? War das Stöhnen deine letzte Bestellung?

Wieder und wieder fühlte ich nach seinem Puls, horchte auf Atemzüge, kniff in die ledrigen Wangen. Keine Reaktion, nichts. Woll weilte nicht mehr unter uns. Aber er hatte einen Laut von sich gegeben, das war ums Verrecken nicht zu leugnen.

Ich begann zu fluchen. Stampfte mit dem Fuß auf, trat gegen herumliegende Tannenzapfen. Jetzt musste ich dieses Arschloch auch noch zum Arzt bringen! Kein Saft mehr im Handy und zu meinen Füßen eine röchelnde Leiche. Ich sah mich schon mit dem halb gefrorenen Woll auf dem Gepäckträger hinunter nach Schlierbach rasen. Aber was blieb mir übrig? Wenn ich selbst unfähig war zu beurteilen, ob in dem Kerl noch ein Funken Leben steckte, musste ein Fachmann ran. Sollte der mich ruhig auslachen, dass ich Laute aus einer frostigen Kehle vernommen hatte. Sollte er lachen.

Ich wälzte Woll hin und her, damit der Schnee von ihm abfiel. Sein Kopf mit den leicht geöffneten Lippen rollte mit, und es sah zuweilen aus, als grinse er hämisch. Dann entdeckte ich seine Verletzung. Schwarzes Blut, vermengt mit Walderde, kleinen Zweigen und gefrorenen Blättern, klebte an seiner Schläfe. Es war nicht viel Blut, und ich wagte keine Diagnose, ob die Wunde von einem Schlag oder einem Sturz herrührte, ob sie eine Ohnmacht oder gar den Tod herbeigeführt hatte.

Sobald Woll einigermaßen von Schnee und Erde befreit war, versuchte ich ihn zu schultern. Mein Gott, so schmächtig ich bin, so zäh bin ich auch und vermag einiges an Last zu tragen. Aber einen gefesselten, unterkühlten Körper, der ständig in eine andere Richtung kippt? Es war eine schweißtreibende Arbeit. Unter größten Mühen schleppte ich Woll den Auerhahnenkopf bergab, ständig den Griff wechselnd, das Gewicht verlagernd.

»Und bitte halt dein Maul, Woll«, keuchte ich, als sein Kopf meinem Ohr bedrohlich nahekam.

Nach 20 Metern wusste ich, dass ich es nie und nimmer bis hinunter nach Schlierbach schaffen würde. Meine Beine begannen zu zittern, die Arme schmerzten. Ich setzte den Kerl ab. Wobei absetzen ein Euphemismus ist. Beim Versuch, in die Knie zu gehen, knickte ich ein, meine Last fiel hart auf die geschotterte Erde, rollte ein paar Meter bergab und blieb schließlich am Wegrand liegen.

»Sorry«, beeilte ich mich zu sagen. Aber ich konnte nicht mehr.

Das verschnürte Bündel regte sich nicht, gab keinen Mucks von sich. Nur mein heftiges Atmen durchbrach die Stille des Winterwaldes. Woll war tot, er musste einfach tot sein. Ich rappelte mich auf, ging zu ihm hin und suchte ein letztes Mal vergeblich nach seinem Puls. Selbst wenn noch ein Rest Leben in ihm steckte, würde er sterben. Kein Arzt dieser Welt konnte ihn mehr auf diese Erde zurückholen. Das Philharmonische Orchester würde sich einen neuen Klarinettisten suchen müssen.

Die dritte Leiche. Drei Tote in fünf Tagen. Vielleicht hatte der Kriminaltechniker mit seinem Serienmörder doch recht. Wenigstens war nun Bernd Nagel aus dem Schneider. Wer seit Montagabend in Haft saß, konnte für Wolls Tod nicht verantwortlich sein.

Ein Geräusch ließ mich zusammenfahren. Weiter oben war ein Reh aus dem Wald getreten und glotzte mich an. Ich weiß nicht, ob Rehe denken können; falls ja, dachte das Tier sicher nichts Gutes über die Krone der Schöpfung. Da wird ein gefesselter, halb gefrorener Mensch von einem anderen hin- und hergewälzt, dann geschultert, den Berg hinuntergeschmissen und zuletzt durchsucht.

»Komm, hau ab«, verscheuchte ich das Vieh. »Geh weiter.«

Immerhin entschuldigte ich mich bei Woll für die Plünderung seiner Taschen. Viel kam ohnehin nicht zum Vorschein: ein Schlüsselbund, ein Geldbeutel, Zigaretten, ein Feuerzeug und eine leere Tablettenschachtel. Im Portemonnaie etwas Bargeld, Scheckkarten, Wolls Führerschein. Und ein zusammengefalteter Zettel. Den faltete ich auseinander und las: BERND NAGEL 00. Interessant. Ich drehte das Papier hin und her. Es war eine Seite aus einem Jahresplaner und trug das Datum vom 20. November letzten Jahres. Mehr als Nagels Name mit den beiden Nullen stand nicht darauf. Dieselben Buchstaben und Ziffern wie auf dem Notizblock in Annette Nierzwas Wohnung. Sogar die identische Handschrift, wenn ich mich nicht täuschte. Nur die Punkte unter den

Buchstaben fehlten. Das ergab keinen Sinn. Welche Frau dieser Welt musste sich den Namen ihres Geliebten notieren? Und was wollte Annettes Ex mit diesem Wisch?

Den Zettel und die Schlüssel steckte ich ein, alles andere verstaute ich wieder in den Taschen des Toten. Dann holte ich mein Rad, das noch oben auf der Kuppe des Auerhahnenkopfs stand. Als ich an Woll vorbeifuhr, drosselte ich das Tempo. Auch wenn er tot war, sollte er keinen Splitt abbekommen. Still blieb er hinter mir zurück, das Gesicht im Schnee, die Arme auf dem Rücken.

Ich hatte ihm nicht einmal die Fesseln gelöst.

24

Einer meiner Freunde, ich glaube, es war Fatty, bezeichnete den Emmertsgrund mal als Kreuzung zwischen der Bronx und Cape Canaveral. Das ist natürlich Unsinn, denn Englisch spricht dort keiner. Umso mehr Konjunktur haben Russisch und Türkisch. Trotzdem ist das Bild nicht ganz aus der Luft gegriffen. Wer sich der Bergsiedlung von unten nähert, fährt auf einen Weltraumbahnhof zu. Glitzernde Wolkenkratzer recken sich gen Himmel, Hochhausraketen warten auf den Countdown zum Abheben. Vielleicht wäre es das Beste für den Emmertsgrund, einer würde endlich auf Null zählen. In der Altstadt ziehen sie die Brauen hoch, wenn sie hören, dass du dort oben wohnst, die Makler machen einen großen Bogen um den Stadtteil, und die Neuenheimer sprechen nur von dem »Ding oberhalb von Leimen«.

Dabei haben es die Stadtplaner vor 30 Jahren angeblich gut gemeint mit den Heidelberger Neubürgern: billiger Wohnraum, Leben im Grünen, prima Fernsicht. Vom Grün der Umgebung bekommt man im Innern einer Betonbox allerdings wenig mit. Und weil die Rheinebene immer dunstverhangen ist, beschränkt sich die Fernsicht auf sehnsüchtige Blicke hinunter nach Rohrbach oder zu den Villen der Weststadt. Man bekommt harte Schädel im Emmertsgrund, heißt es.

Über Drei-Eichen- und Waidhausweg erreichte ich den Westhang des Kleinen Odenwalds. Unter mir lugte die Käfigarchitektur der 70er durch die Stämme. Noch ein paar langgezogene Serpentinen abwärts, dann war ich da. Wolls Wohnung befand sich in der fünften Etage eines zehnstöckigen Kastens, von dem hellgraue Farbe in Fetzen herabhing. Dafür leuchteten die neuen Müllcontainer in der Einfahrt grellgelb. Auf der Wiese vorm Haus lag eine dünne Schneedecke, neben dem Fußabtreter moderte ein Stapel Anzeigenblätter vor sich hin.

Die Eingangstür stand offen. Ich nahm den Aufzug in den fünften Stock und horchte eine Zeit lang an Wolls Wohnungstür, bevor ich seine Schlüssel ausprobierte. Der dritte passte, was mich nicht überraschte. Es war ja auch die dritte Wohnung, die ich auf unrechtmäßige Weise betrat. Am Montag die Annette Nierzwas, heute die von Nagel und Woll. Zwei dieser drei Personen waren ermordet worden. Und die dritte?

Ich trat ein. Es muffelte; Reste von Zigarettenrauch hingen in der Luft. Rasch verschaffte ich mir einen Überblick, viel Zeit blieb mir nicht. Es war eine Dreizimmerwohnung, und sie war so gemütlich wie ein gepolsterter Sarg: niedrige Decken, dunkler Teppichboden, Raufasertapete. Durch ein breites Wohnzimmerfenster sollte Licht fallen, doch da fiel nur das Grau des Winters. Nebenan ein ungemachtes Bett, Kleider auf einem Stuhl, ein offen stehender Schrank. Raum Nummer drei hatte dem Klarinettisten als Musikzimmer gedient. Da gab es einen Notenständer, einen Instrumentenkoffer und ein Regal voller Noten. Im Gegensatz zu seiner Ex-Frau war Woll nicht auf Ordnung bedacht. Auf dem Wohnzimmersofa lag eine leere Brottüte, die Krümel waren in alle Ritzen gerutscht. In der Badewanne türmte sich die Dreckwäsche. Am übelsten war die Küche dran, in der es säuerlich roch. Ich warf einen Blick in die Spülmaschine und machte sie sofort wieder zu.

Kein Sauberkeitsfanatiker also, dieser Gregor Woll. Das war das Erste, was mir auffiel. Das Zweite war: Südamerika. Der Mann hatte einen Inkafimmel gehabt. An der Wohnzimmertür hing das Plakat einer Mannheimer Mumien-Ausstellung, auf einer Truhe stapelten sich Bildbände über indigene Völker und ihre untergegangenen Kulturen. Die Nachbildung einer Goldmaske mit Kopfschmuck wachte über Wolls Bett. Irgendwie makaber. Sogar an den Wänden des Musikzimmers wurde gerade ein Menschenopfer dargebracht, dem Sonnengott gehuldigt oder sonstiger

Schabernack getrieben. Mittendrin thronte ein Typ, der dem verstorbenen GMD ähnlich sah. Wenn der mal nicht den Sklavenchor beim Bau von Macchu Picchu leitete.

Wolls Instrumentenkoffer hatte etwas Waffenmäßiges. Er war nicht abgeschlossen, ich klappte ihn auf und sah, dass die Klarinette in Einzelteilen darin lag. Genau wie ein Maschinengewehr. Und was sagte mir das? Nichts sagte mir das. Ich nahm das größte der Teile heraus, benutzte es als Fernrohr und entdeckte draußen, auf der anderen Straßenseite, eine Telefonzelle. Von dort aus würde ich nachher die Polizei informieren.

Koffer wieder zu, kurz durch das Notenregal geblättert, nichts gefunden. So viel zum Musikzimmer. Jetzt Wolls Schlafraum: Ich schaute unters Bett, in den Schrank, schüttelte die herumliegenden Kleider aus. Mit spitzen Fingern sozusagen, hätte ich nicht ohnehin die ganze Zeit meine Handschuhe anbehalten. Mir gefiel nicht, was Woll an Hemden und Hosen getragen hatte. Ihm schien es umso mehr gefallen zu haben; so sehr, dass er einen Teil seiner Kleider in eine große Reisetasche gestopft hatte, bis diese kaum noch zuging. Sie stand neben dem Schrank, halb verdeckt vom offenen Türflügel. Wenn man in Urlaub fährt, packt man solche Taschen. Kurze und lange Hosen, T-Shirts, ein Pulli, Socken, Badezeug, je ein Paar Schuhe und Sandalen, Rasierapparat, Sonnenbrille und Handtuch. Warme Sachen fehlten. In einer Seitentasche der Reisepass. Wollte der Kerl seine Inkas besuchen? Mitten in der Spielzeit?

In einem Nachtschränkchen neben dem Bett fand

ich einige Medikamente: Aspirin, etwas für den Magen, gegen Halsschmerzen. Und ein halb volles Glas mit Schraubverschluss. Die Tabletten darin sahen harmlos aus, aber die Aufschrift irritierte mich: Sie bestand aus kyrillischen Buchstaben. Auch wenn der Text nicht zu entziffern war, hatte ich den Eindruck, dass es hier weder eine Herstellerangabe noch ein Haltbarkeitsdatum gab. Das Zeug wirkte wie im privaten Kellerlabor zusammengemixt.

Ich steckte das Glas ein und wollte mich schon abwenden, als mir weitere kyrillische Lettern auf einem Buchrücken auffielen. Zu den Büchern auf Wolls Nachtschränkchen gehörte auch ein kleines Wörterbuch Russisch-Deutsch. Nach kurzem Hin- und Herblättern konnte ich die Kennzeichnung auf dem Glas wenigstens teilweise lesen: Das größte der abgedruckten Wörter endete mit ›-amphetamin‹. Ich meinte mich zu erinnern, dass der Vertrieb von Amphetaminen in Deutschland verboten war. Nur wenn man die Tour de France gewinnen wollte und einen Vertrag mit der Telekom hatte, durfte man das Zeug schlucken.

Fürs Radfahren schien Gregor Woll allerdings kein Faible gehabt zu haben. Ein Auto, das besaß er natürlich. Und zwar einen grünen Mazda, wie ich den Unterlagen in seinem Wohnzimmerschrank entnahm. Ein grüner Mazda – ich schloss die Augen und versuchte mir die letzten Stunden ins Gedächtnis zurückzurufen. So einen Wagen hatte ich heute gesehen. Aber wo? Es war zu viel passiert an diesem Mittwoch.

Ich kramte Wolls Schlüsselbund aus der Jackentasche. Auf dem Autoschlüssel prangte das geflügelte

Mazda-M. Falls ich mich an den Standort des Wagens erinnern sollte, wäre es gut, den Schlüssel zur Hand zu haben. Ich zog ihn vom Bund und steckte ihn separat ein.

Der Wohnzimmerschrank mit seinen vielen Schubladen erwies sich im Übrigen als wahre Fundgrube für Schnüffler wie mich. Zum Beispiel fand ich eine hochinteressante Korrespondenz, die darauf schließen ließ, dass Woll womöglich die längste Zeit Orchestermitglied gewesen war. Eine Eingabe Barth-Hufelangs an die Stadt, den Vertrag mit dem Klarinettisten aufgrund schwerwiegender Pflichtverstöße zu kündigen: Undiszipliniertheiten, Beleidigungen, Verdacht auf Alkohol im Dienst. Ein Antwortschreiben des Bürgermeisters mit dem Hinweis auf Wolls Dienstverhältnis. Stellungnahmen Wolls, des Orchestervorstands, Briefe und Gesprächsnotizen. Ein schwebendes Verfahren. Allmählich wurde mir klar, warum der kleine Schaufelbagger bei der Probe so lustlos gewirkt hatte. Wenn er im Clinch mit dem Dirigenten lag, war der Spaß an der Arbeit natürlich gleich null.

Die Schublade darunter enthielt Wolls private DVD-Sammlung. Verständlich, dass er sie nicht offen herumliegen ließ; weibliche Gäste hätten irritiert sein können. Falls Woll jemals Gäste empfing. Nicht jeder interessierte sich für das *Triadenmassaker* oder *Heiße Nächte in Nairobi.* Ja, in Nairobi war immer was los. Im Prinzip hätte ich mir ein paar Discs ausleihen können. Schon aus Recherchegründen. Aber ich besitze keinen DVD-Player.

Und dann fand ich noch etwas. Um ein Haar hätte ich es übersehen. Ich wollte die unterste Schublade des

Schranks eben schließen, als ich stutzte. Da lagen einige Illustrierte durcheinander, nichts Besonderes, Zeitschriften über Motorsport, füllige Damen oder eine Kombination aus beidem. Obenauf der *Stern*. Eine Ausgabe von letztem Jahr, mittendrin aufgeschlagen, die Seiten stramm nach hinten geknickt. So, wie man es macht, wenn man sich für einen bestimmten Artikel interessiert. Und Woll war nicht der Einzige, der sich für ihn interessiert hatte. Der Artikel war mir schon einmal untergekommen, an ganz anderer Stelle: in Annette Nierzwas Wohnung. Komisch, dass ich mich daran sofort erinnerte, während mir partout nicht einfallen wollte, wo ich den grünen Mazda gesehen hatte. Kunstgegenstände dubioser Herkunft, darum ging es. Beim Durchwühlen von Annettes Sekretär hatte ich den Artikel entdeckt: fünf oder sechs Blätter, aus dem *Stern* ausgeschnitten, von einer Heftklammer zusammengehalten. Das war doch kein Zufall!

Ich überflog den Text. Es ging um Bilder und anderen Kram, der unter den Nazis enteignet worden war. Nun stritt man um die Rückgabe, Gerichte und Regierungen schalteten sich ein, es gab Sammelklagen und Geheimverhandlungen. Die *Stern*-Reporter schilderten einige Fallbeispiele, nicht ohne die Emotionen zu vergessen, die mit der Wiedererlangung eines Cézanne oder der Herausgabe einer wertvollen Geige verbunden waren. An einem Detail blieb ich hängen: Der Besitzer der erwähnten Geige sollte in Heidelberg leben. Vielleicht war das eine Spur. Aber nicht jetzt. Ich steckte die Zeitschrift ein und schloss die Schublade.

Viel mehr blieb nicht zu tun. Ich ging noch einmal ins Schlafzimmer, um stummes Zwiegespräch mit der

Inka-Maske zu halten. Der alte Heidengott fixierte mich mit seinen starren Goldaugen. Vielleicht rauchte er jetzt zusammen mit Woll, seinem Verehrer, im Nirwana ein Zigarettchen. Sofern im Nirwana kein Rauchverbot herrschte.

Meine letzte Handlung: der Gang zum Telefon. Ich drückte die Play-Taste des blinkenden Anrufbeantworters. Den ersten Anrufer kannte ich, auch wenn mir seine Stimme fremd vorkam. Ein gewisser Max Koller bat um Rückruf, hinterließ seine Handy- und Festnetznummer. Dann zwei stumme Nachrichten, vielleicht ebenfalls von mir. Zuletzt die tiefe Stimme eines Mannes, der mit eigentümlichem Akzent sprach. Erst brummte er ungehalten, als widerstrebe es ihm, sich auf dem Anrufbeantworter zu verewigen, dann sagte er: »Was ist? Kommen wir ins Geschäft? Ich warte.« Ende der Durchsage. Kein Name, keine Abschiedsformel. Interessanter Mensch.

Ich hörte mir das Band noch einmal an. Dann betätigte ich wie am Montag bei Annette Nierzwa die Wiederholtaste des Telefons. Auf dem Display erschien eine Nummer mit Vorwahl aus dem Stuttgarter Raum. Den Hörer am Ohr, notierte ich sie auf der Rückseite des *Stern*.

»Ja?«, meldete sich jemand.

»Woll hier«, sagte ich und versuchte, meine Stimme schneidig klingen zu lassen.

»Und? Haben Sie sie?« Es war der Typ vom Anrufbeantworter. Der mit dem Akzent.

»Ja.«

Kurze Pause. »Alles glatt gelaufen?«

»Ja!«

»Dann sagen Sie: Wo treffen wir uns? Und wann?«

Ich räusperte mich, um Zeit zu gewinnen. Bloß keine langen Antworten. »Egal«, sagte ich. »Bald.«

Nun war es eine lange Pause, die folgte. Ich wartete. Der andere sollte sie beenden.

Das tat er auch. »Wer sind Sie?«, fragte er lauernd.

»Woll.«

Er legte auf.

Langsam ließ ich den Hörer sinken. Der Akzent des Mannes hatte mich an Typen mit schwarzen Haaren, Ohrringen und einer Vorliebe für schwere Mercedes erinnert, auch wenn diese Assoziation politisch nicht korrekt war. Aber was hatte Woll mit Sinti und Roma zu tun?

In seiner Wohnung hatte ich nichts gefunden, was einer Antwort auf diese Frage gleichkam. Ich besaß nur die Nummer des Mannes. Er war der Letzte, den Woll angerufen hatte, wann auch immer das gewesen sein mochte.

Höchste Zeit, mich auf die Socken zu machen. Als ich Wolls Tür von außen abschloss, öffnete sich die der Nachbarwohnung. Eine ältere Frau schlurfte vorbei. Ich wandte mein Gesicht ab und ließ sie den Aufzug alleine benutzen. Im Treppenhaus glommen trübe Neonfunzeln. Leere Bierdosen lagen herum, über die ocker gestrichene Betonwand zogen sich meterlange Graffiti. Ich gab mir alle Mühe, aber lesen konnte ich sie nicht.

Vielleicht der Fluch der Inkagötter.

25

Unter sportlichen Gesichtspunkten gehörte dieser Tag eindeutig zu den erfolgreicheren. Die Rückfahrt zum Auerhahnenkopf war schon die dritte Trainingseinheit für heute. Hoch zur Drei-Eichen-Hütte, am Kohlhof vorbei, über den Schwabenweg. Ich begegnete einer Gruppe von Spaziergängern, rote und blaue Flecken vor verschneiter Kulisse, klingelte sie aus dem Weg, sie warfen mir missbilligende Blicke zu, weil ich ihre rotblau-weiße Idylle mit meinem Radlerehrgeiz störte.

Eine gute Stunde war vergangen, seit ich Woll verlassen hatte. Gesellschaft hatte er nicht erhalten. Keine Bullen, keine Winterwanderer. Seine Wange schmiegte sich in den Schnee, die gefesselten Hände griffen ins Leere. Statt Hotelpool in Südamerika ein kaltes Bett am Läuterungsberg. Das hatte sich der Klarinettist anders vorgestellt.

Ich fuhr weiter bis zu dem Hochsitz, vor dem Woll gelegen hatte, stellte mein Fahrrad auf dem Gehweg ab und hängte die Jacke über die Querstange. Dann kletterte ich nach oben. Die morschen Sprossen der Leiter ächzten, aber sie hielten. Ob sie auch zwei Personen gleichzeitig trugen? Ich erinnerte mich an meinen Versuch mit der Leiche Wolls. Was für eine Sauarbeit musste es gewesen sein, ihn im gefesselten Zustand in die Höhe zu hieven. Vielleicht hatte er sich gewehrt. Sicher, es lohnte sich: Oben schützte ihn die Bretterverschalung vor Entdeckung. Andererseits hätte er sich durch Rufen bemerkbar machen können, er war ja nicht geknebelt gewesen.

Fröstelnd nahm ich auf dem Hochsitz Platz. Der Ausblick war bemerkenswert: freie Sicht auf den Königstuhl, in den Odenwald hinein bis hinüber zum Katzenbuckel, auf Kuppen und Täler und auf ein riesiges, graues Himmelszelt. Dann ein Motorengeräusch. Es kam aus der Tiefe des Neckartals, arbeitete sich in Schleifen nach oben. Sie nahmen denselben Weg von Schlierbach herauf wie ich Ewigkeiten zuvor. Vorsichtig stieg ich von meinem Aussichtsplatz herab. Wenn Woll tatsächlich auf dem Hochsitz deponiert worden war, hatte er sich aus lauter Verzweiflung, gefesselt und durchfroren, über die Bretter gewunden und war vier, fünf Meter in die Tiefe gestürzt. Ohne eine Möglichkeit, den Sturz abzufangen.

Ich zog meine Jacke wieder an und ging dem Autokorso entgegen. Bei Wolls Leiche blieb ich stehen. Woll war allein, ich war allein, aber sie kamen in voller Mannschaftsstärke. Kommissare, Streifenpolizisten, Kriminaltechniker, Polizeiarzt, Fotograf, sogar ein Forstbeamter. Greiner und Sorgwitz schmissen die Türen ihrer Wagen hinter sich zu, als handle es sich um die erste Disziplin eines Mehrkampfs, ich erkannte den Schnauzbart mit der cleveren Nichte wieder und den Kleinen, der die Musik in Barth-Hufelangs Wohnung ausgestellt hatte. Nur einer fehlte: Kommissar Fischer.

Auch ohne ihn kam die Polizeimaschinerie in Gang. Absperrbänder wurden entrollt, Kameras gezückt, die Kriminaltechniker schlüpften in ihre weißen Kampfanzüge, der Polizeiarzt öffnete sein Köfferchen. Es wurde gemessen, beschriftet, diktiert, kontrolliert. Ob das Verhalten von Kommissar Greiner ebenfalls täglicher Routine entsprang, kann ich nicht beurteilen. Jedenfalls kam der Rottweiler mit einem idiotischen Lächeln auf mich zu und blies nebenbei den Inhalt eines Nasenlochs ins Gebüsch. Als er mich erreicht hatte, verschränkte er die Arme vor der Brust, legte den Kopf schief und musterte mich. Dann nickte er in Richtung Leiche und sagte: »Was haben Sie da schon wieder angestellt, Koller?«

»Eine kleine Radtour.«

»Radtour nennen Sie das? Da bin ich aber froh, dass ich nicht dabei war.«

»Sie hätten den Anstieg auch nicht geschafft.«

»Träumen Sie weiter«, lachte er auf. »So, und nun erzählen Sie mal, was passiert ist.«

»Vielleicht sollten wir auf Ihren Chef warten. Damit ich nicht alles zweimal herbeten muss.«

»Kommissar Fischer scheint der momentanen Situation nicht recht gewachsen. Kein Wunder, bei Leuten wie Ihnen.«

»Und Ihr siamesischer Zwilling?« Sorgwitz stand in einiger Entfernung und tippte finster auf einem Handy herum. Die Blicke, die er uns zuwarf, gefielen mir nicht.

»Wenn ich Ihnen einen Rat geben darf«, raunte Greiner, »dann kommen Sie Chris heute nicht zu nahe. Er kocht.«

»Sicher nur mit Wasser.«

»Ich habe Sie gewarnt. Wenn er Sie in die Finger bekommt, hat Heidelberg einen Privatdetektiv und ein Problem weniger. Und nun schießen Sie los.«

Ich tat ihm den Willen. Berichtete haarklein, was passiert war, ließ nichts aus, nur meinen Ausflug zum Emmertsgrund verschwieg ich. Dafür erklärte ich meinem argwöhnischen Zuhörer, wie es Woll geschafft hatte, nach Beendigung seines Erdendaseins vom Hochsitz auf den Waldweg zu gelangen. Auch auf die Gefahr hin, mich lächerlich zu machen.

»Wie bitte?«, sagte der Kommissar. »Sie haben die Leiche hierher getragen? Warum das denn?«

»Ich dachte, er sei vielleicht noch am Leben.«

Greiner warf der Leiche einen verblüfften Blick zu. »Mein Lebtag habe ich nichts Toteres gesehen als diesen Typen hier.«

»Er hat sich bewegt.«

»Bewegt, der? Wollen Sie mich verarschen? Was soll sich denn da bewegen?«

»Gestöhnt hat er auch. Mensch, Greiner, Sie brauchen mir nicht zu glauben, aber einen kurzen Moment lang dachte ich, Woll wäre noch zu retten. Ein Reh ist mein Zeuge.«

»Und warum rufen Sie dann nicht den Notarzt?«

»Deswegen.« Ich warf ihm mein entladenes Handy zu. Er betätigte ein paar Tasten, dann öffnete er zur Kontrolle den Batterieschacht.

»Sagen Sie mal«, wandte er sich dem Polizeiarzt zu. »Der Kerl ist doch tot, oder?«

»Toter geht nicht.«

»Und seit wann? Wie lange liegt der schon hier draußen?«

»Ich bin kein Experte für Tiefkühlkost«, knurrte der Arzt. »Wahrscheinlich wurde er gestern im Laufe des Tages in den Wald gebracht. Tot ist er seit mehreren Stunden. Fragen Sie mich bloß nichts Genaueres.«

Greiner gab mir mein Handy zurück. »Sie haben also

nichts Besseres zu tun, als einen Toten durch die Gegend zu tragen. Zufälligerweise denselben Menschen, dem Sie eben einen Besuch abstatten wollten.«

»Richtig.«

»Das glaube ich Ihnen nicht.«

»Dann lassen Sies. Ich kann nur sagen, wenn sich die Polizei früher um den Verbleib von Woll gekümmert hätte, wäre er jetzt vielleicht noch am Leben.«

»Mir kommen die Tränen. Ist das hier der übliche Weg zu Wolls Wohnung?«

»Der übliche nicht. Aber der kürzeste.«

»Sie wussten doch, dass Woll nicht zu Hause war.«

»Oh, ich kann gut mit Hausmeistern.«

»Das kann ich mir vorstellen. Haben Sie ihn durchsucht, bevor Sie ihn huckepack genommen haben?«

»Nein.«

»Nein? Wie war noch mal Ihr Beruf?«

»Ich habe Ihnen etwas Arbeit übrig gelassen. Nur ...« Ich kramte in meiner Jacke. »Nur dieser Schlüsselbund fiel mir entgegen.«

»Schon wieder so ein Zufall«, flötete Greiner und nahm die Schlüssel entgegen. Er konnte nicht wissen, dass der mit dem geflügelten M fehlte. »Heute muss ein ganz besonderer Tag sein. Von wo haben Sie uns eigentlich informiert? Ich meine, ohne funktionstüchtiges Handy?«

»Von einer Telefonzelle auf dem Königstuhl.«

Er blickte nach Westen, wo die Funktürme des Königstuhls in den grauen Himmel ragten. Von unserem Standpunkt aus waren es noch einige Höhenmeter bis zum Gipfel.

»Sportlich, sportlich, Herr Koller.«

»Mens sana in corpore sano, Herr Greiner.«

»Wusste gar nicht, dass Sie Latein können.«

»Soll ich es Ihnen übersetzen?«

»Brauchen Sie nicht«, zischte er. Ich verkniff mir ein Lachen.

Kommissar Sorgwitz hatte sein Spielgerät mittlerweile eingesteckt und näherte sich uns langsam. Der Arzt werkelte immer noch an Woll herum, hin und wieder schüttelte er den Kopf.

»Wo ist denn nun Ihr Chef, Herr Greiner? Im vorzeitigen Ruhestand?«

»So ungefähr. Kommissar Fischer scheint nicht mehr der geeignete Mann für solche Fälle zu sein. Die Nachricht vom dritten Opfer hat ihm ganz schön zugesetzt. Und zwar hier.« Er klopfte sich auf seine linke Brusthälfte. »Aber er soll ja guten Kontakt zur Ärzteschaft haben.«

»Und nun führen Sie das Regiment. Sie und Ihr bissiger Kollege. Auch ein schöner Zufall.«

Endlich kam es. Ich hatte schon die ganze Zeit darauf gewartet. Der Rottweiler zog die dunklen Brauen zusammen, hob die Rechte und fuhr einen Zeigefinger aus. Dann stieß er zu.

»Ich warne Sie, Koller«, fauchte er. »Sie kapieren nicht, wie tief Sie in der Scheiße sitzen. Nehmen Sie sich in Acht.«

»Vor wem und warum?«

»Chris hat mir erzählt, dass Sie in Nagels Wohnung eingedrungen sind. Zusammen mit Ihrem Journalistenspezi.«

»Eingedrungen?«, grinste ich. »Soll ich Ihnen erklären, wie ein Haustürschlüssel funktioniert?«

»Sie finden Woll, Sie sitzen während des ersten Mordes in der Oper, und beim zweiten Mord sind Sie auch zur Stelle.«

Ich lachte so laut, dass die Jungs von der Spurensicherung zu uns hersahen. »Sie sind wirklich ein Spaßvogel, Herr Greiner. Wer hat mich denn gestern früh aus dem Bett geholt? Ohne Sie hätte ich Barth-Hufelangs Wohnung niemals von innen gesehen. Und sogar aus der Tatsache, dass ich Mozart-Fan bin, wollen Sie mir einen Strick drehen.«

»Stellen Sie sich nicht dümmer, als Sie sind«, erwiderte Greiner kalt. »Wir hängen Ihnen keine Morde an, für so toll hält Sie hier niemand. Aber wir wissen, wen Sie decken. Weil Sie eingeweiht sind, können Sie Verwirrung stiften. Der Polizei immer eine Nasenlänge voraus, nicht wahr? So etwas habe ich geahnt, als ich Sie zum ersten Mal gesehen habe.«

»Interessante Theorie. Und wen decke ich? Bernd Nagel vielleicht?«

Greiner verzog keine Miene.

»Frau von Wonnegut? Die *Freunde des Musiktheaters*?«

Greiner schwieg.

»Auch nicht? Dann muss ich passen.«

»Wie wärs mit Ihrem Freund Covet?«, sagte eine Stimme hinter mir.

Ich drehte mich um. Breitbeinig stand der Kampfhund da, die Hände tief in den Taschen seines Mantels vergraben.

»Covet? Seit wann würfelt die Polizei bei der Suche nach Verdächtigen?«

Keine Antwort. Greiner hielt wie zuvor die Arme

vor der Brust verschränkt, Sorgwitz' Gesicht war von einer Art Grinsen entstellt, das entsteht, wenn die Mundwinkel ans Jochbein genagelt werden.

»Ein Journalist als Mörder«, sagte ich. »Um die Auflage seiner Zeitung zu erhöhen oder was?«

»Siehst du?«, sagte der Rottweiler. »Der macht immer weiter. Immer Nebelkerzen. Der würde unter Wasser noch weiterquatschen.«

»Selbst wenn ihm die Scheiße bis über die Ohrdeckel steht«, sagte Sorgwitz.

Ich begann zu lachen. ›Bis iewer die Ohrdäggel‹! Das gelegentliche Sächseln des Blonden setzte dem Arrangement die Krone auf. Drei Männer im Schnee, gezückte Colts, eine Leiche am Boden und Sätze wie aus dem Western. Charmant! Wohin das führen sollte, stand allerdings in keinem Drehbuch.

»Ich verstehe ja«, sagte ich, »dass Sie Ihrem Vorgesetzten imponieren wollen. Aber dazu bedarf es mehr als ein paar pubertärer Fantasien, wie Sie ...«

»Pubertäre Fantasien ist gut«, grinste der Rottweiler.

Stille. Wussten die etwas, was ich nicht wusste?

»Warum sind Sie eigentlich vorhin so schnell verschwunden?«, fragte Sorgwitz. »Ich hätte Sie gerne noch einiges gefragt.«

»Mich oder Herrn Covet?«

»Nachdem ich mich bei Herrn Nagel rückversichert hatte, war Ihr Freund plötzlich nicht mehr so auskunftsfreudig. Stichwort Blumengießen. Davon wusste Nagel nichts.«

»Zwischen zwei Verhören vergisst man schnell mal, was man sagte.«

»Was wollten Sie bei Nagel? Welche Beweisstücke haben Sie dort beseitigt?«

Ich sah ihn an und lächelte. »Nu, Härr Sorgwitz, Se hamm ja die Schuh gewäggseld.«

Der Kampfhund schluckte. Dann drehte er sich zu seinen Mitarbeitern um.

»Schaut mal grade weg«, befahl er heiser. »Alle.«

Natürlich starrten sie ihn nun erst recht an, die Jungs mit ihren Fotoapparaten, Absperrbändern, Messinstrumenten und Aluminiumkoffern.

»Wegschauen, habe ich gesagt!«, brüllte er. Dann wandte er sich wieder um und verpasste mir mit aller Kraft einen Kinnhaken.

Ich hatte damit gerechnet. Irgendwann musste diese blonde Sprengladung einmal explodieren. Trotzdem flüsterte mir die ganze Zeit eine innere Stimme zu, so weit werde Sorgwitz nicht gehen. So weit nicht! Als seine Faust auf mich zuschnellte, war ich daher nur zu einer halben Reaktion fähig. Ich riss meinen Kopf gerade noch zurück, Sorgwitz traf die Spitze meines Kinns und kam ins Straucheln. Vielleicht war es auch mehr als die Kinnspitze. Jedenfalls reichte es, um mich hinterrücks ins Gehölz zu befördern. Noch im Fallen staunte ich über die Wucht dieses Schlags. Sorgwitz stolperte nach vorne, fiel auf die ausgestreckten Hände und lag einen Schritt neben mir im Schnee.

Keiner sagte etwas.

Der Kampfhund berappelte sich, zog die Nase hoch und sah auf mich herunter. Ich starrte in den Himmel. Gegen eine kurzzeitige Ohnmacht hätte ich nichts einzuwenden gehabt. Ein Arzt war ja zur Hand. Doch der Schnee kühlte meinen Hinterkopf und hielt mich bei Bewusstsein.

Mühsam setzte ich mich auf.

»Weitermachen!«, schnauzte Greiner das verblüffte Publikum an. »Oder war da was?«

Sorgwitz hielt sich die rechte Hand. Sie musste ganz schön wehtun, sagte mir mein Kinn.

»Wenn Sie das vor Fischer wiederholen, alle Achtung«, murmelte ich.

Der Kampfhund schwieg hasserfüllt und verzog sich in Richtung Auerhahnenkopf. Auch in seine Kollegen kam Bewegung, jeder wandte sich seinen Aufgaben zu, der Rottweiler interessierte sich plötzlich für die Leiche, und nur der Forstbeamte bekam seinen Mund nicht geschlossen.

Ich blieb im Schnee sitzen, betastete mein Kinn und wartete auf die Rückkehr meiner Lebenskräfte. Dabei mussten meine Blicke über den Boden gewandert sein. Denn plötzlich bemerkte ich, dass ich in Bernd Nagels Gesicht starrte.

Ich griff nach einem kleinen Gegenstand zwischen Farn und Gräsern. Ein Passfoto. Ich betrachtete es so lange, bis es dem Rottweiler auffiel.

»Was haben Sie da?«, knurrte er.

»Fragen Sie Ihren Kollegen.«

»Chris, komm mal her«, rief er. »Ist dir das Foto da aus der Tasche gefallen?«

Sorgwitz wandte sich mürrisch um und kam zu uns zurück.

»Nichts ist mir aus der Tasche gefallen«, presste er zwischen den Zähnen hervor. »Was denn, wie denn? Dazu müsste ich ja gestolpert sein, hier ist aber niemand gestolpert, hier ist überhaupt nichts passiert, nichts, was der Rede wert wäre. Ist das klar?« Er trampelte durch den Schnee, die Augen gerötet, an jeder Schläfe ein Trumm von Ader. »Ist das klar, Herr Privatdetektiv? Hier hat niemand etwas gesehen, und versuchen Sie bloß nicht, sich bei meinem Chef auszuheulen. Stehen Sie auf, bevor sich Ihr Bläschen entzündet. Her mit dem Foto!« Er griff danach.

Im letzten Moment roch ich an dem Bild, eine Sekunde, bevor er es mir aus der Hand riss.

»Wo hast du das her?«, fragte Greiner.

»Lag vor Nagels Haustür«, blaffte ihn der Blonde an. Er steckte das Foto ein und marschierte davon. Ich war nicht der Einzige, der ihm verblüfft hinterherschaute.

Das Bild, so winzig es war, hatte einen säuerlichen Geruch verströmt. Einen Geruch, der da nicht hingehörte. Den Geruch von abgestandenem Bier.

26

Urlaub unter Palmen? Kein Problem, ich musste nur die Augen schließen. Der Pazifik plätscherte vor sich hin, die Sonne kitzelte meinen Bauch. Keine verschneiten Nadelwälder mehr, keine gefrorenen Wege, keine stöhnenden Leichen. Leider war es ein Kurzzeitvergnügen. Mein Unterkiefer schmerzte, da konnte ich die Augen so fest zudrücken, wie ich wollte.

Wenn es wenigstens ein Sonnenbrand gewesen wäre! Der schmerzende Kiefer holte den Winter zurück, den Berufsalltag, das Duell am Auerhahnenkopf. Er erinnerte mich daran, dass meine Badewanne nicht ganz die Ausmaße der Südsee hatte. Wenigstens war das Wasser kuschelig warm, und der Badezusatz roch nach Wildkräutern. Ein Geschenk von Christine, die mit mir unbedingt nach Korsika fliegen wollte.

Wie viel Grad es jetzt wohl auf Korsika hatte? Gemütlich war es dort bestimmt auch nicht. Also zurück unter die Palmen. Gleich würde mir eine Insulanerin ein Bier servieren.

Da kam sie schon. Oder auch nicht. Die Schritte, die durchs Treppenhaus hallten, klangen schwer und zögerlich, nach dem Tritt eines müden Mannes. Jetzt war er oben, öffnete meine Wohnungstür, ließ sie leise ins Schloss fallen, durchquerte Wohn- und Schlafzimmer, stand einen Moment zögernd vor der Badezimmertür. Ich legte mich auf die Seite, zog beide Beine an die Brust und glitt unter Wasser. Von außen war nur noch Schaum zu sehen. Ich stellte mir vor, wie der Besucher eintrat, wie er die Tür hinter sich schloss, wie er sich umsah …

Prustend schoss ich in die Höhe. Schaum spritzte.

Marc Covet stand vor der Wanne und betrachtete mich skeptisch. Überrascht schien er nicht zu sein.

»Hallo, Marc«, sagte ich. »Hol dir einen Stuhl aus der Küche. Ich muss noch ein wenig auftauen.«

»Verstehe«, sagte er. Ich hatte ihm am Telefon von Woll erzählt. Er ging hinaus, kam mit einem Stuhl zurück, über den er seinen Mantel hängte. Dann setzte er sich schwerfällig.

»Schließt du deine Eingangstür eigentlich nie zu? Nicht mal, wenn du in der Wanne liegst?«

»Warum sollte ich? Meinst du, die Leute bekämen einen Schreck?«

Schweigend nahm Covet seine vom Wasserdampf beschlagene Brille ab.

»He, was ist los, Marc? Warum freust du dich nicht?«

»Über die dritte Leiche?«

»Allerdings. Woll hat Nagel einen unbezahlbaren Dienst erwiesen. Bernds Alibi ist bombensicher, sofern sich nicht herausstellt, dass der Typ vor Montagabend in den Wald gebracht wurde. Und danach sieht es nun wirklich nicht aus. Nagel hat die längste Zeit in U-Haft gesessen.«

»Gut.«

»Gut, was heißt hier ›gut‹? Darauf sollten wir einen trinken.«

»Auf einen Mord?«

»Du kanntest Woll nicht. Okay, ich weiß, was du sagen willst. ›De mortuis‹ und so weiter. Hat mein Vater auch immer gepredigt. Aber der war Pfarrer, und ich bin Ermittler. Da darf ich meine Sympathien verteilen, wie ich will. Ich war in Wolls Wohnung, und was ich dort gesehen habe, hat alle meine Vorurteile gegen ihn bestätigt. Alle!«

»Du warst in Wolls Wohnung?«

»Wie gesagt, ich ermittle.«

»Und? Was glaubst du? Wer kann ein Interesse haben, drei Menschen zu töten?«

»Ich habe absolut keine Ahnung.«

Stille. Die Badewanne dampfte. Marc begann seine Brille zu putzen. Langsam, mechanisch. Seine gottergebene Miene machte mich wütend. Die würde ich ihm schon austreiben, meinem scheinheiligen Freund.

»Nein«, sagte ich und ließ meine Zehen aus dem Wasser lugen, »ich habe wirklich keine Ahnung, was hier gespielt wird. Ist ja auch kein Wunder. Jeder, mit dem ich rede, lügt, verschweigt, laviert, hält hinterm Berg. Jeder. Aber jeder kommt auch hinterher zu mir und will wissen, wer die Morde zu verantworten hat. Und warum. Und wie und wann und wo. Dieselben Lügner und Lavierer wollen, dass ihr Ermittler all das herausfindet. Da braucht man verdammt viele Entspannungsbäder, um nicht an die Decke zu gehen.«

Marc schwieg.

»Wildkräuter«, sagte ich. »Ich hoffe, dass es entspannt. Merken tu ich nicht viel.«

»Von Christine?«

»Von Christine. Und jetzt verrat mir mal, was du aus Nagels Schreibtisch genommen hast.«

Er zuckte die Achseln. »Nichts Besonderes.«

»Wie bitte?«

»Nichts Besonderes. Ein paar Privatsachen.«

Ich hielt Blickkontakt mit meinen Zehen. Nur um Marc nicht ansehen zu müssen, wie er sich mit seiner blöden Brille beschäftigte. »Letzte Chance, Marc«, sagte ich leise. »Du erzählst mir jetzt, was du aus den Schubladen entfernt hast, bevor ich mir das mit unserer Freundschaft überlege.«

»Nun reg dich wieder ab. Es war privater Kram, wie gesagt, das braucht keinen zu interessieren, weder dich noch die Polizei.«

»Was?«, fuhr ich auf. Die Zehen glitten ins Wasser zurück, mit beiden Armen stützte ich mich am Wannenrand ab. »Das braucht mich nicht zu interessieren? Ich soll mich abregen? Es ist noch keine Woche her, da hast du mich händeringend gebeten, etwas in Sachen Bernd Nagel zu unternehmen, mich umzuhören, die Leute auszufragen, und jetzt gehen nach einer simplen Frage bei dir sämtliche Rollläden runter. Da soll man mal nicht misstrauisch werden! Warum diese Geheimniskrämerei? Das bringt mich nur auf dumme Gedanken, und wer dumme Gedanken hat, der redet auch dummes Zeug, bis er irgendwann dumme Sachen anstellt. Willst du das?«

»Was für dumme Gedanken?«, fauchte er und legte seine Brille beiseite. Sie war beschlagen, da konnte er putzen, so viel er wollte. »Unter Ermitteln verstehe ich etwas anderes, als sich dumme Gedanken zu machen. Wenn ich dir sage, es war nichts Besonderes, was ich in Bernds Wohnung suchte, dann war es auch nichts Besonderes, fertig. Das muss dir als Information reichen.«

»Das reicht mir aber nicht! Du kochst doch schon seit Tagen dein eigenes Süppchen. Mal soll ich meine Arbeit tun, mal lieber nicht. Willst du überhaupt, dass der Täter ermittelt wird? Stellt man deinem Freund Nagel eine direkte Frage, würgst du einen ab. Genauso bei der lieben Cordula. Erst frühstückt ihr zusammen, dann ist sie plötzlich die Anwältin von Bernd. Vielleicht klärst du mich mal vorher über eure Beziehungskisten auf. Bei Nagel weiß ich noch weniger, woran ich bin. Anfangs dachte ich, ihr kennt euch bloß flüchtig, inzwischen frage ich mich, ob ihr nicht lieber als eineiige Zwillinge gehen wollt. Du hast seinen Haustürschlüssel, du lässt irgendwelche Sachen aus seinem Schreibtisch verschwinden und erzählst mir Märchen aus Tausendundeiner Nacht. Nicht mit mir, verstehst du?«

»Darf ich jetzt auch mal was sagen?«

»Bitte. Ich warte schon seit Tagen drauf.«

Covet stand auf und begann, unruhig in meinem Badezimmer auf- und abzugehen. Auf neun oder zehn Quadratmetern! »Ich verstehe nicht, was das eine mit dem anderen zu tun hat. Die Sachen aus Bernds Schreibtisch, das sage ich jetzt zum letzten Mal, sind harmloser Privatkram, Fotos, Briefe, von denen ich nicht möchte, dass jeder Heidelberger Polizist seine Nase in sie steckt. Deswegen behindere ich doch nicht deine Arbeit. Von wegen abwürgen! Du darfst Bernd jede Frage dieser Welt stellen, jede. Nur kommt es hin und wieder auf die Formulierung an.«

»Na klar.« Ich verdrehte die Augen.

»Auch wenn du das nicht einsiehst«, rief er wütend, »aber darauf kommt es tatsächlich an. Versetz dich mal in meine Lage, Max! Seit Annettes Tod sitze ich zwischen allen Stühlen, verstehst du das nicht? Ich muss überall vermitteln, zwischen dir und Bernd, zwischen dir und Cordula, zwischen Bernd und der Polizei. Natürlich will ich, dass diese Morde aufgeklärt werden, was glaubst du denn? Lieber heute als morgen. Gleichzeitig habe ich eine panische Angst davor, dass am Ende eine unangenehme Wahrheit zutage kommt. Mir hat Bernd schließlich auch einiges verschwiegen.«

»Aber das ist doch nicht alles!«, brüllte ich. »Wieso hast du einen Schlüssel zu Nagels Wohnung?«

»Er hat ihn mir gegeben. Was ist daran verwerflich? Und schrei nicht so rum.«

»Angenommen, ich wäre Polizist«, sagte ich mühsam beherrscht, »angenommen, ich hätte Nagel in Verdacht und käme plötzlich auf den Gedanken, da gäbe es einen Komplizen, einen, der ihn deckt, der wichtige Informationen vorenthält – auf wen würde ich dann wohl tippen, hm?«

»Das ist absurd.«

»Ja, es ist absurd, und zwar so absurd, dass sogar die Polizei schon drauf gekommen ist. Die verdächtigen dich, Marc. Die glauben, dass du mit Nagel unter einer Decke steckst, und weißt du, was? Das glaube ich auch. Irgendetwas verheimlichst du mir, ich habe es von Anfang an gespürt. Immer diese Abwehrhaltung, wenn man deinem lieben Bernd zu nah auf den Pelz rückt, dem armen, sensiblen Kerl, und er hats ja so schwer mit seiner Beziehung und den Frauen, den darf man nicht hart anfassen, da muss man schön behutsam sein. Bloß keine Fragen nach dem Verhältnis zu Annette!«

»Das habe ich nie gesagt.«

»Aber suggeriert. Angedeutet, nahegelegt. Ist ja auch egal, ihr beide habt mir ohnehin nur Mist erzählt. Die Beziehung längst beendet – von wegen. Man sah sich kaum noch – von wegen. Eine schnelle Nummer während der Premiere war immer drin. Vielleicht hast du es nicht gewusst, aber geahnt. Und du wolltest nicht, dass ich es wusste. Natürlich steckt ihr beiden unter einer Decke. Unter einer verdammten Kuschel-Weichspülerdecke.«

Mir gingen die Worte und die Luft aus, ich schlug

mit der flachen Hand ins Wasser und hätte meinen Job am liebsten an den ... ja, zur Not auch an den Nagel gehängt. So kamen wir nicht weiter. Wir drehten uns im Kreis, der eine in der Badewanne, der andere an Land. Dem einen schmerzte das Kinn, der andere hatte eine beschlagene Brille.

Und trotzdem hatte ich recht, wetten? Die beiden steckten unter einer Decke.

In diesem Moment machte es ›klick‹. Wie wenn jemand einen Schalter umlegt.

Ich war so verblüfft, dass ich aufstand, um auf gleicher Augenhöhe mit Covet zu sein. Warum hatte ich das nicht früher bemerkt? Ich Idiot!

»Natürlich«, sagte ich kopfschüttelnd. »Du und Nagel – ich hätte schon längst draufkommen müssen. Du und Nagel! Es ist so einfach. Viel zu einfach.«

Und dann stieg wieder die Wut als heiße Lava in mir empor. »Warum, Herrgott, konntest du mir das nicht sagen?«, schrie ich Marc an. »Warum, verdammt noch mal? Hältst du mich für einen Spießer? Meinst du, ich hätte kein Verständnis für so etwas?«

»Na, prima!« Jetzt brüllte auch Covet. »Auf diesen Moment habe ich gewartet. Clever kombiniert, Herr Privatdetektiv, herzlichen Glückwunsch! Bist du nun zufrieden? Alle Vorurteile bestätigt?«

»Was für Vorurteile? Ich habe keine Vorurteile!«

»Aber klar, der Hauptverdächtige treibt es mit Männern und mit Frauen, da sieht man es mal wieder. So sind die Künstler, die haben ihr eigenes Verständnis von Moral. Das waren doch deine Gedanken, sobald du das Theater betreten hast! Genau das wolltest du von Bernd hören, nichts anderes. Damit du dich überlegen fühlen darfst mit deiner komischen Art zu leben, damit du dich zufrieden hinter deiner Einsiedlerfassade verschanzen kannst.«

»Ich und ein Moralapostel?«, brüllte ich noch lauter. »Hats dir ins Gehirn geschissen? Mir ist doch egal, was die Leute treiben oder nicht, von mir aus kann jeder tun, was er mag. Dein Bernd, deine Cordula und du erst recht. Nur verarschen lasse ich mich nicht! Nicht von dir.«

»Du hast Bernd von Anfang an nicht leiden können. Bloß weil er deinen Maßstäben nicht entspricht. Das ist dein Problem, Max, und deshalb musst du damit leben, dass man dir nicht alles erzählt.«

»Aber das hättest du erzählen können, Marc. Das schon!«

»Nein!«, wütete er und trat gegen den Stuhl.

»Und nimm den Moralapostel zurück!«

»Ja, verdammt!«

Schade, dass keiner die Szene filmte. Sie war wirklich spaßig. Zwei alte Freunde am Scheideweg ihrer Freundschaft, man steht sich gegenüber und versucht einander aus dem Raum zu schreien. Mit rotem Gesicht, rollenden Augen und allem, was dazugehört. Dem einen läuft das Badewasser aus den Haaren, dem anderen der Schweiß. Jeder trieft vor Wasser und Wut, jeder brüllt, was die Stimme hergibt. Und warum? Weil jeder ein schlechtes Gewissen hat und es nicht zugeben will. Eine Situation wie wenige Stunden zuvor, als sich unsere Wege im Hause Nagels gekreuzt hatten. Nur, dass es jetzt mit den Heimlichkeiten ein Ende hatte. Die Sache war heraus, der Kaiser stand ohne Kleider da. Genau wie ich in diesem Moment.

Erschöpft stemmte ich die Arme in die Hüften und sah Covet beim Toben zu.

»Gib mir mal ein Handtuch«, sagte ich in eine Schreipause hinein.

Er warf mir eins zu.

»Danke. Also, wenn du mich fragst, ich bin heiser. Meinst du, wir könnten ...«

»Nein!«, giftete er. »Nichts kann ich! Nichts!« Dann nahm er meinen Stuhl in beide Hände, hielt ihn über den Kopf und warf ihn gegen die Badezimmertür, wo seine Füße mit einem hässlichen Knacken wegbrachen. Marcs Mantel hing noch immer über der Lehne.

»Besser?«, fragte ich nach einer Pause.

Er nickte und wischte sich den Schweiß von der Stirn. Es war ein altersschwacher Stuhl gewesen, aber ich hatte gerne auf ihm gesessen. Wehmütig trocknete ich mich ab.

Nach einer Weile öffnete Covet das Fenster.

»Jetzt brauche ich was zu trinken«, sagte er und ging in die Küche. Ich zog mich an.

Und dann? Irgendwie schafften wir es nicht, das Badezimmer zu verlassen. Vielleicht wollten wir am selben Ort, an dem wir uns die Wut aus dem Leib geschrien hatten, einrenken, was sich einrenken ließ. In regelmäßigen Abständen rollten leere Bierflaschen über die Fliesen, flogen Kronkorken ins Waschbecken. Der Wasserdampf hatte sich in den Winterabend verflüchtigt, Marc seine Brille wieder aufgesetzt. Hin und wieder fiel ein Satz, ein Erklärungsversuch.

»Bernd wollte unser Verhältnis geheim halten«, sagte Covet. »Das war seine Bedingung, von Beginn an. Mit dir hatte das nichts zu tun. Ihm hat gereicht, wie sie sich im Theater das Maul über ihn und Annette zerrissen haben. Kein Wort zu niemandem, das war unsere Abmachung.«

»Nach einem Mord wäre so eine Abmachung zu überdenken.«

Er zuckte die Achseln. Wir schwiegen, popelten an den Etiketten der Bierflaschen herum. Viel Platz war nicht mehr im Badezimmer. Ich hatte zwei neue Stühle angeschleppt und die Trümmer des alten beiseite geschoben. Marc stützte sich mit einem Ellbogen auf dem Waschbecken ab, meine Füße lagen auf dem Rand der Badewanne. Der Klodeckel bot die letzte Sitzmöglichkeit.

»Sei mir nicht böse, wenn ich das nicht kapiere«, sagte ich. »Er war mit dir zusammen und ließ sich trotzdem noch einmal mit Annette ein?«

»So ist Bernd halt.«

»Du warst begeistert, nehme ich an.«

»Hellauf begeistert.«

»Prost.«

»Prost, Max.«

Mein Stuhl quietschte. Viel stabiler als der kaputte war er nicht. Vielleicht ließen sich die Beine wieder anleimen.

»Du, ich kaufe dir einen neuen«, sagte Marc, vom Geräusch aufgeschreckt. »Ehrlich.«

»Vergiss den Stuhl. Verrate mir nächstes Mal lieber gleich, mit wem du was am Laufen hast. Und tritt mir meinetwegen das Schienbein blau, wenn ich die falschen Fragen stelle.«

»Nächstes Mal?«, murmelte er.

Ich hätte ihn gerne gefragt, wie er es geschafft hatte, sein Faible für Männer zu verheimlichen. Seit wann er es selbst wusste. Ob Nagel sein erster Liebhaber gewesen war. Und ob es jetzt ein für allemal vorbei war mit dem Womanizer Marc Covet. Aber gewisse Fragen stellt man einfach nicht, auch nicht, wenn man gerade das dritte oder vierte Bier gemeinsam getrunken hat.

Das vierte, stellte ich nach kurzem Blick auf den Badezimmerboden fest.

»Wir stecken in der Zwickmühle, Bernd und ich«, sagte Covet. »Am Sonntag, als er bei mir übernachtete, riet ich ihm, der Polizei von unserem Verhältnis zu erzählen. Aber am Ende macht ihn das noch verdächtiger, und wer garantiert uns, dass es nicht an die Presse weitergegeben wird? In dieser Situation, stell dir das mal vor. Wo jeder nach einem Lustmörder sucht und jetzt auch noch Barth-Hufelang als Pädophiler entlarvt wurde.«

»Wenigstens das muss ja nicht an die Öffentlichkeit kommen.«

»Ist es schon«, winkte er düster ab. »Das Heftchen mit den Kinderfotos war vorhin Gesprächsthema Nummer eins auf den Redaktionsfluren. Bei uns läuft alles Amok. Jeder will seinen Senf dazugeben, einen Kommentar schreiben, den Untergang des Abendlands beschwören. Wenn in dieser aufgeheizten Stimmung auch noch bekannt wird, dass ein stadtbekannter Redakteur bi ist und was mit dem Hauptverdächtigen hat, dann gute Nacht.«

Wieder herrschte eine Zeit lang Schweigen. Das Bier trank sich wie von selbst an diesem Abend.

»Meinst du nicht«, sagte ich schließlich und kratzte mich am Kopf, »dass man in Heidelberg tolerant genug wäre, auch etwas ungewöhnlichere Weisen … also, andere sexuelle Verhaltensweisen zu akzeptieren? So ganz hinterm Berg leben wir hier schließlich nicht. Wenn sich heute der Oberbürgermeister als schwul outen würde, wäre das keine Schlagzeile mehr wert.«

»Natürlich gäbe es Schlagzeilen, jede Menge. Politisch korrekte natürlich, pseudoliberale. Aber Schlagzeilen! Und ich frage mich, wie liberal der männliche Durchschnittsheidelberger gegenüber Schwulen eingestellt ist, die auch auf Frauen stehen und damit in seinem eigenen Revier wildern. Trotzdem, du hast schon recht, ich würde es wohl riskieren. Lieber ein Ende mit Schrecken als ein Schrecken ohne Ende. Es war Bernds Wunsch, stillzuhalten. Er hat mehr zu verlieren als ich. Kannst du dir Frau von Wonneguts scheinheiligen Blick vorstellen, mit dem sie ihren geouteten Liebling begrüßen würde?«

»So ungefähr.«

»Na also. Und jetzt, in dieser vertrackten Lage, ist es ohnehin vorbei. Jetzt können wir nur hoffen, dass die Morde bald aufgeklärt werden und das Thema vom Tisch ist.«

»Hoffen wirs. Leider scheinen Greiner und Sorgwitz etwas spitzgekriegt zu haben.«

»Sie hatten Bernds Notebook.« Er stand auf. »Ich hole mal Nachschub. Du auch noch eins?«

Ich nickte. Während Marc zwei neue Flaschen aus dem Kühlschrank holte, pulte ich ein wenig Dreck unter meinen Zehennägeln hervor. Demnächst würde ich sie schneiden müssen. Aber nicht heute und nicht morgen. Erst wenn dieser Fall geklärt war. Allzu lange sollte es nicht mehr dauern.

»Ich habe sogar in den letzten Tagen auf Alkohol verzichtet«, sagte Marc, als er zurückkam, und tippte sich an die Stirn. »Kannst du dir das vorstellen? Nur, um nicht aus Versehen was Falsches zu sagen oder eine auffällige Geste zu machen, wenn ich mit Bernd in einem Raum war. Verrückt, was?«

»Wie geht es eigentlich deinem Kopf?«

»Mäßig.«

»Jetzt kann ich mir ausmalen, was in den Briefen aus Nagels Schreibtisch stand.«

»Oh Gott, ja.« Covet ließ sich in seinen Stuhl fallen und reichte mir eine Flasche. »Lieber verbrenne ich sie, bevor sie diesem Sorgwitz in die Hände fallen. Und dann unsere Urlaubsbilder aus Brüssel.«

»Brüssel?«

»Da haben wir uns über Silvester getroffen.«

»Sieh an. Wusste Annette Nierzwa von euerem Verhältnis?«

»Angeblich nicht. Sie hat ihn natürlich gelöchert, aber er behauptet, er hätte ihr nichts von mir erzählt.«

»Schon ein komischer Typ, dein Bernd. Zwei Beziehungen gleichzeitig laufen zu haben.«

Covet machte eine abschätzige Handbewegung. »Da merkt man, wie jung er noch ist. Ich habe ihm eine Art Ultimatum gestellt: sie oder ich. Vor ein paar Wochen kam er und sagte: ›Alles klar, es ist aus mit ihr‹. Da war die Sache für mich bereinigt. Bis gestern, als ich hörte, was während der *Figaro*-Premiere passiert ist.«

»Tja«, sagte ich. »Irre, was die Leute so antreibt.«

»Wird das heute noch was mit meinem Bier, oder soll ich ihm den Hals abschlagen?«

Ich öffnete beide Flaschen, dass die Kronkorken in die Badewanne flogen.

»Prost«, sagte ich und stieß mit ihm an.

»Prost, du Scheißkerl.«

27

Als mich Marc verließ, hatten wir das Dutzend an leeren Bierflaschen voll gemacht. Also das Dutzend voll, aber die Flaschen leer. Wie es sich gehörte. Und weil es sich so gehörte, beschloss ich diesen Tag im *Englischen Jäger*. Ich hatte eine Leiche entdeckt, sie huckepack genommen, einen Kinnhaken erhalten und mich mit einem Kumpel gestritten. Ich war in zwei fremde Wohnungen eingedrungen und hatte die Einladung einer rothaarigen Dramaturgin ausgeschlagen. Bisschen viel für einen einzigen Tag. Da war ein halbes Dutzend Pils nichts dagegen.

Also ab in meine Lieblingskneipe. Der *Englische Jäger* liegt keine zehn Gehminuten von meinem Zuhause entfernt, trotzdem verspürte ich schon wieder Durst, als ich dort anlangte. Ein Typ mit grauen Locken kam eben heraus und nickte mir zu. Nie gesehen, den Kerl.

»Na, endlich!«, brüllte Tischfußball-Kurt durch die

Gaststube. »Dachte schon, du hättest deine Kumpels ganz vergessen.«

Seine beiden Dackel Coppick und Hansen lugten unter den Stühlen hervor. Kurt saß mit dem schönen Herbert, einem rauschebärtigen Intellektuellen und einem ganz in Schwarz gekleideten Jüngling am Tisch. Vor ihnen zwei Schachbretter, Schachuhren und eine Batterie leerer Flaschen. Ich fühlte mich gleich wie zu Hause. Maria, die Wirtin, begrüßte mich mit einem Schulterklaps, für die Alteingesessenen am Stammtisch war ich Luft.

»Spielst du ein Turnierchen mit?«, fragte Tischfußball-Kurt, noch bevor ich Platz genommen hatte, und zeigte auf die Schachbretter. »Natürlich spielst du! Leander will nicht, und vier müssen wir schon sein.«

»Ich habs nicht so mit den Regeln«, sagte der Rauschebärtige entschuldigend. »In meinem Kopf ist schon so viel drin, da passen keine Regeln mehr rein.«

»Welche vier?«, fragte ich Kurt. »Du, Herbert, ich?«

»Und der Grufti hier.«

»Nix Grufti«, widersprach der Jüngling. Er trug pechschwarz gefärbtes Haupthaar und eine Handvoll Metallstifte im Gesicht. »Gothic heißt das, vastehste? Gothic.« Sein ›th‹ kam nicht so gut.

»Ein Wettsaufen wäre mir lieber«, sagte ich.

»Mit Orangensaft?«, grinste Kurt. Er ernährt sich praktisch von nichts anderem.

»Dann also Blitzschach. Ich mache euch alle, Jungs.«

Und so geschah es. Den schwarz gekleideten Gothicfan fegte ich im ersten Spiel vom Brett, dass ihm Hören und Sehen verging. Da half auch sein ständiges Herumfingern an den Metallstiften nicht. Am Ende traf er vor lauter Nervosität nicht einmal mehr den Knopf der Schachuhr.

»Mit Red Bull würd ich ganz anders spielen«, meinte er. »Aber das kriegste hier ja nich. Eine Dose Red Bull, und du würdst kein Land sehn, ehrlich nich.«

»Bestimmt nich«, sagte ich gönnerhaft und leerte meine Bierflasche. Leander nickte anerkennend.

Nebenan hatte Herbert überraschenderweise Mühe mit seinem Erstrundengegner. Tischfußball-Kurt, sonst Kanonenfutter für jeden, der leidlich Schach spielt, schien sich eine Red-Bull-Infusion gelegt zu haben. Während seine Gesichtsmuskulatur in sämtliche Himmelsrichtungen zuckte, gelangen ihm sensationelle Züge.

»Brillant, Kurti«, lobte ich. »So hab ich dich noch nie spielen sehen.«

»Schnauze!«, zischte er. »Muss mich kontrenzieren. Konzer…«

»Kondensieren«, half Leander höflich.

»Maul da drüben!«

»Kurti ist gedopt«, seufzte der schöne Herbert und schüttelte den Kopf. »Macht auf Ulle. Randvoll mit Stoff.«

In diesem Moment betrat der Kampfhund den *Englischen Jäger*.

Seine Ankunft war ein Ereignis. Niemand sprang auf, niemand zeigte mit dem Finger auf ihn. Aber das Mikroklima der Kneipe kippte schlagartig. Blicke flogen hin und her, Gespräche wurden eine Nuance verhaltener geführt, unwillkürlich duckte man sich etwas tiefer über sein Glas. Hast du den Typen gesehen? Denkst du auch, was ich denke? Das waren die Fragen, die unausgesprochen über den Tischen kreisten.

Sorgwitz hatte die Hände in den Taschen seines langen Mantels vergraben und schaute sich herausfordernd um. Ein Kaugummi wanderte durch die Abgründe seiner Mundhöhle. Langsam durchquerte er den Gastraum und stellte sich an Marias Tresen. Die kahlköpfige Wirtin fuhr fort, Geschirr abzutrocknen. Schweigend. Dass sich die Polizei in ihrer Kneipe einfand, konnte alles Mögliche bedeuten, nur nichts Gutes. Es gab Beschwerden wegen nächtlicher Ruhestörung, regelmäßig las die Müllabfuhr schlummernde Gäste vor der Tür des *Englischen Jägers* auf, dann wieder störte man sich an ihrem Nichtraucherzimmer, einer Abstellkammer neben den Toiletten. Als Herbert einmal sauer auf Maria war, behauptete er, ein Teil seines italienischen Salats habe sich selbstständig und auf den Weg ins Freie gemacht. Anstatt den Nörgler rauszuschmeißen, servierte sie ihm einen neuen Salat, extragroß und extralecker, da war jedes Salatblatt einzeln abgeschrubbt. Und dass ihr versehentlich eine von den superscharfen Peperoni darunter geriet, war sicher keine Absicht.

Jedenfalls hatte Maria allen Grund, auf Scherereien gefasst zu sein, sobald Herr Sorgwitz ihre Kneipe betrat. Wortlos schob sie ihm ein Weizenbierglas und eine Flasche hin. Der Kampfhund nahm beides ebenso wortlos entgegen. Dabei sah er sich um. Seine

Blicke wanderten von Gast zu Gast, während seine Zähne den armen Kaugummi misshandelten. Jeder im *Englischen Jäger* wurde fixiert, registriert, zu den inneren Akten gelegt. Eine neue Art der erkennungsdienstlichen Behandlung.

Irgendwann war die Reihe an mir. Ich verschränkte die Arme hinter dem Kopf, streckte die Beine aus und hielt seinem Blick stand. Keine Reaktion. Sorgwitz musterte mich wie jeden anderen im Raum. Dann wandte er sich ab, um sich seinem Weizenbier zu widmen.

»Das da ist entweder ein Bulle«, murmelte Herbert neben mir, »oder der Bodyguard vom Hausbesitzer. Bei solchen Typen fängt mein Arm sofort an zu zucken.« Er nickte nach rechts, wo ihm seit dem Blindgängerfund von 1948 nur noch ein Stumpf aus der Schulter ragte.

»Was? Wer?«, fragte Tischfußball-Kurt. Er saß mit dem Rücken zum Eingang und war in all seiner Konzentration der Einzige, der nichts mitbekommen hatte. Als er uns zum Tresen blicken sah, wandte er sich um. »Was will denn der hier?«, begann er zu fluchen. »Hat man nirgendwo mehr seine Ruhe?« Er schüttelte den Kopf, trank energisch seinen Saft aus und zog einen Läufer über das gesamte Feld.

»Sieht nach Unentschieden aus«, sagte Herbert.

»Quatsch!«, riefen Kurt und ich wie aus einem Mund. Herbert war in der Defensive. Er hatte beide Läufer verloren und war in seinen Bewegungen eingeschränkt. Kurt musste den Sack nur noch zumachen. Eine Sache von drei, vier Routinezügen.

Leider gelangen ihm die nicht. Er wurde hektisch,

entschied sich für ein sinnloses Damenopfer und musste das Unentschieden annehmen, worüber er sich augenscheinlich noch mehr ärgerte als ich.

»Und alles nur wegen diesem Scheißkerl«, moserte er und zeigte über seine Schulter. »Wenn dir der im Nacken sitzt, kannst du dich nicht mehr konden... koordinieren.«

»Er ist wegen mir da«, sagte ich.

»Wegen dir?«

»Es geht um diese Theatergeschichte. Die Polizei ist der Meinung, ich pfusche ihr ins Handwerk. Nun wollen sie mich mürbe machen oder wenigstens unter Kontrolle halten.«

»Weißt du, was? Das spricht für dich. Der Typ ist ein Hardliner. Ein Fanatiker, hör auf meine Worte.«

»Was ist jetzt?«, mischte sich der Junge in Schwarz ein. »Weiterspielen oder quatschen?«

Wir wechselten die Plätze. Kurt bekam es mit dem Grufti zu tun, ich mit Herbert.

»Bist du mit dem Blonden mal aneinandergeraten?«, fragte ich Kurt.

»Ich? Nö. Ein Kumpel von mir. Also kein Kumpel, aber so ne Art Kumpel, du weißt schon. Den haben sie drangekriegt, wegen irgendeiner Geschichte, die nicht ganz sauber war.«

»Was für eine Geschichte?«

»Ein Anlagemodell. Osteuropa.« Seine Gesichtsmuskeln begannen zu zucken, obwohl die Schachfiguren erst aufgebaut wurden.

»Eine Anlage? Kann nicht sein. Der Typ ist bei der Mordkommission.«

»Damals war er bei der Sitte.«

»Was hat einer von der Sitte mit Ostinvestitionen zu tun?«

»Na ja … Mein Kumpel, der hatte Beziehungen. Nach Russland. Verdammt, ist das so wichtig?«

»Für mich ist alles wichtig, was mit dem Kerl zusammenhängt.«

»Wo bleibt mein Saft?«, brüllte Tischfußball-Kurt durch die Gaststube und hielt sein leeres Glas in die Höhe. Es musste sich um einen guten Bekannten handeln, wenn er derart um Worte rang. »Also, dieser Kumpel hat Geld in russische Firmen gesteckt. Und in andere Objekte. Russische Objekte, klar?«

»Objekte?«

»Hier was und da was. Objekte. Frauen halt. Russinnen. Aber nicht nur. Der war Unternehmer, hat investiert. Bis zum Ural. Wie man es so macht als Geschäftsmann, verstehst du?«

»Und die Bullen haben sich vor allem für die Frauen interessiert.«

»Keine Ahnung«, raunzte er mich an. »Woher soll ich wissen, wofür die sich interessieren? Bin doch kein Hellseher. Jedenfalls kam irgendwann der Blonde da und hielt uns einen Vortrag über die Moral und Gott und die Welt und was wir doch für versaute Arschlöcher wären. So einer ist das nämlich. Die Typen habe ich gefressen.«

»Warst du damals auch dabei?«

»Quatsch!«, fuhr er auf. »Mit den Geschäften von meinem Kumpel hatte ich nichts zu tun. Überhaupt nichts. Und nur weil ich der einen Russin gerade einen Tee aufs Zimmer gebracht hatte, wollten die mir einen Strick draus drehen.«

»Darf man den Damen heutzutage nicht mal mehr ungestraft einen Tee servieren?«, fragte der schöne Herbert, und das sanfte Spiel seiner Augenbrauen verriet, dass er kurz vor einer Lachsalve stand, vermutlich der ersten seit 1948.

»Vielleicht war es auch Schampus«, blaffte ihn Kurt an. »Ist doch egal. Der Typ drehte jedenfalls völlig hohl. Ich glaube, der hat zum ersten Mal in seinem Leben eine nackte Russin gesehen. Das hat der emotional gar nicht verkraftet. Los, spielen wir weiter!«

»Genau«, nickte der Grufti. »Spielen, aber hallo.«

»Moment noch«, sagte ich. »Wie ging die Geschichte aus?«

»Wie soll die schon ausgegangen sein?«, entgegnete Tischfußball-Kurt und winkte ab. »Alles nur heiße Luft. Mein Kumpel war Profi, der hatte auch in einen guten Verteidiger investiert, und weil der den Richter vom Golfen kannte, war die ganze Chose in ein paar Wochen vom Tisch. Der Richter hat sich dann persönlich davon überzeugt, dass mit den Russinnen alles in Ordnung war, und so war jeder zufrieden. Nur der Blonde musste unbedingt seine Weltverbessererlitanei halten. Kam sogar später noch zwei-, dreimal vorbei, um meinem Kumpel die Leviten zu lesen. Ein echter Laienprediger. Trägt er seinen Ring noch?«

»Was für einen Ring?«

»So einen Halbpfünder mit dickem Kreuz drauf. Ein Sektenabzeichen, habe ich gehört. Und genauso hat er sich auch aufgeführt.«

»Du meinst, der Typ ist bei einer Sekte? Bist du sicher?«

»Natürlich bin ich sicher«, erwiderte Tischfußball-

Kurt ärgerlich. »Hab ich mir sein Gelaber anhören müssen oder nicht?«

»Apropos Gelaber«, ließ sich der Jüngling wieder hören. »Ich will ja nix sagen, aber ...«

»Dann halt den Schnabel und spiel!«, fuhr ihm Kurt über den Mund. Wir losten die Farben aus und begannen die zweite Runde.

Blitzschach im angetrunkenen Zustand ist meine Paradedisziplin. Da kann sogar der schöne Herbert einpacken. Herbert braucht Zeit, um Stellungen abzusichern, Varianten zu durchdenken, und wenn er diese Zeit hat, schlägt ihn im *Englischen Jäger* keiner. Geht es um Sekunden, ist er bloß Durchschnitt. Ein Sieg gegen den Einarmigen, und ich würde unser kleines Turnier schon nach der zweiten Runde gewonnen haben. Selbst bei einem Unentschieden blieb mir am Ende immer noch die Partie gegen Tischfußball-Kurt. Den hatte ich im Griff, Doping hin oder her.

Aber es war wie verhext. Seit Sorgwitz den Raum betreten hatte, war das Spiel ein anderes. Die Schachfiguren wirkten plötzlich so bullig, so kampfhundartig, das Schachbrett bestand aus lauter Kreuzen, und ich hätte mich nicht gewundert, wenn die Dame dem König eine Gardinenpredigt gehalten hätte. Über den moralischen Verfall der Läufer zum Beispiel. Ich versuchte, mich auf eine Eröffnung zu konzentrieren, doch immer wieder kamen mir Bilder in die Quere: Sorgwitz, im Blut stehend, die Leiche Wolls, das Passfoto Nagels im Schnee. Dass ich mich vom Auftauchen des Blonden aber auch derart irritieren ließ! Verzweifelt stürzte ich ein halbes Bier auf einmal hinunter.

Kaum hatte ich es abgesetzt, stand der Kampfhund an unserem Tisch.

Er hielt sein Weizenbierglas in der Rechten, die Linke ruhte tief in der Manteltasche, während der Kaugummi noch immer sein Martyrium zwischen den Kiefern des Kommissars durchlitt. Zu einem Kommentar ließ sich Sorgwitz nicht herab. Er stand einfach da und grinste mich an.

Ich grinste zurück, aber nur kurz; dann widmete ich mich wieder dem Spiel. Herbert, mein Gegenüber, legte die Stirn in Falten und drehte den Kopf ein wenig, um zu Sorgwitz hinaufzuschielen. Anschließend begann er, sich umständlich an seinem Armstumpf zu kratzen.

»Wie gut, dass unsereins keine Steuern zahlt«, brummte Tischfußball-Kurt.

»Na, schon den Samowar angefeuert?«, gab Sorgwitz, immer noch grinsend, zurück. Kurt schwieg.

Ich griff zu einem Springer, um Herberts Turm zu schlagen.

»Genau das würde ich nicht tun, Herr Koller«, sagte der blonde Kommissar.

Ich hielt mitten in der Bewegung inne und sah zu ihm auf.

»Das hier ist Schach«, sagte ich. »Schach, nicht Counterstrike.«

»Der kann doch nicht mal Sudoku«, rief Tischfußball-Kurt, und alles lachte, wenn auch gezwungen.

»Er will, dass Sie den Turm schlagen«, sagte Sorgwitz. »Um diese Flanke hier freizubekommen.« Seine linke Hand schälte sich aus der Manteltasche, der Zeigefinger deutete auf die Felder um den Springer. Ein klobiger Ring mit silbernem Kreuz wurde sichtbar.

Der schöne Herbert griff mit spitzen Fingern nach dem Ärmel des Blonden und zog die Hand vom Schachbrett. Dabei stand ihm der Abscheu ins Gesicht geschrieben.

»Danke«, sagte ich und schlug seinen Turm. Sorgwitz lachte auf. Dann zahlte er und ging. Das *Gasthaus zum Englischen Jäger* war wieder bullenfrei.

Fünf Minuten später bot ich Herbert zähneknirschend ein Unentschieden an.

»Ist ja kein Wunder, wenn hier solches Gesocks rumläuft«, wütete Tischfußball-Kurt. Von seinem Gegner aus der Gruft war er einfach überrannt worden. Ich stand auf, ging zur Toilette und ließ mir auf dem Rückweg von Maria ein frisches Bier reichen. Der Jüngling in Schwarz hatte meinen Platz eingenommen und saß nun neben dem bärtigen Intellektuellen.

»Und wie ist es auf Flughäfen?«, fragte Leander mit seiner warmen Stimme gerade. »Macht das Metall da keine Probleme?«

»Kapier ich nich. Was für Probleme soll es denn auf Flughäfen geben?«

»Die Detektoren. Piepst es nicht, wenn Sie durch die Kontrolle müssen?«

»Hä?« Irritiert sah uns der Junge an. »Ist der noch ganz dicht, der Alte? Und warum siezt der einen?«

»Gute Kinderstube«, sagte Leander würdevoll und strich über seinen wallenden Bart. »Als ich das letzte Mal nach Irland flog, zu diesen Inseln im Westen, wo sie noch Gälisch sprechen, also noch richtig Gälisch, das war aber in den 70er Jahren, als man nur von Frankfurt aus, da hat keiner an Terroristen gedacht, die Flugzeuge in Hochhäuser …«

»Ist ja gut«, schnitt ihm Kurt das Wort so rüde ab, dass seine beiden Dackel zu kläffen begannen. »Schwafel nachher weiter, du Philosoph. Hier steht eine Entscheidung an.«

»Das«, sagte Leander noch eine Spur würdevoller, »ist keine gute Kinderstube.«

»Zum Teufel mit den Kindern«, rief ich. »Fangen wir an!«

»Als ich in den 70ern …«

»Ruhe!«

»e2 – e4«, sagte Tischfußball-Kurt, rückte seinen Bauern vor und knallte seine flache Hand auf die Schachuhr.

»Das ist eine Scheiß-Eröffnung, Kurt!«, brüllte ich. »Fang noch mal an! Du kriegst eine zweite Chance.«

Kurt sperrte den Mund auf. »Spinnt der? Was soll das? Die Zeit läuft.«

Gut, dann würde ich diesem Pygmäen zeigen, wie man Schach spielt. Allen würde ich es zeigen! Ich machte ingeniöse, nie gesehene Züge, ich trommelte auf der Schachuhr herum, ich erklärte und kommentierte. Ob die Welt meine Genialität erkannte, weiß ich nicht. Ich weiß nur, dass meine Erklärungen immer länger wurden, dass ich über Buchstaben und Satzzeichen stolperte und an der Schulter des schwarzen Goten Halt suchen musste. Die Schachfiguren hatten keine Hundegesichter mehr, sondern Musikerfratzen, sie flöteten und geigten und trommelten. Der König dirigierte, die Dame lüpfte ihren Rock. Ich griff nach meinem Bier, da sagte Herbert, das sei das falsche Bier, nämlich seins, daraufhin sagte ich, es sei das richtige Bier, denn nur ein leeres Bier sei ein falsches Bier.

»Ich habe gelesen«, hörte ich Leander sagen, »dass die modernen Metalldetektoren sogar auf Eisentabletten anschlagen.«

»Ruhe!«, schrie ich entnervt. »Stell mal einer das Orakel aus!«

Das Letzte, was mir von diesem Abend in Erinnerung blieb, war ein großer, schwarzer Ärger, der mich überkam, als die Niederlage gegen Tischfußball-Kurt feststand. Ausgerechnet gegen Kurti. Meine Türme wollten sich nicht geradeaus bewegen, bei den Rösselsprüngen zählte ich mit den Fingern die Felder ab. Am Nebenbrett gewann der schöne Herbert leicht und locker gegen den Grufti und wurde Turniersieger.

»Das war ein Versehen«, tröstete er uns. »Ich machs wieder gut.«

»Verdammte Scheiße!«, brüllte ich und schob eine Armee leerer Bierflaschen zur Seite, die jemand vor mir aufgetürmt haben musste. »Alles nur wegen dem Müll hier! Kann man sich ja überhaupt nicht kondensieren!«

»Konzentrieren heißt das«, verbesserte Kurt mürrisch, und wahrscheinlich hatte er sogar recht.

28

Nach solchen Abenden lauten die gängigen Formulierungen: Herr K. wachte mit steifem Nacken, heftigen Kopfschmerzen und brennendem Durst auf. Galle unterm Gaumen, im Rücken ein Stahlträger.

All das stimmte, und es stimmte nicht. Ich wachte nämlich nicht auf, ich tat nur so. Öffnete die Augen, sah nichts, klappte sie wieder zu. Setzte mich nach einer Weile im Bett auf, merkte, dass ich nicht wach wurde, schlief weiter. Es schlug sieben, es schlug acht, ich bekam alles mit, und vor allem bekam ich mit, dass dieser versoffene Typ da zwischen den Kissen einfach nicht wach wurde. Trotz Schädelwehs, trotz Nachbrands. Koma.

Immer noch in Trance, schlurfte ich ins Bad und ließ kaltes Wasser über meinen Kopf laufen. Minutenlang. Das Wasser konnte gar nicht kalt genug sein. Erste Anzeichen der Besserung. Ich trank drei Zahnputzbecher aus, setzte mich aufs Klo, hielt meinen Kopf mit beiden Händen fest. Das verdammte Blitzschach war mir nicht bekommen. In der Küche plünderte ich meine Aspirinvorräte. Noch mehr Leitungswasser, mit trockenem Gaumen schluckten sich die Tabletten so schlecht. Die Augen wollten gerieben sein. Auf dem Rückweg zum Bett meldete sich mein Telefon. Ohne zu überlegen, hob ich ab.

Das hätte ich besser nicht getan.

Am anderen Ende der Leitung tobte ein Rumpelstilzchen. Das Rumpelstilzchen benahm sich genau wie im Märchen, es war klein und alt, und ich wartete darauf, dass es sich irgendwann in zwei Stücke risse. Das tat es aber nicht. Lieber hätte es mich entzweigerissen.

»Wie steh ich denn nun da, Herr Koller?«, zeterte Frau von Wonnegut. »Ich bin blamiert. Und diesen Mann wollte ich zu meinem Erben machen!«

Nach und nach begriff ich, was sie meinte. Die

Todesanzeige für ihren Lieblingsdirigenten. Der am heutigen Donnerstagmorgen als Pädophiler durch alle Zeitungen geisterte. Elke und Enoch, das bizarre Traumpaar der Musik. Und ich hatte die gute Frau nicht vorgewarnt. Hatte ihr weder einen Wink gegeben, noch sie an meinen Ermittlungsergebnissen teilhaben lassen. Falls solche Ergebnisse überhaupt existierten. Sie fragte sich, ob ich wohl das viele Geld wert sei, das sie in mich investierte.

»Beerben wollten Sie den Dicken?«, unterbrach ich verblüfft.

Da ging das Gekreische erst richtig los. Ein Banause sei ich, eine Fehlbesetzung, keine Ahnung von Musik, das habe sie sich gleich gedacht und so weiter. Ich ließ mich nicht lumpen und hielt dagegen. So weit die morgendlichen Kräfte reichten. ›Alte Schachtel‹, werde ich wohl gesagt haben. ›Alte Hutschachtel‹ vielleicht. Am Ende entband sie mich von allen Ämtern, versprach mir mit höhnischer Stimme für die nächsten Tage einen Scheck und hängte ein.

»Gott sei Dank«, seufzte ich. Nun war ich wach.

Trotzdem legte ich mich noch ein Stündchen ins Bett, um meinem Kopf, meinem Rücken und all den anderen schmerzenden Körperteilen Gelegenheit zur Regeneration zu geben. Viel half es nicht. Immerhin war ich nach dem Aufstehen in der Lage, eine SMS, die mir Frau Dr. Glaßbrenner geschickt hatte, fehlerfrei zu beantworten. Anders als ich hatte mein Handy die Nacht zur vollständigen Erholung genutzt. Vielleicht hätte ich auch mit zwei Fingern in der Steckdose schlafen sollen.

Das Frühstück fiel aus. Ich hätte nicht einmal einen

Kaffee bei mir behalten. Stöhnend schleppte ich mich durchs Treppenhaus und zog die *Neckar-Nachrichten* aus dem Briefkasten. Auch die Lektüre trug nicht zur Besserung meines Lebensgefühls bei. Die Nachricht vom Fund Wolls stritt mit der von Barth-Hufelangs Entlarvung um die mediale Lufthoheit, und wie so oft schien der Dirigent als Sieger hervorzugehen.

Ich sah aus dem Fenster. Wolken, Windstille, die letzten Schneereste hatten sich in Matsch verwandelt. Für elf Uhr hatte mich die Rechtsanwältin zu sich gebeten. Ich hatte keinen blassen Schimmer, was sie von mir wollte.

Mir fiel etwas ein. Ich schlug den Veranstaltungskalender der Zeitung auf. Theater der Stadt Heidelberg, 20 Uhr: *Die Hochzeit des Figaro*, stand da. Kein Hinweis auf Ausfall oder Verlegung. Bis dahin musste ich wieder fit sein. Ich faltete die *Neckar-Nachrichten* zusammen und bettete mein Haupt darauf. Vielleicht war noch eine Kopfschmerztablette angebracht.

Kurz danach verließ ich das Haus.

Ich brauchte eine halbe Stunde bis in die Zähringer Straße. Auf der Theodor-Heuss-Brücke wurde mir schlecht, als ich von oben auf den schlingernden Neckar blickte. Am Bismarckplatz wurde mir schlecht, als mir neben dem China-Imbiss ein Hauch gebratener Ente ins Gesicht wehte. Desgleichen in der Rohrbacher Straße, wo ich einen Penner sah, wie er vorm Plus eine Dose Bier an die Lippen setzte. Jedes Mal suchte ich die Nähe eines Mülleimers, schloss die Augen und atmete tief durch. Nach ein paar Minuten konnte ich weiterfahren.

»Willst'n Schluck, Junge?«, rief der Penner mitleidig. Mir fiel nicht einmal ein gescheiter Kommentar ein.

Die sechs Stufen vorm Glaßbrennerschen Hauseingang stellten in meinem Zustand eine Herausforderung dar. Zum unüberwindbaren Hindernis aber wurde eine Rauchfahne, die in Kopfhöhe über der Treppe schwebte. Die würzige Hinterlassenschaft eines Zigarillos. Was wollte Kommissar Fischer hier? Schlagartig wurde mir schwindlig. Wenn ich jetzt weiterginge, würde ich der Rechtsanwältin vor die massive Holztür kotzen. Ich setzte mich auf die Treppe und hielt mir den schmerzenden Kopf.

»Kann ich helfen?«, fragte Cordula Glaßbrenner.

Ich sah auf. Sie stand am Fuß der Treppe, hatte einen Wintermantel umgehängt und einen brennenden Zigarillo in der rechten Hand, den Verursacher meiner Unpässlichkeit.

»Danke«, sagte ich. »Mein Anblick in dem Messingschild da oben hat mir einen Schock versetzt.«

»Nun übertreiben Sie mal nicht. Da habe ich schon Schlimmeres gesehen.«

»Was denn?«

»Fragen Sie meinen Badezimmerspiegel.«

Scheinheilige Tussi, dachte ich. Du weißt genau, wie gut du aussiehst, also kokettier nicht so dämlich rum. Schon gar nicht, wenn da ein Sack Magensäure vor dir sitzt, der gleich überläuft. Auf deinen Juristenspott kann ich verzichten.

»Warum duzen wir uns eigentlich nicht, Max? Als gemeinsame Freunde von Marc.«

»Wie bitte?«

»Was dagegen?«

»Nö«, sagte ich und zuckte die Achseln. Was fand diese Frau nur daran, mich zu verarschen?

»Schön. Dann geh doch schon mal vor, die Tür ist offen. Bernd wartet in meinem Büro. Ich rauche hier noch zu Ende.«

Froh, dem Zigarillomief entkommen zu können, erhob ich mich und wankte ins Haus. Das war wieder so ein Tag, an dem die ganze Stadt in eine Waschstraße gehörte.

Der Empfangsraum war leer. Keine Illustriertenschönheit heute, kein Provencearoma. In Cordulas holzgetäfeltem Büro saß Bernd Nagel, die Beine übereinandergeschlagen, und rauchte. Ich musste zweimal hinschauen: Seine Zigarette war tatsächlich eine Zigarette, Qualm stieg auf, aber die Hausherrin verzog sich ins Freie, um ihr Büro nicht zu verpesten. Ja, ja, es gibt Dinge zwischen Himmel und Erde und wie das so ist.

»Tag, Herr Nagel«, sagte ich und ließ mich schwer in einen Sessel plumpsen. »Und herzlichen Glückwunsch zu Ihrer Entlassung.«

Der Geschäftsführer schwieg. Irgendwie kam er mir aufreizend entspannt vor. Sein rechter Arm baumelte schlaff über der einen Seitenlehne, der linke Ellbogen stützte sich leicht auf die andere. Zwischen zwei Fingern schwebte der Glimmstängel, die Augenlider des Mannes hingen auf Halbmast. Dünne Tabakschlieren stiegen auf und verwischten die Konturen seines Gesichts. Er sah in meine Richtung, aber durch mich hindurch. Und er schwieg. Sollte er schweigen. Ich hatte Zeit.

»Ich frage mich«, sagte er schließlich, »wie viel Sie dazu beigetragen haben.«

»Wozu?«

»Dass ich freigekommen bin.«

»Nichts. Das haben Sie Cordula zu verdanken. Und einem einsichtigen Haftrichter. Mein bescheidener Beitrag bestand darin, eine Person ausfindig zu machen, die während Ihrer Haft ermordet wurde.«

Er blickte den entschwebenden Rauchgirlanden nach. »Wie kam das?«

»Dass ich Woll fand? Zufall. Ich war bei Ihrer Wohnung, wollte zum Emmertsgrund und nahm die Abkürzung durch den Wald. Genau genommen habe nicht ich Woll gefunden, sondern ein Mädchen mit Schlitten und rosa Mütze.«

»Richtig, es lag Schnee«, sagte Nagel. Seine Stimme bekam etwas Träumerisches. Ich habe keine Ahnung, wie sehr ein Gefängnisaufenthalt Menschen verändert, Nagel jedenfalls schien er nicht gut bekommen zu sein. Sicher, sein Lebensplan war ins Stocken geraten, in jeder Zeitung stand sein Name, man spekulierte über ihn und seinen Affekthaushalt. Das Treffen mit Annette Nierzwa kurz vor ihrem Tod würde sich nicht verheimlichen, Frau von Wonnegut ihn wohl fallen lassen. Und selbst wenn das nicht eintrat, würde etwas an Nagel hängen bleiben.

»Wie wars im Knast?«, fragte ich. »Oder ist Ihnen diese Frage zu direkt?«

Zum ersten Mal blickte er mir gerade in die Augen. »Sie werden lachen«, sagte er. »Ich hätte nichts dagegen gehabt, noch zu bleiben.«

»Warum?«

Er schwieg.

»Wollen Sie mir das nicht verraten, Herr Nagel?«

»Nun lass ihn doch in Ruhe, Max«, sagte Cordula Glaßbrenner von der Tür her. Sie hatte sich ihres Mantels und des Zigarillos entledigt und steckte im Gehen ihr Haar mit einer großen Klammer zusammen. »Bernd ist in den letzten Tagen so oft verhört worden, da brauchst du nicht gleich weiterzumachen.«

»Ja, ja«, brummte ich und lümmelte mich möglichst unflätig in meinen Sessel. »Immer dieselbe Leier.«

Mit einem hellen Lachen nahm Cordula hinter ihrem Schreibtisch Platz und sah aufgeräumt in die Runde. »Wie schön, dass sich jeder so verhält, wie man es von ihm erwartet. Der Haftrichter tat es, indem er Bernd ohne Auflagen entließ, und der liebe Max Koller tut es, indem er mit seinen Ermittlungen an Ort und Stelle fortfährt. Das muss ja auch so sein, schließlich hast du einen Auftrag, richtig?«

»Richtig«, sagte ich.

»Aber auch ich als Bernds Anwältin tue das, was man von mir erwartet. Was mein Auftrag ist. Ich habe meinen Mandanten zu schützen, verstehst du? Vor weiteren Verdächtigungen, vor Zugriffen der Polizei, vor Belästigungen. Von der Presse ganz zu schweigen. Bernds guter Ruf muss so schnell wie möglich wiederhergestellt werden. Es geht schließlich um seine Existenz.«

Nagel erhob sich, um seine Zigarette in einem Aschenbecher auszudrücken, der zu Füßen der weiblichen Holzfigur stand. Dann ging er zum Fenster und sah hinaus. Nicht, dass es draußen ein großartiges Schauspiel gegeben hätte, bloß eine stille Straße und schmucke Häuser und vorübereilende Passanten mit grauen Wintergesichtern.

»Dazu gehört«, fuhr Cordula fort, »eine ganze Reihe von Maßnahmen, mit denen ich dich nicht langweilen möchte, Max. Eine dieser Maßnahmen allerdings betrifft dich. Deshalb haben wir dich hergebeten.«

»Ich bin ganz Ohr.«

Sie lehnte sich zurück und schenkte mir ein Lächeln, dessen Wärme durch und durch ging. Mir war ein Rätsel, wie sie das machte. Sie brauchte nur ihren Gesichtsausdruck zu verändern, mir tief in die Augen zu blicken, und ich schmolz dahin. War Pudding in ihren Händen, formbar, ein Schoßhündchen.

»Wir möchten, dass du dein Engagement für Frau von Wonnegut umgehend beendest.«

»Bitte?« Mehr brachte das Schoßhündchen nicht heraus.

»Du bist ein exzellenter Privatdetektiv, Max. Das sage ich nicht nur so dahin. Ich werde dich vom heutigen Tag an jedem meiner Klienten, der einen Ermittler sucht, wärmstens empfehlen. Was Bernd hingegen braucht, ist das Gegenteil eines guten Detektivs. Er braucht Schutz vor Ermittlungen. Den möchte ich ihm bieten, indem ich dich bitte, aus dem Vertragsverhältnis mit deiner Auftraggeberin auszusteigen. Dass Bernd die Nachstellungen der Polizei ertragen muss, ist schlimm genug. Wenigstens vor den restlichen Beeinträchtigungen möchte ich ihn schützen.« Wieder kräuselten sich ihre Lippen, dass es mir schummrig wurde. »Und ich werde ihn schützen.«

Ich brauchte ein paar Sekunden, um diese Informationen zu verarbeiten. Kratzte mich im Nacken, sah auf meine Fußspitzen. Trotzdem fiel meine Erwiderung nicht eben intelligent aus.

»Du glaubst doch nicht, dass ich einen Auftrag so einfach beende«, sagte ich.

»Noch einmal, Max: Wir wissen deine Arbeit zu schätzen. Und genau deswegen sollst du sie beenden. Es ist ja deine Pflicht, Bernd auszufragen, ihn in Widersprüche zu verwickeln, ihm keine ruhige Minute zu gönnen, bis seine Unschuld zweifelsfrei erwiesen ist – nach realistischer Einschätzung der Polizeiarbeit also frühestens in zwei Wochen. Wärst du bloß Amateur, könnten uns deine Ermittlungen egal sein, aber das bist du nicht. Also geh zu Frau von Wonnegut und sage ihr, dass du dich leider gezwungen siehst, die Nachforschungen einzustellen. Die genaue Begründung überlassen wir dir.«

Ich sah zu Nagel hinüber, der mir den Rücken zuwandte, und wieder zu Cordula zurück. Wie sollte ich auf ihr lächerliches Ansinnen reagieren? Am liebsten hätte ich ihr einen Vogel gezeigt. Einmal ganz abgesehen davon, dass Elke von Wonnegut seit wenigen Stunden gar nicht mehr meine Auftraggeberin war.

»Ich weiß, was du fragen möchtest«, sagte Cordula Glaßbrenner mit zartem Schmunzeln. »Was ist mit dem Verdienstausfall? Für den kommen wir auf, keine Sorge. Ich gehe davon aus, dass du deine Auftraggeberin spätestens in 48 Stunden von Bernds Unschuld hättest überzeugen können. Nenne mir deinen Tagessatz, und ich schreibe dir einen Verrechnungsscheck.«

Unsere Blicke trafen sich. Ich popelte im rechten Ohr herum und versuchte, ihr amüsiertes Schmunzeln nachzuahmen. Es gelang mir nicht. Warum hasste mich die bestaussehende, intelligenteste Frau, die mir seit Ewigkeiten über den Weg gelaufen war? Warum ließ sie mich nicht einfach links liegen, wie sie es bei unserer ersten Begegnung in Covets Wohnung getan hatte, sondern griff auf ihr komplettes Inventar an Überlegenheitsgesten zurück, lockte und bezirzte mich, um mir am Ende einen Fußtritt zu versetzen?

»Liebe Cordula«, sagte ich. »Darf ich deinen Vorschlag so zusammenfassen: Ich soll mir einen schönen Lenz machen und dafür abkassieren?«

»Wenn du es so nennen möchtest.«

»Und wie steht dein Mandant dazu?«

Nagel drehte sich um und machte eine unbestimmte Geste. »Ich weiß nicht. Es war Cordulas Idee.«

Feigling, dachte ich.

»Ja, ich habe es ihm vorgeschlagen«, sagte die Rechtsanwältin. »Ich musste es tun. Bernd hat genug mitgemacht in den letzten Tagen, und da wir dein Arbeitsethos mittlerweile zu schätzen gelernt …«

»Ist ja gut«, schnitt ich ihr das Wort ab. Ich sprang auf und begann, durch das Zimmer zu wandern. Meine Übelkeit war verschwunden, hatte sich – Mysterium der Biochemie – in schwarze Galle verwandelt. »Dein elendes Wissen-wir-zu-schätzen-Geschwätz kannst du dir sparen, Cordula. So was hast du nicht nötig. Glauben tut es dir ohnehin keiner, ich schon mal gar nicht. Weißt du, was ich mich frage? Was hinter deinen Provokationen steckt. Warum du einen wie mich unbedingt demütigen möchtest. Ich meine, ich bin doch ein Nichts für dich, ohne Marc hätte ich deine Villa nie betreten und werde sie auch nie wieder betreten. Warum also? Nur weil ich vorgestern eine Formulierung gewählt habe, auf die du allergisch reagierst? Im Gegenteil. Ich bin derjenige, der dich an deinen Opportunismus erinnert, weil ich undiszipliniert und unflätig bin, und das kannst du nicht ertragen. Du umgibst dich mit Klienten, denen du in den Arsch kriechst, oder mit Freunden wie Nagel und Covet, die Verständnis für deine schwierige Lage aufbringen. Freunde oder Bettgefährten, egal. Hauptsache Verständnis. Von mir wirst du das nicht bekommen. Wofür denn? Ich wäre auch gerne in einer Lage, in der man sich den Kopf darüber zerbricht, ob man ein paar 1000 Euro für ein langweiliges Blumenbild oder afrikanische Holzschnitzereien hinblättert. Oder investiert man lieber in einen Vorzimmeradonis mit Knackarsch? Das sind Probleme, wie ich sie gerne hätte, und deshalb bringe ich nicht so viel Verständnis für deine Lage auf. Und freikaufen kannst du dich auch nicht. Verdammt, habe ich einen Durst.«

Letzteres sagte ich, weil mir die Stimme zu kippen drohte. So einfach ließ sich der gestrige Abend nicht verdrängen. Zur Sicherheit hielt ich mich an dem hölzernen Freund aus Afrika fest. Hoden wie Kokosbälle.

Auf meine Worte folgte Stille. Cordula Glaßbrenner saß mit übereinandergeschlagenen Beinen da, die Hände im Schoß gefaltet. Meinem Vortrag hatte sie amüsiert und mit lebhaftem Brauenspiel gelauscht. Aus Berechnung natürlich, denn ihre Brauen waren ein Gedicht. Nagel starrte ins Nichts und nagte versonnen an seiner Unterlippe.

»Wenn du Durst hast«, sagte die Rechtsanwältin schließlich, »sollten wir uns was zu trinken kommen lassen, sobald du meinen Vorschlag akzeptiert hast. Marc sagte mir, dass du ein Whiskykenner bist.«

Ich gab dem Kollegen vom schwarzen Kontinent

einen Schulterklaps, schließlich hatte er auch keinen leichten Job, und kehrte zu meinem Sessel zurück.

»Im Übrigen reichen ein paar 1000 Euro für dieses Bild nicht aus.« Sie zeigte hinter sich. »Mein Vater hat es kurz vor seinem Tod gekauft. Es ist mehr wert als ein Haus im Pfaffengrund.«

»Schade, dass es falsch herum hängt.«

Für einen kurzen Moment meinte ich in ihrem Blick den Wunsch gelesen zu haben sich umzudrehen. Natürlich beherrschte sie sich. »Mein Vorschlag war: zwei Tagessätze«, sagte sie. »Einverstanden?«

»Drei Tage«, sagte ich.

»Zweieinhalb.«

»Drei.«

»Drei«, sagte sie und lächelte.

Ich warf Bernd Nagel einen Seitenblick zu. Er hob entschuldigend die Schultern und schwieg.

»Keinen Scheck«, sagte ich. »Ich schreibe dir eine Rechnung, Cordula. Irgendwann.«

»Wie du möchtest.«

»Außerdem sollten wir das mit dem Duzen lieber wieder lassen. Und das mit dem Whisky auch.«

29

Falls ich unter Halluzinationen litt, konnten sie nicht vom gestrigen Gelage herrühren. Nach einem ausgiebigen Mittagsschlaf fühlte ich mich erholt und tatendurstig. Aber der rotgesichtige Typ, der vis-à-vis meines Hauses im Schatten einer Litfaßsäule stand, war derselbe, der vor meinem Nickerchen dort gestanden hatte. Inzwischen musste er sämtliche Veranstaltungsplakate auswendig kennen. Ich schickte ihm einen Kurzgruß mit meiner Teufelsgesichthupe, als ich losradelte, doch er verzog keine Miene.

Und das war noch nicht alles. Während meiner gesamten Fahrt zum Karlstorbahnhof verfolgte mich ein BMW im Schritttempo. Ich sah ihn zum ersten Mal auf der Neckarbrücke, als ich an der Fußgängerampel hielt und er an mir vorbeizog, in Richtung Fluss. Kaum hatte ich den Marstall erreicht, schloss er auf und blieb in meinem Rücken, solange wir die Altstadt passierten. Immer schön im 50-Meter-Abstand, sehr zum Ärger seiner Hintermänner. Es war ein altmodischer BMW in stumpfem Braun, aber das gab ihm noch lange kein Recht, im zweiten Gang durch Heidelberg zu schleichen und den Verkehr zu blockieren. Entweder war da ein Rentnerpaar aus Fallingbostel auf Kaffeefahrt, oder die Kollegen Greiner und Sorgwitz machten Ernst und ließen mich auf Schritt und Tritt überwachen.

Als ich vorm Karlstorbahnhof vom Rad stieg, schlich der Wagen weiter Richtung Schlierbach. Ein verbeultes Heidelberger Kennzeichen. Hinter der Frontscheibe ein Pärchen mittleren Alters, die Frau am Steuer. Keine Touristen also.

Ich fühlte mich fast ein wenig geschmeichelt. Hoffentlich hatten die Kommissare ihre Beschatter vorgewarnt, dass Max Koller ganz heiß auf Kultur war. Und zwar auf Kunst, die sexy sein wollte, auf radikale, antibürgerliche Endzeitkultur. Denn nur große Kunst besteht auf Kleinschreibung.

Dass die *aktion aesthetik* ihre Geburtsstunde in einem Bahnhof feierte, passte auf den ersten Blick nicht zur massenfeindlichen Haltung ihrer Erfinder. Aber der Heidelberger Karlstorbahnhof ist nur noch minimal Bahnhof: zwei Gleise, zwei Bahnsteige an den Steilhang gepresst, fertig. Das Gebäude selbst dient längst der Kultur, und zwar der Kneipen-, der Kino- und der Konzertkultur. Eine Buchhandlung käme vermutlich schon deshalb nicht rein, weil sie nicht mit einem K beginnt. Das Karlstor beginnt mit K, passt aber von der Größe nicht, es darf dem Bahnhof bloß seinen Namen geben und träumt ansonsten in der Einsamkeit einer Verkehrsinsel von den seligen Tagen, als es noch auf Dampfloks und Pferdekutschen herabblickte.

Ich wartete ein paar Minuten, doch der braune BMW kehrte nicht zurück. Laut Banner über dem Bahnhofseingang sollte die Veranstaltung der fünf Freunde um acht beginnen. In gut vier Stunden also. Vielleicht war jetzt schon einer von ihnen vor Ort. Einzeln konnte man sich bestimmt besser mit ihnen unterhalten. Ich stieß eine der Türen auf und trat ein.

Durch einen langen, von Neonlicht erhellten Gang schallte eine Lautsprecherstimme, unverständliche Silben formend. Sie war so verzerrt, dass sie wie die eines Alien aus einem billigen SF-Horrorfilm klang.

»Tikka«, sagte die Stimme immer wieder. »Tikka. Tikka.«

Der Gang endete vor einer zur Hälfte offenen Doppeltür, die in den Veranstaltungssaal des Karlstorbahnhofs führte. Die Stimme wurde lauter, als ich mich näherte.

»Tikka«, sagte die Stimme. Sie dehnte und presste das Wort, zermalmte es nach allen Regeln der Kunst, schleuderte, rülpste es heraus, bis man regelrecht Mitleid mit ihm bekam. Und dann, kleine Überraschung, folgte ein tiefes, langgezogenes »Observatöööör«.

Vorsichtig lugte ich durch den Spalt in den Saal. Vielleicht handelte es sich um ein altes Essensritual der Aliens, das sie pflegten, bevor sie einen Privatflic verputzten.

Der Saal war komplett verdunkelt, nur die Bühnenmitte wurde vom Licht eines surrenden Scheinwerfers erfasst. Dort saß einer der fünf *Ölmühlen*-Helden, und zwar der mit der gebührenpflichtigen Brille, auf einem Barhocker, vor sich ein Standmikro, das Sakko lässig über die Schultern gehängt.

»Und?«, rief er in die Dunkelheit, eine Hand vor dem Mikro. »Wie klingts?«

»Observatör kommt gut«, schallte es vom anderen Ende des Saales zurück. »Tikka nicht. Zu brav, zu verspielt. Mehr Dreck bitte, mehr Kasernenhof.«

Also noch mal Tikka. Der Typ auf der Bühne mühte sich, gab alles, machte den Alien. Vergebens. Von Kasernenhof keine Spur.

»Tikka tuts nicht«, schallte die Stimme aus der Finsternis. »Versuchs mal mit Kalle.«

»Mit Kalle? Kalle ist scheiße.«

»Versuchs halt.«

Nun war Kalle dran. Er wurde gerufen, beschworen, gezischt, zerkaut, aber das Ergebnis klang nicht beeindruckender als bei Tikka. Ohne ihren Observatör hätten die Jungs die abendliche Séance wohl absagen müssen.

»Vergiss Kalle und mach weiter«, rief der Unsichtbare vom rückwärtigen Saalende her. Wenn ich mich nicht täuschte, war es der Blonde mit dem Seitenscheitel, der dort am Mischpult saß und seine Mitstreiter durch die Untiefen der *aktion* trieb.

»Okay«, nickte der Brillenheini und wischte sich den Schweiß von der Stirn. Und dann begann er zu rappen: »Tikka, Kalle, Epitet. Kubist, Kontra, Othello. Moll, Oboe, Rondo …« Er sang, er hüpfte, er schrie. Hinten, in der Regieecke, drehte der Blonde die Regler hoch und runter, dass es eine Freude war. Einen gewissen Respekt für die dargebotene Leistung konnte ich nicht verhehlen. Ob sie allerdings auch nur ein Öre Eintrittsgeld wert war, wagte ich zu bezweifeln.

»Entschuldigung, kann ich mal durch?«, piepste es hinter mir.

Ich wandte mich um und sah das Nesthäkchen der Truppe mit seinem kurzgeschorenen Eierkopf vor mir. Schlagartig hatte sich der Anteil der anwesenden Aktionisten auf 60 Prozent erhöht.

»Tikka«, sagte ich.

Der Benjamin schluckte, drehte sich um und gab Fersengeld. Während der Flucht entglitt ihm der Packen Kopien, den er in der Hand trug, flatterte durch den Gang und ließ sich in vielen 100 Exemplaren auf dem Boden des Karlstorbahnhofs nieder. Ich bückte mich und hob eines der Papiere auf. ›*aktion aesthetik*‹, stand ganz oben. Die Namen der Künstler darunter, mit Foto und Kontaktdaten. Und ganz unten ihr Mantra: ›*so es die kunst verlangt, hat blut zu flieszen*‹.

›Dein Wort in Gottes Ohr‹, dachte ich und rannte dem Bürschchen nach.

Die Eingangstür des Gebäudes war in den vergangenen Sekunden nicht bewegt worden. Trotzdem riss ich sie auf und trat auf den Vorplatz. Nichts. Kein wehender Mantel, keine hastigen Schritte auf dem Kopfsteinpflaster. Dafür etwas anderes: ein schwarzer Alfa Romeo, der auf dem Behindertenparkplatz stand. Ich habe kein gutes Gedächtnis für Autos. Aber schwarze Alfas, die mich in den Straßen Schlierbachs um Haaresbreite unter ihre Spoiler nehmen, kann ich mir bestens merken.

Blieb nur die Frage, ob ein Spoiler den Maximen der *aktion aesthetik* entsprach. Das würde ich später klären.

Ich kehrte ins Gebäude zurück und horchte. Wenn der Typ nicht ins Freie geflüchtet war, musste er sich ins obere Stockwerk verdrückt haben. Zwei Stufen auf einmal nehmend, hastete ich die Treppe empor. Genau wie unten ein langer Gang, von dem viele Türen abzweigten. Irgendwo hier musste er sein. Das Café am anderen Ende schied aus, es öffnete erst abends. Dann gab es eine Küche, einen Lagerraum, Toiletten, ein Zimmer für die Verwaltung und Räume ohne erkennbare Funktion. Langsam schritt ich die Türen ab. Lauschte. Probierte, ob sie sich öffnen ließen.

»Observatöööör«, hallte es aus der Ferne.

In der Küche hörte ich jemanden singen. Ein Lied, das seinen Ursprung jenseits des Äquators hatte und das hervorragend zum fröhlichen Brutzeln von heißem Fett passte. Hier brauchte ich meinen Mann nicht zu suchen.

Die Tür zur Verwaltung war verschlossen. Ebenso das Lager und die beiden Nebenräume. Ich horchte an allen Schlüssellöchern, aber die Performance im Erdgeschoss war zu dominant. Wenn der Typ sich hier oben eingeschlossen hatte, bekam ich ihn nicht.

Dann fiel mir der Zettel ein, den ich aufgesammelt hatte. Die Kontaktdaten neben den Fotos der fünf! Einen Versuch war es allemal wert. Ich zog den Wisch aus der Tasche, dazu mein wieder aufgeladenes Handy. Ich wählte die Nummer des Benjamin und wartete.

Nach drei Sekunden läutete im Männerklo ein Handy. Ein unterdrückter Fluch, ein zweites Klingeln, dann Totenstille. Diebisch grinsend steckte ich mein Telefon ein. Nie wieder würde ich auf den technischen Fortschritt schimpfen!

Ich betrat die Toilette, schloss die Tür hinter mir und klemmte einen Mülleimer unter den Griff. Lieber ungestört bleiben. Es gab vier Einzelkabinen, aber nur eine, die von innen versperrt war. Ich ging in die Knie. Keine Schuhe zu sehen, keine heruntergelassenen Hosen. Also los! Ich nahm Anlauf, setzte einen Fuß auf den Griff der verschlossenen Tür und schwang mich nach oben.

Die Kabine war leer.

Die links außen dafür nicht. Ihre Tür wurde aufgerissen, und ich sah meinen Freund mit dem Eierkopf um sein Leben rennen. Herunterspringen und ihm nachlaufen war eins, aber ohne die Vorsichtsmaßnahme mit dem Mülleimer wäre er mir entwischt. Ich packte ihn am Schlafittchen und zog ihn von der verrammelten Tür weg. Und was tat der Typ? Holte mit rechts mächtig aus und schleuderte mir ein schwarzes Ding entgegen. Das Ding war natürlich nichts anderes als sein Handy, das ihn verraten hatte, und im Prinzip konnte ich verstehen, dass er es loswerden wollte. Trotzdem missfiel mir die Aktion. Im letzten Moment duckte ich mich, das Handy pfiff haarscharf an meinem Kopf vorbei und bohrte sich in den Toilettenspiegel.

»Tikka!«, schrie jemand aus der Tiefe des Erdgeschosses. Ein Sturzbach von Handy- und Spiegelsplittern ergoss sich über Waschbecken und Bodenkacheln.

»Das reicht«, sagte ich. »Nun komm mal wieder runter von dem Trip.«

Seine Antwort war nicht jugendfrei. In keinerlei Hinsicht. Erst warf er mir ein paar hässliche Schimpfwörter an den Kopf, dann hob er das rechte Bein, um es mir in Karatemanier in den Unterleib zu rammen. Ich fing den Tritt ab, indem ich zupackte und das Bein zur Seite riss. Das legte den Karatemann flach. Im nächsten Moment war ich über ihm und drehte seinen Arm auf den Rücken.

»Schluss jetzt!«, schrie ich. »Ich will mit dir reden, Kleiner.«

Es dauerte noch ein Weilchen, bis er handzahm wurde. Der Kerl wand und wehrte sich, fluchte und zappelte, und solange er das tat, arbeitete sich sein Unterarm Zentimeter für Zentimeter den Rücken hoch.

»Ist ja gut«, keuchte er schließlich. »Mach halblang. Ich kann nicht mehr.«

»Dann lass ich dich jetzt los. Keine Mätzchen! Wir sind hier, um uns zu unterhalten, verstanden?«

Er nickte. Ich gab seinen Arm frei und stand auf. Er blieb auf dem Boden sitzen, finster vor sich hin starrend, seine Schulter massierend. Weit entfernt hörte man seinen bebrillten Kumpel ins Mikro schnalzen.

»Können wir?«, fragte ich.

Der Junge nickte. Langsam erhob er sich. Ein Gichtgeplagter hätte es nicht umständlicher hingekriegt. Wie er sich das Becken hielt und den Oberkörper nach vorne beugte! Ich wollte ihm schon einen Physiotherapeuten empfehlen, da beendete er das Schauspiel. Aus seiner gekrümmten Haltung schoss er nach vorne, stieß mich zur Seite und hechtete zur Tür. Ich stürzte gegen das Waschbecken. Unter mir knirschten Glassplitter. Ein echter Überrumpelungsangriff!

Aber da war immer noch der Mülleimer, der schräg unter dem Türgriff klemmte. Mit einem einfachen Hieb ließ der sich nicht entfernen, und bevor der Benjamin zum zweiten Mal zuschlug, umklammerte ich seinen schmächtigen Oberkörper, dass es ihm beide Arme an den Leib presste. Er konnte zappeln und zetern, so viel er wollte, ich trug ihn hinüber in eine der offenen Kabinen, zwang ihn auf die Knie und drückte seinen Kopf in die Kloschüssel.

»Wie wärs mit einer Seebestattung?«, brüllte ich ihm ins Ohr. »Wir rufen deine Kumpel und machen ein Happening draus. Kunst muss wieder sexy sein!«

Seine Antwort: ein Angstgeheul, das dumpf durch die Schüssel hallte.

»Wie bitte? Ich verstehe dich so schlecht.«

Immer noch nichts Brauchbares. Da hatte der Observatör des Bebrillten mehr Charme gehabt. In Ermangelung einer freien Hand drehte ich mich zu dem seitlich angebrachten Spülhebel und drückte ihn mit der Stirn hinunter. Die Schleusen öffneten sich. Besonders nass wurde der geschorene Schädel meines Opfers nicht, aber das Rauschen um ihn herum hatte etwas Bedrohliches.

»Weißt du, warum ich das tue?«, rief ich, sobald der Wasserfall versiegt war. »Damit du deine Aussage im Kommissariat mit frisch gewaschenen Stoppeln machen kannst. Angekommen?«

Seine Reaktion klang eher negativ. Also noch mal die Spülung. Jetzt winselte der Junge nur noch. Ich zog seinen Kopf aus der Porzellanschüssel, ohne den Klammergriff zu lockern.

»Du hast die Wahl. Was ihr gestern in Schlierbach angestellt habt, kannst du entweder mir erzählen oder der Polizei. Ist dir draußen ein oller brauner BMW mit zwei Leuten drin aufgefallen? Die hat man eigentlich auf mich angesetzt, aber wenn ich denen sage, dass hier jemand ein Geständnis ablegen will, läuft denen das Wasser im Mund zusammen.«

»Was für'n Geständnis?«, brachte er hervor. Mein Griff schnürte ihm die Luft ab.

»Ich habe euch gesehen. Ihr wart an Nagels Haus. Ihr habt meinen Freund Marc Covet niedergeschlagen und bei der Flucht Nagels Foto verloren. Das weiß ich alles, nur die Polizei weiß es noch nicht. Und jetzt entscheide dich. Rede mit mir darüber, dann erfährt die Polizei nie etwas, zumindest nicht von mir. Oder halt die Schnauze, dann wandern wir zwei schnurstracks vors Haus und ich übergebe dich den Bullen. Was meinst du?«

Er japste. Sein Atem ging schnell. Schneller als seine Gedanken jedenfalls.

»Einbruch«, half ich nach, »schwere Körperverletzung, vielleicht Diebstahl – da kommt einiges zusammen, Kleiner. Ihr hattet eueren Spaß, jetzt heißt es Farbe bekennen. Du willst doch die Performance heute Abend nicht verpassen?«

War dies das entscheidende Argument? Ich spürte, wie sein Widerstand nachließ. Die Muskulatur erschlaffte, der Oberkörper knickte ein. »Okay«, sagte er. »Wenn du eh alles weißt. Keine Polizei, bitte. Meine Eltern …«

Er brauchte den Satz nicht zu vollenden. Die Eltern würden ihm das Taschengeld streichen. Kein Cerruti-Sakko mehr, keine englischen Schuhe. Dann lieber vor einem schlechtgekleideten Privatflic strammstehen.

»Keine Fluchtversuche?«

Er schüttelte den Kopf. Ich ließ ihn los. Befreit atmete er durch und wischte sich ein paar Tropfen aus dem Gesicht. Ich trat aus der Kabine, schob die herumliegenden Plastikteile und Glassplitter mit dem Fuß zusammen, wobei ich den Jungen im Spiegel beobachtete. Er schnäuzte sich ausgiebig.

»Also«, sagte ich und lehnte mich mit dem Rücken an die immer noch verrammelte Tür. »Können wir?«

Er nickte.

»Und komm ja nicht auf den Gedanken, mir irgendwelche Märchen aufzutischen. Dazu weiß ich zu viel. Bei drei Morden hört der Spaß auf.«

»Drei?«

»Drei Tote. Da draußen läuft ein Killer rum, verstehst du? Und ihr macht einen auf ästhetischen Stellungskrieg. Also raus mit der Sprache: Was wolltet ihr in Nagels Haus?«

Der Junge schluckte und sah zu Boden. Sein Widerstand war gebrochen, was blieb, war ein bedröppelter 20-Jähriger mit abstehenden Ohren und rasiertem Eierkopf, der verloren in einer Männertoilette auf den Richterspruch wartete. Sein schönes Motorola-Handy war atomisiert, schlimmer ging es kaum.

Also begann er zu erzählen.

Es war eine ziemlich alberne Geschichte, aber nicht halb so albern wie der Auftritt des Bebrillten unten im Saal oder der des Blonden in der *Ölmühle*. Die fünf Jungs wussten tatsächlich nicht, wohin mit ihrer Zeit, mit ihrem Geld und ihren verschrobenen Ideen. Ließen die intellektuellen Muskeln spielen, und keiner schaute hin. Das fuchste sie. Ihr Ton wurde aggressiver. Als ihr Auftritt im Karlstorbahnhof feststand, hob das die Laune, aber dann kamen die Fragen: Was sollte man dem verwöhnten Publikum bieten? Wie schaffte man es, sich ins kollektive Gedächtnis einzubrennen? Eine Aktion musste her, eine ebenso authentische wie durchgestylte Aktion, sonst konnte man gleich einpacken. Man hatte schließlich einen Anspruch. Eine Performance mit der Durchschlagskraft einer Landmine und der Eleganz eines Pas de deux.

Aber was? Da war guter Rat teuer. Der eine wollte Kaninchen auf der Bühne erdrosseln und dazu Rilke zitieren. Der Zweite hatte irgendwas mit einer Karre Jauche vor. Natürlich, man konnte auch einen Packen

Geldscheine essen oder das Publikum zum Sammeln von Ohrenschmalz animieren. Aber all das war schon einmal da gewesen, die Kunstszene hatte sich darüber erregt und daran gewöhnt. Wo blieb die Authentizität, wenn alles nur ein müder Abklatsch war?

Aus dieser Sackgasse hatten sie nicht herausgefunden. Sie waren müde, frustriert, gereizt, als einer von ihnen am Sonntag vorschlug, der *Ölmühle* einen Besuch abzustatten. Einer Kneipe, die in den letzten Zügen lag, mit einem Inventar, das zwischen Tagesessen und Spätlese verhökert wurde, und einer Klientel, die sich selbst überlebt hatte. Vielleicht ließ sich hier ein Rest von Authentischem erhaschen.

Ließ es natürlich nicht, und so kam den mies gelaunten Jungs die kleine Auseinandersetzung mit mir gerade recht. Wenigstens ein bisschen Dampf ablassen! Am nächsten Tag jedoch die Sensation: Mord im Heidelberger Stadttheater! Wenn das mal keine authentische Aktion ersten Ranges war. Die fünf setzten sich zusammen und überlegten, wie man daraus künstlerisches Kapital schlagen könnte. Man müsste den Tatort filmen, die Obduktion der Leiche, die Verhaftung des Mörders. Schöne Ideen, leider kaum durchführbar. Noch drei Tage bis zur Performance; noch zwei. Am Mittwoch quollen die *Neckar-Nachrichten* über vor sensationellen Nachrichten: ein zweiter Mord; Bernd Nagel verhaftet und Hauptverdächtiger; eine Stadt in Aufruhr. Verblüfft stellten die fünf fest, dass Nagels Konterfei in der Zeitung dem Passfoto glich, das sie aus der *Ölmühle* mitgenommen hatten. Man musste sich nur den Schnurrbart wegdenken. Ein Wink des Himmels, der ihnen das Abbild eines Mörders zugespielt hatte!

Höchste Zeit zu handeln. Der Blonde schnappte sich eine Videokamera und den Benjamin, fuhr mit beiden nach Schlierbach und bezog vor dem Haus Posten. Als sich nichts rührte, schickte er den Kleinen hinein.

»Ach nein?«, sagte ich. »Er hat dich vorgeschickt, der Feigling?«

»Einer musste ja Schmiere stehen«, murmelte er.

»Mach weiter.«

Es ging exakt so vor sich, wie ich es mir ausgemalt hatte. Der Junge steigt durch die Küche ein und hat gerade angefangen sich umzusehen, als er von draußen ein doppeltes Hupsignal hört. Das vereinbarte Warnzeichen. Er sieht Marc Covet aufs Haus zukommen, gerät in Panik und versteckt sich hinter der Tür. In Griffweite ein schwerer Kerzenständer. Anstatt zu klingeln und wieder zu verschwinden, öffnet der Fremde die Eingangstür mit einem Schlüssel und tritt ein. Zack.

»Was sollte ich denn tun?«, verteidigte sich der Junge. »Er durfte mich doch nicht sehen.«

»Und dann?«

»Habe ich die Fliege gemacht. So schnell wie möglich.«

»Und die Kamera? Der schöne Film? So eine Gelegenheit kommt nie wieder!«

»Vergiss es. Ich bin sofort abgehauen. Ohne mich noch einmal umzusehen.«

»Du hast nichts mitgenommen? Keine Krawatte des Mörders?«

»Nein!«

»Wenigstens dein Opfer wirst du doch gefilmt haben. Überleg mal, so eine schöne authentische Kopfverletzung!«

»Habe ich nicht!«, rief er. »Schon als ich zuschlug, war mir klar, dass jetzt Schluss mit der Aktion sein musste. Ich wollte nur noch raus, nur noch weg von dort. Der Film war das Letzte, woran ich dachte.«

»Und dein Kollege?«

»Genauso. Du hättest sehen sollen, wie der Gummi gab.«

»Das habe ich. Wie gings weiter?«

»Gar nicht. Den anderen haben wir nichts erzählt. Und sonst auch niemandem.«

Dabei blieb er. Eine lächerliche Aktion mit tragikomischem Ausgang. Ihn selbst plagte angeblich das schlechte Gewissen, aber der Blonde hatte ihn beruhigt: Die ganze Sache sei wahnsinnig spannend gewesen, und die Tatsache, dass nie jemand davon erführe, sei vielleicht das echt Authentische an ihr.

»Okay«, sagte ich schließlich. »Lassen wir es dabei. Wenn du die Wahrheit gesagt hast, werde ich gegenüber den Bullen dichthalten. Das gilt nicht für meinen Kumpel mit der Beule. Aber vielleicht lässt er sich überreden, auf eine Anzeige zu verzichten. Wie du das hier regelst, ist dein Bier.« Ich zeigte auf den Scherbenhaufen am Boden.

Er vergrub beide Fäuste in den Jackentaschen und sah mir trotzig zu, wie ich den Mülleimer wieder an seinen angestammten Platz stellte. Ich öffnete die Tür und trat auf den Flur. Draußen stand ein Schwarzer, über zwei Meter hoch, mit einer geblümten Schürze vorm Bauch und einem Kochlöffel von der Größe eines Tennisschlägers in der breiten Hand. Der Geruch von scharf gebratenem Gemüse zog durch das Haus.

»Hey, man!«, sagte der Schwarze. »Alles kla?«

»Alles klar«, nickte ich. »Wir hatten Gesangsstunde, und mein Schüler hat den Spiegel zersungen.«

»Alles kla«, grinste der Schwarze. »Alles kla, man. Spiel gesungen. Speedy sungen. Alles kla.« Er drehte sich um, wischte den gigantischen Kochlöffel an seiner Schürze ab und begann, vor sich hin zu trällern. Dazu schnippte er mit den Fingern einer Hand.

Was er sang, verstand ich nicht. Vielleicht ging es um einen afrikanischen Möbelkatalog.

30

Es machte plumps, als der Typ aus dem Fenster sprang. So, wie es klingt, wenn man auf einer alten Matratze landet. Der Sprung selbst war nicht der Rede wert, aber er erinnerte mich an das, was Marc berichtet hatte: An dieser Stelle der Oper hatte er sich gefragt, warum Bernd Nagel den Zuschauerraum verlassen hatte. Ich wandte den Kopf und entdeckte einen der leeren Klappsitze in Nähe des Ausgangs. Ein Kinderspiel, sich zu verdrücken, wenn der Trieb juckte.

Christine legte ihre Hand auf meinen Oberschenkel. Ich tat ihr den Gefallen und zog mein Bein nicht fort.

Da saßen wir also zu zweit in der *Hochzeit des Figaro*, und der alte Mozart tat sein Bestes, um mich Kulturbanausen zu missionieren. Mit Erfolg? Nun, sagen wir mal so: Ich habe schon Schlimmeres erlebt. Die Predigten meines Vaters zum Beispiel. Heimspiele des 1. FC Kaiserslautern. Mit der Musik konnte ich leben, mit der Handlung des Stücks und den Figuren meinetwegen auch, bloß zog sich das Ganze ziemlich in die Länge. Auf der Bühne wurde gequatscht, was das Zeug hielt, natürlich nach Noten, schon klar, es gab Intrigen, jeder wollte den anderen übers Ohr hauen und tat das dem werten Publikum in ellenlangen Arien kund. Der Typ, der aus dem Fenster hüpfte, war eine Art Liftboy, der von einer Frau gespielt wurde, was ihn – oder sie – nicht davon abhielt, sich wiederum als Frau zu verkleiden und Frauen hinterherzujagen. War es das, was Menschen wie Nagel und Covet an Opern reizte?

Ein kühles Bier hätte meine Überlegungen in dieser Richtung zweifellos beflügelt. So aber saß ich trocken im ersten Rang und versuchte, der haarsträubend komplizierten Handlung zu folgen. Mein Reclam-Bändchen hatte ich dabei, doch es war zu dunkel, um mitzulesen. Dass Deutsch gesungen wurde, half kaum. Das Deutsch des einen klang koreanisch, das des anderen kurpfälzisch. Außerdem wurde gesungen, nicht gesprochen. Sogar beim Sprung aus dem Fenster. Plumps.

Neben mir lächelte Christine selig vor sich hin. Sie genoss den Abend. Und beileibe nicht als Einzige. Der Zuschauerraum war voll, ich sah nicht einen freien Platz. Ob der *Figaro* immer so gut besucht war oder ob die Leute aus lauter Sensationsgier zum Schauplatz des Mordes an Annette Nierzwa strömten, wagte ich nicht zu beurteilen. Dass noch genügend Publikum für die fünf Rabauken im Karlstorbahnhof übrig blieb, konnte ich mir jedenfalls nicht vorstellen.

Frau Schröder hatte mir nicht irgendwelche, sondern sehr gute Karten zukommen lassen. Vielleicht weil ich ihren Kaffee gelobt hatte. Wir saßen vorne an der Seite und konnten so schräg von oben auf die Bühne und in den Orchestergraben blicken. Christine geriet völlig aus dem Häuschen, als wir um kurz vor acht unsere Plätze einnahmen.

»Schau, hier«, sagte ich und zeigte auf die Instrumentalisten unter uns. »Ich wollte unbedingt freie Sicht auf die Fagotte.«

Da sperrte sie den Mund auf. »Moment mal«, sagte sie, als sie ihn wieder zubekam. »Woher weißt du, was ein Fagott ist?«

»Jahrelange Ermittlungsarbeit. Ich bin Profi.«

»Willst du nicht eher freie Sicht auf die Fagottistin?«

»Das hatte ich schon. Ich habe sogar mit ihr gesprochen. Zum ersten und letzten Mal, fürchte ich.«

Ich berichtete ihr von meiner zerstörerischen Attacke auf die Mundstücke der Musikerin. Christine amüsierte sich prächtig. Die restlichen Minuten bis zum Beginn der Ouvertüre verbrachte sie damit, die Besucher zu mustern und sich für ihre absolut unpassende Kleidung zu entschuldigen.

»Wieso denn das?« Ich begriff überhaupt nichts. »Das Zeug passt dir doch.«

»Aber nicht zu einem Opernbesuch, du Depp! Jeans und kariertes Hemd, überleg mal.«

Ich überlegte. Ohne Ergebnis. Flüsternd berichtete sie mir vom Schicksal ihres kleinen Schwarzen, das bei der letzten Wäsche eingegangen war, und ihres Abendkleids, aus dem sich die Rotweinflecken nicht entfernen ließen.

»Und in meiner besten Bluse sitzen die Motten, kannst du dir das vorstellen? Reine Seide! Ich hätte fast abgesagt. Gut, dass du dich wenigstens schick gemacht hast.«

»Schick, ich? Was soll an mir schick sein?«

»Diese Weste hattest du seit unserer Hochzeit nicht mehr an.«

»Das ist eine Art Verkleidung. Ich bin dienstlich hier.«

Sie runzelte die Stirn, kam aber nicht mehr dazu, etwas zu entgegnen, denn in diesem Moment erlosch das Licht, und Barth-Hufelangs Vertreter streckte den Kopf aus dem Orchestergraben.

Über unsere Plätze konnten wir uns wirklich nicht beschweren. Besser schienen mir nur noch die in der Mitte des ersten Ranges und in einer der vier Logen ganz vorne. Von dort aus konnte man seinen Lieblingsschauspieler am Ohr ziehen, wenn er den Text vergessen hatte. Oder einer Sängerin ein Hustenbonbon zustecken. Je nachdem. Christine und ich hätten da schon ziemlich genau zielen müssen.

Nach einer Weile entdeckte ich Elke von Wonnegut in einer der Logen. Neben ihr der Käferfreund mit den freundlichen Augen: Paul Stein, wie er bis zu seiner Eheschließung geheißen hatte. Dem zerstreuten Zappelphilipp hätte ich gar nicht zugetraut, einer Aufführung so gebannt und regungslos folgen zu können. Bei seiner Frau wunderte mich etwas anderes: dass sie schon wieder hier war. Schließlich hatte sie vor fünf Tagen die Premiere besucht. Gehörte sie zu der Sorte von Klassikfans, die keine Aufführung auslassen? Oder sah sie dem Ersatzmann für Barth-Hufelang auf die Finger? Flexibel war die Alte ja. Und gerührt anscheinend auch. An besonders schönen Stellen wischte sie sich ein Tränchen aus dem Augenwinkel. Wahrscheinlich trauerte sie den guten alten *Figaro*-Zeiten nach, als Leute ihres Schlages noch in Schlössern residierten und das Personal zu spuren hatte. Aber dann verstand Frau von Wonnegut das Stück nicht, denn bei Mozart benahm sich die Dienerschaft ganz schön aufmüpfig.

Wenn sich Frau Stein daran mal kein Beispiel nahm!

»Ich spendiere einen Sekt«, verkündete Christine in der Pause. »Keine Oper ohne Erfrischung!«

Mit dieser Meinung stand sie nicht alleine da. Wir reihten uns in eine Schlange von beängstigenden Ausmaßen ein, die vor Gesprächen nur so vibrierte. Man kannte sich. Grüße flogen durch die Luft, beringte Hände winkten, deodorierte Achselhöhlen öffneten sich schmatzend. Eine Frau von der Statur einer Betonmischmaschine wedelte sich mit dem Programmheft Luft zu, vor ihr dienerten ergraute Industriekapitäne. Grüppchenweise stand man beieinander, parlierte, lästerte, schnappte wie Dackel nach Bemerkungen des Gegenübers. Oper ohne Musik.

»Klassik-Mob«, sagte ich verächtlich.

»Aber du, ja? Du spielst natürlich in einer anderen Liga. Wo steckt eigentlich die Frau, der wir die Karten verdanken?«

»Die habe ich nicht gesehen. Und das ist gut so.

Wenn sie mich in meiner tollen Weste und dich in deiner aufreizenden Jeans entdeckt, lädt sie uns glatt zu sich nach Hause ein. Und was sie dort mit uns anstellt, will ich mir nicht ausmalen.«

»Klingt interessant. Hoffentlich sehen wir sie noch. Dann möchte ich vorgestellt werden, hörst du?«

»Das würde deinem Harald aber gar nicht gefallen.«

»Harald? Leck mich.« Sie machte eine Handbewegung, als müsse sie etwas sehr, sehr Lästiges loswerden. Und dann schwieg sie, bis wir den Sekt in Empfang nahmen. Schön; brauchte ich mir den Namen dieses Versagers also auch nicht länger zu merken.

»Prost«, sagte ich und stieß mit ihr an.

»Prost«, brummte sie.

»Was hältst du eigentlich von Frauen wie der da?« Ich zeigte auf eine Besucherin mit dunkelblondem, halblangem Haar, fein ziselierten Brauen und kirschroten Lippen. An ihrer Seite ein Mann in mittleren Jahren: kantiger Schädel, kantige Schultern, randlose Brille, Riesenmund.

»Ist sie das? Deine Kartenspenderin?«

»Nein. Eine Rechtsanwältin aus der Weststadt. Mit unbekanntem Partner. Also, was denkst du?«

»Was ich denke?« Meine Ex-Frau nahm einen Schluck Sekt und spitzte angriffslustig die Lippen. »Ich würde sagen, sie hat die Figur, die ich gerne hätte, das Kostüm, das ich mir nicht leisten kann, und …«

»Ja?«, fragte ich, weil sie eine wohldosierte Pause einlegte.

»… und den Begleiter, den ich mir schon immer gewünscht habe.«

»Hör auf!«, entfuhr es mir. Christine bekam einen Lachkrampf. Cordula Glaßbrenner wurde von dem Kastenmann zu einem anderen Pärchen geschoben, wo eine gestenreiche Unterhaltung begann.

»Was ist los?«, wollte meine Ex-Frau wissen, sobald sie wieder bei Atem war. »Kennst du sie? Gefällt sie dir?«

»Schau dir nur an, wie ihr der Typ in den Ausschnitt starrt. Dem fällt doch gleich das Gebiss hinterher.«

Christine trat einen Schritt zurück und musterte mich aus der Distanz. »Interessant«, sagte sie. »Interessant, auf was du neuerdings stehst. Du, wenn ich ein bisschen spare, kann ich mir ihr Kostüm vielleicht doch leisten.«

»Und ich? Soll ich so werden wie ihr Macker?«

»Das ist nicht ihr Macker. Das ist der Inhaber von Heidelbergs größtem Möbelgeschäft, und dessen Frau geht noch seltener in die Oper als du. Weshalb er sich gerne mit den Erfolgreichen der Stadt sehen lässt. Mit den erfolgreichen Damen, wohlgemerkt.«

»Möbel? Das passt. Ein Vollholzidiot.«

Sie schwieg.

»Bei Ikea gibts Schränke, die sehen intelligenter aus als der da.« Weil sie immer noch nichts sagte, folgte ich ihrem Blick. Er war an einem weiteren Pärchen hängengeblieben, das sich lachend einen Weg durch die Menge bahnte. Ihn hatte ich irgendwo schon einmal gesehen. Oder gesprochen? Oder von ihm gehört?

»Harald«, murmelte Christine und drehte sich weg.

»Wer? Der Dicke mit der supergeilen Blonden im Arm?«

»Quatsch!« Sie sah kurz über die Schulter. »Verarsch mich nicht, Max. Du kennst ihn doch. Der bärtige Typ mit Fliege.«

»Aber auch dessen Anhang ist nicht zu verachten. Seine Frau?«

»Von wegen. Nie gesehen, das Weib.« Wütend kippte sie ihren Sekt hinunter.

Nun, schlecht sah Haralds Begleitung wirklich nicht aus. Sie war jung, schlank, beweglich, und wenn sie nicht gar so große Zähne und nicht gar so langes Haar gehabt hätte, hätte man sie auch nicht mit einer Stute verwechselt. Aber Harald war ja ein Sportsmann, der hatte sicher nichts gegen einen Ausritt. Er selbst war zur Feier des Tages in ein biederes Sakko geschlüpft, dafür hatte sein Dreitagebart etwas Verwegenes. Und so ging es weiter, den ganzen fröhlichen Harald entlang: dröge die Fliege, aber fesch die Jeans, unten Großvaterschuhe, oben die Nickelbrille des Intellektuellen. Typisch. Harald wusste nicht, wofür er sich entscheiden sollte, für das Heimchen am Herd oder für die wiehernde Jugend an seiner Seite.

»So ein Arschloch«, murmelte Christine und starrte in ihr leeres Glas.

»Hast du mir bei unserem letzten Treffen nicht erzählt, es würde eh nichts mit Harald? Von wegen zurück zu Mutti und so.«

»Ja, natürlich. Und jetzt? Läuft das gleiche Spielchen mit einer anderen Dummen ab. Das kotzt mich an, verstehst du das?«

Ich sah den beiden nach, wie sie eng umschlungen in der Menge verschwanden. Die junge Frau schüttelte ihre Mähne und rieb ihren Hintern an Haralds Hüfte. Sie brauchte Auslauf, das sah man sofort.

»Du wirst doch kein Mitleid mit der Tussi haben?«

»Das nicht«, sagte sie grimmig und leerte meinen Sekt auch noch. Wir kehrten an unsere Plätze zurück.

Bevor sich der Vorhang zum dritten Akt hob, betrat der Intendant die Bühne. Seine Brille war dieselbe wie gestern Morgen, dafür hatte er sich eine anthrazitfarbene Krawatte vor die Brust gebunden. Mit jener Eloquenz, die den erfahrenen Theaterleiter auszeichnete, beklagte er Barth-Hufelangs tragisches Dahinscheiden, um im nächsten Atemzug zu erläutern, warum man den Opernbetrieb weiterlaufen lasse. ›Dieser Enthusiast der Weltsprache Musik‹, schwärmte er. Eine Entscheidung in seinem Sinne. ›The show must go on‹. Es war eine sehr schöne und gescheite Ansprache, noch gescheiter wäre es allerdings gewesen, wenn der Hausherr auf die Befindlichkeit seiner Gäste Rücksicht genommen hätte. Schließlich galt der verstorbene GMD seit heute nicht mehr als Opfer, sondern als Täter: ein Heftchen hortender Pädophiler. Das hatte der Intendant nicht bedacht, und so musste er sich nicht wundern, dass der Unmut des verehrten Publikums mit jeder Nennung von Barth-Hufelangs Namen wuchs. Als er am Ende gar ein Gedenkkonzert für den Toten ankündigte, brach das Parkett einhellig in Buh-Rufe aus. Es gab Pfiffe und Gezische, Türen knallten, vom zweiten Rang herab schrie ein Herr mit tenoralem Pathos: »Und wer denkt an unsere Kinder?«, was mit frenetischem Beifall honoriert wurde, bis der wackere Intendant leichenblass von der Bühne stürzte.

Von diesem erheiternden Intermezzo abgesehen, glich die zweite Opernhälfte der ersten. Keine Auswechslungen. Der Liftboy bekam die gelbe Karte, lange hielt der Graf ein Unentschieden, in der Nachspielzeit jedoch erzielte Figaro den Siegtreffer. Ovationen auf der Haupttribüne. Den von Wonneguts war der Ausgang offenbar bekannt, sie erschienen nach der Pause nicht mehr. Mich hätte interessiert, ob die Alte den unglücklichen Intendanten auf offener Bühne erdrosselt oder lediglich aus ihrem Verein geschmissen hätte. Nicht mein Problem. Dafür sah ich Cordula Glaßbrenner, wie sie regungslos und irgendwie traurig im Parkett neben ihrem Möbelgroßhändler saß. Und im zweiten Rang ließ sich Sportsfreund Harald von seiner Stute abschlecken.

Sonst passierte bis zu dem Augenblick, als wir Dagmar Schulz im Foyer über den Weg liefen, nichts Erwähnenswertes mehr. Es sei denn, man hält einen schnarchenden Opernbesucher ein paar Plätze weiter für erwähnenswert. Oder die Haarbürste, die Figaro bei einem Gerangel am Bühnenrand aus der Hand und in den Orchestergraben fiel. Es war eine Plastikbürste, und sie richtete keinen Schaden an, aber ein beschäftigungsloser Trompeter, der unten gerade im *Spiegel* blätterte, zuckte erschrocken zusammen. Nicht im *Stern*, ich schaute extra hin, es war die aktuelle *Spiegel*-Ausgabe.

»Warum gehen wir zwei nicht öfter in die Oper?«, seufzte Christine beim Schlussapplaus.

›Weil es so selten Morde während einer Premiere

gibt‹, dachte ich. Aber das war keine Antwort, mit der sie sich zufriedengegeben hätte.

Wie auch immer, für mich und meine Ermittlungen hatte dieser Besuch Folgen. In der Nacht ging ich die Ereignisse auf der Bühne noch einmal durch. Ich träumte von springenden Liftboys und fallenden Bürsten und wachte schlecht gelaunt auf. Musikfetzen schwirrten durch meinen Kopf. Ich brauchte mehr Kaffee als üblich, bis mir nach der dritten Tasse ein Gedanke kam. Was heißt, er kam? Ich sah ihn regelrecht emporsteigen, still und behutsam, wie träge Luftblasen zur Wasseroberfläche schweben, um dort ohne Geräusch zu zerplatzen.

Ich beschloss, der Frau mit dem Holzprügel einen Besuch abzustatten.

Mit Dagmar Schulz hatte dieser Gedanke jedenfalls nichts zu tun. Die Dramaturgin stellte sich uns in den Weg, als wir nach überstandener Schlacht an der Garderobe das Weite suchten. Ihr roter Schopf glänzte im Licht der vielen Deckenlampen.

»Vielen Dank für die Karten«, sagte ich. »Die Plätze waren toll.«

»So gute hatten wir noch nie«, sagte Christine. Hoffentlich überhörte Frau Schulz ihren Sarkasmus.

»Und? Haben Sie neue Erkenntnisse gewonnen? Oder lediglich einen schönen Opernabend gehabt?«

Ich kratzte mich am Kopf. »Mal sehen. Vielleicht beides.«

»Die Oper war klasse«, sagte Christine. »Bloß mit dem Publikum werde ich nicht warm.«

»Wem sagen Sie das?« Die Dramaturgin fing an zu lachen. Sie sah so angetan aus, dass ich befürchtete, sie werde uns im nächsten Moment zu einer Flasche Schampus in ihre Räucherkammer einladen. Ich zupfte meine Ex am Ärmel.

»Komm, wir müssen. Die anderen warten.«

Dagmar Schulz blickte uns amüsiert nach. Wir verzogen uns in die *Ölmühle*, wo wir uns gegenseitig zu einem Bier einluden. Wider Erwarten schmeckte es sogar.

31

Freitagmorgen. Vor fünfeinhalb Tagen war Annette Nierzwa ermordet worden. Am Dienstag hatten wir den toten Barth-Hufelang gefunden, am Mittwoch Woll. Gestern war ich in der *Hochzeit des Figaro* gewesen. Es wurde Zeit, dass ich den Fall löste. Einen Fall, der gar nicht mehr mein Fall war. Der es, genau genommen nie gewesen war, denn Frau von Wonneguts Interesse bestand ja einzig und allein darin, zu erfahren, wie es um den Hauptverdächtigen Bernd Nagel stand. Und jetzt sollte ich mich nicht einmal darum kümmern.

Aber vielleicht ließ sich die Mordserie aufklären, ohne dass ich Nagel belästigte. Die Rechnung an Frau Dr. Glaßbrenner konnte ich auch nächste Woche noch schicken. Oder übernächste.

Kurz entschlossen räumte ich den Frühstückstisch ab und ließ auf der freien Fläche ein Puzzle entstehen.

Ich begann links mit der Kalenderseite, die ich in Wolls Geldbeutel gefunden hatte. Darüber schloss sich der Artikel aus dem *Stern* an, unten Wolls russische Medikamente und sein Autoschlüssel. Auf die rechte Seite legte ich das Faltblatt aus dem Karlstorbahnhof und das *Figaro*-Programmheft, das mir Christine überlassen hatte. In die Mitte des Tischs Ausschnitte aus den *Neckar-Nachrichten* mit Nagels Konterfei, mit den Berichten über die Morde, mit Kommentaren und Interviews. Ein ganz schöner Flickenteppich aus Indizien. Viel zu verwirrend, viel zu unübersichtlich. Vielleicht sollte ich dem Gedanken nachgehen, der mir vorhin, nach drei Tassen Kaffee, gekommen war. Ich nahm ein leeres Blatt Papier und versuchte den zeitlichen Ablauf der *Figaro*-Premiere zu rekonstruieren. Gestern Abend hatte ich mir Beginn und Ende der Pause sowie die Gesamtdauer der Aufführung notiert. Das ergab einen Rahmen, den ich mit den Angaben Nagels und Covets füllte.

Nachdem ich damit fertig war, saß ich eine Weile grübelnd vor dem Papier. Eine wichtige Information fehlte, und um sie zu bekommen, musste ich ins Theater. Ich wählte die Nummer von Barth-Hufelangs Sekretariat. Die Spitznasige, die mich mittlerweile regelrecht in ihr Sekretärinnenherz geschlossen zu haben schien, verriet mir nicht nur, wann die aktuelle Orchesterprobe beendet sein würde, sie versprach auch, die erste Fagottistin über mein Kommen zu unterrichten.

»Apropos«, merkte ich am Ende an. »Meine Frau und ich hatten einen unvergesslichen Opernabend. Vielen herzlichen Dank noch mal.«

Gerührt wehrte sie ab. Ja, die alte Schule!

Dann rief ich Kommissar Fischer an.

Er war wieder in seinem Büro. Und verdammt schlecht gelaunt. »Fragen Sie bloß nicht, wie es mir geht, Koller!«, bellte er in den Hörer, um die nicht gestellte Frage postwendend zu beantworten. Erbärmlich gehe es ihm. Miserabelst. Schmerzen vom großen Zeh bis ins Stammhirn, die ganze Nacht durch. »Das Ende ist nahe«, orakelte er düster. »Und wenn Sie jetzt lachen, bringe ich Sie um.«

»Warum sind Sie dann im Dienst?«

»Aus Protest, Sie Schlaumeier! Aus Protest gegen die Schulmedizin. Da sagt doch jeder Arzt etwas anderes. Der erste verbietet mir, mich zu bewegen, der zweite verbietet mir, im Bett liegen zu bleiben, der dritte, auf die beiden anderen zu hören. Neuerdings scheinen Krankheiten überhaupt verboten zu sein, zumindest bei Beamten wie mir. Und wenn das so ist, kann ich auch zur Arbeit gehen.«

»Wie viele Ärzte haben Sie denn?«

»Wechselnd. Je nach Krankheit. Aber drei mindestens, sonst gerät man ja nur an Quacksalber. Mit dem Ergebnis, dass ich mir wie ein Testschlucker für die Pharmaindustrie vorkomme. Ich nehme mehr Medikamente gegen die Nebenwirkungen von Medikamenten als normale Medikamente.«

»Und wie lautet der Name Ihrer … Erkrankung?«

»Ich weiß, was Sie denken, junger Mann«, belferte er. »Sie denken, der alte Fischer ist ein Hypochonder. Genau das denken Sie jetzt! Und wissen Sie was? Ich *bin* Hypochonder und schlimmer als drei Ärzte zusammen. Aber so, wie sich andere einen Porsche leisten oder eine Ferienwohnung am Mittelmeer, leiste ich mir eine kleine Hypochondrie, und die lasse ich mir nicht nehmen. Von Ihnen schon mal gar nicht, verstanden?«

»Verstanden. Eine klitzekleine Hypochondrie.«

»Klitzeklein, jawohl. Immer noch besser, als in fremde Wohnungen einzusteigen.«

»Wie meinen Sie das?«

»Wie meinen Sie das?«, äffte er mich nach. »Mensch, Koller, Sie spielen mit dem Feuer. Eine Nachbarin Wolls hat Sie gesehen, als Sie vorgestern aus seiner Wohnung kamen.«

»Und wenn sie sich getäuscht hat?«

»Und wenn wir in der Wohnung Ihre Fingerabdrücke gefunden haben?«

»Fingerabdrücke, die nirgendwo registriert sind? Ich bin noch nie mit dem Gesetz in Konflikt geraten.«

»Aber einen Kaffee haben Sie auf Staatskosten getrunken«, sagte Fischer und klang plötzlich putzmunter.

»So, so. Eine Kaffeetasse in geheimer Mission. Lassen Sie mich deshalb beschatten?«

»Beschatten, Sie? Unsinn.«

»Und der Typ, der sich vor meinem Haus einen Schnupfen geholt hat? Der BMW, der mir durch die halbe Stadt gefolgt ist?«

»Sie fantasieren. Für so etwas haben wir weder die Zeit noch das Personal. Wir haben nicht einmal die Möglichkeit, unsere Techniker ein zweites Mal durch die Wohnung von Frau Nierzwa zu jagen, um herauszufinden, wer das Siegel zerstört hat. Nur zu Ihrer Beruhigung, Herr Koller.«

»Warum so misstrauisch, Herr Fischer? Wollten wir nicht kooperieren?«

»Allerdings!«, rief er. »Ich hätte gerne mit Ihnen kooperiert, wenn Sie unsere Abmachung nicht dauernd unterlaufen würden. Was mir Kollege Sorgwitz von der Begegnung mit Ihnen im Hause Nagels berichtet hat …«

»Greiner und Sorgwitz«, unterbrach ich ihn, »sind nicht Bestandteil unserer Kooperation. Und wenn Sie wissen wollen, warum nicht, sprechen Sie Ihren blonden Ossi auf unseren kleinen Disput am Auerhahnenkopf an. Kooperiert wird nur mit Ihnen.«

»Klingt zu schön, um wahr zu sein.«

»Warten Sies ab. Ich habe eine Idee, eine Art Hypothese, und wenn sie sich bestätigt, kann ich vielleicht zur Aufklärung des Falls beitragen.«

»Raus mit der Sprache!«

»Dazu muss ich erst noch recherchieren. Ich gebe Ihnen rechtzeitig Bescheid, Ehrenwort.«

Fischer grummelte und nörgelte, klang jedoch nicht unzufrieden. Vor allem klang er nicht ernsthaft krank, aber das hatte ein Hypochonder aus Leidenschaft auch nicht nötig.

»Eine Frage noch, Herr Fischer.«

»Ja?«

»Wann wurde Woll in den Wald gebracht? Gibt es da neue Erkenntnisse?«

»Wie kommen Sie darauf?«

»Nur so. Hängt mit meiner Hypothese zusammen.«

»Man könnte meinen, Sie hätten telepathische Fähigkeiten«, brummte er. »Ich habe hier den Obduktionsbericht vorliegen. Danach ist es möglich, dass Woll bereits seit Montagabend auf dem Hochsitz lag. Der Kerl stand anscheinend unter Drogen oder so was. Erhöhte Körpertemperatur, eine Herztätigkeit wie bei Radrennfahrern am Berg, deshalb ein um Stunden verzögerter Tod durch Erfrieren. Jedenfalls lese ich dieses Medizinerkauderwelsch so.«

»Was für Drogen?«

»Aufputschmittel. In wahnsinnig hoher Konzentration. Der Doc schreibt, so etwas hat er noch nie gesehen. Als sollte er vor dem Erfrieren noch vergiftet werden. Woll, nicht der Doc.«

»Wer ihm das Zeug eingeflößt hat, steht nicht in Ihrem Bericht?«

»Natürlich nicht.«

»Danke für die Information.«

»Gern geschehen. Wann höre ich von Ihnen?«

»Heute Nachmittag. Tschüs und gute Besserung.«

»Kann ich gebrauchen.«

Eine Weile trommelte ich unentschlossen auf meinem Knie herum, dann stand ich auf und schmierte mir ein Brot. Schlechtes Gewissen macht mich immer hungrig. Ein zweites schob ich gleich hinterher. Schließlich waren es zwei wichtige Indizien, die ich dem guten Herrn Fischer vorenthielt: Wolls russische Tabletten und den Artikel aus dem *Stern*. Irgendwann musste ich sie ihm vorlegen, besser heute als morgen.

Also ran an die Arbeit!

Meinem Haus vis-à-vis liegt eine Apotheke. Der Besitzer ist ein alter Hase in seinem Metier, aber Wolls Medikamente kannte er nicht. Kein Wunder, er war ja auch noch nie in Russland. Dafür konnte er mir einiges über Amphetamine erzählen. Ich bedankte mich, kaufte eine Schachtel Aspirin für den Hausgebrauch und fuhr in die Stadt. Am Bismarckplatz erstand ich einen Strauß Rosen, der was hermachte, sowie eine Riesenpackung Pralinen.

»Verliebt müsste man sein«, seufzte die Blumenhändlerin, eine Frau in reifen Jahren.

»Sie können sich so was natürlich leisten«, seufzte die Pralinenverkäuferin, eine Frau mit wonnigen Pölsterchen.

»Wenn Sie wüssten«, sagte ich in beiden Fällen.

Den Knaller aber besorgte ich mir im Musikladen in der Bergheimer Straße: ein Fagottmundstück. Es war nicht mal so teuer. Nur der junge Verkäufer machte mich kirre mit seinen Fragen.

»Was für eines wollen Sie denn? Eher hart, eher weich? Ein Konzert- oder ein Probenmundstück? Für einen Profi oder einen Amateur?«

»Profi natürlich, was glauben Sie? Der Rest ist egal.«

»Wie, egal?«

»Geben Sie mir einfach ein Profimundstück. Irgendeins.«

»Aber gerade Profis brauchen verschiedene. Je nach Situation, verstehen Sie?«

»Irgendeins. Es ist eher zum Angucken als zum Spielen gedacht.«

»Wie bitte? Nur zum Angucken?«

Ich nickte erschöpft. Endlich kapierte er, was ich wollte. Er ging ins Lager, um mit hochrotem Kopf und dem gewünschten Mundstück zurückzukommen.

»Wir führen nur noch ein Standardmodell«, sagte er kleinlaut. »Tut mir leid. Das wusste ich nicht.«

»Ist es ein Konzert- oder ein Probenmodell?«, fragte ich bissig, klopfte ihm aber im nächsten Moment versöhnlich auf die Schulter. Er hatte es ja gut gemeint, der Junge.

Wie schade, dass ich nicht mehr in Diensten der alten Wonnegut stand. Ihr hätte ich Blumen, Pralinen und Mundstück gerne in Rechnung gestellt. Vielleicht würde ich Cordula dafür blechen lassen.

Kurz vor Mittag traf ich im Theater ein. Ich benutzte den Hintereingang, grüßte den Pförtner wie einen alten Kumpel und trat den Weg durch das unterirdische Labyrinth an. Als die Musiker den Probenraum verließen, stand ich mit meinem großen Strauß neben der Tür, Augenzwinkern und spöttische Bemerkungen erntend.

»Der ist jetzt aber nicht für mich«, sagte die Frau mit dem Prügel.

»Für wen sonst?« Ich reichte ihr den Strauß und griff nach ihrem Instrumentenkoffer. »Nehmen Sie lieber die Pralinen, bevor die Streicher auf den Geschmack kommen.«

»Mir hat noch nie jemand Rosen geschenkt«, sagte ein Hornist im Vorbeigehen. »Nicht mal bei *Jugend musiziert*.«

»Und das hier«, erklärte ich, »ist eine Art Anzahlung auf die kaputten Mundstücke. Wenn Sie mir Ihren Instrumentenbauer nennen, besorge ich Ihnen neue. Hart oder weich, Probe oder Konzert, egal.«

Sie lachte. Eine Frau mit Humor, das hatte ich gleich gesehen. Auch dass sie verheiratet war, hatte ich mir gedacht. Ihr Ehemann rief auf ihrem Handy an; sie sagte ihm, dass es ein paar Minuten später werden würde. Ja, die Kleinen würde sie trotzdem abholen.

Und dann waren wir endlich allein. Sie hatte uns in eine kleine, fensterlose Übebox gelotst, halb zugestellt mit Kisten und Koffern. An der Wand ein hoher Spiegel, daneben ein Rollkleiderständer mit klappernden Bügeln.

»Sagen Sie nicht, dass Sie mich bloß wegen der Mundstücke sprechen wollten.«

»Nein.« Ich reichte ihr meine Karte. »Wissen Sie, ich brauche dringend jemanden, der mich berät. Und weil ich mich bei Ihnen schon so grandios eingeführt hatte, dachte ich, hier kann ich nicht noch mehr falsch machen.«

»Es geht um die drei Morde.«

»Vor allem um den ersten. Und Sie können mir von allen vielleicht am besten weiterhelfen.«

»Nicht ohne Pralinen«, sagte sie und riss das Papier von der Schachtel. »Und Sie essen auch ein paar.«

Wir schafften fast die gesamte Packung.

32

Vielleicht war es doch zerlaufener Camembert. Ein Selbstporträt des Künstlers als warmer Käse. Jedenfalls gefiel mir Nagels Kleckserei, nachdem sie wieder ordentlich an ihrem Platz hing, immer besser. Gegen sie konnte Cordula Glaßbrenners überteuertes

Blumenaquarell einpacken. Dort erkannte man zwar gleich, was der Maler darstellen wollte, aber seit wann hatte Kunst realistisch zu sein? Realistisch bin ich selbst, da brauche ich keine Blumen an Wand. Außerdem verbarg sich meines Wissens hinter Cordulas Bild kein Safe.

»Was machen Sie denn da?«, hörte ich Nagels Stimme. Verdattert stand er auf der Schwelle zu seinem Wohnzimmer.

»Das hier wollte ich Ihnen zurückgeben«, sagte ich und reichte ihm den Haustürschlüssel aus Barth-Hufelangs Sekretariat. »Tut mir leid, dass ich nicht geläutet habe. Es war zu verlockend.«

Auch Covet gesellte sich zu uns. »Ich habe dich gar nicht reinkommen gehört«, sagte er, ein Glas Rotwein in der Hand.

»Das war Absicht. Wenn Sie nichts dagegen haben«, wandte ich mich an Nagel, »das heißt, wenn Sie mich jetzt nicht rausschmeißen, erzähle ich Ihnen, an wessen statt Sie gesessen haben. Unschuldigerweise.«

»Hast du es raus?«, fragte Marc. »Du hast es rausgekriegt, stimmts?«

Nagel steckte langsam den Schlüssel ein und schwieg.

»Wollen Sie es auch erfahren, Herr Nagel? Oder lieber Ihre Anwältin informieren, dass ich Sie schon wieder belästige?«

Der Geschäftsführer warf seinem Freund einen unsicheren Blick zu. Dann wischte er sich in einer völlig unpassenden Geste beide Hände an der Hose ab und murmelte: »Natürlich. Natürlich will ich wissen, wer Annettes Mörder ist.« Der leidenschaftslose Ton, in dem er das sagte, passte nicht recht zum Inhalt des Satzes. Nagel litt immer noch an den Spätfolgen seiner Haft.

»Gut. Und wenn Sie mir ein Bierchen vorsetzen, verhaspele ich mich auch nicht bei meinen Bandwurmerklärungen. Der Fall ist nämlich kompliziert.«

Kurz darauf saßen wir in Nagels Kunstledersesseln, jeder mit einem Getränk vor sich. Ich öffnete das Hauptfach des mitgebrachten Rucksacks. Der Hausherr schaltete den Deckenfluter ein. Früh legte sich in diesen Tagen die Dämmerung über den Schlierbacher Nordhang.

»Ja«, seufzte ich, »sogar verdammt kompliziert. Obwohl es am Ende wieder ganz simpel ausschaut. Und daran sind diese Musiker schuld. Ehrlich, von denen sagt doch keiner die Wahrheit, da wird getrickst und geheuchelt, du holde Kunst und so weiter. Die Einzige, die klare Worte gefunden hat, war Dagmar Schulz, Ihre Kollegin, Herr Nagel. Ein vernebeltes Zimmer, aber klare Worte.«

»Was hat Dagmar mit der Sache zu tun?«, fragte Nagel.

»Sie hat mich über Sinn und Zweck der *Freunde des Musiktheaters* aufgeklärt. Der Förderverein als Geldwaschanlage.«

Er stöhnte auf und sah zur Decke.

»Stöhnen Sie nur, Herr Nagel. Das ändert nichts an der Tatsache, dass die gute …«

»Herr Koller«, unterbrach er mich. »Für Sie mag es ein innerer Vorbeimarsch sein, wenn Ihnen jemand genau das erzählt, was Sie hören wollten. Trotzdem sollten Sie sich die Mühe machen, auch die andere

Seite zu Wort kommen zu lassen. Meiner Meinung nach führen Dagmar und Frau von Wonnegut einen typischen Zickenkrieg. Da geht es um Kleiderfragen, ums Rauchen und vielleicht noch um den persönlichen Musikgeschmack. Jede unterstellt der anderen ein paar Gemeinheiten, und Übertreiben gehört dazu.«

»Was mir Frau Schulz berichtete, klang nicht unbedingt übertrieben.«

»Als Geschäftsführer eines städtischen Orchesters weiß ich, wie es um die öffentliche Finanzierung des Musikbetriebs steht. Wenn sich in dieser Situation Privatleute für Kunst engagieren, dann sollen sie auch dafür belohnt werden. Hängt ihnen Orden um, gewährt ihnen Steuervergünstigungen, preist sie in der Presse. Ich bin dafür.«

»Und wenn die Belohnung jenseits der Gesetzeslage stattfindet?«

»Davon weiß ich nichts«, sagte er und nippte mit störrischem Blick an seinem Rotwein. »Davon will ich auch nichts wissen.«

»Das glaube ich Ihnen gerne. Sie gehören ja auch zum Kreis der Erlauchten, die aufgrund ihres Amtes Vereinsmitglied sind. Und nicht wegen ihres Kontos.«

»Vielleicht täuschen Sie sich«, grinste er müde.

»Und nun stellen Sie sich eine Person vor, die auch gerne zum Förderverein gehören würde, der die Mitgliedschaft aber verwehrt wird. Weil sie nicht über die notwendigen Mittel verfügt. Weil es mit ihrem Ruf nicht zum Besten steht. Weil man eine gewisse Spezies Mensch nicht dabeihaben möchte. Da erfährt diese

Person, dass im Förderverein finanziell gemauschelt wird. Könnte sich dieses Wissen nicht gewinnbringend einsetzen lassen?«

»Gewinnbringend?«, wollte Covet wissen. »Du meinst, durch eine kleine Erpressung?«

»Aber sicher. Der Verein brüstet sich mit seiner Exklusivität. Das heißt, dass viele außen vor bleiben. Da entsteht Neid, Frustration, weil man nicht dazugehört. Und wenn einem die erste Vorsitzende dann noch sagt, dass man ein elendes Flittchen ist, mag rasch der Wunsch entstehen, der ganzen Mischpoke eins auszuwischen.«

Nagel und Covet sahen sich an. »Wen meinst du?«, fragte Covet.

»Annette Nierzwa. Wen sonst?«

»Annette?«, fragte Nagel. »Annette soll den Förderverein erpresst haben? Lächerlich.«

»Lächerlich«, erwiderte ich und kippte einen großen Schluck Bier hinunter, »lächerlich ist das falsche Wort, Herr Nagel. Lächerlich finde ich ganz andere Sachen, aber das lassen wir lieber, sonst machen Sie wieder einen auf beleidigt. Für Frau von Wonnegut war Ihre Annette ein Nichts, eine Unberührbare, ein Flittchen. So hat sie es mir selbst gesagt.«

»Na und? Wenn Sie jemanden erpressen wollen, muss derjenige erpressbar sein. Und der Förderverein ist es nicht.«

»Das wäre zu überprüfen. Wenn sich Annette so wie ich mit Dagmar Schulz unterhalten hat, muss sie zu der Ansicht gekommen sein, man könne Frau von Wonnegut unter Druck setzen. Und wenn die wiederum befürchtet, dass ihr Lebenswerk durch Gerüchte gefährdet ist, haben wir den Salat. ›Dich mach ich fertig‹, sagt Annette Nierzwa zu Elke von Wonnegut. Die Alte denkt an ihren Verein, an den *Ring 2012* und bekommt Panik.«

Nagel lachte schrill auf. Marc schüttelte den Kopf.

»Das Ehepaar von Wonnegut«, fuhr ich fort, »sitzt bei Aufführungen gerne in einer Loge im ersten Rang. Dort saßen die beiden garantiert auch bei der *Figaro*-Premiere, und zwar alleine. Kein Problem, mal kurz zu verschwinden. Das fällt keinem auf. Dem eigenen Mann natürlich, aber der hat nur seine Käfer im Kopf und würde im Notfall bezeugen, dass Boris Becker und Steffi Graf auf der Bühne im Duett gesungen haben.«

»Was soll dieser Quatsch?«, rief Bernd Nagel. »Eine Räuberpistole ist das! Sie kennen Frau von Wonnegut. Die kann doch keine Frau umbringen, die halb so alt ist wie sie. Mit bloßen Händen, überlegen Sie mal!« Zur Verdeutlichung hielt er mir seine eigenen Hände entgegen.

»Musiker haben kräftige Hände. Frau von Wonnegut ist Hobbypianistin.«

»Trotzdem Quatsch.«

»Das klingt ja so, als wüssten Sie genau, wie viel Kraft es braucht, um einen Menschen umzubringen.«

Nagel schwieg.

»Ich weiß es jedenfalls nicht«, sagte ich. Meine Flasche war leer, ich brauchte dringend eine neue. »Keine Ahnung, wie fest man zudrücken muss, bis ein Mensch stirbt. Egal, man darf die Situation nicht unterschätzen: wenn einer in Rage ist, wenn er mit dem Rücken zur Wand steht.«

»Sag du mal was, Marc«, seufzte Nagel und hielt sich die Hand vor die Augen.

»Max, das klingt wirklich absurd«, sagte Covet. »Frau von Wonnegut ist ein spezieller Fall, aber keine Mörderin. Schon gar keine dreifache.«

»Eine dreifache nicht. Darf ich mir noch ein Bier holen?« Ohne Nagels Antwort abzuwarten, ging ich in die Küche und kam mit einer neuen Flasche zurück. »Wie kommst du auf die Idee, dass Frau von Wonnegut ihren Lieblingsmusiker umgelegt hätte? Den verehrten Enoch Barth-Hufelang, ohne den der *Ring* in Heidelberg nicht vorstellbar war. Mit ihm hatte sie etwas ganz anderes vor. Gestern Morgen am Telefon hat sie es mir verraten: Sie wollte ihn als Erben einsetzen.«

»Was?«, riefen die zwei wie aus einem Munde. Covet verschüttete sogar etwas Bier.

»Ja, da staunt ihr. Man kann über die Alte sagen, was man will, aber in diesem Punkt handelt sie konsequent. Musik braucht Mäzene, über die eigene Lebenszeit hinaus. Und nun haltet euch fest. Wenn ich sie richtig verstanden habe, hätte das Testament erst noch zu Barth-Hufelangs Gunsten geändert werden müssen. Solange das nicht der Fall war, hatte jemand ein starkes Motiv, den Dirigenten aus dem Weg zu räumen.«

»Du denkst an den derzeit Begünstigten«, sagte Covet. »Wer soll das sein?«

»Ihr Mann«, lachte Nagel und tippte sich an die Stirn.

»Paul von Wonnegut«, nickte ich. »Geburtsname Stein. Aber seit wann kümmert sich so ein Mann um profane Dinge wie Geld? Der kann doch keiner Fliege was zuleide tun. Vermutlich bittet er sogar seine Schwester, dass sie ihm die Käfer auf Pappe pinnt.«

Covet und Nagel sahen sich ratlos an. »Und?«, fragte Marc.

»Seine Schwester«, sagte ich.

Sie starrten mich an.

»Ihr kennt sie doch, oder? Frau Stein. Ein Mittelding zwischen Putze und Gesellschafterin. Wenn ihr Bruder erbt, erbt sie mit. Egal, ob ihr Name im Testament auftaucht oder nicht. Geht der Löwenanteil aber auf das Konto eines dicken Dirigenten, schaut sie in die Röhre.«

»Dreht der jetzt völlig hohl?«, sagte Nagel. »Erst Frau von Wonnegut, dann Frau Stein. Der Club der schrulligen Mörderinnen, was?«

Marc schwieg. Entweder kannte er Frau Stein nicht oder ihm waren meine Spekulationen peinlich.

»Schrullig«, sagte ich, »ist schon wieder das falsche Wort. Frau Stein ist alles Mögliche, aber nicht schrullig. Sondern gedemütigt und verbittert.«

»Meinetwegen. Die ...«

»Nein, nicht Ihretwegen«, fiel ich ihm ins Wort. »Ist Ihnen dieses graue, verhärmte Etwas überhaupt aufgefallen, wenn Sie bei Frau von Wonnegut Tee geschlürft haben? Oder hatten Sie nur Augen für die reiche Alte und ihren Opernfimmel? Das würde zu Ihnen passen, dass Sie nicht einmal merken, wie Frau Stein schikaniert wird. Tragen Sie auf, tragen Sie ab, machen Sie dies, lassen Sie jenes, aber dalli – wie würden Sie sich fühlen, wenn Sie das den ganzen Tag hören müssten? Von der eigenen Schwägerin! Was meinen Sie, was sich da anstaut?«

»Deshalb bringt man doch keinen Menschen um«, wehrte sich Nagel.

»Weswegen sonst? Erklären Sie es mir.«

Er biss die Zähne zusammen und schwieg.

»Hast du Beweise?«, wollte Covet wissen.

»Beweise?«, erwiderte ich, als handle es sich um etwas Unappetitliches. »Dafür ist die Polizei zuständig. Ich sehe mich in diesem Fall eher als Entwickler von Ideen, von Theorien. Die Realität soll sich gefälligst anstrengen, dass sie dem entspricht.«

»Wir vertun doch nur unsere Zeit«, sagte Nagel, ohne mich anzusehen.

»Überhaupt nicht. Ihr Problem ist, dass Sie sich nicht in andere hineinversetzen können. Da bekommt diese Frau Stein eine Schwägerin vor die Nase gesetzt, die ihr alles voraushat, Geld, Bildung, gesellschaftliche Anerkennung, und am Ende muss sie sich noch dafür bedanken, dass sie in deren Haushalt die Wäsche waschen darf. Na gut, denkt sie, irgendwann werde ich dafür belohnt, irgendwann kommt meine Zeit, dann lege ich die Beine hoch und weiß, wofür ich gebuckelt habe. Und was geschieht? Frau von Wonnegut kürt einen dubiosen Fettsack zu ihrem neuen Liebling, Erwähnung im Testament inklusive. Für Frau Stein bricht eine Welt zusammen. Da haben wir das Motiv, Barth-Hufelang zu beseitigen. Frau Stein weiß, wo er wohnt, dass er alleine wohnt. Wenn sie kurz nach dem Mord an Annette Nierzwa zuschlägt, wird alle Welt denken, es sei derselbe Mörder gewesen. Prost.«

»Schöne Geschichte«, brummte Marc. »Ohne Beweise aber nichts wert.«

Nagel schwieg. Er nippte an seinem Rotwein und sah in die Dunkelheit hinaus. Erste Fältchen hatten sich in den Augenwinkeln festgeklammert, um seine Lippen spielte ein bitteres Lächeln. Von der Presse war seine Entlassung aus der Haft geradezu mit Bedauern registriert worden: ›*Der Richter sah sich gezwungen … bis zur Beschaffung weiterer Indizien …*‹ Sie würde ihm Abbitte leisten müssen.

»Überleg mal«, fuhr Marc fort. »Das hieße ja, wir hätten zwei Mörderinnen aus dem gleichen Haus. Das glaubst du doch selbst nicht.«

»Tut er auch nicht«, sagte Nagel, immer noch aus dem Fenster starrend. »Es sind nur Gedankenspiele. Gleich wird er einen dritten Mörder aus dem Sack zaubern.«

»Noch einen?«

»Und der hat es in sich«, nickte ich. »Wobei man hier nicht unbedingt von einem Einzeltäter sprechen sollte. Sondern von einer Handvoll Täter.«

»Klar, warum nicht«, murmelte Nagel.

»Auch hier habe ich keine Beweise. Aber eine Art Geständnis. Hört euch das einmal an.« Ich zog den Zettel aus der Tasche, den ich gestern im Karlstorbahnhof mitgenommen hatte. Auf seiner Rückseite war das Manifest der *aktion aesthetik* abgedruckt. »*die kunst ist ein raum ohne volk*«, zitierte ich. »*territorien der aesthetik müssen zurückerobert werden. nieder mit dem schlechten geschmack mediokrer bürgerlichkeit. schluss mit dem moralterror der linksliberalen masse. wir stehen für die neue elite deutschlands …*

Den Rest überspringe ich, und dann: *die gesetze der aesthetik überschreiben die der ethik. kunst kommt vor moral. äuszerlichkeit vor innerlichkeit.* Na, was meint ihr?«

»Was ist denn das für ein Blödsinn?«, schnaubte Nagel.

»Klingt nach ›Heidelberger Schule‹«, meinte Covet.

»Wonach bitte?«

»Eine Künstlergruppe, die sich *aktion aesthetik* nennt und mit ihren Auftritten provozieren will. Irgendeiner hat sie mal ›Heidelberger Schule‹ getauft, aus Witz natürlich, die Jungs sind keine 30. Aber diesen Titel tragen sie jetzt voll Stolz.«

»so es die kunst verlangt, hat blut zu flieszen«, nickte ich. *»elite muss wieder sexy sein.«* Wenn man sich daran gewöhnt hatte, gingen einem die Sätze ganz leicht über die Lippen.

»Na und?«, sagte Nagel.

»Erklär du ihm, was die Jungs wollen«, bat ich Covet. »Du hast schließlich ihr Veranstaltungsplakat in deinem Flur hängen.«

»Hab ich das? Kann sein. Ihr braucht dieses Geschwätz nicht ernst zu nehmen. Die suchen Aufmerksamkeit um jeden Preis. Einerseits Krawallbrüder, andererseits Yuppies. So schlecht finde ich ihren Ansatz nicht. Bloß die Performance gestern Abend ging in die Hose.«

»Warst du dort?«

»Sogar freiwillig. Ich bin der Einzige, der nicht über die Morde schreiben will. Mein Kollege fiel mir um den Hals, als ich ihm anbot, den Termin wahrzunehmen.«

»Und warum ging der Auftritt in die Hose?«

»Die fünf waren total verkrampft. Da kam nichts rüber. Laut, aber unecht.«

»Nicht authentisch, wie?«

»Außer mir waren sieben Leute da, darunter die Mutter des Jüngsten. Die flüchtete in der Pause mit knallrotem Kopf.«

»Wahrscheinlich fürchtete sie, ihr Sohn könne dummes Zeug anstellen. Und das zurecht. *so es die kunst verlangt, hat blut zu flieszen.*«

»Sprüche«, winkte Covet ab.

»Ja, Sprüche. Verdammt martialische Sprüche. Hier: *der weg zur aesthetik führt über das authentische. das leben beim schopfe packen. das verbürgerlichte ausmerzen. der dritte weltkrieg hat bereits begonnen – wir sind seine ersten freiwilligen.*«

»Wie ich schon sagte: nicht wörtlich nehmen. Das sind Sätze, die innerhalb eines ganz bestimmten Kontexts stehen. Da geht es um das Verhältnis von Kunst und Realität, nicht um die Realität selbst. Für Außenstehende klingt das natürlich brutal.«

»Und wenn nun einer der fünf kurzzeitig die Orientierung verliert? Wenn er diese Sätze aus dem Kontext reißt und sie einem Unschuldigen um die Ohren pfeffert?«

»Hör auf.«

»Dann frag mal deinen Hinterkopf.«

Stille. Covet starrte mich an. »Wie bitte? Willst du damit sagen …«

»Aber sicher. Das Nesthäkchen des Quintetts, der Benjamin, der wars.«

»War was?«

»Gestern hat er es mir gestanden. Freiwillig sozusagen. Die fünf fanden es spannend, einen echten Doppelmörder in Heidelberg zu haben. Voll authentisch eben. Und weil sie noch ein paar Real-life-Bilder für ihren Auftritt brauchten, überredeten sie den Kleinen, hier einzusteigen, solange sich der Hausherr in U-Haft befand. Stand ja alles in der Zeitung.«

»Und der hat mich niedergeschlagen?«

»Richtig. Sein Kumpel, der draußen im Auto wartete, warnte ihn. Gab es gestern Abend keine Videosequenzen aus dem Klingelhüttenweg?«

»Wenn ich das gewusst hätte«, knirschte Marc. »Ich hätte den Kerl eigenhändig von der Bühne geholt. Der kann sich auf eine Rezension gefasst machen!«

»Wahrscheinlich waren die Jungs deshalb so verkrampft. Sie haben dich erkannt.«

»Und was hat das Ganze mit den Morden zu tun?«, fragte Bernd Nagel.

»Am Sonntagabend gab es eine kleine Auseinandersetzung zwischen mir und den fünf Freunden. Sie waren gelangweilt, angefressen und hatten nichts Besseres zu tun, als mir Ihr Foto zu klauen. Und was passiert? Am nächsten Tag starrt ihnen der Mensch von dem Foto aus der Zeitung entgegen. Im Zusammenhang mit einer Mordsache. Ein Zeichen! Daraus müsste doch etwas zu machen sein. Nachmittags treffen sie sich und beschließen zu handeln. Zwei von ihnen springen ins Auto, fahren nach Schlierbach und kommen gerade noch rechtzeitig, um zu sehen, wie Sie von zwei Polizisten abgeführt werden. Pech gehabt!«

Nagel starrte mich mit weit aufgerissenen Augen an.

»Gleich darauf trifft Woll ein. Was er von Ihnen will? Keine Ahnung. Vielleicht sucht er Streit, vielleicht will er mit Ihnen über seine Ex-Frau reden. Unsere Aktionisten im Auto reden sich in Rausch: Wie blöd, dass der Mörder abgeholt wurde. Wo doch schon ein neues Opfer vor seiner Tür steht, ein schönes, authentisches Opfer. Soll man mit leeren Händen zu den Kumpels zurückkehren? Da brennt bei einem der beiden die Sicherung durch. Er stürzt aus dem Auto und macht aus dem erfundenen Opfer ein echtes. *kunst kommt vor moral.* Woll kriegt eins über den Schädel und wird in den Wald gebracht.«

»Das ist doch komplett zusammenfantasiert«, stöhnte Marc. »Oder haben die Jungs das auch gestanden?«

»so es die kunst verlangt, hat blut zu flieszen«, sagte ich. »Ist doch fast ein Geständnis. *der dritte weltkrieg hat bereits begonnen.«*

»Slogans sind das eine, Mord etwas ganz anderes.«

»Und wenn ich dir sage, dass Wolls Mazda immer noch in Schlierbach steht? Hier vor dem Haus?«

Covet schwieg.

»Außerdem, was heißt schon Mord? Überhitzte Fantasien, eine Kurzschlusshandlung, und schon fährt man mit einem gefesselten, ohnmächtigen Opfer im Kofferraum hoch in den Wald. Woll wird zum Kunstobjekt, man macht einen Videoclip mit ihm oder eine Fotoserie, alles wahnsinnig authentisch. Und dann? Lässt man ihn im Wald liegen und hofft, dass er gefunden wird. Dass er sich selbst befreit. Eine Nacht wird er schon überleben. Vielleicht träumt man auch von einer grandiosen Inszenierung am nächsten Morgen, wenn der Entführte entdeckt werden soll, traut sich aber nicht mehr hin. Fünf Jungs, die sich die Verantwortung gegenseitig zuschieben. Am Ende ist ein Mann erfroren. So banal läuft es manchmal.«

Marc lag eine Entgegnung auf der Zunge, doch in diesem Moment läutete es an der Eingangstür. Genau zur rechten Zeit, fand ich. Ich war als Erster an der Tür und öffnete. Vor mir stand Kommissar Fischer mit seinen beiden Wadenbeißern. Die Lampe über dem Eingang warf ihr Licht in drei grimmige Gesichter.

»Hereinspaziert!«, sagte ich. »Wir haben uns erlaubt, schon mal ein bisschen zu plaudern.«

»Dann mal los«, ächzte Fischer und trat ein. »Wir sind schließlich hier, um einen Mörder zu verhaften.«

Covet und Nagel wurden kalkweiß.

33

»Wenn Sie mich da mal nicht falsch verstanden haben«, sagte ich. »Theorien, wer der Mörder ist, habe ich genug. Nur glauben will mir heute keiner. Wie geht es Ihnen, Herr Fischer?«

»Mir schlecht. Meiner Grippe bestens.« Er sah sich in Nagels Wohnzimmer um. »Nett haben Sie es hier.«

»Ja, das fand Kollege Sorgwitz auch«, sagte ich. »Vorgestern wollte er gar nicht mehr gehen. Aber setzen Sie sich doch.«

Unsere Runde vergrößerte sich. Da Nagel den Lethargischen spielte, besorgte ich mir in der Küche einen Stuhl. Und eine neue Flasche Bier natürlich. Die drei Kommissare hatten hübsch nebeneinander auf dem Sofa Platz genommen. Es sah zum Schießen aus.

»Wollen Sie was trinken?«

Kopfschütteln.

»Gut, dann lege ich los.«

»Wir bitten darum«, schnarrte Fischer. Seine Mitarbeiter falteten die Hände im Schoß und starrten Löcher in die Luft. Denen hatte ihr Chef ein Schweigegelübde auferlegt.

»Wenn Sie jemanden verhaften wollen«, begann ich, »der alle drei Morde begangen hat, dann kommt dafür nur ein Typ von Mörder infrage. Ich erinnere an folgende Indizien: ein Slip, ein Heftchen, DVDs. Alles klar?«

»Natürlich«, sagte Fischer. »Alles klar. Fahren Sie trotzdem fort.«

»Warum hat der Mörder Annette Nierzwa den Slip ausgezogen? Um ihr Blut von den Klaviertasten zu wischen, sicher. Aber auch, um einen Hinweis zu geben: Schaut alle her, hier liegt eine Schlampe. Eine sexuell aktive Frau, die viele Männer hatte und sogar vor Minderjährigen nicht halt machte.«

Nagel ließ die Kinnlade fallen. Die Polizisten warfen sich vielsagende Blicke zu.

»Wenn Sie auf diesen Leo Sluc anspielen …«, begann Fischer.

»Korrekt.«

»Dann frage ich mich, wie Sie auf ihn kommen.«

»Saubere Recherche, was sonst. So wie Herr Greiner unter dem Bett des Dirigenten recherchiert und Erstaunliches zutage gefördert hat. Damit sind wir bei Punkt zwo: Auch Enoch Barth-Hufelang hatte seine speziellen sexuellen Bedürfnisse. Und wenn in Wolls Wohnung etwas ins Auge sticht, dann seine beeindruckende DVD-Sammlung.«

»Na und?« Kommissar Greiner konnte sich nicht mehr beherrschen. »Alles bekannte Tatsachen. Warum erzählen Sie uns das?«

»Weil sich daraus ein Motiv ergibt. Eine Schlampe, ein Pädophiler, ein Pornofan – es gibt Menschen, die finden es gut, wenn solche Elemente aus dem Verkehr gezogen werden.«

Ich stärkte mich mit einem Schluck Bier. Meine Zuhörer wechselten vielsagende Blicke.

»Albern«, sagte Marc schließlich.

»Wieso albern? Liest du dein eigenes Blatt nicht mehr? Einhellige Empörung über Barth-Hufelang. Zwischen den Zeilen Beifall für seinen Mörder. So sieht es aus. Was wird ein Vater über den Dicken denken, wenn er in dem Heft seine eigenen Kinder entdeckt?«

»Er wird sicher nichts gegen Annette und Woll unternehmen.«

»Wer weiß, was Woll alles getrieben hat. Und Annette Nierzwa? Sie war zumindest aktiver als Otto Normalverbraucher. Und nun stellt euch einen Mann vor, der nicht nach bürgerlichen, sondern nach eigenen Maßstäben urteilt. Einen Fanatiker. Der sich vorgenommen hat, die Gesellschaft zu erneuern, den Saustall auszumisten, Krebsgeschwüre wegzuschneiden. Dieser Typ besucht zur Erquickung eine Mozart-Oper, strolcht durch die Gänge und sieht, was im Zimmer des Geschäftsführers vor sich geht.«

Nagel wurde bleich.

»Da fängt es an. Er stellt die Frau zur Rede. Als sie frech wird, dreht er durch und erwürgt sie. Jetzt ist der Damm gebrochen, er kann nicht mehr zurück. Musik ist ihm heilig. Wer sie entehrt, hat sein Leben verwirkt. Als Nächstes ist der pädophile Dirigent dran. Dann der schmierige Klarinettist. Eine Kette ohne Ende.«

»Der spinnt doch«, sagte Sorgwitz. Greiner schüttelte grinsend den Kopf.

»Sehr amüsant«, brummte Fischer. »Irgendwie heilsam. Ich fühle mich schon viel besser. Wenn Sie mir jetzt noch verraten, wie dieser Fanatiker heißt, werde ich dieses Jahr gegen Grippe immun sein.«

»Gerne. Wir brauchen einen Mann, der Sitte und Anstand auf unserem Planeten wiederherstellen will. So eine Art moralischer Fundamentalist, die Splitterbombe des Herrn. Eine Kreuzung aus Serienkiller und Ayatollah. Gleichzeitig muss er über Informationen verfügen. Woher kennt er das Sexualverhalten seiner Mitbürger, weiß von pädophilen und anderen Neigungen? Ganz einfach: Er hat Zugriff auf die Datenbanken der Polizei und war früher selbst bei der Sitte.«

»Wie bitte?«, schnaufte Greiner. Sorgwitz bekam Augen wie Golfbälle.

»Vielleicht wurde Barth-Hufelang schon mal mit Kinderpornos erwischt. Vielleicht waren die Nierzwa und Woll aktenkundig. So ein Dossier mit Sexfreaks ist schnell angelegt, wenn man an der Quelle sitzt.«

»Jetzt ist er reif für die Klapse«, sagte Greiner und tippte sich an die Schläfe. Sein Chef schwieg schmunzelnd, dafür liefen die Golfballaugen des Kampfhundes rot an.

»Fragt sich, wer hier reif ist, Herr Greiner. Wussten Sie, dass Ihr Kollege Sorgwitz einer Sekte angehört? Sie nennt sich die *Erzbruderschaft der letzten Tage*. Man könnte sie auch als christliche Hisbollah bezeichnen. Ein Stoßtrupp der Frömmigkeit.«

Das saß. Die Stille nach meinen Worten war bemerkenswert. Fast hätte man sie aus dem Zimmer tragen und draußen in Scheiben schneiden können, diese Stille. Niemand wagte zu atmen. Aber alle Augen richteten sich auf den Kommissar mit den weißblonden Haaren. Die beiden Golfbälle unterhalb seiner Stirn drohten zu platzen. Aber sie platzten nicht. Der Mann saß versteinert da wie das Erzgebirge, nur seine Rechte tastete nach dem Siegelring an der anderen Hand.

»Wissen Sie, was ich auf den Tod nicht ausstehen kann?«, wandte ich mich ihm zu. »Fanatiker. Typen, die aller Welt beweisen wollen, dass sie und nur sie im Besitz der Wahrheit sind. Wer hat damals bei der Sitte den Zuhältern Moral gepredigt? Wer versucht schon seit Tagen, den Verdacht auf mich und Covet zu lenken? Wer hat herausbekommen, dass der Geschäftsführer ein Verhältnis mit einem Journalisten hat? Und was wollten Sie mit dem Foto von Bernd Nagel? Bei der dritten Leiche deponieren, um eine falsche Fährte zu legen?«

Ich schnappte nach Luft. Jetzt musste es doch geschehen! Sorgwitz musste endlich auf die Füße springen, sich auf mich stürzen und mir den Hals zudrücken. »Halts Maul, Schnüffler!« – das hatten seine Worte zu sein. »Halts Maul oder ich bring dich um. Dich hätte ich als Ersten abmurksen sollen, dann wäre es jetzt einfacher. Und Heidelberg bald schlampenfrei.«

Jawohl, geh mir an die Gurgel, Kampfhund! Dann sehen alle, wer du in Wirklichkeit bist. Kommissar Fischer wird mir zu Hilfe kommen, sogar Herr Greiner wird seinem Kollegen in den Arm fallen. Die *Erzbruderschaft der letzten Tage*! Ganz zu schweigen von Sorgwitz' FDJ-Vergangenheit, von der Stasi-Mitgliedschaft seines Vaters, von den Misshandlungen im Kindesalter, der Mangelernährung und der Gehirnwäsche ... Was noch? Vielleicht ein psychologisches Gutachten beim Eintritt in den Polizeidienst, das Sorgwitz radikales Gedankengut und soziale Inkompetenz bescheinigt? Braucht ihr mehr, um den Blonden aus dem Verkehr zu ziehen? Verdammt, tut was, der Kerl erwürgt mich. Er bringt mich um!

Leider geschah nichts dergleichen.

Mochte Sorgwitz seine Augen auch beängstigend weit aufgerissen haben, er blieb neben seinem Chef sitzen und spielte an seinem Ring. Die anderen starrten abwechselnd ihn und mich an. So ähnlich dürfte es beim gestrigen Premierenabend der ›Heidelberger Schule‹ gewesen sein. Spektakuläre Auftritte, sprachlose Zuschauer, sinnentleerte Monologe.

»Legen Sie ein Geständnis ab, Sorgwitz«, knurrte ich in bester Philip-Marlowe-Manier. »Und dann Schwamm drüber.«

»Was soll der Mist?«, fauchte der Blonde endlich. »Wir sind keine Sekte. Die *Erzbruderschaft* ist eine anerkannte Kirche. In der DDR wurden wir verfolgt. Das wissen Sie doch, Chef.«

»Und ich weiß«, sagte ich, »dass es in dem Verein einen gibt, der schon mal zuschlägt, wenn es ihn überkommt. Die Faust Gottes, nicht wahr?«

»Das hör ich mir nicht länger an.«

»Nehmen Sies als kleine Retourkutsche«, sagte Fischer. »Ganz schön empfindlich, diese Privaten. Aber jetzt kommen Sie endlich zur Sache, Herr Koller, wir haben unsere Zeit nicht gestohlen.«

»Gut, wie Sie möchten. Also noch mal von Anfang an. Herr Fischer: Warum haben Sie Bernd Nagel überhaupt jemals verdächtigt? Können Sie mir das sagen?«

»Bitte, Herr Koller. Ich habe heute noch zwei Arzttermine.«

»Ihn zu verdächtigen, war der größte Quatsch, den man sich denken kann. Wenn man denken kann. Angenommen, Bernd Nagel bringt seine Freundin um. Anschließend schleppt er sie in sein Zimmer, um den Verdacht auf sich selbst zu lenken. Er zieht ihr den Slip aus, weil dann jeder sofort an Sex und eine Beziehungstat denkt. Er geht spazieren, damit möglichst vielen Besuchern sein Fernbleiben auffällt. So bescheuert kann niemand sein, Herr Fischer!«

»Weiter!«

»Anders als Sie mir unterstellten, war es nie mein Interesse, Herrn Nagels Unschuld zu beweisen – oder Sie von dieser Idee abzubringen. Für mich war von vornherein klar, dass er den Mord nicht begangen hatte. Es war ein anderer. Jemand, der sah, was sich im Geschäftsführerzimmer abspielte. Der wartete, bis Herr Nagel gegangen war, um Annette Nierzwa zur Rede zu stellen. Er zieht sie in den Überaum, gerät mit ihr in Streit, erwürgt sie. Nur für eine dritte Person macht es Sinn, den Verdacht so offensichtlich auf Bernd Nagel zu lenken.«

»Das sehe ich anders«, sagte Fischer. »Aber sprechen Sie weiter.«

»Warum dieser Streit? Über die Inszenierung werden sich die beiden kaum in die Haare geraten sein. Die Ursache liegt vielmehr in dem, was kurz zuvor in Herrn Nagels Zimmer passierte. Unser Beobachter war eifersüchtig. Da hatten sich Bernd Nagel und Annette Nierzwa offiziell getrennt, Annette galt als solo – und dann das! Unser Mann rastet aus.«

»Du meinst, ein neuer Liebhaber?«, fragte Marc.

»Ein Liebhaber, ja. Ob alt, aktuell oder zukünftig, ließ sich bei Frau Nierzwa nicht immer unterscheiden. Tut mir leid, Herr Nagel, legen Sie meine Worte nicht auf die Goldwaage.«

Nagel schwieg.

»Moment, Herr Koller«, polterte Fischer. »Mord aus Eifersucht überzeugt mich nicht. Als Motiv ein bisschen zu klassisch. Wer sich mit Frau Nierzwa einließ, musste doch damit rechnen, dass es weitere Männer gab. Nebenbuhler, Affären, Verflossene. Behaupten Sie bitte nicht das Gegenteil, Herr Nagel!«

Wir schauten zu Bernd Nagel hinüber, doch der hob nur die Schultern.

»Sie haben recht«, nickte ich. »Eifersucht alleine war es nicht. Es kam noch ein weiteres Motiv hinzu, genau genommen sogar zwei Dinge. Annette Nierzwa besaß etwas, das sie nicht herausrücken wollte. Deswegen starb sie.«

»Ihre Unschuld«, murmelte Greiner, schüttelte aber gleich den Kopf, als gefiele ihm sein eigener Witz nicht.

»Haben Sie in Frau Nierzwas Wohnung einen Kalender gefunden?«, fragte ich ihn. »So einen Jahresplaner, DIN-A5, von letztem Jahr, dem ein Novemberblatt fehlt?«

Die Polizisten sahen sich an. Ich kramte den Zettel mit Bernd Nagels Namen hervor.

»Keine Ahnung«, sagte Greiner. »November, kann sein. Einen Kalender gab es jedenfalls.«

»Könnte dieses Blatt passen?«

»Möglich. Wo haben Sie den Wisch her?«

»Vom Mörder. Und der hatte ihn aus Annette Nierzwas Wohnung. Für ihn kein Problem, er war ja im Besitz von Annettes Schlüsseln. Mit ihnen konnte er nicht nur das Büro des Geschäftsführers abschließen, sondern sich auch Zutritt zu der Wohnung in der Mittermaierstraße verschaffen.«

»Woher wissen Sie das so genau?«, fragte Fischer. »Man könnte meinen, Sie seien ebenfalls dort gewesen.«

»Herr Kommissar«, rügte ich ihn. »Natürlich war ich dort. Ein Polizeisiegel an der Tür hat mir den Zutritt verwehrt. Der Rest war Kopfarbeit.«

»Verstehe.«

»Im Übrigen ist es egal, wo der Mörder diesen Kalenderausriss fand. Vielleicht trug ihn Annette Nierzwa während der Premiere bei sich, und er musste gar nicht in ihre Wohnung. Viel wichtiger ist die Bedeutung des Zettels.«

Alle beugten sich über das Papier, drehten es um, lasen die Buchstaben, runzelten die Stirn. Nein, nicht alle: Der Mann, dessen Name dort stand, blieb im Sessel sitzen.

»Abgesehen davon, dass ich nicht kapiere, worum es hier geht«, sagte Fischer, »würde mich interessieren, weshalb Sie uns diesen Wisch vorenthalten haben.«

»Mir war nicht klar, wie viel er wert ist.«

»Und wie viel ist er wert?«

»Schwer zu sagen. Eine halbe Million Euro vielleicht.«

Wieder fixierten vier Augenpaare den Zettel, wieder herrschte Schweigen, nur von Fischers Schnaufen unterbrochen. BERND NAGEL 00. Dabei blieb es. Währenddessen stand ich auf, ging zu dem weichen Camembert hinüber und nahm ihn von der Wand. Begleitet von Nagels entsetzten Blicken, tippte ich acht Ziffern ein. Die Tür des Safes schwang lautlos auf.

»Das ist ja eine Geige«, sagte der Rottweiler.

»Und Herr Greiner ein echter Kenner.« Dabei hätte der Geigenkasten auch leer sein können. Ich befreite ihn aus seinem Gefängnis, öffnete ihn und entnahm ihm ein bernsteinfarbenes Instrument. »Ich lege sie gleich wieder zurück, Herr Nagel. Nur einmal kurz halten, ja?« Sie war superleicht, ein Nichts zwischen den Fingern, und sie roch gut.

Nagel hatte die Augen geschlossen und knetete ausdauernd seine Nasenwurzel. Nach einer Erklärung sah das nicht aus. Konsterniert betrachteten die Kommissare die Geige in meinen Händen. Aber das war nichts gegen den Gesichtsausdruck Marc Covets.

»Nun machen Sie schon«, sagte Fischer ungeduldig. »Sie hatten Ihren Triumph, Koller, jetzt will ich Erklärungen hören. Warum, verdammt, haben Sie uns nicht von dieser Geige erzählt, Herr Nagel?«

»Er hat niemandem davon erzählt«, antwortete ich an Nagels statt. »Nicht einmal Marc, schauen Sie sich ihn an. Nur Annette. Im November, nehme ich an. Stimmts?«

Nagel nickte leicht, ohne seine Haltung zu verändern.

»Am Telefon?«

Jetzt riss er die Augen auf.

»Keine Hexerei, Herr Nagel. Dieselben Buchstaben und Zahlen stehen auf einem Notizblock neben Annettes Telefon. Sie hat sie während eines Gesprächs mit Ihnen notiert, um sie später in den Kalender zu übertragen.«

»Also doch«, brummte Fischer. »Sie waren in der Wohnung, Koller.«

Ich legte das Instrument in den Schoß und hob beide Hände. Unschuldsmiene.

»Aber was hat der Zettel mit der Geige zu tun?«, fragte Greiner.

»Die Geige liegt im Safe, der Safe lässt sich durch eine achtstellige Ziffernkombination öffnen, und die steht auf dem Zettel.«

»Hier stehen nur zwei Ziffern. Zwei Nullen.«

»Zwei Nullen sehe ich schon die ganze Zeit, Herr Greiner«, sagte ich, ihm und seinem Kollegen eine Grimasse schneidend. »Aber ich sehe auch Punkte über den Buchstaben. Zählen Sie das Alphabet durch, falls Sie das beherrschen. A ist 1, B ist 2 und so weiter. Und nun schreiben Sie die entsprechenden Ziffern unter BERND NAGEL. Die Markierungen zeigen an, dass Sie nur die einstelligen Zahlen brauchen. Es soll ja nicht zu schwierig werden. Was bekommen Sie als Ergebnis? Die Kombination 254175. An die hängen Sie noch die zwei Nullen dran, fertig. Der Safe gehört Ihnen.«

Längeres Schweigen. Kollege Greiner kratzte sich am Kopf. War es ihm zu schnell gegangen? Sein Kompagnon nahm den Zettel und stand auf. Er schloss die Safetür, tippte sehr langsam die Zahlenkombination ein und genoss finsteren Blickes das Erfolgserlebnis. Kommissar Fischer musterte mich derweil aus halb geschlossenen Augenlidern. Schwer zu sagen, was er dachte.

»In einem Safe«, hörte ich Covet neben mir murmeln. Er hatte sich lange nicht zu Wort gemeldet. »Bernd, du bist wirklich bescheuert. Warum gibst du das Ding nicht zur Bank?«

Nagel sah aus dem Fenster.

»Die Antwort steht möglicherweise in diesem Artikel«, sagte ich, zog den zusammengerollten *Stern* aus dem Rucksack, schlug ihn auf und reichte ihn Covet. »Solange die Polizei im Raum ist, vermag ich mich nicht zu erinnern, woher ich ihn habe. Nur so viel: Mörder und Opfer kannten ihn beide. In dem Text geht es um Kunstgegenstände, die während der Nazizeit ihren Eigentümer wechselten und jetzt zurückgefordert werden. Bilder aus jüdischem Familienbesitz hängen seit den späten 30ern in deutschen Museen. Im

Rathaus einer Kleinstadt steht eine Plastik, die früher im Haus des Bankiers Hirsch stand. Heikle Geschichten, und jeder Fall muss gesondert betrachtet werden. Auch der Fall der Guarneri von 1740, die einem bekannten Münchner Industriellenclan gehört.«

Fischer, Greiner und Sorgwitz verrenkten sich die Hälse, um an Covets Lektüre teilhaben zu können. Irgendwann warf Marc sie ihnen in den Schoß.

»Ist sie das?«, fragte Sorgwitz und zeigte auf das Foto einer Geige in Frauenhänden. Er hielt die Zeitschrift neben das Instrument aus dem Safe und verglich. »Das scheint sie zu sein.«

»Sehen Sie genau hin. Fällt Ihnen nichts auf?«

»Eine Kopie«, nickte Greiner und setzte seine Lesebrille auf. »Klar, darum geht es. Eine der Geigen ist eine Fälschung, und wir sollen den Fehler im Bild entdecken.«

»Quatsch.«

»Die Tätowierung«, sagte Fischer.

»Die Tätowierung«, nickte Sorgwitz und tippte auf das Foto. »Das ist die Nierzwa.« Sie hatten beide das Schmetterlings-Tattoo an der Innenseite des linken Unterarms erkannt.

»Ja«, sagte ich. »Annette Nierzwa hält die Geige in der Hand, und es ist das Original, keine Kopie. Kneipengänger wie ich sehen überdies sofort, dass die Aufnahme in der *Hinterbühne* gemacht wurde. Hier, die Aschenbecher, die Getränkekarte. Unverkennbar.« Ich packte das Instrument wieder in den Koffer und verstaute beides im Safe.

»Tja, in der Hinsicht schlagen sie uns, die Privaten«, murmelte Greiner.

»Herr Nagel«, sagte Kommissar Fischer und rieb sich die Hände. »Nun erzählen Sie uns schon, was es mit dem Instrument auf sich hat.«

Der Geschäftsführer warf ihm einen kurzen, verächtlichen Blick zu und schwieg.

»Schauen Sie mich bitte nicht an wie das Schaf den Schlachter. Es wird ja wohl Gründe dafür geben, dass Sie niemandem von Ihrem Besitz erzählt haben.«

Das war unter Garantie die falsche Art und Weise, mit Nagel ins Gespräch zu kommen. Aber da war ja noch Marc. Seine und Nagels Blicke trafen sich für einen Moment. Daraufhin schluckte der Schönling und richtete sich räuspernd im Sessel auf.

»Das Wesentliche steht in dem Artikel drin«, begann er. Seine Stimme klang heiser. »Die Guarneri ist seit 1939 im Besitz unserer Familie. Niemand sprach darüber, woher sie stammte. Mein Urgroßvater hatte sie gekauft, dann wurde sie vererbt. Nach dem Krieg waren wir keine besonders reiche Familie mehr, aber wir hatten die Geige. Gespielt wurde sie selten. Mein Vater verlieh sie manchmal an Nachwuchsmusiker, was immer im Stillen geschehen musste, ohne dass groß eine Versicherung eingeschaltet wurde. Als er vor zwei Jahren starb, erbte ich sie. Verkaufen wollte ich sie auch nicht, aber wenigstens wissen, was sie wert ist. Also brachte ich sie zum Geigenbauer. Und so kam die Geschichte ins Rollen. Irgendwann erhielt ich eine Expertise, in der stand, dass die Guarneri früher einem jüdischen Geiger gehörte, der aus München flüchten musste. Seinen Besitz haben die Nazis verscherbelt.«

»Und was hast du daraufhin getan?«, fragte Marc, weil Nagel eine Pause einlegte.

»Als Erstes habe ich alle Bilder meines Vaters verbrannt. Oder auf den Müll geschmissen. Mit meiner Mutter gab es einen Riesenkrach, aber die Alte war ja schon immer unzurechnungsfähig.«

Wie erfrischend, den Schönling so reden zu hören! Auf diese Weise kam also die Freundschaft mit Cordula zustande: Man arbeitete sich gemeinsam an der Vätergeneration ab.

»Seitdem«, fuhr er fort, »stecke ich in Verhandlungen, wie die Familie des geflohenen Geigers angemessen zu entschädigen wäre. Das ist ein wahnsinnig empfindlicher Prozess, nicht nur des Themas wegen. Man hat auf viele Personen Rücksicht zu nehmen, und es geht um verdammt viel Geld. Ich war peinlich darauf bedacht, dass nichts an die Öffentlichkeit drang. Aber das klappte nicht. Im Herbst riefen mich Reporter vom *Stern* an, die eine Story über das Thema bringen wollten. Nach dem zehnten Anruf habe ich nachgegeben. Unter der Bedingung, dass mein Name nicht erscheint. Aber sie wollten unbedingt ein Foto. So eine Geige macht halt mehr her als die ewigen Impressionisten. Wir haben uns dann Mitte November im Nebenzimmer der *Hinterbühne* getroffen, zwei Reporter, Annette und ich. Da wurde das Foto gemacht.«

»Aber warum bewahrst du die Guarneri hier auf und nicht in einem Bankschließfach?«, fragte Covet.

»Weil ich die Verantwortung für sie habe«, gab Nagel fast aggressiv zurück. »Mein Vater und mein Großvater haben sich aus der Verantwortung gestohlen, verstehst du? Ich wollte das nicht tun. Außerdem wusste ja niemand davon. Nur Annette. Und der habe ich vertraut.«

»Weil Sie im November noch zusammen waren«, ergänzte ich. »Da haben Sie ihr sogar die Safekombination verraten.«

»Idiotisch, ich weiß. Wobei ich ihr sagte, die Geige sei nur ein paar 1000 Euro wert.«

»Das hat sie geglaubt?«

Achselzucken.

»Ein anderer hat es nicht geglaubt. Derselbe, dem der *Stern*-Artikel in die Hände fiel, der Annettes Tattoo erkannte und den Hinweis im Text richtig interpretierte: ›Der in Heidelberg lebende, aus München stammende Besitzer der Guarneri ...‹«

»Ich habe mich beim *Stern* über die Autoren beschwert. Aber da war es natürlich zu spät.«

»Von wem reden Sie?«, mischte sich Greiner ein. »Wer hat den Artikel gelesen?«

»Ein Liebhaber von Annette Nierzwa«, antwortete ich. »Der sie nach der Lektüre bedrängt: ob Herr Nagel tatsächlich diese Geige besitzt, wo er sie untergebracht hat, wie viel sie wert ist. Zumindest stelle ich mir das so vor. Annette lässt ihn abblitzen. Aber dann ändert sich die Situation: Sie, Herr Nagel, trennen sich von ihr. Annette wird nicht entgangen sein, dass Sie nun mit einem Mann zusammen sind. Sie fragt sich, was die Zeit mit Ihnen wert war. Jetzt sinkt die Hemmschwelle, ihrem Liebhaber von der Geige zu erzählen. Sie verrät ihm, wo das Instrument versteckt ist und dass sie die Safekombination kennt. Notiert auf einem Kalenderblatt. Mehr sagt sie nicht, denn sie kennt ihren Liebhaber.«

»Warum verrät sie es ihm überhaupt?«, fragte Covet.

»Das werden wir nie erfahren. Vielleicht um sich wichtig zu machen. Oder um ihn zu ärgern, zu provozieren. Das Verhältnis der beiden war mit Sicherheit schwankend. Genau wie das Verhältnis zu Ihnen, Herr Nagel. Sie sagen ja selbst, dass Sie letztes Wochenende über Ihre privaten Beziehungen nachdenken mussten. Auch über die Beziehung zu Annette Nierzwa. Und dann kommt es zu der spontanen Annäherung während der *Figaro*-Premiere.«

»Annäherung«, hörte ich Sorgwitz murmeln. Sein Siegelring blitzte.

»Danach stellt der Liebhaber sie zur Rede. Er will wissen: der da oder ich? Und er will die Safekombination. ›Njet‹, sagt Annette. Vielleicht hoffte sie wieder auf eine gemeinsame Zukunft mit Ihnen, Herr Nagel.«

»Sie schon«, sagte Nagel leise.

»Den Rest kennen wir. Der Mann dreht durch, Annette ist tot, und er hat bloß die Information: Kalenderblatt. Das er sich auch besorgt. Aber darauf steht keine Ziffernkombination, sondern eine Art Eselsbrücke, die für ihn unverständlich ist. Ein vergeblicher Mord.«

»Aber wer?«, zischte Sorgwitz. »Wer war es?«

Fischer tätschelte ihm beruhigend das Knie. Der Herr Papa und seine beiden Knaben. »Sprechen Sie weiter, Herr Koller«, sagte er. »Es ist ein Vergnügen, Ihren Erzählungen zu lauschen.«

»Ich weiß nicht, was in einem vorgeht, der zum Mörder geworden ist. Da wird eine Art Grenze überschritten sein, hinter die man nicht mehr zurück kann. Der Blick geht nur noch nach vorne. Er weiß, dass er keine Chance hat, ungeschoren davonzukommen, es sei denn, er bemächtigt sich der Geige, macht sie zu Geld und haut ab. Aber an Sie kommt er nicht ran, Herr Nagel. Am Sonntag lassen Sie sich kaum zu Hause blicken, treffen sich mit anderen Leuten, übernachten bei Marc. Die Zeit läuft unserem Mann davon. Er legt sich eine Alternative zurecht. Da gibt es einen, mit dem er eine Rechnung offen hat: Enoch Barth-Hufelang. Nach dem ersten Mord fällt der zweite leichter. Vor allem, wenn man sich mit Aufputschmitteln zudröhnt. Besuch in Handschuhsheim, eine letzte Demütigung, vielleicht ein Streit, schon ist es passiert. Unser Mann sucht in der Wohnung des Dirigenten nach einer Finanzspritze für die Flucht, findet aber nichts. Es ist Montagnachmittag. Als Nächstes …«

»Aufputschmittel?«, unterbrach mich Sorgwitz. »Was soll das? Hier hat nur einer Aufputschmittel genommen, und der ist tot.«

Ich warf ihm Wolls Tabletten zu. »Sie meinen die hier. Aus irgendeiner russischen Hexenküche.«

»Wo haben Sie die her?«, schnaubte Fischer.

»Aus Wolls Hosentasche. Genau wie diesen Schlüssel hier.« Der Wagenschlüssel des Toten flog hinterher. »Es tut mir leid, ich habe wohl vergessen zu erwähnen, dass ich sie fand.«

»Verdammt noch mal, so geht das nicht, Koller!«, schimpfte Fischer. Er wirkte ernstlich verärgert. »Dafür können wir Sie drankriegen. Sie behindern unsere Arbeit.«

»Wie gesagt, ich muss im Eifer des Gefechts übersehen haben …«

»Sparen Sie sich diesen Quatsch!« Er stand auf, machte ein paar Schritte durchs Zimmer und zog seine Zigarillos aus der Tasche. »Wenn Sie uns das Zeug hier gleich gegeben hätten, wären wir jetzt weiter.«

»Ohne Obduktion nützen Ihnen diese Tabletten gar nichts. Sie brauchen beides, den Befund und die Beweismittel. Und was mache ich jetzt anderes, als der Polizei zu helfen?«

»Chef!«, rief Greiner warnend. Fischer winkte unwirsch ab und steckte sich einen kalten Zigarillo in den Mund.

»Wenn das Wolls Tabletten sind«, sagte Sorgwitz, »dann hieße das ja, dass er Barth-Hufelang ermordet hat.«

»Und Annette Nierzwa.«

»Sehr witzig.«

»Sie meinen, er hätte das beste Alibi der Welt: die *Figaro*-Aufführung. Vergessen Sies.«

»Okay«, grinste der Kampfhund. »Schon vergessen. Sonst noch was?«

Ich grinste zurück und zog meinen dicksten Trumpf aus dem Rucksack. Eine Opernpartitur, dazu die Stimme der ersten Klarinette. »Wer von Ihnen kann Noten lesen? Herr Fischer? Herr Sorgwitz?«

»Ich hab mal Gitarre gespielt«, brummte Greiner. »Früher.« Eine leichte Röte überflog sein Gesicht, als er die überraschten Blicke seiner Kollegen bemerkte.

»Sehen Sie sich den Beginn des dritten Akts an. Zwischen zweitem und drittem Akt liegt die Pause.

Anschließend haben die beiden Klarinetten 20 Minuten nichts zu tun. *Tacet*. Woll stimmte zusammen mit den anderen ein und konnte sich danach verdrücken.«

»Wird schon hinkommen«, murmelte der Rottweiler, stirnrunzelnd in der Partitur blätternd.

»Ein Orchestermusiker kann sich nicht einfach verdrücken«, polterte Kommissar Fischer in meinem Rücken. »Wer das tut, wird sofort hochkant rausgeschmissen!«

»Ich war gestern in der Oper«, sagte ich. »Und ich habe gesehen, wie einer der Trompeter den *Spiegel* las, bestimmt eine halbe Stunde lang. Weil er gerade nichts zu tun hatte. Der Platz des Paukers war eine Weile nicht besetzt. So was kommt vor. Ich habe mich mit einer Fagottistin unterhalten. Sie sagt, unter Barth-Hufelang sei es nicht möglich gewesen, mal eben zu verschwinden, aber dem Kapellmeister, seinem Vize, tanzen alle auf der Nase herum.«

»Sitten sind das!«, schimpfte Fischer. »Zu meiner Zeit war das nicht üblich. Nirgendwo!«

»Möglich. Jedenfalls hat mir dieselbe Frau bestätigt, dass ihr Nebenmann Woll erst eine ganze Weile nach Beginn des drittes Akts in den Orchestergraben zurückkehrte.«

»Und warum meldet sich diese Kuh von Flötistin nicht sofort bei uns?«, regte sich der Kampfhund auf. »Da rennt man sich tagelang die Hacken ab, und dann kommt so ein …«

»Weil niemand sie danach fragte«, schnitt ich ihm das Wort ab. »Deshalb, Herr Sorgwitz. Weil sich der zweite Klarinettist zur selben Zeit ein Päuschen gegönnt hat. Weil es, wie gesagt, üblich ist, solange da vorne nicht der GMD steht und die Peitsche schwingt.«

Sorgwitz warf mir wütende Blicke zu. Sein Chef kehrte an seinen Platz zurück und setzte sich ächzend.

Covet räusperte sich. »Das heißt, Woll ist nach dem Einstimmen raus, sieht Annette aus Bernds Zimmer kommen, begeht den Mord und spielt anschließend seelenruhig die Oper zu Ende.«

»Richtig.«

»Unvorstellbar.«

»Allerdings. Und deshalb kam keiner auf die Idee, sein Alibi zu überprüfen. Klassische Musik und echter Mord, das passt eben nicht zusammen. Wie Sie schon sagten, Herr Fischer.«

»Sagte ich das?«

»Ja. Auf dem Weg nach Handschuhsheim. Ob Woll allerdings so seelenruhig Klarinette spielte, weiß ich nicht. Diese Aufputschmittel scheint er regelmäßig geschluckt zu haben. Als ich ihn am Montag traf, war sein Gesicht mit roten Pickeln übersät. Speed-Akne. Typisch bei längerem Amphetamingebrauch. Im Orchester galt er als alkoholabhängig, aber es war wohl eher eine Tabletten- oder Drogensucht. Wie er es geschafft hat, da noch zu musizieren, kann ich nicht sagen. Vermutlich durch Gegenmedikation mit Beruhigungsmitteln. Das russische Zeug hat jedenfalls seine Aggressivität extrem erhöht, und beim Mord an Barth-Hufelang war er randvoll damit.«

»Diesen Mord kann jeder begangen haben«, sagte Fischer, den Zigarillo für einen Moment aus dem Mund nehmend. »Haben Sie Beweise?«

»Mozart«, grinste ich. »Mal wieder. Woll hat den Dicken mit einer Mozart-Büste erschlagen, die auf dem Flügel stand. Sie liegt im Kofferraum seines Mazdas, ich habe nachgeschaut.«

»Und wo steht der?«

»Hier, vor der Haustür.« Bevor die allgemeine Überraschung überhand nehmen konnte, fuhr ich fort: »Vielleicht kommen Ihre Experten zu einem anderen Schluss, aber ich könnte mir vorstellen, dass Woll auch dank der Ladung Amphetamine in seinem Körper die erste Nacht im Wald überlebte. Das Zeug führt zur Erhöhung der Körpertemperatur, und zwar über Stunden. Außerdem war es Montagnacht nicht extrem kalt und tags darauf deutlich über null. Erst in der zweiten Nacht erfror Woll.«

»Und wer hat ihn auf den Hochsitz gebracht?«, fragte Kommissar Greiner.

»Ein Komplize«, sagte ich und leerte mein Bier.

»Ein was?«

Ich schwieg.

»Was für ein Komplize?«, wiederholte Greiner und sah seine Kollegen hilfesuchend an. »Von so einem war bisher nicht die Rede, oder habe ich mich verhört?«

»Gleich nach dem Mord an Barth-Hufelang versucht Woll ein letztes Mal, an die Geige heranzukommen. Aber Bernd Nagel ist kurz zuvor in Untersuchungshaft überstellt worden. Wolls Mazda steht im Klingelhüttenweg, seine Leiche haben wir oben im Schlierbacher Wald gefunden. Also muss ihn jemand dorthin gebracht haben, der von seinem Treiben wusste. Der ihn durchschaute oder eingeweiht war. Deshalb spreche ich von einem Komplizen.«

»Aber wer soll das sein?«

»Ich weiß es nicht. Es gibt da einen Verflossenen von Frau Nierzwa, der in München lebt. Ein Schauspieler namens Peter Michael Gerber. Vielleicht hat Woll ihn kontaktiert, um etwas über die Familie von Herrn Nagel und den Wert der Guarneri herauszufinden.«

»Und dann?«

»Fragen Sie ihn. Vielleicht kam er nach Heidelberg, vielleicht hat er herausbekommen, was Woll vorhatte, oder sie wollten das Ding gemeinsam durchziehen. Plötzlich gab es Streit um die Beute, um die Morde, was weiß ich. Finden Sie heraus, wo dieser Gerber in den letzten Tagen war, dann sehen Sie klarer. Oder hören Sie sich bei Hehlern von wertvollen Musikinstrumenten um. Woll wird seine Fühler längst ausgestreckt haben, schließlich musste der Verkauf der Geige rasch über die Bühne gehen.«

»Was für Hehler?«

»Wenn ich Sie wäre«, sagte ich mit Unschuldsblick, »würde ich die letzten Anrufe, die Woll getätigt hat, überprüfen. Da sollte eine Nummer dabei sein, hinter der sich ein Handelsvertreter vom grauen Markt verbirgt.«

Greiner kratzte sich am Kopf. Er und Sorgwitz saßen regelrecht erschlagen da. Marc hatte die Ellbogen auf die Knie gestützt und starrte vor sich hin. Von Nagel kam kein Mucks. Er sah aus dem Fenster, hinter dem das Grauviolett der Dämmerung in tiefes Schwarz übergegangen war.

Ein leises Klicken durchbrach die Stille. Es rührte von Fischers Feuerzeug her, das er unter die Spitze seines Zigarillos gehalten hatte.

»Peter Michael Gerber«, murmelte er.
»Chef!«, machte es neben ihm.
»Ruhe! Herr Koller?«
»Ja?«
»Sie sagen, Wolls Mazda steht hier vor der Tür?«
Ich nickte.
»Und Sie raten uns, nach diesem Gerber zu suchen. Wegen München, wegen früherer Kontakte zu Annette Nierzwa und so?«
»Genau.«
»Verstehe.« Er nahm den Zigarillo aus dem Mund, kniff die Augen zusammen und blickte zu dem geschlossenen Safe hinüber. Dann erhob er sich. Ohne Ächzen. »Gehen wir.«
Seine Mitarbeiter sahen ihn überrascht an.
»Die Beweisstücke nehmen wir mit. Danke für Ihre Erläuterungen, Herr Koller. Wie wir mit der Behinderung unserer Arbeit und all dem verfahren, muss ich sehen. Ich hätte große Lust, Ihnen … Warten Sies ab. Und jetzt los, meine Herren, aber ein bisschen fix.«
Greiner und Sorgwitz sammelten verdattert ein, was ich mitgebracht hatte: Partitur, Tabletten, Schlüssel, Zeitschrift, Zettel. Greiner ging sogar zum Safe hinüber, führte die erhobene Hand aber zum Kopf, um sich daran zu kratzen. Zigarillogeruch hing in der Luft.
»Auf Wiedersehen«, sagte Fischer und scheuchte seine Mannschaft hinaus. In der Tür drehte er sich noch einmal um. »Herr Koller: bis nachher?«
»Bis nachher.«
Ein feiner Kerl, dieser Kommissar. Ein grober Klotz, aber rücksichtsvoll.

Epilog

Zu dritt blieben wir in Nagels Wohnzimmer zurück. Niemand sprach. Ich kontrollierte meine Bierflasche; kein Tropfen mehr darin. Der Deckenfluter spuckte weißes Licht. Leise schloss ich meinen Rucksack und legte ihn auf das Sofa.

Dann räusperte sich Marc Covet.

»Wenn ich das richtig verstehe«, sagte er, und es klang wie eine Frage, »hat Bernd noch Glück gehabt, dass er am Montagabend in Haft kam. Sonst hätte Woll vor seiner Tür gestanden.«

Ich sah zu Nagel hinüber. Ein schmaler Brustkorb, blasse Hautfarbe, das Kinn glattrasiert.

Er setzte sich aufrecht. Seine Hände kamen auf den Oberschenkeln zu liegen. Covet starrte vor sich hin und wartete.

»Er kam gegen fünf«, sagte der Geschäftsführer. »Oder später, es war gerade dunkel geworden. Ich merkte gleich, dass mit ihm was nicht stimmte. Er war so unruhig, stand nie still. Die Augen blutunterlaufen. Und dann wollte er Geld. Er sagte, jemand hätte mich während der Vorstellung mit Annette in meinem Zimmer gesehen.«

»Jemand?«, fragte ich. »Nicht er selbst?«

»Nein, ein anderer. Und für dessen Schweigen sollte ich zahlen. Ich sagte, ich besäße kein Geld, meinetwegen könne der Mensch zur Polizei gehen. Da schrie er mich an, ich hätte sehr wohl Geld, in meinem Safe nämlich, und es befände sich auch noch unrechtmäßig in meinem Besitz. Das zog mir den Boden unter den Füßen weg.« Er schwieg und wischte sich kurz über die Augen.

»Und dann?«

»Dann lag Woll plötzlich zu meinen Füßen, und ich hielt einen Kerzenständer in der Hand.«

Ich wechselte einen Blick mit Marc. Hätte Bernd Nagel nicht diesen gusseisernen Kerzenständer in seiner Diele stehen gehabt, wäre einiges in dieser Geschichte anders gelaufen.

»Die Erwähnung der Guarneri«, fuhr der Geschäftsführer fort, »muss in mir einen Kurzschluss ausgelöst haben. Ich schlage keine Menschen, nie. Bei Woll hat es mich nicht gereut, im Gegenteil. Ich habe ihn sogar angeschrien, als er ohnmächtig dalag, dieses Vieh.« Er sah auf. »Ich weiß, das sollte man nicht sagen, aber genau so empfand ich es.«

»War Ihnen nicht bewusst, dass er der Mörder Ihrer Freundin sein musste?«

»Nein. Er sprach ja von einem anderen. Oder vielleicht doch, in meinem tiefsten Inneren. Es spielt keine Rolle, ich hasste ihn in diesem Moment für all das, was er Annette jemals angetan hatte, und für das Schwein, das er war. Dass er von der Guarneri wusste, machte mich rasend. Ich war zu allem bereit, nur um die Geige zu verteidigen. Ich fesselte ihn, trug ihn in den Kofferraum meines Wagens und fuhr ihn hoch in den Wald. Die Schranke am Wolfsbrunnen steht schon seit Wochen offen.«

»Warum in den Wald?«

Achselzucken. »Er sollte weg. Einfach weg. Vielleicht wurde er gefunden, vielleicht nicht. Mir war es egal.«

»Warum hast du ihn nicht im Keller eingesperrt?«, fragte Covet mit verzweifelter Miene.

»Bei mir im Haus?«, entgegnete Nagel entsetzt. »Bist du wahnsinnig? Nein, dort oben war der einzig richtige Ort für ihn. Am nächsten Morgen wollte ich dann weitersehen.«

»Und Sie haben ihn ganz alleine auf den Hochsitz gehievt?«, fragte ich.

»Ich hätte zehn Wolls dort hochgehievt, nur um sie loszuwerden.«

»Kaum waren Sie zurück, stand die Polizei vor der Tür.«

Er nickte. »Nun war ich auch noch verhaftet. Hauptverdächtiger anstelle eines Arschlochs, das mich beobachtet und dann Annette erwürgt hatte. Irgendwann ging mir auf, dass es Woll selbst gewesen sein könnte. Aber da war mir längst alles egal.«

»Verdammt, du warst unschuldig, Bernd«, flüsterte Covet. »Woll lebte noch, und du warst unschuldig. Warum hast du keinem ...?«

»Ich unschuldig?«, rief Nagel und brach in ein bitteres Lachen aus. »Ich unschuldig? Ja, ich wusste das, aber wie sollte ich das beweisen? Wer von euch hätte mir geglaubt? Du vielleicht? Max, Cordula, die Polizei? Hast du die Zeitungen nicht gelesen? Schon vergessen, worin der Auftrag der alten Wonnegut bestand? Und weißt du, was? Ich kann es niemandem verdenken. Ihr hattet recht, meine Unschuld anzuzweifeln. Offiziell Saubermann, aber hintenrum trifft er sich während einer Premiere mit seiner Ex. Männergeschichten, Frauengeschichten, wild durcheinander. So einem ist alles zuzutrauen. Warum nicht auch Mord? Totschlag im Affekt, Sexspielchen mit tödlichem Ausgang? Alles denkbar, und wenn er es am Ende doch nicht war, irgendwas bleibt immer hängen. So habe ich mich gefühlt, als ich in Haft saß, und da kommt Cordula mit ihren großartigen Strategien, will mich raushauen, reinwaschen, rehabilitieren. Da gab es nichts zu rehabilitieren! Gar nichts.«

Er war aufgesprungen und lief im Zimmer umher. Seine Lider flatterten, während er sprach. Als er geendet hatte, zückte er ein Taschentuch, um sich die Nase zu putzen. Covet und ich schwiegen.

»Ihr hättet mich im Gefängnis lassen sollen«, sagte Nagel leise und steckte das Taschentuch ein. »Genau da gehörte ich hin. Ich fand es in Ordnung so, wirklich.«

»Wollten Sie deshalb, dass ich meine Ermittlungen einstelle?«, fragte ich. »Damit ich nicht auf Wolls Spur käme und schließlich auf Sie?«

»Ach was«, winkte er ab. »Cordulas Idee. Mir war das gleich. Völlig gleich.«

»Und was sollte der Unfug mit diesem Gerber?«, warf Covet ein.

»Mike Gerber«, antwortete ich, »lässt sich in Thailand die Sonne auf den Bauch scheinen und genießt das Leben. Kleines Ablenkungsmanöver für die Herren Greiner und Sorgwitz. Kommissar Fischer hat kapiert, dass ich deinem Freund die Gelegenheit zu einem Geständnis unter vier Augen geben wollte.«

Covet schluckte. Hinter ihm lachte Nagel wieder sein bitteres Lachen.

»Was für eine noble Geste, Herr Koller«, höhnte er. »Sie sind wirklich ein Superschnüffler. Fragt sich nur, warum Sie dann noch hier sind. Ein Geständnis unter vier Augen? Aber nein, Sie möchten Ihren Triumph ja doppelt genießen. Erst die Auflösung, bravo! Sie haben alles und jeden durchschaut, danach der tiefe Fall des Saubermanns. Die Polizei schicken Sie vor die Tür, wie rücksichtsvoll, aber Sie selbst wollen sich das Spektakel nicht entgehen lassen. Sie sind ein Voyeur, Max Koller. Ein Voyeur, der auf ein Dankeschön aller Beteiligten wartet. Ist es nicht so?«

Ich schwieg. Es hatte lange gedauert, bis Bernd Nagel zu so klaren Äußerungen fähig war. Der Mann hatte sich verändert.

»Sie könnten recht haben«, sagte ich.

»Nun denn: danke für Ihre Rücksichtnahme«, sagte Nagel mit kalter Stimme. »Und jetzt wäre ich Ihnen sehr verbunden, wenn Sie mich und Marc alleine ließen. Wir haben ein paar Dinge zu besprechen, bevor ich mich stelle.«

Ich nickte. Trank meine Flasche aus – verdammt, sie war ja schon leer –, schnappte meinen Rucksack, ging zur Tür. Vor dem Spiegel in der Diele stand der gusseiserne Kerzenständer. Der Fußweg zum Gartentürchen war matschig, vom Schnee und vielen Fußtritten aufgeweicht. Auf dem Gehsteig beugten sich Greiner und Sorgwitz über den offenen Kofferraum eines grünen Mazda. In einem anderen Wagen saß Kommissar Fischer und telefonierte. Grüßend hob er die Hand. Ich nickte zurück.

Dann schloss ich mein Rad auf, klappte den Dynamo gegen den Reifen und fuhr los. Immer bergab, in die Dunkelheit des Neckartals hinein. Hoch über mir der mächtige Schatten des Läuterungsbergs. Im Licht der Sterne schimmerten letzte Schneereste durch die entlaubten Bäume.

ENDE

Weitere Krimis finden Sie auf den folgenden Seiten und im Internet: www.gmeiner-verlag.de

Marcus Imbsweiler
Bergfriedhof

419 Seiten, 11 x 18 cm, Paperback.
ISBN 978-3-89977-742-0. € 9,90.

Der Heidelberger Bergfriedhof. Auf dem Grab eines Kriegsopfers liegt eine Leiche. Privatdetektiv Max Koller steht vor einem Rätsel. Sein geheimnisvoller Auftraggeber, der ihn mitten in der Nacht an diesen Ort beordert hat, will ihn plötzlich mit allen Mitteln von weiteren Nachforschungen abhalten. Und auch der Tote ist am nächsten Morgen spurlos verschwunden.

Die Neugier des Ermittlers ist geweckt. Kollers Spur führt in die Heidelberger High Society. Und allmählich wird ihm klar, dass sein Gegenspieler viel mehr zu verbergen hat, als nur eine Leiche.

Edi Graf
Leopardenjagd

327 Seiten, 11 x 18 cm, Paperback.
ISBN 978-3-89977-778-9. € 9,90.

Er tötet seine Opfer wie ein Leopard. Die Leichen versteckt er auf Bäumen, seine todbringende Spur zieht sich vom Bodensee über den Schönbuch bis nach Afrika. Die Polizei jagt einen Mörder, der den Namen »Chui« – Leopard – trägt, und nur ein Ziel zu kennen scheint: Rache.

Auf der Liste seiner Opfer taucht auch der Name der Tübinger Journalistin Linda Roloff auf. Sie ahnt, dass nur einer sie retten kann: der kenianische Safariführer Alan Scott, der weiß, wie »Chui« denkt. Doch Scott ist seit Wochen in Afrika verschwunden …

KRIMI IM GMEINER-VERLAG

Wir machen's spannend

Matthias Klösel
Tourneekoller

185 Seiten, 11 x 18 cm, Paperback.
ISBN 978-3-89977-783-7. € 9,90.

Als der Augsburger Kommissar Beckmann in aller Frühe zu einer Leiche gerufen wird, geht es ihm gar nicht gut. Er hat vergeblich versucht, den Trennungsschmerz nach seiner Scheidung mit Alkohol zu stillen. Doch dafür hat sein Kollege und Partner Poborsky jetzt kein Verständnis.

Vieles an dem Tod des Schweizer Geschäftsmanns deutet auf Selbstmord hin. Aber Beckmann glaubt nicht an diese Theorie. Man erschießt sich doch nicht einfach so, wenn man eine Frau und ein Kind hat.

Er stochert im Nebel – ein merkwürdiger Fall. Merkwürdig ist auch, dass er bei seinen Ermittlungen ständig auf das Plakat eines Loriot-Männchens stößt, das den Auftritt einer Tourneetheatergruppein der Nähe von Augsburg ankündigt. Macht es sich etwa über ihn lustig?

Raimund A. Mader
Glasberg

324 Seiten, 11 x 18 cm, Paperback.
ISBN 978-3-89977-774-1. € 9,90.

Ein brutaler Doppelmord erschüttert die Oberpfalz. In Weiden werden der bekannte Politiker Leonhard Güllner und seine schwangere Tochter Agnes kaltblütig getötet.

Kriminalkommissar Adolf Bichlmaier aus Regensburg übernimmt die Ermittlungen in dem brisanten Fall. Zusammen mit seinen Mitarbeitern beginnt er nach Motiven für die Tat zu suchen. Doch es dauert lange, bis Bichlmaier endlich erkennt, dass der Schlüssel für den Mord an Güllner in dessen Vergangenheit liegt: Die Spur führt ihn zurück in die Tage des »Prager Frühlings« nach Bratislava in der Slowakei.

KRIMI IM GMEINER-VERLAG

Wir machen's spannend

Friederike Schmöe
Spinnefeind

371 Seiten, 11 x 18 cm, Paperback.
ISBN 978-3-89977-782-6. € 9,90.

Jens Falk, Mathematiklehrer und Hobby-Kryptoanalytiker, steckt in der Klemme: Im letzten Halbjahr sind nicht nur wichtige Schülerakten verschwunden, sondern auch sein Schüler Hannes Niedorf – während einer Exkursion mit Falk.

Aus Angst um seinen Job sucht er Hilfe bei Privatdetektivin Katinka Palfy. Da wird Doris Wanjeck, Falks Ex-Verlobte, ermordet, und der Lehrer ist dringend tatverdächtig. Gemeinsam mit seiner Anwältin macht sich Katinka an die Aufklärung des Falls, fühlt sich aber bald von der Juristin hintergangen. Wie gerufen kommt das Angebot ihres ehemaligen Archäologieprofessors, an einer Ausgrabung in Libyen teilzunehmen. Doch es scheint, als würde jemand gezielt versuchen, die einzige Person aus dem Rennen zu werfen, die an Falks Unschuld glaubt ...

Bernd Franzinger
Kindspech

326 Seiten, 11 x 18 cm, Paperback.
ISBN 978-3-89977-777-2. € 9,90.

Panik im Hause Tannenberg: Emma, der jüngste Spross des Familienclans, wurde entführt. Zunächst deutet alles auf eine Verwechslung hin. Doch als am nächsten Morgen Tannenbergs Todesanzeige in der Zeitung erscheint, erfährt der Fall eine dramatische Wende.

Fieberhaft suchen die Ermittler nach einer Person, die ein Motiv für diesen Racheakt haben könnte. Derweil befindet sich die kleine Emma im schalldicht isolierten Keller des skrupellosen Entführers, dem sie auf Gedeih und Verderb ausgeliefert ist. Eingepfercht in einen Gitterkäfig steht sie Todesängste aus.

Der Kidnapper stellt Tannenberg ein Ultimatum und zwingt ihn zur Teilnahme an einem teuflischen Spiel. Ein verzweifelter Wettlauf gegen die Zeit beginnt ...

KRIMI IM GMEINER-VERLAG

Wir machen's spannend

Pierre Emme
Florentinerpakt

277 Seiten, 11 x 18 cm, Paperback.
ISBN 978-3-89977-770-3. € 9,90.

Es ist wirklich kein guter Tag für Hans Garber, so kurz vor Weihnachten: Erst wird der Wiener Bankdirektor der versuchten Vergewaltigung beschuldigt, dann erfährt er, dass seine Villa in Klosterneuburg in die Luft geflogen ist. In den Trümmern wurde seine tote Frau entdeckt.

Gleichzeitig wird der Kriminologe Mario Palinski von Dr. Axel Rossbach um Schutz gebeten. Vor 30 Jahren hatten er und sechs Schulfreunde einen Pakt geschlossen und sich zur »Siebener-Tontine« zusammengefunden, um ihre Freundschaft für das ganze Leben zu besiegeln. Doch mittlerweile sind fünf der sieben Freunde auf höchst fragwürdige Weise verstorben. Axel Rossbach hat Angst, der nächste zu sein.

Palinski ist sich schon bald sicher, dass es zwischen den beiden Fällen einen Zusammenhang geben muss.

Hans-Peter Vertacnik
Ultimo

373 Seiten, 11 x 18 cm, Paperback.
ISBN 978-3-89977-784-0. € 9,90.

Der 52 Jahre alte Hannes Rieder ist als Landeshauptmann von Salzburg einer der Architekten der aktuellen Regierungskoalition. Nach heftigem Streit kehrt er jedoch seinen »Freien Demokraten« den Rücken. Er gründet die »Liberale Partei« und trifft Vorbereitungen für ein Bündnis mit den oppositionellen Sozialdemokraten.

Rätselhafte Drohbriefe, Brandanschläge und die Ermordung zweier enger Freunde des Politikers rufen Peter Zoff vom Landeskriminalamt Graz auf den Plan. Kann er jene noch stoppen, die drauf und dran sind, dem eiskalten Lebemann das Lebenslicht auszublasen?

KRIMI IM GMEINER-VERLAG

Wir machen's spannend

Alle Gmeiner-Autoren und ihre Krimis auf einen Blick

Anthologien: Mords-Sachsen 2 (2008) • Tod am Bodensee • Mords-Sachsen (2007) • Grenzfälle (2005) • Spekulatius (2003) **Artmeier, Hildegund:** Feuerross (2006) • Katzenhöhle (2005) • Schlangentanz • Drachenfrau (2004) **Bauer, Hermann:** Fernwehträume (2008) **Baum, Beate:** Häuserkampf (2008) **Beck, Sinje:** Totenklang (2008) • Duftspur (2006) • Einzelkämpfer (2005) **Blatter, Ulrike:** Vogelfrau (2008) **Bode-Hoffmann, Grit/Hoffmann, Matthias:** Infantizid (2007) **Bomm, Manfred:** Notbremse (2008) • Schattennetz • Beweislast (2007) • Schusslinie (2006) • Mordloch • Trugschluss (2005) • Irrflug • Himmelsfelsen (2004) **Bonn, Susanne:** Der Jahrmarkt zu Jakobi (2008) **Bosch van den, Jann:** Wintertod (2005) **Buttler, Monika:** Dunkelzeit (2006) • Abendfrieden (2005) • Herzraub (2004) **Clausen, Anke:** Ostseegrab (2007) **Danz, Ella:** Nebelschleier (2008) • Steilufer (2007) • Osterfeuer (2006) **Detering, Monika:** Puppenmann • Herzfrauen (2007) **Dünschede, Sandra:** Solomord (2008) • Nordmord (2007) • Deichgrab (2006) **Emme, Pierre:** Florentinerpakt • Ballsaison (2008) • Tortenkomplott • Killerspiele (2007) • Würstelmassaker • Heurigenpassion (2006) • Schnitzelfarce • Pastetenlust (2005) **Enderle, Manfred:** Nachtwanderer (2006) **Erfmeyer, Klaus:** Geldmarie (2008) • Todeserklärung (2007) • Karrieresprung (2006) **Erwin, Birgit/Buchhorn, Ulrich:** Die Herren von Buchhorn (2008) **Franzinger, Bernd:** Kindspech (2008) • Jammerhalde (2007) • Bombenstimmung (2006) • Wolfsfalle • Dinotod (2005) • Ohnmacht • Goldrausch (2004) • Pilzsaison (2003) **Gardein, Uwe:** Die letzte Hexe – Maria Anna Schwegelin (2008) **Gardener, Eva B.:** Lebenshunger (2005) **Gibert, Matthias P.:** Kammerflimmern (2008) • Nervenflattern (2007) **Graf, Edi:** Leopardenjagd (2008) • Elefantengold (2006) • Löwenriss • Nashornfieber (2005) **Gude, Christian:** Binärcode (2008) • Mosquito (2007) **Haug, Gunter:** Gössenjagd (2004) • Hüttenzauber (2003) • Tauberschwarz • Riffhaie • Tiefenrausch (2002) • Höllenfahrt (2001) • Sturmwarnung (2000) **Heim, Uta-Maria:** Das Rattenprinzip (2008) • Totschweigen (2007) • Dreckskind (2006) **Hunold-Reime, Sigrid:** Frühstückspension (2008) **Imbsweiler, Marcus:** Schlussakt (2008) • Bergfriedhof (2007) **Karnani, Fritjof:** Notlandung (2008) • Turnaround (2007) • Takeover (2006) **Keiser, Gabriele:** Gartenschläfer (2008) • Apollofalter (2006) **Keiser, Gabriele/Polifka, Wolfgang:** Puppenjäger (2006) **Klausner, Uwe:** Die

Alle Gmeiner-Autoren und ihre Krimis auf einen Blick

Kiliansverschwörung (2008) • Die Pforten der Hölle (2007) **Klewe, Sabine:** Blutsonne (2008) • Wintermärchen (2007) • Kinderspiel (2005) • Schattenriss (2004) **Klingler, Eva:** Königsdrama (2006) **Klösel, Matthias:** Tourneekoller (2008) **Klugmann, Norbert:** Die Nacht des Narren (2008) • Die Tochter des Salzhändlers (2007) • Kabinettstück (2006) • Schlüsselgewalt (2004) • Rebenblut (2003) **Kohl, Erwin:** Willenlos (2008) • Flatline (2007) • Grabtanz • Zugzwang (2006) **Köhler, Manfred:** Tiefpunkt • Schreckensgletscher (2007) **Koppitz, Rainer C.:** Machtrausch (2005) **Kramer, Veronika:** Todesgeheimnis (2006) • Rachesommer (2005) **Kronenberg, Susanne:** Weinrache (2007) • Kultopfer (2006) • Flammenpferd • Pferdemörder (2005) **Kurella, Frank:** Das Pergament des Todes (2007) **Lascaux, Paul:** Wursthimmel • Salztränen (2008) **Lebek, Hans:** Karteileichen (2006) • Todesschläger (2005) **Lemkuhl, Kurt:** Raffgier (2008) **Leix, Bernd:** Waldstadt (2007) • Hackschnitzel (2006) • Zuckerblut • Bucheckern (2005) **Mader, Raimund A.:** Glasberg (2008) **Mainka, Martina:** Satanszeichen (2005) **Misko, Mona:** Winzertochter • Kindsblut (2005) **Ott, Paul:** Bodensee-Blues (2007) **Puhlfürst, Claudia:** Rachegöttin (2007) • Dunkelhaft (2006) • Eiseskälte • Leichenstarre (2005) **Pundt, Hardy:** Deichbruch (2008) **Senf, Jochen:** Knochenspiel (2008) • Nichtwisser (2007) **Seyerle, Guido:** Schweinekrieg (2007) **Schmitz, Ingrid:** Mordsdeal (2007) • Sündenfälle (2006) **Schmöe, Friederike:** Spinnefeind • Pfeilgift (2008) • Januskopf • Schockstarre (2007) • Käfersterben • Fratzenmond (2006) • Kirchweihmord • Maskenspiel (2005) **Schröder, Angelika:** Mordsgier (2006) • Mordswut (2005) • Mordsliebe (2004) **Schuker, Klaus:** Brudernacht (2007) • Wasserpilz (2006) **Schneider, Harald:** Ernteopfer (2008) **Schulze, Gina:** Sintflut (2007) **Schwab, Elke:** Angstfalle (2006) • Großeinsatz (2005) **Schwarz, Maren:** Zwiespalt (2007) • Maienfrost • Dämonenspiel (2005) • Grabeskälte (2004) **Steinhauer, Franziska:** Menschenfänger (2008) • Narrenspiel (2007) • Seelenqual • Racheakt (2006) **Thömmes, Günther:** Der Bierzauberer (2008) **Thadewaldt, Astrid/Bauer, Carsten:** Blutblume (2007) • Kreuzkönig (2006) **Valdorf, Leo:** Großstadtsumpf (2006) **Vertacnik, Hans-Peter:** Ultimo (2008) •Abfangjäger (2007) **Wark, Peter:** Epizentrum (2006) • Ballonglühen (2003) • Albtraum (2001) **Wilkenloh, Wimmer:** Feuermal (2006) • Hätschelkind (2005) **Wyss, Verena:** Todesformel (2008) **Zander, Wolfgang:** Hundeleben (2008)